सीगिरिया पुराण

(श्रीलंका के बौद्ध-पुराण महावंश पर आधारित ऐतिहासिक उपन्यास)

सीगिरिया पुराण

प्रियदर्शी ठाकुर 'ख़याल'

भारतीय ज्ञानपीठ

वाणी प्रकाशन : भारतीय ज्ञानपीठ की पुस्तकों
के एकमात्र प्रकाशक एवं वितरक

पहला संस्करण : 2021
दूसरा संस्करण : 2023

लोकोदय ग्रन्थमाला : ग्रन्थांक 1452

प्रकाशक
वाणी प्रकाशन ग्रुप
4695, 21-ए, दरियागंज, नयी दिल्ली-110 002
फ़ोन : 011-23273167, 23275710
ईमेल : sales@vaniprakashan.in

ISBN : 978-93-5775-030-1

सीगिरिया पुराण
(उपन्यास)
प्रियदर्शी ठाकुर 'ख़याल'

SIGIRIYA PURAN
(Novel)
by Priyadarshi Thakur 'Khayal'

मुद्रक : आर. टेक ऑफ़सेट प्रिंटर्स, दिल्ली-110 032

आवरण-चित्र : रमैया कौशिगन (श्रीलंका)

Price : INR. 595

सीगिरिया पुराण पर श्री लंका व भारत के विद्वत्जन व इतिहासज्ञों के अभिमत

''सीगिरिया प्रासाद द्वार पर पिछले डेढ़ हजार वर्षों से बैठे सिंह से चाबी हासिल करके प्रियदर्शी ठाकुर 'ख़याल' ने महाराज कश्यप के महल में प्रवेश किया है। ...सृजनात्मक कल्पना की एक सफल उपलब्धि जो कश्यप के सीगिरि का एक नया पहलू प्रस्तुत करती है।''

प्रोफ़ेसर निमाल डि सिल्वा

एमेरिटस प्रोफ़ेसर ऑफ़ आर्किटेक्चर, मोरातुवा विश्वविद्यालय, श्रीलंका
व प्रेसिडेंट, श्री लंका नैशनल ट्रस्ट / डायरेक्टर जेनरल, सेन्ट्रल कल्चरल फंड
(मार्च, 2020 में 'सीगिरिया पुराण' का अंग्रेज़ी रूपान्तर 'द सीगिरिया पॉ' पढ़कर)

''इस जटिल ऐतिहासिक कथा को बाँचने के लिए जो शैली अपनायी गई है वह मनमोहक है। ...एक बेजोड़ ऐतिहासिक उपन्यास जिसमें लेखक सही ऐतिहासिक तथ्यों से नहीं भटका...।''

डॉ. अजित अमरसिंघे

सदस्य, रॉयल एशियाटिक सोसायटी ऑफ़ श्रीलंका व खोजी इतिहासज्ञ (मार्च, 2020 में
'सीगिरिया पुराण' का अंग्रेज़ी रूपांतर 'द सीगिरिया पॉ' पढ़कर)

''प्राचीन सिंहल के बौद्ध पुराण 'महावंश' पर आधारित यह अनूठा उपन्यास हिंदी कथा साहित्य में एक अछूता व दुर्लभ योगदान है।''

डॉ. उषाकिरण खान

पद्मश्री से सम्मानित लेखिका व इतिहासज्ञ

''मध्यवर्ती श्री लंका स्थित सीगिरिया शिला के ऐतिहासिक अवशेषों, उनसे जुड़े घटनाक्रम और उन ऐतिहासिक चरित्रों— महाराज धातुसेना, उनके पितृहंता पुत्र कश्यप, भागिन मिगार, युवराज मोगल्लान, पटरानी सुमनवल्लरी, दासी रानी अधरअमृता, पल्लव राजकुमारी चित्रांगदा, धातुसेना के निजी परिचारक महानाम जैसे भिन्न प्रकृति और जीवन-मूल्यों को जीनेवाले चरित्रों के जीवन-संघर्ष और उस रोमांचकारी घटनाक्रम का सजीव चित्रण निश्चय ही एक विस्मयकारी कथा का सृजन है।''

नन्द भारद्वाज

राजस्थानी में साहित्य अकादमी पुरस्कार (2004) से सम्मानित
राजस्थानी व हिन्दी के कवि-कथाकार एवं सृजनधर्मी

"श्रीलंका के बौद्ध-पुराण 'महावंश' की छाया में रहस्य की असंख्य कथाओं के साक्षी अक्ष-पर्वत (कालांतर में सीगिरिया) की जुबानी कही गई यह दास्तान पुराण-कथा की शक्ल लिए हुए है। मगर इतने रोचक अंदाज़ में कि हमें पता नहीं चलता पुराण यहाँ इतिहास से गुज़रते हुए जाने कब वर्तमान में प्रवेश कर जाते हैं। अतीत के उद्विग्न पात्र ही नहीं, उनकी वासना और विलास, आपसी द्वंद्व और षड्यंत्र, भय और प्रतिशोध के कुचक्र और संबंधों के राग-विराग मिलकर सत्ता-विकार और मानवीय वेदना के ऐसे दस्तावेज़ बनकर उभरते हैं, जिनमें क़दम-क़दम पर हम आज की दुनिया को भी पहचान सकते हैं।"

ओम थानवी

कुलपति, हरिदेव जोशी पत्रकारिता एवं जनसंचार विश्वविद्यालय, जयपुर;
व पूर्व संपादक, जनसत्ता

"बचपन से अब तक न जाने कितनी ही किताबें पढ़ चुका हूँ लेकिन यक़ीन मानिए मेरे साथ ऐसा कभी नहीं हुआ कि किताब हाथ में ली और उसे पूरा पढ़ कर ही छोड़ा। इस किताब में सीगिरिया की कथा को (लेखक ने) रवानी और रोमांच के साथ ऐसे पिरोया है कि आप पढ़ते वक़्त क्षण भर को भी अपनी नज़रें इधर से उधर नहीं कर पाते।"

नीरज गोस्वामी

सुविख्यात साहित्यिक ब्लॉगर, कवि व रंगकर्मी

"बेहद रोचक और रोमांचक आख्यान! कवि का करिश्माई गद्य। इतिहास की परतों से झाँकती मनुष्य की साम्राज्यलिप्सा, युद्धोन्माद, प्रेम, स्नेह, करुणा और मातृत्व की करुण कथा।"

हेमंत शेष

सुविख्यात कवि, चित्रकार और सम्पादक

"पूरे उपन्यास के परकाया क्षेत्र में मैंने एक ही आवाज़ पहचानी: कृति भले ही इतिहास के माथे से उपजी हो, साहित्य के क्षेत्र में अपने कथानक और शैली के कारण एक क्लासिक रचना है जो एक भाव-यात्रा का सौन्दर्य बिखेरती दिखती है।"

चंद्रभानु भारद्वाज

सुविख्यात साहित्यकार और संपादक 'सम्प्रेषण'

'पाँचवीं शताब्दी लंका की एक लामहर्षक ऐतिहासिक कथा पर आधारित अत्यन्त हृदयग्राही उपन्यास... एक बार शुरू किया तो एक ही दिन में पढ़ना पड़ा।"

शंकर कुमार झा

अध्यक्ष 'कोमल निषाद', वडोदरा

यह पुस्तक
अनन्य मित्र स्वर्गीय गंगा प्रसाद विमल
की स्मृति को समर्पित है
जिनकी श्रीलंका की पहली यात्रा
अंतिम यात्रा में तब्दील हो गई;
और
अपनी बेटी जया व दामाद डॉ. देवानन्द झा
नवासी देवयानी व नवासे सिद्धार्थ,
तथा श्रीलंका के हमारे मित्रों—
डॉ. बुद्धदास कलुआराच्ची
प्रो. निमाल डि सिल्वा
डॉ. अजित अमरसिंघे
डॉ. निलानी कलुआराच्ची कनग-ईश्वरन
श्री शिवान कनग-ईश्वरन
श्री रमैया कौशिगन
व श्री नलिन पाथीकिरिकोराले
को भी
जिनके सहज स्नेह के बिना के इस पुराण की रचना
संभव न हुई होती

घृणा से घृणा को समाप्त नहीं किया जा सकता
केवल प्रेम ही उससे जीत सकता है
यह एक शाश्वत नियम है।

भगवान् बुद्ध / धम्मपद में

कुछ ख़ास बातें

कश्यप तथा मोगल्लान की शत्रुता और सीगिरिया शिला पर दुर्ग-प्रासाद के निर्माण की कथा प्राचीन लंका की सबसे चर्चित लोक-गाथाओं में से एक है जिसका ऐतिहासिक उल्लेख बौद्ध-पुराण महावंश में है। इस कथा के बारे में कुछ ऐतिहासिक विवाद और मतान्तर भी हैं। मैंने महावंश के चूलवंश खंड में वर्णित कथा को ही अपने कथानक का आधार बनाया है क्योंकि यह सर्वाधिक मान्य विकल्प बताया गया।

तीन-चार मुख्य पात्रों को छोड़ कर बाक़ी सब किरदार और कथा विस्तार हेतु दिए गये विवरण काल्पनिक हैं। मोगल्लान का बाह्य सैनिक सहायता प्राप्त करने के लिए जम्बूद्वीप पलायन करना तथा लगभग अट्ठारह वर्षों के बाद वापस लौटना तो महावंश में दर्ज है लेकिन उन अट्ठारह वर्षों में वह क्या करता रहा, अथवा उसे पिता की हत्या का बदला लेने के लिए लौटने में इतने बरस क्यों लगे, इन बातों का कोई प्रामाणिक ब्यौरा उपलब्ध नहीं है। अतः स्पष्ट कर देना ठीक होगा कि इस उपन्यास में उन वर्षों की कथा बिल्कुल ही काल्पनिक है।

इस सब के बावजूद मेरी कोशिश यह रही है कि कथानक को यथासंभव ऐतिहासिकता के नज़दीक रखूँ। उसी प्रयास के क्रम में मैंने उन मूल स्रोत-ग्रंथों तथा अन्य सामग्री का अध्ययन किया जिनकी सूची पुस्तक के अंत में सन्दर्भ ग्रंथावली में दी गई है। यहाँ मैं उन सभी ग्रंथों व अन्य सामग्री के लेखकों, अनुवादकों और निर्माता, चाहे वे जीवित हों या गुज़र चुके हों, का हृदय से आभार व्यक्त करता हूँ, हालाँकि प्रत्यक्ष रूप से उनमें से कोई अंश मैंने उद्धृत नहीं किया है।

इस पुस्तक के आवरण पर उपयोग किया गया विशेष स्वस्तिक-चिह्न लगभग दो हज़ार साल पुराने एक शिलालेख से लिया गया है जो तत्कालीन लंका नरेश गामिनी-तिस्स ने दम्बुल्ला की बड़ी कन्दरा बौद्ध संघ को भेंट करते वक़्त अंकित करवाया था।

चूँकि मूल कथा पड़ोसी मित्र देश के इतिहास व लोक-मान्यताओं से सम्बंधित

है, इसलिए एहतियातन मूल हिन्दी पाठ लिखते ही सबसे पहले मैंने पांडुलिपि का अंग्रेज़ी अनुवाद किया और श्री लंका के दो प्रतिष्ठित इतिहासज्ञों से निवेदन किया कि वे मेरी पांडुलिपि का गहराई से अवलोकन करके परामर्श दें कि इसमें कुछ भी आपत्तिजनक अथवा ऐतिहासिक दृष्टिकोण से अविश्वसनीय या अटपटा तो नहीं है। प्राचीन सिंहल के उन दोनों विख्यात विशेषज्ञों प्रो. निमाल डि सिल्वा और डॉ. अजित अमरसिंघे का मैं आभारी हूँ कि उन्होंने अपना बहुमूल्य समय लगा कर मेरी पांडुलिपि को आद्योपांत पढ़ा और उत्साहवर्धक टिप्पणियाँ दीं। मैंने उनके सभी सुझावों को स्वीकार करके उनका समावेश कर लिया है।

मैंने भरसक प्रयास यह भी किया है कि लंका की इस जानी-पहचानी कथा के पुनर्वाचन में कोई ऐसी बात न कहूँ जिससे दोनों में से किसी देश के किसी भी धर्म, जाति, संप्रदाय, वर्ग-विशेष अथवा व्यक्ति की भावनाएँ किसी भी प्रकार आहत हों। फिर भी यदि कोई भूल रह गई हो तो क्षमाप्रार्थी हूँ और मेरी विनम्र प्रार्थना है कि उसको जान-बूझ कर किया गया अपमान न माना जाए।

लंका के स्थानीय वातावरण का कुछ रंग इस किताब में बनाए रखने की दृष्टि से कुछ फूल-पौधों, रिश्तों, और अन्य कुछ वस्तुओं के लिए वही शब्द उपयोग किए हैं जिनसे वे लंका में जाने जाते हैं। मिसाल के तौर पर कामिनी फूल के लिए अंदरगस, जूही के लिए समनपिच्च, हरसिंगार के लिए सेपालिका और नागचम्पा या गुलेंच के लिए अरलिया; दागब मोटे तौर पर वही होता है जिसे हम भारत में स्तूप कहते हैं; लंका में तात्ता पिता को और बाप्पा दादा को कहते हैं।

इस उपन्यास के लेखन-प्रकाशन के दौरान जिन लोगों का प्रत्यक्ष अथवा परोक्ष रूप से सहयोग और संबल मुझे प्राप्त होता रहा है उन सब का हृदय से आभार व्यक्त करता हूँ— प्रो. निमाल डि सिल्वा और डॉ. अजित अमरसिंघे के अलावा मैं डॉ. उषाकिरण खान, सर्वश्री चंद्रभानु भारद्वाज, ओम थानवी, नन्द भारद्वाज, हेमन्त शेष, नीरज गोस्वामी, शंकर कुमार झा और महेश जोशी का हृदय से आभारी हूँ जिन्होंने अपना क़ीमती समय लगा कर पांडुलिपि पढ़ी और अपनी टिप्पणियों से मेरी किताब को सम्मानित किया; अपने क़रीबी परिजनों में श्रीमति सीता झा, मानिक व मन्दाकिनी, बनमाला, श्री नंद व सीमा, संकर्षण व सोना, अनिल व पूजा, कबीर, भुवन व सोनी, श्रीवत्स और संजना को मेरा मनोबल बढ़ाए रखने के लिए धन्यवाद।

कोलम्बो-प्रवासी अपनी बेटी डॉ. जया, दामाद डॉ. देवानन्द झा, नवासी डॉ. देवयानी और नवासे सिद्धार्थ, तथा हमारे उन सभी श्री लंका निवासी मित्रों जिन्हें मैंने आंशिक रूप से यह किताब समर्पित की है, सभी का पुनः हृदय से आभार क्योंकि उनके बिना तो यह उपन्यास लिखा ही न गया होता।

इस किताब की पाण्डुलिपि को लैपटॉप पर उतारने, सुरक्षित रखने और प्रतियाँ बनाने में मेरे अत्यंत प्रिय परिजन पवन और जयन्त, व मित्र रुक्मदेव शर्मा की भूमिका अत्यंत महत्वपूर्ण रही है— उन्हें बहुत आशीर्वाद और धन्यवाद। पुस्तक के सुन्दर आवरण सज्जा तथा मुद्रण के लिए श्री लंका के सुविख्यात ग्रैफ़िक्स कलाकार श्री रमैया कौशिगन तथा महेश्वर जी का बहुत शुक्रिया।

अंत में हमेशा की तरह विशेष आभार अपने अग्रज प्रो. मुरारि मधुसुदन ठाकुर का जिनका आशीर्वाद मेरे रचनात्मक कार्यों का महत्वपूर्ण प्रेरणा-स्रोत रहा है; और अपनी जीवनसंगिनी श्रीमती रेखा ठाकुर का जिनकी मदद और मश्वरे के बग़ैर मेरा कोई काम पूरा नहीं होता।

जब यह किताब प्रकाशित होगी तो मित्रवर गंगा प्रसाद विमल बड़ी शिद्दत से याद आएँगे— इसका लेखन उनके जीवनकाल में शुरू हो चुका था और इसकी प्रगति के बारे में उनसे चर्चा होती रहती थी। मेरा पहला उपन्यास भी उस समय प्रकाशन की प्रक्रिया में था। विमल जी मेरे उपन्यासों की प्रतीक्षा बड़ी बेसब्री से कर रहे थे; अफ़सोस कि उनके रहते दोनों में से एक भी प्रकाशित न हो पाया।

—प्रियदर्शी ठाकुर 'ख़याल'

पुरोवाक्

विदेश में तीर्थयात्रा!

जी हाँ। क्यों नहीं? जब श्री लंका समेत सारी दुनिया के बौद्ध धर्मावलम्बी भारत आकर बोधगया, सारनाथ, श्रावस्ती आदि की यात्रा कर सकते हैं, तो हम भारतवासी श्रीलंका में नैना तिवु पर देवी नागपूषनी अम्मन के दर्शन के लिए क्यों नहीं जा सकते!

पौराणिक मिथक के अनुसार जब भगवती सती की मृत्यु से शोकाकुल शिव उनके शव को कंधे पर लिए आकाश में ताण्डव करते फिर कर रहे थे, तब ब्रह्मांड को विनाश से बचाने के लिए सती के शव को विष्णु के चक्र ने काटना आरंभ किया; देवी के अंग एवं आभूषण उप-महादेश के अलग-अलग स्थानों पर गिरे और समय-क्रम में उन सभी बावन जगहों को देवी के सिद्धपीठ की मान्यता प्राप्त हुई। नैना तिवु पर स्थित नागपूषणी अम्मन का मंदिर भी उन सिद्धपीठों में से एक है।

नैना तिवु जाफ़ना के उत्तरी समुद्र-तट से थोड़ी दूर पर एक छोटा-सा द्वीप है। जाफ़ना श्रीलंका के दुर्दम आतंकियों का केंद्र रह चुका है और पंद्रह वर्षों पूर्व तक विदेशियों का उस क्षेत्र में जाना वर्जित ही न था, बेहद ख़तरनाक भी माना जाता था। हम ऊहापोह में हैं, जाएँ कि न जाएँ, किंतु हमारे श्रीलंकाई मेज़बान कहते हैं— अब कोई ख़तरा नहीं, बेशक चले जाइए। अंततः हमने जाने का निर्णय कर लिया है।

हमारे मेज़बान हमें राय देते हुए कहते हैं— वापसी में सीगिरिया ज़रूर जाइएगा; सीगिरिया के शिला-शिखर पर और उसके आस-पास श्रीलंका के सबसे महत्वपूर्ण ऐतिहासिक अवशेष हैं; लगभग डेढ़ हज़ार वर्ष पुराने। बात निकली तो वे प्राचीन बौद्ध पुराण 'महावंश' में वर्णित सीगिरिया की कथा का सार भी बताते हैं। दिल दहला देनेवाली कहानी है। सीगिरिया के अवशेष को देखने की उत्सुकता और बढ़ जाती है।

देवी नागपूषणी के दर्शन के बाद हम जाफ़ना नगर के दर्शनीय स्थल देखते हुए जाफ़ना सार्वजनिक पुस्तकालय के पास स्थित क्लॉक टावर पर पहुँचते हैं। वहाँ से निकलने वाली सड़कों के सिरों पर प्राचीन योद्धाओं की प्रतिमाएँ लगी हैं। यह देख

कर थोड़ी हैरानी-सी होती है कि उनमें से एक एलारा की है— हाथी पर सवार, मूँछों पर ताव, हाथ में तलवार। मैं जानता हूँ कि एलारा कौन है क्योंकि इस यात्रा से पहले मैंने सिंहल के प्राचीन इतिहास का थोड़ा अध्ययन कर लिया है। यह देख कर अच्छा लगता है कि जाफ़ना में एलारा की मूर्ति अब भी लगी हुई है: वर्तमान व्यवस्था ने भी दुतुगेमुनु जैसी उदारवादी नीति अपनाई है।

ज़ाहिर है आप सोच रहे होंगे— ये किन प्रसंगों व नामों का उल्लेख किए चला जा रहा हूँ मैं! बस, अभी बताता हूँ।

उत्तरी श्रीलंका में तमिलों की महत्वाकांक्षाएँ पिछली शताब्दी की नहीं; दो हज़ार साल पुरानी हैं। एलारा दो सहस्राब्दी पहले का तमिल सेनानायक था, जिसने लगभग पूरे सिंहल द्वीप को अपने आधिपत्य में लेकर दो दशकों तक राज किया, और दुतुगेमुनु वह सिंहली वीर जिसने एलारा को पराजित कर उसका वध किया। सिंहल के प्राचीन इतिहास में दोनों दुर्धर्ष योद्धाओं के रूप में विख्यात हैं, लेकिन तब तक इनके बारे में इतना ही मालूम था। बाक़ी का विवरण तो सीगिरिया पहुँचने पर सिंहगिरि ने दिया। जी, उसके बारे में भी अभी विस्तार से बताता हूँ।

जी हाँ, हमने अपने मेज़बान की राय का सम्मान करते हुए सीगिरिया भी जाने का निर्णय कर लिया है। तदनुसार वापसी में रात्रि-विश्राम के लिए हम हेबराना में ठहर जाते हैं।

सीगिरिया मध्यवर्ती श्री लंका के एक समतल से इलाक़े में क़रीब छः सौ फ़ीट ऊँचा, खड़े पार्श्वों वाला एक विराट शिला-समूह है। मुख्य शिला-शिखर पर लगभग पंद्रह एकड़ की पथरीली उपत्यका पर पाँचवीं शताब्दी के महलों के अवशेष हैं। बिल्कुल खड़ी चढ़ाई, पत्थर की ऊबड़-खाबड़ सीढ़ियाँ और उसके बाद लोहे के पिंजड़े-नुमा गोल घूमते ज़ीनों से सीगिरिया पर चढ़ना बच्चों का खेल नहीं, और बूढ़ों का तो क़तई नहीं, किंतु फिर भी मन में ललक है कि शिला-शीर्ष नहीं तो कम से कम सिंह-पाद तक ही हो आएँ।

शिखर से एक तिहाई पहले विश्व-विख्यात अप्सरा भित्ति-चित्र, दर्पण दीवार और लायन्स पॉ यानी सिंह-पाद हैं।

आप कहेंगे— ये महाशय तो एक पर एक और अनचीन्हे नाम गिनाए चले जा रहे हैं! थोड़ा-सा धैर्य रखिए, अभी स्पष्ट हुआ जाता है।

आख़िरकार लगभग पाँच सौ सीढ़ियों की खड़ी चढ़ाई के बाद हाँफता-काँपता मैं सिंह-पाद के सामने पहुँच गया हूँ, और बड़ी मिन्नतों से पूछ रहा हूँ— भाई सिंह-पाद, इस कड़ी मेहनत का कुछ तो मुआवज़ा दो; कुछ बताओ यहाँ के इन खंडहरों के बारे में।

पत्थरों को कभी बोलते सुना है आपने? शायद नहीं। लेकिन कभी-कभी पत्थर भी बोलते हैं।

सिंहगिरि उवाच

मैं सिंहगिरि हूँ। सैकड़ों सदियों से लोगों की बोली पर तुड़ता-मुड़ता अब सीगिरिया हो गया हूँ। वैसे देखा जाए तो मेरे लिए देवासुर-गिरि अधिक सटीक नाम होता, क्योंकि सहस्राब्दियों पहले मेरी उत्पत्ति देवताओं और असुरों की उस अल्प-अवधि सामूहिक उद्यम के फलस्वरूप हुई थी जब दोनों ने मिलकर समुद्र-मंथन किया था। समुद्र तल से कई योजन नीचे किसी गंभीर भूगर्भीय उथल-पुथल से खौलता हुआ लावा कुछ ऐसे भड़क उठा कि धरा की कोख को चीर कर पृथ्वी की सतह पर उबल आया। उबलते हुए लावा के थक्के और आग की धधकती हुई लाल-नीली-पीली लपटें और धुआँ आकाश छूने लगे। दामिनी चौंकी, और कड़क कर बादलों से बोली, शीतल करो इन्हें तत्काल, बरसते रहो जब तक ठंडा न पड़ जाए ...मेरी सखी वसुंधरा की छाती चीर डाली इसने तो! मूसलाधार बरसने लगे मेघ, बड़ी-बड़ी शीतल बूँदें। ग्यारह दिनों तक बरसते रहे निरंतर। उबलता हुआ लावा जहाँ का तहाँ ठंडा और ठोस हो गया, और मैं भीमकाय शिला-खंडों पर टिका एक पथरीला पठार बन गया। मेरी तलहटी जगह-जगह गुफ़ाओं और कंदराओं से कटी-छिली रह गई।

हजारों बरस तक मेरी कंदराएँ और शिला-खंडों की ओट कठोर तप करनेवाले रमते जोगियों. भिक्षुओं, और साधुओं की शरण-स्थली रहीं, किंतु फिर एक राजा ने उन तपस्वियों को निकाल बाहर करके मुझे प्राचीरों और नरभक्षी मगरमच्छों से भरी जलबाधाओं से घेर लिया और एक अजेय दुर्ग-प्रासाद परिसर में बदल डाला। अक्ष-पर्वत के बदले उसने मेरा नाम सिंहगिरि रख दिया और त्रि-सिंहल का राजपीठ अनुराधापुर से सिंहगिरिपुर स्थानान्तरित कर दिया। मेरी तलहटी को अद्‌भुत स्वचालित फ़व्वारों और नयनाभिराम उद्यानों और जलाशयों से सजाया। मेरे पार्श्व को तराश कर उसे पुष्प-वर्षा करती अप्सराओं के भित्ति-चित्रों से अलंकृत करवाया। चूनम के सिद्धहस्त कलाकारों से दर्पण दीवार, और नये नाम के अनुरूप प्रासाद-परिसर के द्वार पर सिंह की विशाल प्रस्तर प्रतिमा बनवाई। मेरे शिखर पर नक़्क़ाशीदार झरोखों और खंभों वाले भवनों, जलकुंडों और फ़व्वारों से सजे ऐश्वर्यपूर्ण महल-चौबारों, रंग-मंच तथा उद्यानों का निर्माण करवाया, किन्तु सच पूछिए तो उस राजा ने एक ऐश्वर्य-पूर्ण कारागार बनवा कर अपने आपको उसमें बंद कर लिया था, और वह कारागार था मैं—सिंहगिरि।

लेकिन कोई यदि पर्वत पर चढ़ जाए तो उसका अंत:करण नीचे थोड़ी न रह जाता है! एक तो उस राजा का दुष्कृत्य इतना भयावह था, ऊपर से निष्कासित किए गए तपस्वियों का श्राप— देख लेना ...बहुत बुरा होगा, निकाल बाहर कर लो हमें किंतु हम फिर लौट आएँगे, इन मधुमक्खियों, मकड़ियों, साँप-छिपकलियों, और

धूल सब को साथ लेकर, बहुत जल्द लौटेंगे हम...

और हुआ भी ऐसा ही। राजा के महल क़िले सब दस-बारह बरस में ही उजड़ गए। राजधानी वापस अनुराधापुरा चली गई। मैं एक बार फिर रमते जोगियों की शरणगाह बन गया; उस तरह के भिक्षु और मठ-वासी नहीं जिन्हें अनुराधापुर के सोना-चाँदी नीलम-पन्ना-मुक्ता से सुसज्जित गद्देदार क़ालीनों वाले महाविहार की लालसा होती है। मैं तो उन तपस्वियों का स्थान था जिन्हें कठोर तपस्या के लिए हिंस्र पशुओं व जहरीले नागों से भरा निविड़ एकांत चाहिए। सैकड़ों शताब्दियों तक मैं उनकी सेवा करता रहा, लेकिन फिर वे भी वहाँ नहीं रहे। सैलानी आने-जाने लगे; मेरी दर्पण दीवार पर उकेरने लगे अपने नाम-पते और कविताएँ।

अपने एकमात्र साथी पिदुरंगला के साथ सैकड़ों सहस्राब्दियों से यहाँ खड़ा मैं अपनी गगनचुंबी ऊँचाई से इस हरे-भरे रत्नगर्भा द्वीप पर मानव जीवन के विकास के चरणों को बहुत निकट से देखता आया हूँ। उन प्रारंभिक दिनों से ही जब यहाँ राक्षस, नाग, यक्ष और व्याध वंशीय आदिम प्रजातियों का राज था। दंत कथाओं और किंवदंतियों में तो वे आधे सर्प, आधे मानव अथवा आधे यक्ष, आधे मानव बताए जाते हैं किंतु सच यह है कि वे सब आदिम अस्तित्व को समर्पित मनुष्य ही थे—प्रकृति के जीवनदायी प्रतीकों के अर्चक; सूर्य, चंद्रमा, वृक्ष, नदी-जलाशयों,अग्नि, पशु-पक्षी को देवी-देवताओं की तरह पूजते, कंदमूल फल और आखेट से भोजन पर निर्भर। भोले-भाले भी, विकृत और विकराल भी। अंधविश्वासी भी, और शाश्वत व आदिम आध्यात्मिकता से परिपूर्ण भी। अपने जनजातीय समूहों के छोटे-बड़े सत्ता-धारियों के अधीन संसाधन और संप्रभुता के लिए दिन-रात संघर्षरत, निरंतर रक्तपात से लथपथ किंतु कुल मिला कर सुखी और संतुष्ट।

फिर, कालक्रम में बाहर से नाविक इस मनभावन द्वीप पर आने-जाने लगे। उनमें बहुत से ऐसे भी थे कि आए तो यहीं के होकर रह गए— पश्चिम से मिस्र, रोम और यूनान के वासी; उत्तर से आर्य और द्रविड़; पूर्व से चीन तथा दक्षिण पूर्व एशिया की अन्य प्रजातियाँ। किसी ने इसे हेला दीप कहा तो किसी ने नाग दीप; किसी ताम्रपर्णी तो किसी ने ताप्रोबाने। कुछ व्यापार के लिए आए तो कुछ साम्राज्य-वर्द्धन की महत्वाकांक्षा लेकर।

जम्बूद्वीप से आर्य-कुमार विजय आए और उन्हें देखकर यक्षों की राजकुमारी कुवेनी ऐसी मोहित हुई उन पर कि उन्हें ब्याह लिया। बाल-बच्चे हुए और मिश्रित मूल वाले एक नए राजवंश की स्थापना हुई। बीतती शताब्दियों में रक्त और जीवाष्म के सम्मिश्रण का क्रम चलता रहा और द्वीप के आदिम संतानों की एक नई नस्ल बनी जिन्होंने स्वयं को सिंहली और इस द्वीप को सिंहल द्वीप का नाम दिया।

ईसा पूर्व तीसरी शताब्दी के मध्य तक सम्पूर्ण द्वीप में बौद्ध धर्म का प्रभाव पूरी

तरह फैल गया था। सिंहल नरेश देवानाम प्रिय तिष्य और आर्यावर्त के मगध सम्राट देवानाम प्रिय प्रियदर्शी अशोक के पारस्परिक मैत्री भाव के कारण आर्यावर्त से मौर्य कुमार महेंद्र और बाद में उनकी सहायता के लिए राजकुमारी संघमित्रा सिंहलद्वीप आए। उनके साथ सैकड़ों मगध-वासी भिक्षु एवं परिचारक गण भी।

अब से लगभग दो सहस्राब्दी पूर्व तमिल बाहुबली एलारा ने सिंहलियों को पराजित कर दक्षिण के तटीय प्रदेश तक खदेड़ दिया। सिंहल के राजे-महाराजे हिंसा निषेध के कारण इतने शांतिवादी और शिथिल हो गए थे कि रुहुन के युवराज गेमुनु को उनके पिता ने तमिल घुसपैठियों से संघर्ष करने की अनुमति देने से इनकार कर दिया। इस बात से क्षुब्ध और उदास गेमुनु राजमहल के लंबे-चौड़े पलंग पर भी भ्रूण मुद्रा में सिर घुटनों से लगाए पड़ा था। रानी विहार महादेवी ने देखा तो रहा न गया, पूछा— बेटा इतनी जगह तो है, पैर फैलाकर क्यों नहीं सोते?... हाथ पाँव दुखने लगेंगे। गेमुनु बोला— माँ, उत्तर में तमिल, दक्षिण में समुद्र, पाँव फैलाने को जगह ही कहाँ बची है! रानी बोली, तो फिर उठो और संघर्ष करो। युवराज ने पिता की अवज्ञा की और इस प्रकार गेमुनु से दुतुगेमुनु हो गया, यानी दुष्ट बालक।

ख़ैर, दुतुगेमुनु ने आम खेतिहरों की सेना बनाई, युद्ध कौशल की विभिन्न प्रशाखाओं में पारंगत अपने दस मित्रों की मदद से उसे प्रशिक्षित किया, और अपने प्रिय गजराज कंदूला पर बैठकर चल पड़ा एलारा से युद्ध के लिए। भीषण युद्ध हुआ; जब दोनों ओर के हजारों सैनिक हताहत हो चुके और फिर भी हार-जीत का फ़ैसला न हो पाया तो आख़िरकार संधि करनी पड़ी— हम दोनों लड़ लें, जो जीवित बचे सिंहल उसका।

एलारा था तो महावीर किंतु बीतते बरस उसका बाहुबल क्षीण कर चुके थे। किंतु कहते हैं न, रस्सी जल जाती है मगर बल नहीं जाते— एलारा ने चुनौती स्वीकार ली।

दुतुगेमुनु नौजवान और चपल था; तेजी से तिरछे होकर एलारा की मार से बच गया और तत्काल कंदूला को अंकुश लगाकर इंगित किया— मार टक्कर सूंड पर! स्वामी-भक्त कंदूला ने एलारा के हाथी की सूंड में अपने दाँत चुभो दिए। एलारा का गजराज चिंघाड़ते हुए डगमगाया; दुतुगेमुनु ने निशाना साध कर ऐसे भाला फेंका कि एलारा बच न सका। अनुराधापुर वापस सिहल-वंशियों के हाथ आ गया।

दुतुगेमुनु वीर भी था और कूटनीतिज्ञ भी— उसने एलारा का दाह संस्कार राजकीय सम्मान से करवाया और राजाज्ञा जारी की कि एलारा के समाधि के पास से न कोई अश्व अथवा वाहन पर चढ़कर निकलेगा, न गाजे-बाजे के साथ शोर-शराबा करता हुआ। दुतुगेमुनु तमिलों के साथ अनावश्यक सख़्ती से पेश आकर भविष्य में अपने लिए कोई नया एलारा पैदा नहीं करना चाहता था। सहस्रों तमिल-वंशी जो दो

दशकों के एलारा राज के दौरान अनुराधापुर में रहते आए थे, उनमें से बहुतेरे इस सुन्दर हरित द्वीप के स्थायी निवासी हो गए। वीरता के साथ-साथ अपनी इन उदारवादी नीतियों के कारण दुतुगेमुनु आज भी सिंहल के प्राचीन इतिहास का सबसे नामी-गिरामी किरदार है।

दुतुगेमुनु के पुत्र राजकुमार सालिया ने अशोकमाला नाम की एक चांडाल कन्या से प्रेम विवाह किया जिसके कारण उसे उत्तराधिकार से तो वंचित होना पड़ा, किन्तु रक्त व जीवाष्म के सम्मिश्रण में एक और कड़ी जुड़ गई।

दुतुगेमुनु ने सिंहल द्वीप को एकीकृत किया और अनुराधापुर से लंबे समय तक एकछत्र शासन किया। उस युग में द्वीप के तीन स्पष्ट संभाग थे— उत्तर में पिहिति रत, दक्षिण में रुहुन रत, और मध्य भाग में माया रत। तीनों मिल कर त्रि-सिंहल कहलाये जिसकी राजधानी हुआ करती थी अनुराधापुर। अनुराधापुर के छत्र तले छोटे-बड़े अनेक राजे और सामंत राज्य करते थे; और आपस में संघर्ष और वैवाहिक संबंध भी।

एलारा के बाद की शताब्दियों में भी तमिल आक्रमण की तलवार अनुराधापुर के शासकों पर लटकी ही रहती थी। विशेष कर पिहिति रत में बौद्ध विहारों को नष्ट किया जाना, नगरों एवं ग्रामों के नामों में बारम्बार परिवर्तन किया जाना एक आम बात थी।

इतना कहकर सिंहगिरि चुप हो गया, फिर विहँसता हुआ-सा बोला— हे तथागत देश से पधारे सैलानी, कथाएँ तो मेरे पास इतनी हैं कि सुनाने लगूँ तो शायद आप स्वदेश वापस ही न लौट पाएँ, यहीं के होकर रह जाएँ— कहानी एक ऐसी रानी की जिसके अवैध संबंध के कारण एक निर्दोष भिक्षु को खौलते तेल की कड़ाह में डाल दिया गया; और ऐसी रानी की भी जिसने अपने पति के प्राण बचाने के लिए राजमुकुट अपने माथे पर पहन लिया और दूसरी दिशा में भाग खड़ी हुई ताकि पीछा करते शत्रु राजा को छोड़ उसे खदेड़ने लगें; कथा एक ऐसी राजकुमारी की जिसने मात्र सत्रह वर्ष की छोटी-सी उमर में लोक-हित के लिए स्वेच्छा से मृत्यु का वरण कर लिया। ...लेकिन मान्यवर, मुझे मालूम है कि आप न तो मुझसे संपूर्ण महावंश सुनने आए हैं और न एलारा व दुतुगेमुनु की दास्तान। उनका उल्लेख तो मैं आपके धैर्य परीक्षण के लिए कर रहा था, अन्यथा मैं अच्छी तरह जानता हूँ कि वह कौन सी कथा है जिसे सुनने की लालसा लेकर आप यहाँ आए हैं। आपने स्पष्ट पूछा नहीं, तो मैं भी आपको कुछ और ही सुनाने लगा!

आपको तो कश्यप महाराज की कथा सुननी थी न? वह राजा जिसने मेरा नाम अक्ष-पर्वत के बदले सिंहगिरि कर दिया।

तो चलिए फिर, उस कथा के पात्रों से ही सुनते हैं उनकी कहानी!

त्रि-सिंहल नरेश धातुसेना
अनुराधापुर / सन् 460 ई.

इस वर्ष मैं सैंतीस वर्ष का हो गया हूँ— युवावस्था के चरमबिन्दु पर हूँ। कई वर्षों के संघर्ष के बाद अंततः अनुराधापुर पर मेरा आधिपत्य हो गया है। अब मैं त्रि-सिंहल नरेश हूँ। अनुराधापुर के इस भव्य राजमहल में रहता हूँ, जो महाविहार को छोड़ कर नगर का सबसे आलीशान भवन है— सैकड़ों कक्ष, लम्बे गलियारे, छज्जों पर सोने-चाँदी की किनारी, दीवारों पर माणिक-मुक्ता की सजावट। ढलवाँ छत पर सात रंगों के खपड़े हैं जो धूप में इन्द्रधनुष की भाँति चमक उठते हैं। चारों ओर विशाल उद्यान हैं— जहाँ तक दृष्टि जाती है, शतदल कमल से भरे सरोवरों से घिरी हरियाली और सघन कुंज।

एक सौ से अधिक कक्षों-कोठरियों के रनिवास-खंड में पटरानी तथा दो रानियों के अतिरिक्त कितनी रखैलें व नृत्यांगनाएँ हैं, मुझे स्वयं भी ज्ञात नहीं।

धर्म-कर्म में भी कोई कमी नहीं। तीन प्राचीन दागबों के जीर्णोद्धार के अलावा दो विशाल नवीन स्तूपों का निर्माण करवा रहा हूँ— तथागत की कृपा है। अनुराधापुर का महाविहार राजनिवास से भी एक महल ऊँचा है— सोने-चाँदी के नक्क़ाशीदार पत्तर से मढ़ा। दीवारों पर बहुमूल्य रत्न-जवाहर की झालरें और विशाल प्रार्थना-कक्ष में आयातित गलीचे। महाविहार में पाँच हज़ार भिक्षु नियमित रूप से निवास करते हैं, और प्रतिदिन कम से कम एक हज़ार दीन-हीन को भोजन कराया जाता है। महाविहार में पहले के राजवंशों के समय से ही शासन एवं श्रद्धालुओं के दान-दक्षिणा से अकूत धन-सम्पदा एकत्रित है। अनुराधापुर के राज्य-कोष से कहीं अधिक।

मैं लगभग प्रतिदिन महाविहार जाकर मुनि संघस्थविर का आशीर्वाद ले आता हूँ। उनसे मधुर सम्बन्ध बनाए रखना मेरे लिए आवश्यक है— समय-समय पर राजकोष को ऋण की आवश्यकता होती है, विशेष कर लम्बे युद्ध के दौरान। और फिर यह भी सुनिश्चित करना होता है कि अहिंसा के उपदेशों में संतुलन बना रहे, अन्यथा सैनिक मिलना ही कठिन हो जाय; किन्तु इसमें बहुत संयम और कूटनीति

बरतनी होती है।

युद्ध तो मानो रुकते ही नहीं कभी! कई बार तंग आ जाता हूँ मैं। हर महीने-दो महीने में पिहिति-रत के इलाक़ों में तमिलों की किसी न किसी छापामार टुकड़ी से मुठभेड़ तो जैसे अपरिहार्य है। माया-रत के जंगलों-पहाड़ों के आदिवासी क़बीले और दस्यु भी हर-हमेशा कुछ न कुछ उत्पात मचाते रहते हैं। और जब ये सब नहीं होता, तो रुहुन-रत के सत्ताधारियों में कोई सीमा-विवाद आरंभ हो जाता है। कितनी बार तो कई-एक आपदाएँ इकट्ठी। ये नहीं कि इन पाजियों से मुझे कभी मुँह की खानी पड़ी हो। सब कुछ नियंत्रण में है। फिर भी अनुराधापुर को लम्बकर्ण वंश के दुःशासन से मुक्त करने के लिए बौद्ध-विद्यालय त्याग कर मैंने जबसे संघर्ष करना आरम्भ किया तब से छोटे-बड़े मिला कर कुछ नहीं तो पंद्रह युद्ध लड़ चुका हूँ।

वैसे, मेरे पास अब वह सब कुछ है जो एक राजा को प्रसन्न रहने के लिए चाहिए; किन्तु इतने ऐश्वर्य और वैभव, इतनी सुंदरियों के साथ शरीर-सुख, इतने नृत्य-संगीत और आध्यात्मिक संतोष के उपरान्त भी उद्विग्न रहता हूँ, घुटता रहता हूँ भीतर-भीतर। इसलिए नहीं कि युद्ध बहुत होते हैं या ऋण के लिए संघस्थविर के सामने हाथ फैलाना पड़ता है— मेरी दुश्चिंता का कारण कुछ और ही है।

तीन रानियों और अनगिनत रखैलों के साथ पिछले सात-आठ वर्षों से लगभग हर रात संभोग के बाद भी निःसंतान हूँ, एक भी गर्भवती नहीं हुई कभी। बालक उत्तराधिकारी तो क्या, एक कन्या तक नहीं मेरी।

बहुधा पिता के अंतिम वर्षों का स्मरण हो आता है— उनका शरीर फूल कर इतना गोल-मटोल हो गया था कि चला भी नहीं जाता था। एक तो अवस्था-जन्य दुर्बलता और फिर उतना भारी शरीर— दोनों ओर से दो विश्वस्त परिचारक सहारा दे कर उठाते-चलाते थे उन्हें। किन्तु कितने भी भरोसेमंद क्यों न रहे हों, उन पर यदि मेरी गिद्ध-दृष्टि न रही होती तो कोई आश्चर्य नहीं कि उन्हीं में से कोई स्वयं राजा बनने की लालसा में उनका सिर उतार लेता। हर घड़ी यह चिन्ता लगी रहती है कि मेरी वृद्धावस्था में यदि कोई स्पष्ट उत्तराधिकारी मेरे संरक्षण के लिए उपलब्ध न हुआ तो मेरा क्या होगा।

राज-वैद्य ने बहुत जाँचने-परखने के बाद कहा— पौरुष और वीर्य की तो कोई कमी नहीं... संभवतः शुक्राणु कुछ कम हों। आप निराश न हों, राजन्, समय से सब अच्छा होगा। मैं सोचता, क्या ख़ाक अच्छा होगा! कहीं मेरे यौवन का सत् समय से पहले ही युवराज की परिचारिकाओं की वेदी पर होम तो नहीं हो चुका? स्वप्न में भी बच्चों की किलकारियाँ सुनाई देतीं। चौंक कर उठता तो सामने खेलता-कूदता बालक दिखाई देने लगता। ...यह भी एक कारण है कि प्रतिदिन संघस्थविर के चरण-स्पर्श करने महाविहार जाता हूँ।

झुर्रियों से भरे मुख वाली रनिवास की अनुभवी मुख्य परिचारिका, लालिन्द्रा, दिन गिन-गिन कर कनफूसियों में प्रतिदिन संध्या-काल बता जाती है कि आज रात किसके कक्ष में जाना है। कई बार समागम में रत, भ्रम हो जाता है जैसे यह भी एक युद्ध ही है— अकस्मात निर्मम हो उठता हूँ मानो किसी शत्रु की छाती में कटार भोंक रहा हूँ ... गहरे..और गहरे.. जबकि मेरे आलिंगन में कातर दृष्टि से तकती केवल एक स्त्री होती है!

संध्या होने को आई— लगभग हर दिन की भाँति दोपहर के बाद वर्षा की हल्की बौछार से पेड़-पौधों और वल्लरियों के पात धुल गए हैं। मैं राजखंड की बैठक में हूँ— सामने बड़े झरोखे के पार नक्क़ाशीदार काष्ठ-स्तंभों पर चढ़ी हुई वसंतिका की लता धीरे-धीरे काँप रही है। मैं उद्विग्न-मन हिलती हुई बेल को एकटक ताक रहा हूँ... कान में राज-वैद्य से हुई गुप्त-वार्ता के टुकड़े तैर आते हैं ... राजन्, आप निराश न हों ...राज-प्रासाद परिसर के उद्यान के पार से महाविहार में सायंकालीन समवेत मंत्र-पाठ की स्वरलहरियाँ सुनाई देती हैं, बहुत धीमे सुरों में। ...मैं शुक्राणुओं के ध्यान में खोया हुआ हूँ। सहसा मेरा निजी परिचारक महानाम पास आकर हाथ जोड़े सिर नवाता है, 'राजन्, पटरानी सुमनवल्लरी उपस्थित होना चाहती हैं।' मैं अनुमति में सिर हिलाता हूँ।

महानाम उलटे पाँव चलता हुआ द्वार को ढके चीनी रेशम की सुनहरी झालर उठा कर सिर नवाए एक ओर को खड़ा हो जाता है। महिषी सुमनवल्लरी मंथर-गति चलती हुई निकट आती हैं— अत्यंत गौर-वर्ण, सुतवाँ नासिका, धनुषाकार भवें, मंद-स्मित, लम्बी काया, स्तनों के अतिरिक्त कहीं छँटाक भर भी अधिक माँस नहीं पटरानी की देह पर! श्वेत रेशम का चोगा और लाल कंचुकी— कमल की डंडियों समान लम्बी उँगलियों में श्वेत कमल का एक अधखिला पुष्प है। सुमनवल्लरी स्त्री नहीं, अप्सरा जैसी लगती हैं। रुहुन-रत के राज-परिवार से आई मेरी पटरानी के पुरखों में अवश्य यवन व आर्य शुक्राणुओं की बहुलता होगी। सात वर्षों के साहचर्य के बाद भी मेरा जी कभी न भरा। मैं हमेशा की भाँति पटरानी के स्वागत को उठ खड़ा होता हूँ।

'विराजिए, देवि सुमनवल्लरी।'

वे बराबर के तिरछे रखे सिंहासन पर बैठती हैं तब दिखाई देता है— पीछे एक नई दासी है। पहले कभी नहीं देखा उसे— देह-दशा, मुखाकृति सब कुछ लगभग स्वामिनी के समान, केवल वर्ण श्यामल— पलकें नीची हैं, पर स्पष्ट दीख पड़ता है कि नयन-कमल कँटीले हैं। पूछना चाहता हूँ— यह कौन? कब और कहाँ से आई? किन्तु पूछता नहीं। वापस पटरानी की ओर देखने लगता हूँ— राजा नामक जीव किसी से भी अपने हृदय की बात आसानी से नहीं कह सकता— पत्नी अथवा

पत्नियों से भी उसका सम्बन्ध कूटनीतिक ही रहता है।

'देवि, प्रसन्न-मन हैं?'

'हूँ...,' वह हामी में सिर हिलाती हैं, फिर कहती हैं, 'किन्तु आज आप कुछ अधिक उद्विग्न दिखाई देते हैं,' फिर कुछ दबी आवाज़, किन्तु इतना भी नहीं कि पीछे खड़ी दासी सुन न पाए, 'कल रात मैं प्रतीक्षा करती रही, किन्तु आप नहीं आए, राजन्।' स्वर में कोई उलाहना नहीं, केवल जो हुआ उसकी सस्वर अभिव्यक्ति है। फिर मेरा प्रश्न मानो अबोले ही बूझ लिया हो, दासी की ओर बिना मुड़े ही उसे इंगित कर कहती हैं, 'यह अधरअमृता है, मैंने आज ही अपनी परिचारिकाओं में इसे जगह दी है। वेद्दा परिवार की है पर दो पुश्तों से ये लोग वन्य जीवन त्याग कर नगर में रहते आए हैं। इसका पिता मेरे महल के द्वारपालों की टुकड़ी में है; उसी ने अर्जी दी थी। ...कैसी है?'

अंत के अप्रत्याशित प्रश्न से चौंक कर मैं पीछे खड़ी दासी की ओर देखता हूँ। एक क्षण के लिए उसकी पलकें उठती हैं, फिर उसी क्षणांश में गिर भी जाती हैं। मैं पटरानी को देख, कहता हूँ, 'मैं आपका मंतव्य समझा नहीं, देवि। आपने चुना है तो बुरी कैसे हो सकती है! अच्छी है।'

सुमनवल्लरी हँस पड़ती हैं, 'आप आज्ञा करें तो आपको उपहार में दे दूँ?'

मैं झेंप कर सिर झुका लेता हूँ। सुमनवल्लरी की दिव्य-दृष्टि से बच सकना संभव नहीं।

'नहीं, मैं तो हँसी कर रही थी— अधरअमृता मेरी ही रहेगी। वैसे तो जो कुछ मेरा है, वह सब भी आपका ही है, राजन्... मैं तो आपको यह देने आयी थी।' कमल का अधखिला फूल मेरी तरफ़ बढ़ाते हुए कहती हैं, 'मैं प्रवचन सुनने महाविहार गई थी; सीधे वहीं से आ रही हूँ। संघस्थविर ने कहा— देवि, यह पुष्प राजन धातुसेना को दीजिएगा और कहिएगा अधिक चिन्ता न किया करें। अब मैं आज्ञा लूँ?'

सुमनवल्लरी उठते-उठते दासी से कहती हैं, 'महाराज आज कुछ विशेष चिंतित दिखाई देते हैं, कुछ देर इनसे बातें करो ...इनका जी बहलाओ। फिर चली आना। याद है न, संध्या-स्नान कराना है मुझे— भूलोगी तो नहीं?'

ऐसा तो पहले कभी नहीं हुआ! यूँ तो महल की रानियाँ, रखैलें, दासियाँ, सब राजा की ही होती हैं— किन्तु आज हृदय में जैसे कुछ धक्-सा हुआ। अधरअमृता अवाक् पटरानी को जाते हुए देख रही थी, और मैं उसे।

जैसे ही सुमनवल्लरी कक्ष से बाहर निकलीं मैंने शयन-कक्ष के द्वार को इंगित करते हुए कहा, 'अधरअमृता, तुम उस कमरे में मेरी प्रतीक्षा करो, मैं अभी आया ...' वह पलकें नीचे को किए, मूरत बनी खड़ी रही। मैं डग भरता हुआ बाहरी द्वार तक आया— पटरानी ओझल हो चुकी थीं। मैंने फुसफुसाते हुए महानाम से कहा, 'मुझे

दो पहर के लिए निर्बाध एकांत चाहिए, तब तक तुम दो बातों की जानकारी कर आओ... हाँ, सावधानी बरतना कि किसी को पता न चले...' मैं उसके कान में फुसफुसाया।

जब लौटा तो अधरअमृता जहाँ की तहाँ खड़ी थी, बिलकुल वैसे ही जैसे उसे छोड़ कर गया था। मैंने धीरे से उसकी दाएँ हाथ की उंगलियाँ थामीं और हल्के से खींचता हुआ उसे शयन-कक्ष की ओर ले चला।

अदृश्य सूत्रधार
सन् 460— 466 ई.

मैं आपका सूत्रधार हूँ। समय-समय पर कथा को सूक्ष्म करके इसकी रोचकता बनाए रखने का दायित्व सिंहगिरि ने मुझे दिया है। कथा तो आपको मुख्य पात्र ही सुनाएँगे किन्तु हर छोटा-बड़ा किरदार अपना राग गाने लगा तो यह समाप्त ही न होगी।

तो आइए, आपको मैं इन बरसों की सुर्ख़ियाँ बता दूँ। उसके बाद अधरअमृता की बारी आएगी, यह बताने की कि उस शाम पटरानी के उठ कर चले जाने के बाद उस पर क्या बीती। फिर पटरानी अपने अटपटे व्यवहार और झूठ बोलने के कारण बताएँगी।

ठीक नौ महीने बाद धातुसेना महाराज को अधरअमृता के गर्भ से पुत्र-रत्न की प्राप्ति हुई। उससे छः माह पहले जिस दिन लालिन्द्रा ने उसके गर्भवती होने की पुष्टि की, धातुसेना के सारे दुख मानो किसी मंत्र से एक झटके में दूर हो गए। महाविहार में धन्यवाद-ज्ञापन का बड़ा उत्सव हुआ; पूरे अनुराधापुर को दीपमालाओं से सजाया गया; समस्त पुर-वासियों में पकवान व मिष्टान्न बँटे। और जब स्वस्थ बालक शिशु का जन्म हुआ तब तो महाराज के मुख पर से उद्विग्नता के बादल पूरी तरह छँट गए, जैसे युवावस्था पुनः वापस लौट आयी हो। चाहे दासी की कोख से हुआ हो पर राजा का औरस-पुत्र, और संभवतः भावी युवराज, जनम तो गया। महाराज को अपने पौरुष से निराश न होने की सांत्वना देनेवाले वैद्यराज का घर उपहार व स्वर्ण-मुद्राओं से भर गया।

सोने पर सुहागा जैसा संयोग यह भी कि ऐन उसी दिन धातुसेना महाराज की बहन वारुणी भी एक बालक शिशु की माँ बनीं। धातुसेना महाराज पिता और मामा, दोनों एक ही दिन! उस पूरे सप्ताह राजधानी में जो उत्सव, भोज व प्रार्थना-पाठ हुए वे नगर-वासियों को वर्षों तक नहीं भूले।

महाराज के बहनोई व सेनाध्यक्ष जगत निसांत द्वीप के उत्तरी सम्भाग पिहिति-

रत के राज-परिवार के कनिष्ठ पुत्र थे। उनके कई-एक पीढ़ी पहले के लगभग विस्मृत पुरखों में एलारा का कोई सामंत भी था, जो हज़ारों वर्ष पूर्व किसी यक्ष युवती से विवाह कर द्वीप-वासी हो गया था। संभवतः यही कारण था जगत के असाधारण रंग-रूप का— स्याह वर्ण, राक्षसी आकार का गठीला शरीर, घनी मूँछें व परस्पर जुड़ी हुई भवें। उनका नवजात शिशु भी मानो एक वर्ष का बालक हो!

हर्ष का पारावार न था उस दिवस राजधानी में, किन्तु जीवन में यदि केवल ख़ुशियाँ ही ख़ुशियाँ होतीं तो उनका सम्मान कहाँ होता इतना। दुख के बादल भी छाए अंततः।

सेनाध्यक्ष जगत निसांत और महाराज की बहन वारुणी का निवास महल के उद्यानों के पार एक भव्य भवन में था— बस इतनी ही दूरी पर कि दोनों परिवार का पूरा-पूरा दिन बहुधा राज-प्रासाद में व्यतीत होता।

धातुसेना और अधरअमृता के पुत्र का नाम पड़ा कश्यप, और वारुणी-जगत के भीमकाय श्याम-वर्ण बच्चे का, मिगार। प्रथम राजपुत्र को जन्म देकर अधरअमृता के तो जैसे भाग ही खुल गए। रनिवास के सर्वोत्तम खण्डों में से एक उसे मिल गया; स्वयं महिषी सुमनवल्लरी के खंड से किसी तरह भी कम भव्य अथवा सुसज्जित नहीं। सब देवि कह कर संबोधित करने लगे। रनिवास में कनफूसियाँ तो यहाँ तक चल पड़ीं— लो, गया महिषी-पद सुमन के हाथ से!

पारम्परिक सोच के अनुसार तो सुमनवल्लरी को सौतिया डाह से स्याह पड़ जाना चाहिए था, किन्तु उनके मुख की आभा तनिक भी मलिन न हुई। बल्कि सच पूछिए तो उनका अप्सरा-समान रूप कुछ और निखर आया मानो महाराज का पहला पुत्र अधरअमृता से नहीं पटरानी से हुआ हो। सुमनवल्लरी का अधिकांश समय अधरा के खंड में कश्यप को निहारते और उसके साथ किल्लोल करते बीतता। पूरे रनिवास में उनदोनों का यह अद्‌भुत सौहार्द्र व बहनापा आश्चर्य ही नहीं, क्षोभ और कटाक्ष का कारण बना हुआ था। किन्तु सुमनवल्लरी के मुख पर कभी विषाद की छाया तक न आई।

घोर आश्चर्य कि ठीक उसके विपरीत इतने सुख-वैभव के बावजूद अधरअमृता की कान्ति क्षीण से क्षीणतर होती जा रही थी जैसे उसका सब कुछ लुट गया हो। राजकार्य के अतिरिक्त धातुसेना का अधिकांश समय भी अधरअमृता, कश्यप और सुमनवल्लरी के सान्निध्य में बीतता। महाराज अधरअमृता के बुझे-बुझे मुख से चिन्तित, पटरानी से पूछते— देवि, क्या हो गया आपके सुन्दर उपहार को? यह कमनीय कली मुरझाई क्यों जाती है? सुमनवल्लरी क्या बताती! राज-वैद्य की ही समझ में कुछ न आ रहा था।

अधरअमृता से कोई कुछ पूछता तो वह हँस कर टाल जाती— नहीं, कुछ भी

नहीं हुआ, अच्छी-भली तो हूँ। एक दिन सुमनवल्लरी ने बहुत ज़िद की तो उसकी आँखों में कातर-सा भाव भर गया, आँसू आ गए— कुछ बुदबुदाई— वह स्वप्न... ये दोनों लड़के... जैसे अकेले में ख़ुद से बात कर रही हो।

'क्या कोई भयावह सपना देखा बच्चों के बारे में?' सुमन ने पूछा तो चौंक कर बोली, 'नहीं, नहीं देवि, आप नहीं समझेंगी... मैं ठीक हूँ।' उसके बाद जो चुप्पी साधी उसने तो अडिग रही। कोई कुछ पूछता तो बड़े उल्लास का अभिनय करके कहती— इससे और अच्छी क्या होऊँगी मैं!

किन्तु मैंने कहा था न, जीवन शुद्ध उल्लास और उत्सव नहीं होता।

पिहिति-रत पर तमिलों ने पुनः आक्रमण किया— इस बार कोई छोटी-मोटी छापामारी नहीं, सुनियोजित और कटिबद्ध आक्रमण! सैंकड़ों युद्धपोत और बजरों का बेड़ा और हज़ारों सैनिक। पिहिति-रत से तत्काल सहायता का सन्देश आया। मंत्रणा हुई।

'क्या करना चाहिए, जगत?'

जगत निसांत जैसे निडर सेनाध्यक्ष के माथे पर भी इस बार चिन्ता की गहरी रेखाएँ थीं।

'आप चिन्ता न करें, राजन्, मुझे आता है इन दुष्टों से निपटना।'

'आपका स्वयं जाना आवश्यक है?' धातुसेना तमिल विरोधी अभियानों के ख़तरों से अनजान न था।

'इस बार तो मुझे जाना ही होगा, महाराज,' निसांत ने कहा, और सचमुच वह चला ही गया।

द्रविड़ों को तो अनुराधापुर की सेना ने पिहिति-रत से खदेड़ दिया, किन्तु निसांत का मात्र शव ही वापस आया अनुराधापुर। मिगार तब एक वर्ष का था, पर लगता पाँच का था। रनिवास में द्वेषपूर्ण कनफूसियाँ चलती रहीं कई दिनों तक— 'खा गया बाप को, राक्षस!'

रोती-बिलखती वारुणी को सुमनवल्लरी किसी तरह समझा-बुझा कर राजमाता वाले ख़ाली पड़े खंड में ले आईं। एक ही दिन जनमे दोनों बच्चे एक साथ पलने-बढ़ने लगे। देखते ही देखते पाँच वर्ष बीत गए। शस्त्रविद्या प्रशिक्षण प्रारम्भ हुआ— दोनों के हाथों में साल की लकड़ी के मज़बूत, नुकीले खड्ग पकड़ा दिए गये।

कश्यप— गौर वर्ण, कोमलांग और आकार में अवस्था के अनुरूप; दूसरी ओर मिगार छः वर्ष की बजाय दस-ग्यारह बरस का श्याम वर्ण, बलिष्ठ बालक लगता था। किन्तु कश्यप था तीक्ष्ण-बुद्धि— मिगार के वार से चपलता से बच निकलता। मिगार अट्टहास करता, गोल-गोल घूमता हुआ फिर से घात लगाता। प्रशिक्षक महानाम दोनों को साधु.. साधु कह कर शाबाशी देता, किन्तु गिद्ध-दृष्टि से

देखता भी रहता कि कुमार कश्यप आहत न हो जाएँ।

अधरअमृता
अनुराधापुर / सन् 464 ई.

उस बात को कई वर्ष बीत गए जब महेषी सुमनवल्लरी मुझे महाराज से बातें करने और उनका मन प्रसन्न करने को कह कर मुझे राज-खंड में अकेली छोड़ आयी थीं।

महाराज अपने परिचारक से कुछ कहने चले गए थे; उनका कहा अनसुना करके मैं पत्थर की मूरत बनी खड़ी रही— मेरे शरीर में कहीं बहुत भीतर कुछ अबूझ झुरझुरी-सी हो रही थी, रोम-रोम उद्वेलित हो उठा था। ...यह सब क्या हो रहा है ...अब आगे? ...पहले तो यही समझ में नहीं आया कि पटरानी ने महाराज से झूठ क्यों कहा कि वे सीधे महाविहार से आयी हैं? वे तो कई योजन दूर घनघोर वन में मेरी बुआ स्वयंसिद्धा के आश्रम से मुझे लेकर लौटी थीं, एक अश्व वाले रथ को एकदम अकेले हाँकती हुई। कमल का वह फूल भी महास्थविर ने नहीं, बुआ ने उन्हें दिया था! हम तो महाविहार के आस-पास भी नहीं फटके; कई पहरों की यात्रा करके सीधे राज-प्रासाद आये थे।

हाँ, दूसरी बात किसी सीमा तक सच थी— मेरे पिता उनके रनिवास खंड के द्वारपाल हैं। पटरानी के पीहर रुहुन-रत से दहेज़ में उनके साथ आए होने के कारण उनके बहुत निकट भी हैं। मैं जानती तो नहीं किन्तु बहुत संभव है कि उन्होंने कोई अर्ज़ी लगाई हो। ...आख़िर मैं उस निर्जन बियाबान में बुआ की कन्दरा में कब तक उनके साथ पड़ी रहती!

आठ बरस पहले तक मैं अपने माता-पिता के साथ महल-परिसर से कुछ दूरी पर सैनिकों की बस्ती में ही रहती थी। किन्तु जब मात्र दो-तीन दिन ज्वर में तपने के बाद अचानक मेरी माँ चल बसी तब मेरे पिता मुझे बुआ सिद्धा के पास छोड़ आए थे— द्वारपालों और सैनिकों से पटी पड़ी उस बस्ती में कभी दिन कभी रात की अपनी व्यस्तताओं में मुझे अकेला छोड़ने की अपेक्षा बुआ के पास वन में दे आना उन्हें अधिक सुरक्षित लगा। मैं बहुत रोई-बिलखी, पर अन्य कोई विकल्प न था।

कई दशकों पहले मेरे दादा ने सेना में भरती होकर वेद्दाओं का वन्य-जीवन त्याग दिया था; जब वे अपने परिवार के साथ दक्खिन को जाने लगे तब उन्होंने बड़ी बेटी स्वयंसिद्धा व उसके पति से भी साथ चलने का आग्रह किया था। किन्तु जामाता को पारम्परिक जीवन इतना अधिक प्रिय था कि उसने साफ़ मना कर दिया। पति की मृत्यु के बाद भी बुआ सिद्धा वहीं बनी रहीं।

बुआ के पास छोड़ आने से पहले एक बार मेरे पिता मुझे उनसे मिलाने ले गए— पहली बार ही गई थी उनके यहाँ। उनकी जगह और जीवन-चर्या देख कर मैं स्तब्ध रह गई। छोटी-सी थी, सात-आठ बरस की। माथा सन्न रह गया। आश्चर्य और भय से मेरी मुट्ठी स्वतः पिता की उँगली पर कस गई। मेरे मुख पर आए भाव को देख कर बुआ सिद्धा हँस पड़ीं, बोलीं, 'स्वागत भाई दियाथ, तो यह है तुम्हारी अधरअमृता ...डरो मत, बेटी, ये तुम्हें कुछ नहीं करेंगे। अगर भूल से तुम्हारा पैर इन पर पड़ गया, फिर भी नहीं ...हाँ, यदि जान-बूझ कर इन्हें चोट पहुँचाई फिर तो बात और है ..'

बुआ का निवास दूर तक फैली लम्बी घास और झाड़ियों के पीछे साल, नारियल व कटहल के एक कुंज-से में छिपी एक कन्दरा में था। तीन-चार विशाल शिला-खंड एक दूसरे से चिपके हुए, सामने बाँस के खम्भों पर टिकी ताड़-पत्र और घास की एक छतरी सी; और उसके आगे मिट्टी से लिपा एक खुला चबूतरा जिस पर लोगों के बैठने के लिए सूखे हुए पेड़ का एक मोटा तना रखा था। कन्दरा अन्दर से काफ़ी चौड़ी थी; एक ओर बाँस के पायों और घास की रस्सी से बनी दो चारपाइयाँ और दूसरी तरफ़ पत्थर के टुकड़ों को मिट्टी से लीप कर बना एक चूल्हा, जिसके पास मिट्टी के कुछ बर्तन और पत्थर के दो-तीन मर्तबान रखे थे। वह सब तो ख़ैर बाद में देखा ...अभी तो हम बाहर उस पेड़ के तने पर ही बैठे थे। चबूतरे के एक कोने में काला नाग सोया पड़ा था। ऊपर एक शिला-खंड के आगे को निकले हुए हिस्से पर एक चीता बैठा ऊँघ-सा रहा था; चबूतरे के नीचे तीन-चार मोर-मोरनियाँ घास में दाने चुग रहे थे।

बुआ स्वयंसिद्धा के साथ हम पेड़ के तने पर बैठे हैं— उनके कड़े घूँघर वाले बड़े-बड़े केश एक धागे से ऊपर को इस तरह बँधे हैं कि सिर के चारों ओर फ़व्वारे से फुहारों की भाँति गिर रहे हैं ...जैसा अनुराधापुर महल के उद्यान में एक बार देखा था। बड़ी-बड़ी आँखों में काजल लगा है, हाथ में धातु के कई तारों वाला एक छोटा-सा वाद्य यंत्र है ...हमारे वहाँ पहुँचने से ठीक पहले वह उसे बजाते हुए कुछ गा रही थीं।

'ठहरो, मैं अभी आयी।' वे उठ कर गुफ़ा में चली गईं। ...मैं बुआ और उनका घर देख कर संत्रस्त हूँ पर मौन, क्योंकि कुछ कहना निरर्थक लग रहा है। बुआ सिद्धा वापस आती हैं तो उनके हाथों में दो पत्तों पर कुटे नारियल की छः आठ टिकियाँ और मिर्च की चटनी है।

'लो खाओ, इतनी दूर आते-आते भूख लग आई होगी।'

'बहन, कुछ बरस अधरा को अपने साथ रख लोगी? तुम्हारी भाभी तो चली गईं... इसको लेकर बड़ा भय लगा रहता है मन में।'

'रह पाएगी यहाँ ...यह तो इस स्थान को देख कर ही भय से त्रस्त है,' वे थोड़ा विहँसती हुई कहती हैं।

मेरी आँखों से आँसू टपक कर हाथ के पत्ते पर गिर पड़ते हैं।

'वहाँ बस्ती में बहुत असुरक्षा है! किसके भरोसे छोड़ूँ?'

मैं मन ही मन सोचती हूँ— हाँ, यहाँ इस निर्जन वन में नाग और चीते के बीच तो बहुत सुरक्षा है!

घोर आश्चर्य! न जाने कैसे स्वयंसिद्धा मेरा सोचा हुआ जान जाती हैं, मेरे सिर पर हाथ फेरते हुए कहती हैं, 'हाँ बेटी, यह स्थान वहाँ से अधिक सुरक्षित है। यह मेरा पालतू चीता और यह नाग हमारी सुरक्षा के लिए ही तो हैं।' बोलते-बोलते सहसा वे अपने झबले चोगे की सिलवटों को टटोलती हैं, हाथ बाहर आता है— एक पका हुआ आम बढाती हैं मेरी ओर को, 'लो, इसके साथ खाओ रोटी ...एक गीत सुनाऊँ तुम्हें?' फिर मेरे जवाब की प्रतीक्षा किए बिना ही उंगलियों से अपने वाद्य के तार तरंगित करते हुए गाने लगती हैं। शब्द मेरी समझ से परे हैं किन्तु गीत की लय और उनका गहरा स्वर सम्मोहक है, और बोल में किरि-अम्मा शब्द बार बार आता है। ...देखती हूँ अचानक चीता सजग-सा होकर सिर उठा लेता है, उसके कान खड़े हो गए हैं ... अरे, यहाँ तो आश्चर्यों की कमी ही नहीं— एक तोता उड़ता हुआ आकर बुआ के कंधे पर बैठ जाता है। सहसा मेरे मन से सब भय-संशय लुप्त हो जाते हैं— मैं मुस्कुराती हुई टुक से वाद्य के एक सिरे को छू कर कहती हूँ, 'बुआ, आप मुझे ये बजाना सिखाएँगी।'

'अवश्य, लेकिन पहले यह तो तय करो कि आओगी यहाँ रहने।'

मुझे प्रकृतिस्थ देख कर मेरे पिता की आँखों में गहरे संतोष का भाव है।

मैं वहाँ आठ बरस रही। अद्भुत था वह जीवन। वास्तव में स्वयंसिद्धा बुआ के हाथों में सिद्धि थी— उस नितांत निर्जन वन में जहाँ दूर-दूर तक आदमी का बच्चा भी दिखाई न देता था, दूकान-दौरी तो दूर की बात, हमें कभी भूखा नहीं रहना पड़ा। बुआ को नारियल और जंगल के मौसमी फलों से इतने तरह के व्यंजन बनाने आते थे कि वैसा स्वादिष्ट भोजन तो पहले कभी खाया ही न था। कन्दरा के पीछे एक नदी थी— उसमें से बिना किसी बंसी-जाल के जितनी आसानी से मछलियाँ पकड़ लेतीं वह किसी जादू से कम न था।

दो-चार हफ्तों में एकाध बार दूर-पास के वन-क्षेत्रों से किसी वेद्दा परिवार के लोग या मुखिया उनसे मिलने आ जाते, और कुछ चावल,नमक, गुड़ आदि उपहार-स्वरूप छोड़ जाते— कुछ प्रश्नों के उत्तर के बदले। हर वार्ता के बाद बुआ उन लोगों को अपने उस किरि-अम्मा वाले गीत का कोई न कोई टुकड़ा अवश्य सुनातीं। पक्षियों को उनके कंधे पर उतरता देखते ही आगंतुक-गण चबूतरे पर लेट कर बुआ

को दण्डवत प्रणाम करते। अंत में वे हमेशा कह देतीं, 'हो गया ...जाओ, आगे कुछ नहीं दिखाई दे रहा अभी। अब और तंग मत करो मुझे।'

उस दिन मैं नदी से गागर भर कर लौट रही थी कि ढलान से ऊपर आते ही देखती हूँ घास के मैदान के पार एक सुनहला रथ खड़ा है; श्वेत वस्त्रों में एक अनिंद्य सुंदरी बुआ के कंधे पर अपना सिर रखे बैठी है; बुआ उसके बालों पर हाथ फेर रही हैं। ऐसा लगा जैसे वे उसको किसी बात पर सांत्वना दे रही हों। फिर वे अपना वाद्य उठा कर गाने को उद्यत हुईं तो उस स्त्री ने सिर उठाया। ...मैं चौंक पड़ी: उसके गाल आँसुओं से भीगे हुए थे। मुझे लगा कि उनकी निजी बातचीत में उनके पास जाना उचित न होगा— मैं वहीं ठिठक कर शिला-खंड की आड़ ले रुक गई। कुछ देर के बाद बुआ ने गाना बंद कर, धीमे स्वर में कहा, 'और कोई विकल्प नहीं, देवि ...मुझे स्पष्ट दिखाई दे रहा है, उत्तराधिकारी का क्लेश खा जाएगा ...राजन् को। आह! मेरी जीभ जल क्यों नहीं जाती ऐसी बात कहते, किन्तु मैं क्या करूँ।'

न चाहते हुए भी मैं इतने पास आकर रुकी थी कि सब कुछ सुनाई दे रहा था।

'क्या और कोई उपाय नहीं, देवि स्वयंसिद्धा?'

'होता तो मैं स्वयं ही बता देती। मैं अपनी अधरा को खोना नहीं चाहती पर आप उसे ले जाइए ...और ध्यान रखिएगा, आज रात्रि तक ही समय बचा है ...इस एकमात्र विकल्प में भी संकट है किन्तु आगे अभी कुछ नहीं देख पा रही हूँ, बहुत धुंध-सी है। समय कम है ... अब आप जाएँ।'

मैं अवाक्! ये बुआ क्या कह गईं— मैं अपनी अधरा को खोना नहीं चाहती पर उसे ले जाइए ...आठ वर्षों से रहते-रहते अब यह बियाबान अपने घर जैसा लगने लगा था। मैं रुआँसी खड़ी चुपचाप सुन रही थी। सहसा बुआ ने बिना मेरी ओर मुड़े ही कहा, 'बेटी अधरा, देखती हूँ कि तुमने सब कुछ सुन लिया है। ये महिषी सुमनवल्लरी हैं— आकर प्रणाम करो। तुम्हें इनके साथ जाना है। अब आगे यही तुम्हें सँभालेंगी।'

मैं काँप उठती हूँ— पिछली रात का वह भयावह स्वप्न न जाने क्यों उसी क्षणांश में मेरे मानस-पटल पर कौंध उठता है।

रनिवास के द्वार पर जब रथ रुका तो मेरे पिता वहीं खड़े थे। पटरानी उन्हें देखते ही बोलीं, 'कैसे हो, दियाथ? स्वयंसिद्धा ने अधरा को मुझे दे दिया— अब ये हमारी धरोहर है।'

'देवि, पृथ्वी पर हमारा जन्म ही आपकी सेवा के लिए हुआ है,' मेरे पिता सिर नवाए हुए बोले।

...महाराज जब लौटे तो उनकी अवज्ञा कर मैं जस की तस खड़ी थी। ...किन्तु आह, धातुसेना जैसा भव्य पुरुष मैंने पहले कभी न देखा था!

'अरे ...तुम अब तक यहीं खड़ी हो!' उन्होंने हाथ बढ़ा कर मेरी उँगलियाँ अपने हाथ में ले लीं। मेरे अंतस की झुरझुरी एकाएक ज्वार में बदल गई।

बुआ स्वयंसिद्धा ने मेरे रजस्वला होने के पश्चात नारी-शरीर के व्याकरण का सार तो समझा दिया था किन्तु एक राजा के किसी परिचारिका पर सहसा अति-कृपालु हो उठने की स्थिति में उसे क्या करना चाहिए इस बारे में कुछ भी न बताया था। और सुमनवल्लरी ने? वे क्या बतातीं! वे तो जैसे मुझ पर न्यौछावर हुई जा रही थीं सारे रस्ते, और उसके बाद अपने कक्ष में अलमारी से क़ीमती वस्त्र निकाल कर मेरे कपड़े बदलते हुए। बस यही कहा, और सो सच ही ...कि महाराज बड़े अच्छे हैं, उनसे मिलकर तुम्हें बड़ी ख़ुशी होगी इत्यादि ...

...मैं उनके पीछे-पीछे खिंची चली जा रही थी— बिना कोई गतिरोध उत्पन्न किये। विशाल शयन-कक्ष का वैभव देख कर मैं चकित होती, कि अचानक धातुसेना महाराज ने मुड़ कर कहा, 'अधरअमृता, मेरी तरफ़ देखो— मैं तुम्हारी आँखें देखना चाहता हूँ।' मैंने अपनी पलकें उठाईं तो देखा उनकी आँखें दीयों की तरह जल रही थीं।

'देवि सुमनवल्लरी ने तो कहा था तुम मेरा जी बहलाओगी, किन्तु यदि बोलोगी ही नहीं तो जी क्या बहलाओगी!' मैं फिर भी स्तब्ध उनकी ओर देखती रही।

'मुझे ऐसा क्यों लग रहा है मानो पहली बार हो रहा हो यह सब! ...क्या वास्तव में तुम्हारे अधरों में अमृत है?' उन्होंने बाहें फैलाईं, जैसे आमंत्रित करते हों ...और न चाहते हुए भी मैं उनके समीप हो गई, उन्होंने मुझे अपने पाश में ले लिया। 'महिषी का उपहार स्वीकार कर लूँ?' वे मेरे कान में फुसफुसाए।

'महाराज ...' बड़ी कठिनाई से कंठ से भर्राया हुआ-सा स्वर फूटा; अंग-अंग में अनचीन्ही झंकार-सी हो रही थी। किसी तरह स्वयं को संयत करने का प्रयास करती हुई बोली, 'अवश्य, राजन् ... मेरे पिता ने कहा है हमारा जन्म ही आपकी सेवा के लिए ... मेरा मतलब है पटरानी की सेवा के लिए हुआ है... किन्तु आज नहीं, मैंने रात दुःस्वप्न देखा ... अत्यंत भयानक .. कैसे बताऊँ, महाराज, मुझे आज तक किसी पुरुष ने नहीं छुआ, मेरे पिता के अतिरिक्त ...' मैं हाँफ रही थी।

'बताओ न क्या देखा ...डरो मत, और देखो, मैं तो पहले ही स्पर्श कर चुका तुम्हें!' धातुसेना महाराज के स्वर में भी अधैर्य था।

'मैंने देखा कि ...आप ही जैसे सुदर्शन एक पुरुष ने पहली बार मेरे अधर ...चूमे, और मेरे मुँह से एक नागिन ने निकल कर उसे डँस लिया— उसके मुँह से आह भी न निकली, मेर पैरों पर गिर कर ढेर हो गया ...उसी क्षण मृत!' मैं एक ही साँस में कह गई।

सहसा महाराज खिलखिला कर हँस पड़े, अपनी उँगलियों पर मेरी ठोढ़ी उठा कर मेरे होंठ अपने होठों से भींच लिए ...दीर्घ चुम्बन से मेरी साँस घुटने सी लगी; उम्मम ... की-सी ध्वनि की तब कहीं अधर अलग हुए।

'लो, चूम भी लिया तुम्हें, कहाँ निकले कोई नाग-नागिन ...हाँ, तुम्हारी जिह्वा अवश्य...' वे फिर हँसे। 'तुम तो ऐसे बोल रही थीं मानो शत्रुओं द्वारा भेजी हुई कोई विष-कन्या मुझ पर रीझ गई हो। लो, मैं त्रि-सिंहल नरेश धातुसेना प्रमाणित करता हूँ कि वास्तव में तुम्हारे अधरों में अमृत है ...'

मैं कुछ कहती उससे पहले ही प्राणपन से मुझे आलिंगन में भींच, महाराज ने मुझे उठा कर उस विशाल राज-शैय्या पर लिटा दिया। ...अपने शरीर में उठती उत्तप्त लहरों से मैं पूर्णतया अवश हो गई थी। 'महाराज ...मैं पहले कभी...' इतना ही बुदबुदाई थी कि उन्होंने फिर मेरे अधरों पर अधर रख मुझे रोक दिया...

'मैं जानता हूँ, अधरा। ...यह आश्वासन आज तक किसी को नहीं दिया ... न जाने तुम्हें क्यों दे रहा हूँ— तुम्हें ऐसे प्रेम करूँगा जैसे योगी योगाभ्यास करता है, ऐसा कोई कष्ट न होने दूँगा जो स्वयं से दोगुने हर्ष का कारण न हो!...किन्तु आज क्या होने को है ... कौन यह सब प्रतिज्ञा करने को बाध्य कर रहा है? मुझे बताओ न...'

पर मुझे स्वयं कहाँ कोई सुध कि उन्हें कुछ बताती!

उसके बाद सात दिन सात रातें लगातार मैं महाराज के शयनकक्ष में ही रही, और वे भी कहीं नहीं गए। आठवें दिन लालिन्द्रा आई।

'महाराज, मेरे प्राणों की भिक्षा दें, किन्तु महिषी सुमनवल्लरी का संदेसा है— देवि अधरअमृता को कुछ दिनों के लिए रनिवास भेज दें। उन्होंने कहा आपसे कह दूँ कि उपहार देने के लिए केवल पूछा ही था, अब तक दिया नहीं है। अधरअमृता उनकी धरोहर हैं।' महाराज कुछ न बोले, लेकिन मुझे रोका भी नहीं।

मैं रनिवास में लौटी तो मेरा संसार आमूल-चूल बदल चुका था। बिना किसी पूर्व अनुभव के न जाने मैं कैसे जान गई कि महाराज धातुसेना के साथ पहली रात के बाद से ही मेरे अंतस में कुछ नया पलने लगा है।

मैंने बहुत प्रयास किया कि अपने बदले हुए परिवेश के ऐश्वर्य और महाराज के संसर्ग में प्राप्त अलौकिक सुख की स्मृतियों में अपने दुःस्वप्न को बिसरा दूँ किन्तु मेरा चुम्बन लेकर सर्प-दंश से तत्काल ढेर होते पुरुष की वह छवि मेरी अंतर्दृष्टि में कभी धुंधली नहीं पड़ी, बल्कि बीतते वर्षों के साथ और अधिक प्रखर होती चली गई।

पटरानी सुमनवल्लरी
अनुराधापुर / सन् 461 ई.

उस संध्या के बाद दस महीनों तक मुझे महाराज के दर्शन नहीं हुए। वे न कभी आए न मुझे कोई संदेस भेजा। अधरा की गर्भावस्था में वे अन्य रानियों-रखैलों के साथ रात बिताने रनिवास में आए लेकिन मेरे खंड में नहीं। लालिन्द्रा चुपचाप मुझे हर बात की सूचना देती रहती थी। आख़िर महिषी तो मैं ही थी अब भी।

तीन महीने बाद अधरा के गर्भवती होने की घोषणा हुई, तब जो उत्सव समारोह आदि हुए उसमें भी मुझे न किसी ने विशेष कर आमंत्रित किया और न मैं अपनी ओर से चला कर गई। उल्टे, मैंने उदर व्याधि से ग्रस्त होने की ख़बर फैला दी।

मेरा अनुमान सही निकला। महानाम द्वारपाल दियाथ व अन्य कई लोगों से गुप्त पूछताछ कर गए थे। अधरा को महाविहार से नहीं बल्कि कहीं और से साथ लेकर आने की बात महाराज को ज्ञात हो चुकी थी। वे कुपित भी थे और संभवतः कौतूहल में भी।

लेकिन जब कश्यप का जन्म हुआ तब महाराज इतने प्रसन्न हुए कि सब पुराने सत्य-असत्य भूल कर मुझे उत्सव के लिए आमंत्रित करने के बहाने मेरे कक्ष में स्वयं आ पहुँचे, और उनके प्रवेश करते ही मेरे अनुमान की पुष्टि हो गई।

'देवि, मेरी दीर्घ अनुपस्थिति से अवश्य आप रुष्ट होंगी पर आपको निमंत्रित करने आया हूँ।' वे मुस्कुराते हुए बोले।

'राजन्, मुझे तनिक भी रोष नहीं, बल्कि आपकी भाँति प्रसन्नचित्त हूँ कि मेरा अभियान सफल हुआ ...वास्तव में हम जिन लोगों को पशुओं के समान निकृष्ट मानते हैं, उनमें भी बहुत से सिद्ध नर-नारी मिलते हैं।' मैंने महाराज को वेद्दा स्वयंसिद्धा वाला पूरा प्रकरण बता दिया— 'सचमुच वह स्त्री भूत-भविष्य की बहुत-सी बातें स्पष्ट देख लेती है। मैं आपकी उद्विग्नता से इतना अधिक चिंतित हो गई थी कि सोचा, तथागत की प्रार्थना के अतिरिक्त उससे परामर्श करने में कोई हानि नहीं। उसने मुझे उसी दिन कह दिया था— यदि आज ही महाराज का संसर्ग अधरा से हो जाए तो बालक उत्तराधिकारी हो सकता है, अन्यथा... आगे जो उसने कहा वह ...ख़ैर छोड़िए! आपसे झूठ इसलिए बोली कि कहीं आप इस सब को कोरा अन्धविश्वास बता कर इन्कार न कर दें, पर देखिए उसकी बात सही निकली। ... चलते-चलते देवि सिद्धा ने आशीष तो मुझे भी दिया था एक बालक का, किन्तु वह तो संभवतः होने से रहा अब!'

न चाहते हुए भी वह अंतिम कटाक्ष मुँह से निकल गया। महाराज कुछ लज्जित से मेरे समीप आये और मुझे अपने अंक में ले लिया। बुदबुदाते हुए बोले, 'देवि, मुझे क्षमा करें, दिग्भ्रमित होकर न जाने क्या-क्या सोचता रहा। आपने तो मेरे

प्राण बचा लिए अन्यथा वास्तव में क्लेश मुझे खा जाता...'

स्वामी को इतने दिनों बाद चिन्तामुक्त और प्रसन्न देख कर मैं भी इतनी उत्फुल्ल थी कि जान-बूझ कर ही मैंने उस अंतिम बात का उल्लेख न किया जो स्वयंसिद्धा ने कही थी— संकट तो इस विकल्प में भी हैं पर अभी बहुत धुंध-सी है ... बस इतना कह कर छोड़ दिया, 'अत्यंत विलक्षण है स्वयंसिद्धा, कभी समय मिले और उचित समझें तो उसे मिल लीजिएगा, राजन्।'

उसके बाद मेरे और महाराज के बीच सब कुछ पहले जैसा हो गया, बल्कि सच पूछिए तो पहले से भी अधिक प्रगाढ़!

अदृश्य सूत्रधार
सन् 466— 477 ई.

लीजिए, मैं पुनः आ गया बीतते वर्षों की कथा को सूक्ष्म करने। पिछली बार जब मैंने आपसे विदा ली थी, कश्यप व मिगार छः वर्ष के हो चुके थे और काठ के खड्गों से तलवारबाज़ी सीख रहे थे।

अधरअमृता का स्वास्थ्य दिनों-दिन गिरता जा रहा था— उसके मुख की कान्ति फिर कभी नहीं लौटी। कुछ दिनों बाद उसे नियमित ज्वर रहने लगा जो वैद्य-राज के किसी भी अरिष्ट से नहीं उतरा। कुछ सप्ताह पश्चात ज्वर के साथ-साथ असाध्य खाँसी भी होने लगी; और मुँह से गाढ़ा रक्ताभ बलग़म निकलने लगा, जो बहुत शीघ्र शुद्ध रक्त में परिवर्तित हो गया। राज-वैद्य ने हाथ खड़े कर दिए— असाध्य संक्रामक यक्ष्मा है, कोई निदान नहीं। छः माह के भीतर ही अधरा की आँखों के नीचे अर्द्ध-चंद्राकार झाँई पड़ गई, फूलों जैसे गाल पिचक गए और शरीर खाल-मढ़ी ठठरी भर रह गई। वैद्य ने धातुसेना महाराज को गुप्त मंत्रणा में साफ़-साफ़ कह दिया— यथासंभव दूर ही रहें महाराज; बच्चे को तो बिलकुल ही निकट न जाने दें। महाराज वैद्य की बात की अनदेखी करके अंत तक जाते रहे अधरा के पास; देर-देर तक बैठे रहते— असहाय भाव से देखते। दूर से ही उन्हें देख कर वह खाँसते-खाँसते हाथ उठा कर बरजती लेकिन धातुसेना फिर भी जाते ही रहे। मृत्यु से एक दिन पहले उसने कहा, 'मैंने कहा था न महाराज, मेरे मुख में नाग बसते हैं ...केवल नाममात्र को अधरअमृता थी मैं...' उसका दम फूल गया, इतना बोलते भी। धातुसेना कातर-भाव कभी उसे, कभी पटरानी की ओर देखते बैठे रहे।

उस रात अधरा ने अपनी परिचारिका को भी कक्ष से बाहर निकाल दिया और द्वार की कुण्डी चढ़ा ली, जिसे फिर वह कभी उतार न पाई। ...सबेरे जब पट तोड़े

गए तब तक वह जा चुकी थी। कक्ष में रक्त-मिश्रित वमन की दुर्गन्ध फैली थी।

यक्ष्मा का संदेह होते ही कश्यप का अधरा के पास आना-जाना बंद हो गया था। वैसे भी शैशव ही से वह रानी माँ यानी सुमनवल्लरी से बहुत हिला हुआ था; अब उसका और अधिक समय उनकी देख-रेख में बीतने लगा था। चैतन्य होते ही वह महिषी के सान्निध्य का महत्व समझने लगा था।

रनिवास की कुटिल-बुद्धि स्त्रियों ने कश्यप को दासी-पुत्र युवराज की उपाधि से अलंकृत कर दिया था, यद्यपि वह अब एकमात्र उत्तराधिकारी नहीं रह गया था। कश्यप कुशाग्र भी था और उसके कान भी तेज़ थे। पटरानी का अत्यंत वात्सल्यपूर्ण लगाव तो अपनी जगह था ही, बहुत संभव है कश्यप उनके नैकट्य में दासी-पुत्र के संबोधन का काट भी ढूँढता रहा हो।

लोग जो कहते थे सो तो कहते ही थे, मिगार भी उसे प्रकारांतर से उसकी हीनता का स्मरण कराने से नहीं चूकता— मित्र किशु, ये लोग भी कितने मूर्ख हैं न! भावी युवराज को दासी पुत्र कहकर अपने प्राण व्यर्थ ही संकट में डाल रहे हैं। याद रखना— हमारा समय आएगा तब एक-एक को रगड़ेंगे हमदोनों मिलकर! ... इतने वयस्कों के बीच रात-दिन रहते हुए दोनों बालकों की भाषा का संस्कार भी वयस्कों जैसा हो चला था।

दोनों का पारस्परिक संबंध मित्रता और प्रतिद्वंद्विता का विचित्र सम्मिश्रण था— जैसे मिगार तभी से यह जान गया हो कि शारीरिक बल में भले वह श्रेष्ठ हो, कश्यप उससे कहीं अधिक कुशाग्र है और राजा भी वही बनेगा एक दिन। किंतु फिर भी वह उस पर अपनी पकड़ बनाए रखना चाहता था। संभवतः इसीलिए शुभेच्छा की आड़ में कश्यप को यह नहीं भूलने देता कि लोगों की दृष्टि में वह एक दासी पुत्र है।

जैसे-जैसे आयु बढ़ी कश्यप का आक्रोश उद्दंडता में परिणत होने लगा; मिगार तो स्वभाविक रूप से था ही वैसा। दोनों मन ही मन एक दूसरे से चिढ़ते थे, तथापि एक दूसरे के बिना रह भी न पाते थे।

अधरअमृता की असमय मृत्यु से महाराज धातुसेना टूट से गए थे। वे अधरा से वास्तव में बहुत अधिक प्रेम करने लगे थे, जैसे उस श्यामल वनसुंदरी से उनका किसी पूर्व-जन्म का कोई संबंध रहा हो। बहुत कम अवधि का सान्निध्य होने पर भी पहले पुत्र की माता के रूप में वह उनकी प्राण-प्रिया बन गई थी। किंतु कोई कितना भी प्रिय क्यों न हो, मरण से जीवन-चक्र नहीं रुकता; रूपांतरित होकर चलता ही रहता है।

सुमनवल्लरी ने सँभाला न होता तो धातुसेना संभवतः अपना संतुलन गँवा बैठते। अब राज-काज के अतिरिक्त धातुसेना का अधिकांश समय सुमनवल्लरी के साथ बीतने लगा था। कश्यप के जन्म के दो वर्ष बाद धातुसेना ने पटरानी के कटाक्ष

का प्रत्युत्तर देते हुए उनकी अपनी गोद भी भर दी— नए राजकुमार का नाम पड़ा मौदगल्यायण किंतु स्थानीय लोक-जिह्वा पर वह मोगल्लान कहलाया। मोगल्लान के जन्म के एक वर्ष बाद रानी नवमल्लिका से धातुसेना को एक पुत्री हुई— उसका नाम पड़ा संघा।

कश्यप से छोटा होने पर भी मोगल्लान सभासदों, सेनानायकों तथा अनुराधापुर के सामान्य नागरिकों की दृष्टि में युवराज पद के लिए अधिक उपयुक्त था। बालक कश्यप के आक्रोश में असुरक्षा की भावना और जुड़ गई। मिगार ने आग में घी डालने का एक भी अवसर नहीं गँवाया— हाय मित्र! बड़ा होने पर भी तुम्हारा युवराज घोषित होना तो अब कठिन ही जान पड़ता है— तुम्हारे चाहनेवालों की बन आई है; केवल दासी पुत्र कहने लगे हैं, पहले की तरह युवराज भी नहीं जोड़ते। किंतु चिंता मत करो, मैं हूँ न। दिवंगत पिता श्री की भाँति यदि किसी दिन सेनाध्यक्ष हो गया तो इन दुष्टों को चुन-चुन कर कसूँगा अस्थिभंजक-यंत्र पर!

कालचक्र जैसे चलता है, अनहद चलता रहा। अब देखिए न, महानाम जब राजवंशों का लेखा-जोखा लिखने बैठे तो किसी महाराज के बारह बरस तीन-चार पंक्तियों में निपट गए; किसी के पाँच वर्षों को दो पंक्तियाँ मिलीं; सदियों का हिसाब-किताब ढाई-तीन सौ पृष्ठों की पुस्तक में सिमट आया। तो फिर दस बरस बीतते क्या देर लगती!

कुछ और गृह-युद्ध हुए जिनमें धातुसेना विजयी हुए, किंतु सैन्य व्यय इतना बढ़ गया कि राजकोष लगभग रिक्त हो गया। तिस पर अधरअमृता की मृत्यु के बाद महाराज ने उसकी स्मृति में भगवान बुद्ध की एक विशाल प्रतिमा स्थापित करने की ठान ली, और वह अभी पूरी भी न हुई थी कि माया-रत के वन-खंड में यक्षों ने अनुराधापुर को वार्षिक कर देना बंद कर विद्रोह का ध्वज फहरा दिया। खर्च का कोई अंत नहीं, संसाधन सीमित; समय पर वेतन भत्तों का भुगतान न हो पाने से सैनिकों में असंतोष फैलने का भय सताने लगा महाराज को।

त्रि-सिंहल नरेश धातुसेना
अनुराधापुर / सन् 477 ई.

आजकल अक्सर सोचने लगा हूँ कि जीवन रहते मनुष्य संघर्ष और दुख से छुटकारा नहीं पा सकता। हर वर्ष निकट आती वृद्धावस्था का अवसाद हावी होने लगा है। कनपटी पर के बाल सफ़ेद होने लगे हैं; दर्पण में मुख पर उद्विग्नता की रेखाएँ दिखाई देती हैं। आह! सुख की घड़ियाँ भी मरीचिका के सामान होती हैं— पास आते ही

लुप्त हो जाती हैं। न अधरअमृता के साथ व्यतीत सुखद दिन भूल पाया हूँ अब तक और न उसकी अकाल मृत्यु का क्लेश। धन्य-भाग कि सुमनवल्लरी जैसी सुलझी हुई स्त्री मेरी पटरानी है, नहीं तो संभव है अब तक विक्षिप्त हो गया होता। किंतु अब एक नई दुश्चिंता घेरने लगी है।

माया-रत के दुर्गम वनों में वन्य-प्राणियों जैसे हिंस्त्र यक्षों के विद्रोह की ज्वाला शांत ही नहीं हो रही— एक जगह बुझाओ तो कहीं और धधक उठती है। सैकड़ों की संख्या में सैनिक हताहत हो चुके; कोष रिक्त होने की कगार पर है। दुर्भिक्ष में फसलें नष्ट; किसान स्वयं ही भूखे मर रहे हैं, लगान कहाँ से दें! और यदि इन युद्धों के बीच सैनिकों में बाक़ी वेतन का असंतोष व्याप गया, तब क्या होगा। आज महामात्य और वित्त अमात्य गुप्त मंत्रणा के लिए आए थे। कह गए, कुछ धन की व्यवस्था शीघ्र न हुई तो सैनिक अवज्ञा पर उतर आएँगे।

ऐसे में महाविहार से ऋण ही एक विकल्प है— तीन बार पहले ले चुका हूँ जिसका भुगतान अब तक नहीं हुआ। अब तो मात्र पूजा-अर्चना के लिए भी महाविहार जाता हूँ तो संघस्थविर की आँखों में संशय उतर आता है। बार-बार उनके आगे हाथ फैलाना अच्छा नहीं लगता। पिछली बार तो उन्होंने स्पष्ट ही कहा— 'राजन्, हमारे पास जो कुछ है वह सब आपका ही है किंतु महाविहार के अपने खर्चे भी कम नहीं ... और हमारे पास कितना भी हो, संसाधन अपरिमित नहीं होते, यह तो आप स्वयं जानते हैं।'

विपत्तियाँ भी आती हैं तो साथी-संगी लेकर— एक साथ कई।

उत्तराधिकारी जब न था तब उसका क्लेश, और अब दो संभावित उत्तराधिकारी हैं तो वह भी एक दुश्चिंता। अमात्यों और सभासदों की सर्वसम्मति महामात्य बुद्ध दास कई बार बता चुके हैं— अब और विलंब न करें, कुमार मोगल्लान आपकी कुलीन पटरानी के पुत्र हैं, वयस्क हो चुके, उन्हें युवराज घोषित करें; समस्त अनुराधापुर प्रतीक्षारत है।

सुमनवल्लरी न जाने कैसी माता हैं! हमेशा कहती रहती हैं, राजन्, कश्यप आपका ज्येष्ठ पुत्र है, हर प्रकार से योग्य है; उसके युवराज नामित किए जाने पर मोगल्लान की ओर से कोई प्रतिवाद नहीं होगा— मैंने उसे जन्म दिया है, अच्छी तरह जानती हूँ।

मैं दुविधा में ऐसा उलझा हूँ कि अब तक कोई निर्णय नहीं ले पाया। ...कई बार अधरअमृता स्वप्न में आती है, कुछ कहती नहीं, बस कातर नयनों से तकती है मुझे। कहीं उसका मौन भी पटरानी के परामर्श का समर्थन ही तो नहीं? कहीं उसकी दृष्टि यह तो नहीं पूछती— राजन्, आपने मुझसे तो प्रेम किया, किन्तु क्या हमारा पुत्र दासी-पुत्र ही रहेगा? क्या वह युवराज होने योग्य नहीं? मैं कई बार ऐसे

स्वप्नों से जाग कर रात के पिछले पहर सोचता रहता हूँ— क्या कश्यप उत्तराधिकार के लिए योग्य है? बुद्धिमान तो निस्संदेह है, योद्धा भी अच्छा है किंतु मेरा दुष्ट भांजा, मिगार, उसे कुमार्ग पर खींच ले जाने का कोई अवसर नहीं छोड़ता।

पिछले दो वर्षों में कई ऐसे कांड हुए हैं जिनके लिए निश्चित रूप से मिगार ने ही कश्यप को उकसाया होगा। स्वयं तो वह मद्यपान का आदी है ही, उसने अब कश्यप को भी लपेट लिया है अपने साथ। कुछ महीने पहले दोनों सैनिकों के मदिरा भंडार की साँकल तोड़कर रात-भर मद्यपान करते रहे; भोर में जब प्रहरी ने उन्हें गहरी नींद में सोए देखा और पुकारने-झिंझोड़ने पर भी वे न उठे, तो चिंतित होकर उसने मुँह पर पानी के छींटे मारे— जगते ही मदिरा के उन्माद और क्रोध में मिगार ने उसे पीट-पीट कर इतना घायल कर दिया कि यदि अन्य सैनिक समय पर बीच-बचाव करने न आ गए होते तो उसके प्राण न बचते उस दिन। सैनिकों में बड़ा आक्रोश हुआ; महामात्य ने किसी तरह दान-सम्मान देकर मामले की लीपा-पोती कराई। किंतु राज परिवार और कश्यप की प्रतिष्ठा पर भी अच्छी कालिख पुती।

उसके कुछ दिनों बाद अनुराधापुर जैसे शांत और अपराध-मुक्त नगर में एक बड़ा धमाका हुआ— एक युवती का क्षत-विक्षत शव नगर के एक ताल में तैरता पाया गया। उसके शरीर पर मृत्यु से पहले बलात्कार के प्रमाण स्पष्ट थे। जाँच-पड़ताल में प्रत्यक्षदर्शी गवाहों ने बताया कि उन्होंने मिगार के कुछ मुस्टंडों को उस युवती से बातचीत करते देखा था। बड़ी सनसनी फैली; लड़की एक कुलीन सम्भ्रान्त परिवार की थी। नगर में आम चर्चा थी कि उसे मिगार के गुंडों ने ही उठाया था। अंततः मुझे भी पता चल गया कि मेरी बहन वारुणी ने महामात्य की सहायता से उस मामले को दबवा दिया। युवती का पिता महानाम के ज़रिए मेरे पास पहुँचा किंतु मेरी गति साँप छछूंदर जैसी थी!

उस घटना के बाद मैंने माया-रत के सैन्य अभियान का नेतृत्व कश्यप और मिगार से हटाकर मोगल्लान को दे दिया। उसने कुछ ही दिनों में कायापलट कर दिया। न जाने कश्यप और मिगार वहाँ क्या करते रहे कि विद्रोह की ज्वाला शांत होने के बदले और अधिक फैलती चली जा रही थी!

मैंने मोगल्लान को युवराज घोषित करने का मन बना लिया था, किन्तु तभी वह धूर्त ब्राम्हण राजपुरोहित सुबाहु मेरे सिर आ पड़ा : अपने वाक्चातुर्य से मेरा विश्वासपात्र बनकर वह और तो कुछ न कर पाया, हाँ, राजकोष को भारी क्षति अवश्य पहुँचाई। पटरानी तो देखते ही उस धूर्त को पहचान गईं किंतु उनके बार-बार चेताने पर भी मैं उसके जाल में फँस गया।

सुबाहु ने मुझे जम्बूद्वीप से उत्तर-पश्चिम सहस्त्रों कोस दूर के प्रतापी सम्राटों के उदाहरण से ललचा कर विश्वास दिला दिया कि यदि किसी गगनचुंबी पर्वत पर

राज-प्रासाद बनाकर मैं पर्वत-राज की उपाधि प्राप्त कर लूँ, तो दशराजधर्म के कष्टप्रद नियमों के अनिवार्य पालन से मुक्ति मिल सकती है; मैं स्वच्छंद-प्रसन्न रह सकता हूँ। ऐसा समझ लीजिए कि उस धूर्त के प्रभाव में आकर कुछ दिनों के लिए मैं विवेकशून्य हो गया था। महाविहार से मेरे संबंध तो उसने विषाक्त कर ही दिए, अक्ष-पर्वत पर उस प्रस्तावित महल के लिए धन एकत्रित करने के लिए वणिक संघ के प्रमुख को इतना डराया-धमकाया कि हृदयाघात से उसकी मृत्यु हो गई। मृतक के परिवार ने महा न्यायाधिकरण में अभ्यावेदन प्रस्तुत कर ऐसा हाहाकार मचाया कि अंततः उन्हें भारी क्षतिपूर्ति राशि देकर शांत करना पड़ा। तब जाकर मेरी आँखें खुलीं।

अभी कुछ समय पहले ही महामात्य और वित्त अमात्य जो कुछ बता गए हैं उसकी दुश्चिंता में डूबता-उतराता बैठा था कि पटरानी के आने की सूचना हुई। सुमनवल्लरी इतनी मेधावी हैं कि मैं बहुधा राजकाज के मामलों में भी उनसे परामर्श कर लेता हूँ।

'देवि, लगता है कि पुनः भिक्षा-पात्र लेकर संघस्थविर के पास जाना ही होगा।'

'महाराज, पहले एक बार स्वयंसिद्धा से क्यों नहीं मिल आते? बड़ी दिव्यदृष्टि वाली है— संभव है आपको किसी भूमिगत धन-संपदा का पता बता दे।'

पहले तो मैं समझा पटरानी मुझसे ठिठोली कर रही हैं, किंतु उनके मुख पर ऐसा कोई भाव नहीं था।

'अच्छा, देखता हूँ' मैंने कहा।

फिर अचानक मुझे पिछली संध्या का वह दृश्य स्मरण हो आया।

'देवि, आपसे एक और मामले में भी परामर्श करना है— कल संध्याकाल मैंने संघा और मिगार को उद्यान में एक कुंज के पीछे बहुत देर तक हँस-हँस कर बात-चीत करते देखा— कुछ इस प्रकार जैसे एकांत में प्रेमालाप होता है आप इस विषय में कुछ जानती हैं? वैसे तो मिगार मेरा भागिन है किंतु'

'राजन्, रनिवास में उड़ती-फिरती अनर्गल कानाफूसी के आधार पर इतना ही कह सकती हूँ कि संघा मिगार से प्रेम करती है; हो सकता है वे दोनों एकांत में मिलते हों। मैंने उन्हें कभी नहीं देखा किंतु जब आपने स्वयं ही देखा है...'

पटरानी अपनी बात पूरी करतीं उससे पहले ही मैंने पूछ लिया,

'तो क्या संघा का विवाह मिगार से करा दिया जाए? ठीक रहेगा वह संघा के लिए?'

'महाराज, यह तो आप रानी नवमल्लिका से ही पूछें; वह संघा की अपनी माँ हैं, इस विषय में राय देने का अधिकार उनका है... हाँ, यदि मैं संघा की माँ होती तो यह संबंध मुझे कदापि स्वीकार न होता। कारण आपसे छिपा नहीं है।'

'मुझे भी स्वीकार नहीं है... मेरा अपना भागिन है तो क्या! ...लंपट तो कश्यप को भी ले डूबा। इतना कलंकित हो गया कश्यप उसकी सोहबत में कि मैं विवश हो गया... आपको बता दूँ कि मैं मोगल्लान को ही युवराज बनाने की सोच रहा हूँ।' यह सुनते ही सुमनवल्लरी के माथे पर बल पड़ गए; वह कुछ न बोलीं।

'क्या हुआ?' मैंने पूछा।

'कुछ नहीं महाराज... आप जो चाहे करें, किंतु इस बारे में मेरी राय यथावत् है। मैं आज्ञा लूँ?'

सुमनवल्लरी चली गईं। मैं वापस अपनी ऊहापोह में डूब गया।

वेद्दा स्वयंसिद्धा
कल-वेव आश्रम / सन् 477 ई.

अधरा को ले जाने के बाद सुमनवल्लरी दो बार गुप्त रूप से मुझे मिलने आईं— एक बार कश्यप का जन्म हुआ तब, और दूसरी बार जब अधरा की इहलीला समाप्त हुई। पहली बार प्रसन्न-मन; दूसरी बार आँखों में आँसू भरे।

'बुआ मैं आपकी धरोहर को बचा न सकी।'

'इसमें आपका कोई दोष नहीं; अपनी नियति से कोई नहीं बच सकता। आप शोक न करें। यह कुछ कम नहीं कि आप कश्यप की हितैषी हैं, और अधरा अपने कष्टों से मुक्त हो गई।'

कल सुमनवल्लरी के पुनः आने का पूर्वाभास मेरी सिद्धि भी नहीं दे पाई। वह बहुत थोड़े समय ही रुकीं। उद्विग्न मन, बस इतना ही कहा, 'हो सकता है महाराज आपके पास आएँ, उनकी यथासंभव सहायता कीजिएगा— वह एक बार पुनः दुश्चिंता से घिर गए हैं।'

'अवश्य, देवि।'

मैंने सुमनवल्लरी को देवि का संबोधन ही नहीं दिया, उन्हें देवी समझा भी है। मुझे ज्ञात है कि उन्होंने अधरा के बालक को अपने पुत्र से भी अधिक स्नेह दिया, युवराज घोषित कराने का प्रयास भी किया। यद्यपि कश्यप उस योग्य है भी या नहीं, कुछ स्पष्ट दिखाई नहीं दे रहा अब तक।

दूसरे दिन महाराज आए— सैनिकों से घिरे दो रथ; पहले में स्वयं धातुसेना व दूसरे में तीर-धनुष लिये हुए दो युवक। रथ मेरी कन्दरा से काफ़ी दूर ही रुक गए। महाराज और दोनों युवकों के पास आते ही मैं पहचान गई कि अधरअमृता का पुत्र कौन सा है। उसके साथ वह दूसरा युवक— श्याम वर्ण, भीमकाय और बलिष्ठ—

अवश्य महाराज का भागिन मिगार रहा होगा।

'मैं धातुसेना...'

इससे पहले कि वे अपने परिचय में और कुछ कहते, वह दूसरा युवक बाण उठाकर मेरे पालतू चीते पर निशाना साध उत्तेजित स्वर में बोल उठा, 'कश्यप, देख शिकार मिल गया।'

कश्यप ने उँगली होंट पर रख शु:ह्ह करते हुए उसे चुप रहने का संकेत किया। महाराज ने मुड़कर युवकों को देखा। दोनों कुछ सहम-से गए।

'आपका स्वागत है, महाराज। आपको अपना परिचय देने की आवश्यकता नहीं, आपने इस वन-मानुषी की कुटिया पवित्र की यह मेरा सौभाग्य है...'

मैं और कुछ कहती इससे पहले महाराज बोल पड़े, 'एक क्षण का समय दें, देवि' फिर मुड़कर अपने परिचारक से बोले, 'महानाम, मुझे देवी स्वयंसिद्धा से वार्ता के लिए एकांत चाहिए... दोनों कुमार आखेट के लिए व्यग्र जान पड़ते हैं। रास्ते में जहाँ बहुत से हिरण दिखाई पड़े थे, इन्हें वहाँ ले जाओ।'

'महाराज, मैं वनवासी बुढ़िया आपका आतिथ्य-सत्कार कैसे करूँ कुछ समझ में नहीं आ रहा है...'

'मुझे वैसी ही कोद्रू रोटी खिलाइए, बुआ, जैसी आपने वर्षों पहले अधरअमृता को खिलाई थी जब वह पहली बार यहाँ आई थी।' एकांत होते ही महाराज ऐसे सहज हो गए थे जैसे कोई निकट परिजन हों। मेरी आँखें भर आईं।

'अवश्य राजन्,' मैं आँखें पोंछते हुए उठी और रोटी ले आई। बड़े चाव से खाते हुए बोले, 'देवि, आप अधरा की बुआ हैं, मेरे लिए माता समान हैं। ...मैंने कश्यप से आपका परिचय नहीं कराया इसके लिए क्षमा चाहता हूँ। किंतु स्पष्ट ही कहूँगा, मिगार को मैं यह जानकारी नहीं देना चाहता था। इसीलिए उन दोनों को वापस भेज दिया कि आपसे चैन से दो बातें कर सकूँ— अधरा को मैंने खो दिया किंतु उसे कभी भूल नहीं पाया। ऐसा लगता था जैसे मेरा उससे पूर्व जन्म का कोई संबंध रहा हो— पहले सात दिनों में ही उसने मुझे अपने विगत की एक-एक बात बता दी थी और मैंने उसको... तभी तो मैंने आपसे कोद्रू रोटी माँगी।'

मेरी आँखें फिर छलकने लगी थीं, 'महाराज, आपके सौहार्द्र ने आज मेरा त्याग सुफल कर दिया। कहिए, आपके लिए और क्या करूँ।'

कुछ देर तक महाराज गर्दन झुकाए पैरों को निहारते रहे जैसे किसी दुविधा में हों, फिर धीरे-धीरे बोलने लगे, 'देवि स्वयंसिद्धा, आप समझेंगी कि मैं स्वार्थ-वश आया हूँ, और देखा जाए तो किसी हद तक यह सच भी है। कभी धन्यवाद देने नहीं आया, शोक व्यक्त करने भी नहीं आया। अब अगर आया हूँ तो स्वार्थ-वश ही आया होऊँगा... किंतु कारण केवल मेरा स्वार्थ नहीं, अनुराधापुर का भविष्य भी दाँव

पर लगा है।'

'महाराज, इतनी क्षमा माँग कर मुझे लज्जित न करें। आपकी कमी आपकी अर्धांगिनी पहले ही पूरा कर चुकीं। जो कहना है स्पष्ट कहिए— मेरे मन में तनिक सा भी मालिन्य नहीं है।'

'देवि, आप तक आने की हिम्मत पटरानी ने ही दी; कहा कि संभवत: आपकी दिव्य-दृष्टि की सहायता से अनुराधापुर की सुरक्षा के लिए कुछ धन-सम्पदा मिल जाए।'

किंचित चौंकते हुए उन्हें देखकर मैंने पूछा, 'अर्थात् कोई भूमिगत धन-संपदा?'

महाराज ने सर झुका कर कहा, 'हाँ, देवि, अब संघस्थविर के आगे हाथ फैलाना मुझे अखरता है।'

मेरी अवशता ऐसी कि आँखों से आँसू बहने लगे। महाराज आश्चर्यचकित हो मुझे कुछ देर देखते रहे, फिर बोले, 'क्या मेरी किसी बात से आपको ठेस पहुँची, बुआ?'

'नहीं, नहीं राजन्, मैं तो अपनी सिद्धि की क्षुद्रता पर रो रही हूँ— यदि मुझे भूमि में गड़ा कोई ख़ज़ाना दिखाई दे रहा होता, तो सौगंध इन प्राणों की, उसे तत्काल आपके चरणों में न्यौछावर कर देती। अनुराधापुर को आप जैसे नरेश कब-कब मिलेंगे! किंतु मेरी दिव्य दृष्टि तो प्रभु-कृपा तक ही सीमित है, जो धन उसने दिखाया है वह अवश्य आपको दिखा सकती हूँ... जाने वह आपके किसी काम का होगा भी या नहीं!'

'देवि, आप भी इतनी क्षमा-प्रार्थना से मुझे असमंजस में न डालें— मुझे पूरा विश्वास है कि आप सच बोल रही हैं; रोना बंद कीजिए और मुझे बस वही दिखा दीजिए जो आपको प्रभु ने दिखाया है— हमदोनों को यह संतोष तो हो जाएगा कि आपसे जो बन पड़ा, आपने किया।'

आँखों में आँसू थे फिर भी मैं मुस्कुरा उठी।

'अवश्य राजन्... आइए, किंतु लगभग चौथाई योजन चल कर जाना होगा।'

धातुसेना महाराज
कल-वेव / सन् 477 ई.

हमदोनों कन्दरा के पीछे वाली नदी के किनारे-किनारे चल पड़े। खड़ी चढ़ाई थी, जल्द ही माथे पर पसीना आ गया। फिर एक स्थान ऐसा आया जहाँ दूर तक सीधी पंक्ति में साल के लंबे, मोटे तने वाले वृक्ष थे, एक दूसरे से लगे-लगे से, और उन पर चढ़ी सैकड़ों वर्षों पुरानी लताओं के लिपटे होने से एक दीवार-सी बन गई थी।

उस प्राकृतिक रोक के पीछे एक विशाल जलाशय था— इतनी बड़ी झील मैंने जीवन में पहले कभी न देखी थी। उसका ओर-छोर दिखाई नहीं देता था। बहुत ध्यान से देखने पर भी कहीं कोई नदी या स्रोत नहीं दिखाई दिया; मैं अचंभित-सा खड़ा बड़ी देर तक प्रकृति के उस अद्‌भुत नमूने के नीले जल पर बादलों के प्रतिबिंब देखता रहा।

'यह कल-वेव है। यही वह संपदा है जो मैं देख पाई हूँ।' स्वयंसिद्धा बोली।

'अद्‌भुत है— इतना बड़ा ताल बिना किसी नदी या बाँध के, केवल वृक्षों और उन पर चढ़ी लता-गुल्मों की रोक पर!'

'हाँ, किंतु इसे थोड़ा सहारा और मिल जाता, नहरें बन जातीं तो आसपास की धरती सोना उगलने लगती; बड़े से बड़े दुर्भिक्ष में पीने के पानी की कमी न होती। ...महाराज, मुझ गरीबनी की दृष्टि में तो यही असली धन-संपदा है, भले ही मुद्रा-धन की आपकी आवश्यकता पूरी न कर सके।'

'आप ठीक कहती हैं, देवी स्वयंसिद्धा। ...आपकी दृष्टि सीमित नहीं वरन सीमा से परे है। मेरा आना सफल हुआ— अर्थ-संकट से घिरा होने पर भी अनुराधापुर की सुरक्षा के साथ मैं कल-वेव पर बाँध भी बहुत जल्द बनवाऊँगा, भले इसके लिए मुझे भिक्षा ही क्यों न माँगनी पड़े।'

वेद्दा स्वयंसिद्धा
कल-वेव आश्रम / सन् 477 ई.

विदा लेते हुए महाराज ने झुक कर चरण-स्पर्श करना चाहा। मुझ-सी तुच्छ वनवासिनी के चरणों पर त्रि-सिंहल नरेश! झट से उन्हें उठाने को हुई कि दृष्टि में कुछ कौंध गया; मेरा माथा घूम-सा गया। मैं धम्म से भूमि पर बैठ गई... हे तथागत, यह कहाँ का भ्रमण करा लाई धातुसेना महाराज को! किंतु उनसे क्या कहती!

महाराज मेरे अकस्मात् बैठ जाने से चौंक से गए। सहारा देकर उठाया।

'लगता है आप कुछ अधिक थक गईं। ठीक तो हैं न?'

'हाँ... हाँ, वृद्धा हूँ, कभी-कभी बिना कारण ही लड़खड़ा कर गिर पड़ती हूँ। अभी ठीक हो जाऊँगी।'

अदृश्य सूत्रधार
अनुराधापुर / सन् 477 ई.

अगले एक वर्ष में बहुत सी ऐसी घटनाएँ-दुर्घटनाएँ हुईं जिनका इस कथा के मुख्य पात्रों के जीवन पर दूरगामी दुष्प्रभाव हुआ, किंतु इस बार विवरण अत्यंत संक्षिप्त दूँगा

क्योंकि यह सब तो भूमिका ही भूमिका है; मुख्य कथा तो अब शुरू होगी।

धातुसेना और नवमल्लिका के बहुत समझाने-बुझाने पर भी संघा मिगार से ही विवाह के निर्णय पर अड़ी रही। मिगार के श्याम-वर्ण किन्तु लम्बे-चौड़े शरीर और बेबाक लहजे पर संघा लट्टू थी। माता-पिता की सलाह सुनकर उसे ऐसा लगता जैसे मिगार के शत्रुओं की फैलाई हुई झूठी अफ़वाहें उसके अभिभावक भी रट्टू तोते की तरह दोहरा रहे हों; समझाइश से उसका हठ और ठोस होता गया। साम दाम दंड भेद सब का प्रयोग हुआ। नवमल्लिका ने बेटी को बहुत समझाया— उस दुष्ट में तमिलों और यक्षों का रक्त है; केवल महाराज का दामाद बनने के लोभ में प्रेम का नाटक कर रहा है, ब्याह होते ही तुम्हारा जीवन नरक कर देगा। किंतु प्रथम प्रेम की मारी आँखों को प्रियतम के अतिरिक्त और कुछ कहाँ सूझता— संघा ने साफ़ कह दिया कि वह आत्महत्या कर लेगी, अथवा अपने नाम को सार्थक करके संघ की शरण में चली जाएगी।

अंततः उसका विवाह मिगार से हो गया, और वह संघा तथा अपनी माँ वारुणी के साथ महल परिसर से बाहर एक अन्य भवन में रहने लगा।

धातुसेना महाराज ने महामात्य और सभासदों की सर्वसम्मति तथा अनुराधापुर की प्रबल लोक-भावना को वरीयता दी— सुमनवल्लरी के विरोध की अनदेखी करते हुए मोगल्लान को युवराज घोषित कर दिया। उसी समारोह में कश्यप को सेनाध्यक्ष और मिगार को उप-सेनाध्यक्ष नियुक्त किया गया। उन दोनों की पथराई हुई दृष्टि से स्पष्ट था कि उन्हें इस निर्णय से घोर निराशा हुई थी।

जल्द ही ख़बर आम हो गई कि सेना के मदिरा भंडार की चाबी मिलते ही नवनियुक्त सेनाध्यक्ष और उप-सेनाध्यक्ष रात-रात भर मिगार की हवेली में बैठे पीते रहते हैं। धातुसेना सब कुछ जानते हुए भी अपना क्रोध घोंट जाते— कश्यप उनकी प्रेयसी अधरा का पुत्र और मिगार बहन का बेटा, और ऊपर से दामाद अलग! उन दोनों की निराशा को हवा देना ठीक न होगा।

युवराज मोगल्लान सैन्य-बल और कूटनीति के सम्मिश्रण से माया-रत के विद्रोहियों को निपटा कर जब वहाँ से लौटे तो अनुराधापुर-वासियों ने भारी जै-जैकार से स्वागत किया; संघस्थविर ने महाविहार में विशेष आशीर्वाद समारोह आयोजित किया। मोगल्लान की बढ़ती लोकप्रियता से कश्यप और मिगार दोनों क्षुब्ध थे। उनके मन में क्या चल रहा था यह तो वही बताएँगे।

महाराज धातुसेना ने सिद्धा के आश्रम की अपनी यात्रा का विवरण सुमनवल्लरी को विस्तारपूर्वक सुनाया, 'आपने सच ही कहा था— असाधारण दिव्य-दृष्टि वाली है स्वयंसिद्धा। ऐसी संपदा वही दिखा सकती थी। मैं तो धन्य हो गया; युवराज के लौटते ही काम शुरू करवा दूँगा।'

जिस कक्ष में दोनों बातें कर रहे थे उसकी दीवारों के कान कुछ दूर थे— महाराज की बात का अंतिम हिस्सा ही सुन पाए।

धातुसेना ने फिर संघस्थविर के हाथ जोड़े, ऋण की एक और क़िस्त ली। कल-वेव पर कार्य आरंभ हो गया। महाराज कई बार निरीक्षण के लिए वहाँ गए किंतु वेद्दा स्वयंसिद्धा फिर कभी दिखाई न दी— चबूतरा, कन्दरा सब सुनसान। वह अपने चीते, नाग, पशु-पक्षियों समेत अंतर्धान हो चुकी थी जैसे कोई स्वप्न।

माया-रत का विद्रोह निस्तारित कर मोगल्लान को वापस लौटे दो मास भी न हुए थे कि रुहुन-रत में गृह-युद्ध आरंभ हो गया और वहाँ शांति स्थापित करने के लिए उसे ही भेजा गया। एक बार पुनः कश्यप और मिगार ईर्ष्या से जल मरे।

उन्हीं दिनों वह दुर्दांत गृह-कलह आरंभ हुआ जिसकी वजह से मिगार अपने श्वसुर के ख़ून का प्यासा हो गया।

मदिरापान से उन्मत्त मिगार का एकालाप
अनुराधापुर / सन् 478 ई.

धधकती हुई चिता जैसी है मेरे हृदय में प्रतिशोध की ज्वाला। माँ का भाई नहीं, पिता के इस...स्साले धातुसेना को नहीं छोड़ूँगा, चाहे मेरे प्राण ही क्यों न चले जाएँ। ...अपने औरस से जनमे उत्तराधिकारी की कामना में न जाने कहाँ से उठा लाया उस वेद्दा दासी को! नहीं तो इस भीरु-हृदय दासी पुत्र कश्यप के बदले मैं होता मामे का उत्तराधिकारी। ...और अब तो उस डायन सुमनवल्लरी ने भी जन दिया एक कुलीन कुमार— आज्ञाकारी और सुशील होने का स्वांग करता वह धूर्त मोगल्लान। घृणा करता हूँ मैं इन सबसे— यह दो कौड़ी का राजा धातुसेना तो इस लायक़ भी नहीं कि अपने बल-बूते पर युद्ध के लिए पर्याप्त धन संग्रह कर सके। हर तीन-चार महीने में भीख माँगने चला जाता है महाविहार!

...बेटी मुझ पर रीझ गई तो मैं, इसका सगा भागिन स्वीकार्य नहीं हुआ; केवल अयोग्य और दुराचारी ही नहीं कहा, मेरे पुरखों को भी घसीट लिया अपशब्दों के बीच! समझते थे मुझे कुछ पता ही नहीं चलेगा— समागम के लिए छटपटाती संघा ने तो उसी दिन एक-एक शब्द बता दिया मुझे। मेरे पिता ने इस राज्य की रक्षा के लिए अपने प्राणों की आहुति दे दी, फिर भी उनके पुरखों को गालियाँ! ...चैतन्य होते ही मेरी माँ ने बता दिया था कैसे इस ससुर ने मेरे पिता को अकेले तमिलों का सामना करने के लिए भेज दिया; स्वयं नहीं गया कायर! और अब उस वीरगति-प्राप्त योद्धा की विधवा... अपनी बहन पर, ऐसा अत्याचार!

नहीं... बदला तो अवश्य लूँगा मैं— और बदला भी ऐसा जिसे लोग बरसों

तक नहीं भूलेंगे।

हाँ, हाँ, मैं हूँ बुरा ...बहुत बुरा हूँ। मदिरा बहुत पसंद है मुझे। मैंने जानबूझ कर कश्यप को भी अपने रंग में रंग लिया है— बहुत अधम रक्त है न मेरी धमनियों में... तो हूँ पापी... अभी-अभी मदिरा की एक मटकी ख़ाली की है, दूसरी पर हूँ।... बहुत अच्छा लगता है मुझे उन्मत्त होकर वेश्यालयों में जाना; नई-नई कुँवारी युवतियों का अपने नीचे कसमसाना... हाँ, बहुत नीच हूँ, दूषित वीर्य से उत्पन्न... तो ये सब कौन से दूध के धुले हैं? ...ये यक्कों, वेद्दाओं और आर्यों की मिश्रित संतानें!

जैसा व्यभिचारी बाप वैसी ही बेटी! संघा चाहती थी कि मैं रात-रात भर केवल उसी से लिपटा, उसकी कभी न बुझने वाली कामाग्नि को बुझाता रहूँ। ...क्यों करता मैं! ...वह कहती, मैं रात भर तड़पती रहती हूँ और तुम मदिरा से उन्मत्त यहाँ-वहाँ मुँह मारते फिरते हो... मैं कहता, मैं तुम्हारा पति हूँ, दास नहीं, चुपचाप सो जाओ ...नींद आ रही है मुझे। ...सब सत तो वेश्यालय की नाली में बहा आए, अब क्या खाकर मेरा ताप हरोगे! ...हाँ, मुझे संघा के घमंड भरे तानों का जवाब अक्सर थप्पड़ से देना पड़ता— वह रो-रो कर मेरी नींद खराब करती रहती... मैंने सबसे लड़ कर तुम्हें प्रेम किया, तुमसे विवाह के लिए सबको छोड़ दिया... तो क्या मैं तुम्हारा क्रीत-दास हो गया कि जब चाहो, जितनी बार चाहो मैं तुम्हारी सेवा करता रहूँ?

कलह का अंत न था हमारे बीच।

पहले मुझे लगता था कि अपने प्यारे दासी पुत्र के मोह में धातुसेना कश्यप को युवराज बना देगा। एक बार वह राजा हो जाता और मैं सेनाध्यक्ष, फिर तो मेरा रास्ता आसान हो जाता— मैं उसे कठपुतली की तरह नचाता। किंतु सेनाध्यक्ष भी नहीं, उप-सेना अध्यक्ष! ऐसा घोर अपमान! चलो...वह भी सह लेता।

किंतु इस कमीने धातुसेना ने तो विधि-विधान की आड़ लेकर मेरी माँ को जीवित ही जला दिया! और उस पर से मुझे उसका साक्षी बनने को बाध्य किया। कितने घमंड से कहा— न्यायाधिकरण का आदेश है कि दंड उप-सेनाध्यक्ष की निगरानी में दिया जाए जैसे मुझे पता ही नहीं कि न्यायाधिकरण किसके इशारे पर चलता है। ...नहीं, अब न इस नराधम को छोड़ूँगा, न संघा को, जिसके कारण यह कांड हुआ। नाग-नागिनों के इस पूरे वंश को निर्मूल कर दूँगा मैं!

आह! ...फिर भी आग की लपटों में चीत्कार करती हुई माँ के भस्म होने का वह दृश्य आजीवन न भूल पाऊँगा।

मदिरापान से मत्त कश्यप का एकालाप
अनुराधापुर / सन् 478 ई.

अब तक समझ नहीं पाया कि इस वैभवपूर्ण राज-प्रासाद में कौन मेरा मित्र है, और कौन शत्रु! या वास्तव में मेरा कोई शुद्ध-हृदय शुभचिंतक है भी या नहीं।

मिगार समझता है मैं जानता नहीं कि वह मुझे कायर और दुर्बल मानता है। हमवयस हैं, साथ-साथ पले-बढ़े हैं— मैं बुद्धिमान न सही लेकिन इतना मूर्ख भी नहीं कि यह न जान सकूँ कि अन्दर-अन्दर वह बचपन ही से मुझे कितना दीन-हीन समझता आया है। मुझे याद है, हमदोनों पाँच-छः बरस के थे तो तलवारबाज़ी लकड़ी के तलवारों से सिखाई जाती थी। कभी-कभी मुझे लगता कि यदि प्रशिक्षक ध्यान लगाए देख न रहा होता तो मिगार तलवार मेरी पेट या छाती में भोंक देता।

एक विचित्र-सा संबंध रहा है हमदोनों के बीच— वह हमेशा मुझे अपने साथ रखना चाहता है किन्तु अपने अँगूठे के नीचे। वैसे कहने को मित्र कहता है, और बहुधा दोहराता है— किशु, देखना एक दिन तू राजा बनेगा, और मैं अपने पिता की भाँति तेरा सेनाध्यक्ष; तेरे लिए अपने प्राण भी दे सकता हूँ। पर साथ ही साथ मुझे नीचा दिखाने का एक अवसर भी नहीं छोड़ता— किसी खुसर-पुसर में एक बार दासी पुत्र सुनाई दे जाए तो रोष एवं सहानुभूति की आड़ में दस बार उसको दोहराता। मैं उसकी दबंगई और दुष्कर्मों का सहभागी बनने में आनाकानी करता, तो ऐसी कड़वाहट से मुझे घूरता कि लगभग सम्मोहन की स्थिति में उसका कहा मानने पर विवश हो जाता। तब वह शाबाशी देते हुए पीठ थपथपा कर कहता— यह हुई न मित्रता!

मिगार की संगत में अब तो मैं भी ख़ूब दबा के पीने लगा हूँ, उसके साथ वेश्यालयों में जाने लगा हूँ। उसकी निडरता और व्यसनों के प्रति एक अबूझ प्रशंसा-भाव और आत्मग्लानि दोनों एक साथ मेरे मन-मस्तिष्क को उद्वेलित किए रहते हैं।

...उस युवती के सामूहिक बलात्कार व हत्या के बाद जब मैंने क्षुब्ध होकर कहा था— तुम मेरे मित्र हो, इतना क्रूर, जघन्य अपराध करोगे यह तो सोच भी नहीं सकता था, तो वह अट्टहास करते हुए बोला— अरे किशु, कुछ सीख मुझसे; राजा बनना है तुझे तो क्रूरता से क्या डरना! वह तो करनी ही होगी। ...मैं उसका मुँह देखता रह गया, कुछ समझ में नहीं आया कि क्या जवाब दूँ। उसी ने हँसते हुए कहा, 'चल, चिन्ता न कर, अगली बार तुझे भी शिकार पर ले चलूँगा।' उस दिन बड़ी घिन-सी आयी मुझे उससे।

मित्र हो या शत्रु, मिगार के मस्तिष्क में कुछ विकार तो अवश्य है— संघा से प्रेमालाप के बारे में भी मुझसे कुछ नहीं छिपाता। उल्टे विस्तार से बताता है कि कब,

क्या कहा या किया दोनों ने एक दूसरे के साथ! अक्सर चिढ़ाता है ...जल बिन मछली की तरह छटपटाती रहती है तेरी बहन मेरे लिए! ...फिर एक दिन महल के एक निर्जन से खंड से निकलता हुआ मुझसे टकरा गया। मुझे देखते ही हँस पड़ा; बड़ी अभद्रता से कूल्हे का अग्रभाग मेरी ओर उचकाते हुए बोला— 'ले किशु, आज पूरी कर दी संघा की लालसा... बड़ी अद्‌भुत है रे वह तो, चौदह की भी नहीं हुई पर कुवाँरी नहीं निकली। चल... उससे कुछ अंतर नहीं पड़ता, अब तू मुझे अपना बहनोई होना तो निश्चित ही मान। तेरे पिता भी सेनाध्यक्ष के साले हैं; तू राजा बनेगा तो तू भी सेनाध्यक्ष का साला होगा।' फिर बड़े भौंडेपन से दाँत निपोरे मेरे कंधे पर हाथ डालकर बोला, 'चल कहीं बैठकर चैन से थोड़ी मदिरा पीते हैं।'

संघा की कामुक उच्छृंखलताएँ किसी से छिपी नहीं है— क्या कहता मैं! फिर भी मेरे नथुने फड़क उठे, जी में आया तड़ से पलट कर कहूँ, साले मिग्गू, तुझे तो देख लूँगा, एक बार राजा तो बन लेने दे मुझे! किंतु बचपन से ही दासी पुत्र की हीन-ग्रंथि गले में ऐसे अटकी पड़ी है कि वही किशु कहता है मुझे, मैं उसे अब तक मिग्गू न कह पाया, न शायद आगे कभी कह पाऊँगा।

पटरानी सुमनवल्लरी को बचपन से ही रानी माँ कहता आया हूँ। अब तो यह भी पक्का नहीं कह सकता कि रानी माँ मेरी हितैषी हैं या केवल यश-कीर्ति के लिए स्नेह का ढोंग करती आई हैं। हालाँकि सोचता तो रहता हूँ कि इतने वर्षों तक ऐसा जीवन्त अभिनय कोई कैसे करता रह सकता है भला!

जब मेरी माँ का देहांत हुआ तब मैं बहुत छोटा था। उसके पहले से ही रानी माँ की गोद में बैठा रहता सारे-सारे दिन, वही मुझे खिलाती-पिलातीं लाड़-प्यार से लोरियाँ गा-गा कर सुलातीं। मोगल्लान के जन्म के बाद भी उससे अधिक स्नेह उन्होंने मुझे दिया।

अभी कुछ दिनों पहले तक रानी माँ को अपनी माँ ही मानता आया था; मेरी अपनी सगी माँ तो बस एक धुँधली-सी स्मृति भर हैं, जैसे रानी माँ की ही एक श्यामल अनुकृति। कुछ बड़ा होने पर पहली बार जब दासी पुत्र की खुसर-पुसर सुनी, तब एक दिन मैंने उनसे पूछा— 'क्या मेरी माँ दासी थी... वह कहाँ गई?' रानी माँ अवाक्-सी कुछ देर मुझे देखती रहीं, फिर कड़क कर बोली— 'कौन कहता है? बताओ, उसे अभी कठोर दंड दूँगी ...मेरे बच्चे, तुम्हारी माँ तो मैं हूँ। हाँ, जन्म तुम्हें एक अप्सरा ने दिया था और मुझे सौंप कर तथागत की शरण में चली गई। तुम लोगों की बातों पर ध्यान न देना कभी; मैंने महाराज को कह दिया है, तुम ज्येष्ठ पुत्र हो, उत्तराधिकारी तुम्हें ही बनाएँ।'

जब कुछ और बड़ा हुआ तो मैंने किसी से भी कुछ पूछना छोड़ दिया। मिगार ही बहुत था मुझे अपनी हीनता का स्मरण कराते रहने के लिए— यह सब ढोंग है,

देखना ये सब मिलकर युवराज तो मोगल्लान को ही बनाएँगे। पर मैं तुझे राजा बना कर ही रहूँगा, किशु!

जिस दिन महाराज ने मोगल्लान को युवराज और मुझे सेनाध्यक्ष घोषित किया, मैं रानी माँ को प्रणाम करने गया था। उनकी आँखों में पराजय की नमी थी। मुझे तब भी विश्वास था कि वह अभिनय नहीं कर रहीं— मिगार झूठ बोल कर मुझ पर अपनी नकेल कसे रखना चाहता है। किंतु उसके कुछ ही क्षणों बाद उन्होंने जो कुछ कहा, किया उससे मैं संशय में पड़ गया।

'तुम्हें... तुम्हें किसी बात का कष्ट नहीं होगा, कश्यप, यह ले जाओ।' उन्होंने पीछे मुड़कर काठ के एक संदूक की ओर इंगित किया, 'यह तुम्हारी माँ की धरोहर है...स्वर्ण मुद्राएँ तथा आभूषण। समय आ गया है कि तुम्हें सौंप दूँ।'

बिजली-सी कौंध गई मन में—निराशा की कोई चर्चा नहीं, कोई दिलासा नहीं, केवल एक पेटी स्वर्ण-आभूषण! मुझे किसी वस्तु की तरह ख़रीदा तो नहीं जा रहा कहीं, चुपचाप मोगल्लान को युवराज स्वीकार कर लेने का मूल्य दिया जा रहा है क्या? कहीं मिगार ठीक ही न कहता हो— ये सब के सब स्वांग कर रहे हैं। वास्तव में, दासी पुत्र तो दासी पुत्र ही रहेगा। ...उस एक पल में रानी माँ के लिए मन में जो अगाध स्नेह था वह सहसा दरक-सा गया।

और तब, कुछ ही दिनों बाद हृदय को दहला देनेवाली वह घटना हुई। मैं सोच भी नहीं सकता था कि सदा सौम्य और विनयशील दिखनेवाले मेरे पिता महाराज धातुसेना का हृदय भीतर से इतना क्रूर और नृशंस हो सकता है। इसमें संदेह नहीं कि संघा मरते-मरते बची थी किंतु किसने सोचा होगा कि उसके लिए वे इतनी चतुराई से षड्यंत्र रच कर अपनी बहन को ऐसा भयावह दंड दिलवाएँगे। किन्तु वह सब कुछ तो मेरी आँखों के सामने ही हुआ!

उस हृदय-विदारक मृत्युदंड ने अंतिम रूप से मुझे मिगार के पाले में धकेल दिया।

पटरानी सुमनवल्लरी
अनुराधापुर / सन् 478 ई.

मुझे अपने पति धातुसेना महाराज से ऐसी क्रूरता की आशा न थी। मैंने उन्हें बहुत समझाया— मैं करबद्ध निवेदन करती हूँ, ऐसा न करें। किंतु वे नहीं माने। मैं फिर भी प्रयास करती रही। किन्तु प्रारब्ध का क्या करे कोई!

अब तो सब कुछ हो चुका— मेरे हृदय में अंधकार-सा छा रहा है मानो हम सब किसी खाई की कगार पर खड़े हों और उमड़ती हुई आँधी हमें ठहरने नहीं देगी

वहाँ— सहस्त्रों हस्त नीचे के शिला-खंडों पर गिरा देगी। सब कुछ नष्ट हो जाएगा।

उस दिन जब संघा भागती हुई महल के द्वार पर आई और मूर्च्छित होकर गिर पड़ी, तब मैंने पहली बार जाना कि क्रुद्ध राजा कितना विकराल हो सकता है। संघा की दायीं आँख के नीचे भयानक सूजन थी। उसका पूरा मुख रक्त से लिथड़ा था; आगे के दो दाँत टूट गए थे। पाँच मास के गर्भ से फूले पेट से नीचे के वस्त्र रक्त-स्राव से भीगे हुए— दृश्य तो निश्चय ही हृदय-विदारक था। आश्चर्य कि उसके प्राण बच गए। महाराज की आँखों से आँसू नहीं, मानो आग की लपटें बरस रही थीं।

कैसे हुई इसकी यह दशा? किसने किया यह सब? ...तत्काल दोषी को उपस्थित किया जाए! राजाज्ञा का पालन हुआ; स्वयं महाराज की बहन वारुणी जिसने तपते हुए कड़छुल से पीट-पीटकर संघा की वह दशा की थी, महाराज के समक्ष उपस्थित की गई। उनके पीछे मिगार, भयभीत किंतु आग्नेय नेत्रों से इधर-उधर देखता, खड़ा था।

उस समय भी मैंने महाराज के कान में फुसफुसा कर कहा था, 'यह आपके निजी परिवार का मामला है, आगे के लिए चेतावनी देकर निस्तारित कर दें तो ठीक होगा।'

तब तक महाराज संयत हो चुके थे।

'देवि, आप का परामर्श बिलकुल विधि सम्मत है। यह मेरे निजी परिवार का मामला है; इसका निर्णय मैं स्वयं नहीं करूँगा, महा न्यायाधिकरण ही करेगा।'

प्रकरण न्यायालय में प्रस्तुत हुआ; मिगार के निवास के सब कर्मचारियों के साक्ष्य अभिलिखित किए गए— सबने लगभग एक जैसी गवाही दी। सास-बहू में प्रतिदिन विवाद होता था— देवी वारुणी कहतीं, पहले मेरे आराध्य को सिर नवाओ, फिर आगे कुछ होगा। संघा कहती, मैं तथागत के अतिरिक्त और किसी आराध्य को नहीं जानती, न जानना चाहती हूँ। मेरे पिता राजा हैं, मुझे कोई बाध्य नहीं कर सकता... इस प्रकार के वाक् युद्ध के चलते अंततः संघा माँ-बेटे के हाथों बहुधा मार खाती। उस दिन बात कुछ बढ़ गई और खौलते खीर की कड़ाही से कड़छुल निकाल कर वारुणी लगी बहू को पीटने— आज दिखाती हूँ असली राजा की बेटी कौन है! संघा गर्भवती होने के कारण ख़ुद को बचा न पाई। पिटते-पिटते, बेहाल होकर भागना पड़ा।

महा-न्यायाधीश ने वारुणी से पूछा, 'देवि, आपको अपने बचाव में कुछ कहना है?'

अत्यंत वितृष्णा से घूरते हुए वारुणी ने बस इतना ही कहा, 'मैं धातुसेना महाराज की बहन हूँ ...मुझे तुम ..तुम जैसों के मुँह नहीं लगना।'

'सास-बहू में किस आराध्य देवता को लेकर झगड़ा होता था? यदि कोई

चित्र या मूर्ति हो तो प्रस्तुत की जाए।' न्यायाधीश के आदेश पर मुख्य परिचारक लकड़ी की एक छोटी सी मूर्ति लेकर आया जिसमें सीधे और आड़े दो खंभों की टिकटी-सी पर एक दुबला पतला दाढ़ीवाला आदमी आँखें मूँदे पड़ा था। हथेलियों और पैर के पंजों पर कील ठुके थे।

'यह किस देवता की प्रतिमा है?' महा-न्यायाधीश ने अचकचा कर पूछा।

सब के सब निःशब्द। किसी को कुछ मालूम न था। सहसा गरजती हुई-सी वारुणी बोली, 'महामूर्ख हो तुम सब। मैं बताती हूँ यह कौन हैं— यह विश्व के सबसे बड़े महात्मा हैं, क्राइस्ट! मेरे पति जब पल्लव सेना में थे तब मैं जंबूद्वीप से लेकर आई थी यह प्रतिमा। ...तुम्हारी हिम्मत कैसे हुई इसे छूने की! लाओ, वापस करो। ...हाँ, न्यायिक मैं पूजा करती हूँ इनकी, तुम बिगाड़ो क्या बिगाड़ लोगे मेरा!'

उस रात मैंने पुनः महाराज से विनती की, 'महा-न्यायाधीश राज-परिवार के किसी सदस्य के लिए दंड निर्धारण बिना आपकी सहमति के कदापि नहीं करेंगे; आप वारुणी को राज्य से निर्वासित करा दें, आजीवन कारावास करा दें, किंतु उससे अधिक कुछ न कीजिएगा। मिगार की आँखों में अभी से प्रतिशोध की भयावह ज्वाला धधकती दिखाई देती है।'

बाद में मुझे महाराज के मुख्य परिचारक ने बता भी दिया— मेरा अनुमान सही था। आधी रात अंग-वस्त्र से मुँह ढके महा-न्यायाधीश धातुसेना महाराज से परामर्श कर गए थे।

किंतु अब मेरे स्वामी ने मेरे परामर्श और अनुरोध पर ध्यान देना छोड़ दिया था। तीसरे दिन महा-न्यायाधिकरण ने वारुणी को जीवित जलाकर मृत्युदंड की घोषणा कर दी। जिस दिन उसे वह हृदय-विदारक दंड दिया गया, सपने में स्वयंसिद्धा दिखाई दी। अधरा को मुझे सौंपते हुए कह रही थी— संकट तो इस विकल्प में भी बहुत हैं पर आप इसे ले जाइए... पौ फटे आँखें खुलीं तो अनायास मन हुआ स्वयंसिद्धा के आश्रम हो आऊँ। फिर याद आया, महाराज ने बताया था कि वह अब वहाँ नहीं रहती, उसका आश्रम वीरान पड़ा है। मेरे कलेजे में एक हूक-सी उठी, लगा जैसे एक युग का अंत हो रहा हो।

अदृश्य सूत्रधार

अनुराधापुर / सन् 478 ई.

अगले कुछ सप्ताहों में अनुराधापुर राज-प्रासाद और सैन्य शिविर मिगार के प्रतिशोध की लपटों पर खदबदाती हुई हांडी के समान हो गए। दो-मुँहे गुप्तचरों व द्वारपालों की चाँदी हो गई : यहाँ की वहाँ, वहाँ की यहाँ, गुप्त सूचनाएँ— सत्य, अर्ध-सत्य

और बहुधा मनगढ़ंत भी— सब सोने-चाँदी के भाव धड़ाधड़ बिकने लगीं।

मिगार अपनी माँ और संघा के स्वर्णाभूषण को गला-गला कर बदले की आग में मुक्त हस्त होम कर रहा था। सेनानायकों ने स्वामिभक्ति के व्यापार में सहस्रों अर्जित किए। साधारण स्तर के गुप्तचर और सैनिक भी नगर के उच्च-कोटि मदिरालयों और गणिकालयों में दिखाई देने लगे।

इस सबके बीच दो विचित्र घटनाएँ हुईं— अनुराधापुर के कारावास में मृत्युदंड की प्रतीक्षा कर रहे बंदियों के खंड में से एक बंदी गायब हो गया। वह वृद्ध जिस कोठरी में बंद था उसमें लगे लोहे की छड़ें व ताला जैसे के तैसे थे। मिगार ने छान-बीन तुरंत अपने हाथों में ले ली; कड़ी पूछताछ करने पर कारागार प्रभारी ने स्वीकार कर लिया कि बंदी को उसी ने भगाया था। उसे नगर-प्रांगण में सौ कोड़े तथा अंग भंग का दंड दिया गया, किंतु उससे एक रात पहले वह फाँसी पर लटका पाया गया। उसकी मृत्यु को आत्महत्या मान कर मामले को रफ़ा-दफ़ा कर दिया गया। बहुत छानबीन के बाद भी मृत्युदंड वाले बंदी का कुछ पता न चला।

दूसरी घटना महाराज धातुसेना के विश्वस्त निजी-परिचारक महानाम के बेटे से संबंधित थी। अनिकेत राज-प्रासाद सुरक्षा गारद में जाना-माना धनुर्धर था, और अचानक सैन्य-शिविर से लापता हो गया।

अनुराधापुर से उत्तर घने जंगल में शताब्दियों पुराने स्तूप व भिक्षु निवास के भग्नावशेष हैं। उस युग में स्तूप के चारों ओर लगाए गये अन्दरगस के पौधे अब श्वेत पुष्पों से लदे सघन वृक्ष हो गए हैं; स्तूप कँटीली घास और झाड़-झंखाड़ से छिपा हुआ है। सैकड़ों वर्षों की धूप और वर्षा से दागब की ईंटों में दरारें पड़ गई हैं जिनमें साँपों की अनगिनत बाम्बियाँ हैं। लगभग अट्ठारह वर्ष पहले धातुसेना महाराज ने दागब का पुनरुद्धार प्रारंभ करवाया था, किंतु इतने विषधर निकले कि दो-तीन कारीगरों की सर्प-दंश से मृत्यु हो गई। कार्य स्थगित करना पड़ा। बौद्ध पुराणों के अनुसार नागों ने तथागत की रक्षा की थी; तत्कालीन महाविहार-प्रमुख उनका पक्ष लेकर बीच में आ खड़े हुए। काम फिर कभी शुरू नहीं हो पाया। अब इस बियाबान में कोई नहीं आता।

कारागार एवं शिविर से अचानक अंतर्धान हो गए दोनों व्यक्ति अंदरगस की ओट में छिपे दो अलग-अलग कमरों में खाट पर रस्सियों से बँधे पड़े हैं। दोनों के मुँह पर पट्टियाँ हैं। तीन-चार हट्टे-कट्टे लंपट पहरे पर हैं। सैनिक जैसे किंतु सादे कपड़ों में। मृत्युदंड से भगाए गए अपराधी का कोई पूछनेवाला नहीं, किंतु दूसरे का पिता कोई सामान्य व्यक्ति नहीं, महाराज का निजी सहायक है; बड़े-बड़े अमात्य-महामात्य भी उससे खौफ़ खाते हैं। उसका एकमात्र पुत्र व राज-प्रासाद शिविर का एक होनहार सैनिक ग़ायब है। दरबार में खलबली मची है किंतु महाराज के ख़ास

गुप्तचर भी अभी तक कुछ पता नहीं लगा पाए हैं।

आधी रात के अँधेरे में प्रासाद के एक निर्जन गलियारे में खुला व्यापार चल रहा है। महानाम के सामने काले अंगवस्त्र से मुख ढके, अपनी आकृति को ढीले-ढाले चोगे से झाँपे एक लंबा-चौड़ा व्यक्ति खड़ा फुसफुसाता है, 'महानाम, अपने पुत्र के प्राण प्यारे हों तो कहो।'

'क्या प्रमाण है कि वह जीवित भी है।'

'है, दिखा सकते हैं तुम्हें, चलोगे?'

'संभव है कहीं ले जाकर मुझे भी ख़तम कर दो तुम लोग।'

'कहीं ले जाकर' स्याह छवि के स्वर में कटाक्ष है, 'तुम्हारे प्राण तो हम यहाँ भी ले सकते हैं, पीछे देखो।'

वैसी ही दो छवियाँ पीछे भी हैं।

'क्या चाहते हो मुझसे? जब तुमने उसे मार दिया, तो मुझे भी मार डालो।' महानाम का स्वर भर्रा जाता है।

'और यदि वह जीवित हो तब?'

'क्या करना होगा मुझे?'

'बस एक साक्ष्य देनी होगी; फिर तुम्हें अपने पुत्र को लेकर सदा के लिए ग़ायब हो जाना होगा जैसे तुम दोनों यहाँ कभी थे ही नहीं। स्वीकार है?'

'किस बात की गवाही ...सत्य या असत्य? मैं झूठ नहीं बोलूँगा। ...किसके सामने होगी?'

'किसी के सामने नहीं, तुम्हारा स्वर सभी पहचानते हैं।'

'उसके बाद?'

'उसके बाद हम तुम्हें वापस तुम्हारे बेटे के पास ले जाकर तुम दोनों को छोड़ देंगे।'

महानाम की आँखें धुँधली पड़ जाती हैं। पुत्र को एक बार जीवित देख पाने की लालसा हूक-सी उठती है कलेजे में।

'मुझे स्वीकार है, चलो।'

वे दोनों चल पड़ते हैं। पीछे-पीछे दोनों स्याह आकृतियाँ।

महानाम के मन में आता है कि अपनी पादुका की तांबे से मढ़ी विष-बुझी नोक एक झटके में आगे चल रही स्याह आकृति की पिंडली में दे मारे। उसकी तत्क्षण मृत्यु निश्चित है, किंतु पीछे चलते दोनों मुस्टंडे उसे भी नहीं छोड़ेंगे।

महानाम के मन में बस एक ही लगन है— एक बार अपने प्यारे बेटे को जी भर देख ले, जैसे कोई अंतिम इच्छा होती है। वह अपने गुप्त अस्त्र का उपयोग नहीं करता; चुपचाप चलता जाता है सोचता हुआ कि अनिकेत को एक बार देख लूँ,

उसके बाद तय करूँगा कि इनसे क्या सौदा करना है।

महल परिसर से बाहर निकलते ही पीछे चलते दोनों व्यक्तियों में से एक बढ़कर महानाम की आँखों पर काली पट्टी बाँध देता है।

महानाम

अनुराधापुर / सन् 478 ई.

लगभग चार दशक हो गए मुझे मोरीय वंश की सेवा में; धातुसेना महाराज के पिता की सेवा में आया था तब मात्र दस बरस का था। युवराज धातुसेना का सम-वयस; वैसे रिश्ते में उनका चाचा। उनके साथ ही पला-बढ़ा— मित्रवत। उनकी कृपा कि मुझे अपना मित्र समझा, सदा अपने साथ रखा। जब अनुराधापुर के सिंहासन पर बैठे तो मुझे कहा, मेरा जो कुछ है उसे अपना ही समझना। जो मन हो माँग लेना, मैं कभी मना नहीं करूँगा, किंतु किसी के कुछ देने-कहने से मेरी पीठ में कटार न भोंकना कभी— बोलो, स्वीकार है? फिर ठहाका मार कर हँसे, बोले— चलो, मार देना मुझे, मैं कुछ नहीं कहूँगा!

धातुसेना के साथ अश्वों को सरपट दौड़ाते, दो दशक पूर्व हमलोगों ने अनुराधापुर विजय किया। ऐसा लगता है जैसे कल की बात हो!

राज्याभिषेक के बाद महाराज ने फिर पूछा, महामात्य बनोगे या मेरा निजी सहायक? जो तुम चाहो। मैं जानता था कि महामात्य बनते ही उनसे दूर हो जाऊँगा। मेरे मन में तनिक भी दुविधा न थी : उनका मुख्य परिचारक होना मेरा सौभाग्य था।

आँखों पर बँधी इस काली पट्टी के उपरान्त भी अब कुछ-कुछ समझ में आने लगा है। क्या करूँ मैं? मेरी बाँह तो मरोड़ चुके हैं ये दुष्ट। बस, एक बार देख लूँ कि मेरा अनिकेत जीवित है, तब महाराज की सेवा में मर भी जाऊँ तो कोई दुख न होगा।

संभवतः हम गंतव्य पर पहुँच गए हैं। आँखों से पट्टी खुलते ही लगा जैसे अंधकार में कुछ और कालिख घुल गई हो, लेकिन कुछ क्षण बाद दृष्टि के अभ्यस्त होते ही पहचान जाता हूँ ...अरे, यह तो वही विषधरों वाला दागब है जहाँ तीन मजदूर साँप काटने से मर गए थे। मन में विचार आता है— दैवी कृपा से इन तीन दुष्टों को भी नागदेव क्यों नहीं डँस लेते; फिर मन ही मन हँसी भी आती है— दैवी कृपा की भी कोई सीमा होती होगी, महानाम!

मुझे यहाँ तक लानेवाला बाहुबली सहसा हाथ के इंगित से मुझे रोक देता है— सामने देखो, वह फुसफुसा कर कहता है— खँडहर के कक्ष में दीपक का मध्यम प्रकाश है; बाँस की खाट पर अनिकेत रस्सी से बँधा पड़ा है। दो ही दिनों में उसका

बलिष्ठ शरीर गल-सा गया है।

'हाय, इस ने क्या किया था...'

'शु:ह्ह्ह ...चुपचाप देखो।'

चेहरे को अंग-वस्त्र से ढके एक तगड़ा बाहुबली सिरहाने आकर अनिकेत के मुँह की पट्टी खोलता है। वह अपनी गर्दन जितनी उठा सकता है उठाकर आँखें मिचमिचाता हुआ कराहता है, 'जल... थोड़ा जल।' फिर उसका सिर खाट पर गिर जाता है।

'हो गया, चलो', मेरा नायक मेरे कंधे पर थपकी देता है। फिर अपने साथियों से कहता है, 'जाओ, देख कर आओ, वे उस दूसरे को ले गए? इसे मैं सँभाल लूँगा।' वह वापस दागब की ओर चल पड़ता है।

'रुको, मेरे बेटे को भी तो साथ ले लो...' मैं कहता हूँ।

'ऐसी बात थोड़े ही हुई थी...बेटा जीवित है दिखा दिया, अब तुम चलकर गवाही दे दो तो तुम दोनों को छोड़ देंगे।'

मैं चुप रहता हूँ— जान गया हूँ कि ये हत्यारे हमदोनों में से किसी को भी जीवित नहीं छोड़नेवाले। अब तो बस यह जानना है कि ये लोग कर क्या रहे हैं!

'ठीक है,' मैं कहता हूँ।

उसके साथी आकर फुसफुसाते हैं, 'हाँ, उसे तो ले गए। यहाँ अब अपना एक ही आदमी बचा है।'

'तुम दोनों यहीं रहो, हम अभी थोड़ी देर में आते हैं,' वह मुझे चलने का इंगित करता है। इस बार आँखों पर पट्टी नहीं; मात्र हाथ पीछे बँधे हैं। पट्टी अब आवश्यक नहीं, या भूल गया? वह मेरे आगे आगे चल रहा है— चाहूँ तो अचानक अपने अचूक पादुका-अस्त्र का उपयोग कर सकता हूँ, किंतु तब पता कैसे चलेगा कि इस षड्यंत्र के पीछे कौन है!

मैं चुपचाप चलता जाता हूँ।

आश्चर्य, वह प्रासाद-परिसर के द्वारपालों का हाथ उठाकर अभिवादन करता है। सब नए-नए से हैं पर ऐसा लगता है उसे जानते हैं।

राज-प्रासाद के मुख्य भवन से कुछ दूरी पर अरलिया के वृक्षों के कुंज से घिरे कमल-कुंड के किनारे एक सभागार परिसर है जहाँ महाराज कभी-कभी अपने महामात्य, अमात्य एवं सेनानायक-गण की बैठक करते हैं। कभी-कभी उनके बिना भी महामात्य व सेनाध्यक्ष को वहाँ अमात्यों से विचार-विमर्श की अनुमति दी जाती है। परिसर के पास पहुँचकर वह कहता है, 'अभी कुछ समय लगेगा, हमें यही ठहरना होगा।'

'भाई...तुम तो जवान हो— मेरी वृद्ध अस्थियाँ इतना चल चल कर लस्त पड़

गई,' कहकर मैं भवन के एक खंभे से टिक जाता हूँ। वह सिर हिलाता है, 'ठीक है, थोड़ी देर टिक कर सुस्ता लो।' कोई प्रतिवाद नहीं करता। उसे इस स्तंभ की कोई विशेष जानकारी हो, ऐसा जान तो नहीं पड़ता... शायद यह पैदा भी न हुआ होगा जब धातुसेना महाराज और मैंने यह अद्‌भुत सभागार बनवाया था।

मिगार और कश्यप
अरलिया परिसर, अनुराधापुर / सन् 478 ई.

सभागार के केवल एक कोने में आले पर दीपक जल रहा है; बाक़ी हिस्से में लगभग अँधेरा-सा है। रौशनी वाले भाग से यह बता सकना संभव नहीं की दूसरे सिरे पर कोई है या कुर्सियाँ ख़ाली हैं। पीछे के द्वार से मिगार कश्यप को लेकर प्रवेश करता है और दोनों बैठ जाते हैं। मिगार कई सप्ताह से इस कार्यवाही की तैयारी करता आ रहा है; जिस दिन मोगल्लान को युवराज घोषित किया गया, लगभग उसी दिन से।

रानी माँ को प्रणाम कर उनके उपहार की पेटी के साथ विवर्ण-मुख कश्यप जब अपने निवास-खंड में लौटा, मिगार ने यह अभियान तभी प्रारम्भ कर दिया था।

'तो बिक गए तुम, स्वर्णाभूषण की छोटी-सी एक पेटी के बदले— जानते भी हो यह सब किस बात के लिए मिले थे तुम्हारी माता को?' कश्यप ने चौंक कर मिगार को देखा— यह कैसे जान गया मेरे मन का भाव! पर अपना स्वर संयत रखते हुए उसने कहा, 'मैं कुछ समझा नहीं। तुम तो कहते ही रहे हो कि अंततः मोगल्लान ही बनेगा युवराज; सो तो हो चुका। अब यदि सांत्वना देने के लिए रानी माँ ने मुझे मेरी माँ के आभूषणों की पेटी पकड़ा दी, तो मैं अस्वीकार कैसे कर देता भला!'

'अस्वीकार! मैं तो कहता हूँ तुम्हें छूना भी नहीं चाहिए था इसे। इसे स्वीकार करने से घृणास्पद बात तो कुछ हो ही नहीं सकती, पर अब कर लिया है तो इस धन का उपयोग सही उद्देश्य के लिए करना। वैसे ...जब तक मैं साक्ष्य प्रस्तुत न कर दूँ तुम केवल मेरे कहे का विश्वास तो करोगे नहीं, किंतु इतना अवश्य कहता हूँ कि युवराज कोई भी बने, राजा तो तुम ही बनोगे, मैं बनाऊँगा! ...मैं जानता हूँ तुम मेरा विश्वास तब तक नहीं करोगे जब तक कि मैं गवाह तुम्हारे सामने लाकर खड़े न कर दूँ... जानते हो...

कश्यप ने उसे रोकते हुए कहा, 'बार-बार तुम किस साक्ष्य आदि की बात कर रहे हो, मेरी समझ में कुछ नहीं आ रहा। विश्वास-अविश्वास किस बात का? ...महाराज ने बुआ के साथ जो किया, वह निश्चय ही अकल्पनीय था। तुम्हारे मन की पीड़ा समझता हूँ, पर इतनी उलझी-उलझी बातें मेरी समझ में नहीं आतीं... और बार-बार यह कहना कि मुझे राजा बनाओगे, वह भी अब हास्यास्पद लगता है। मैं

दासी पुत्र युवराज तो बन नहीं पाया, राजा क्या बनूँगा!'

मिगार कुछ देर कश्यप की आँखों में आँखें डाले चुपचाप घूरता रहा, फिर बोला, 'मित्र, यही तो तुम्हें बताना है कि प्रतिशोध की ज्वाला केवल मेरे मन में नहीं, तुम्हारे हृदय में भी जलनी चाहिए— किंतु जब तुम्हें कुछ ज्ञात ही नहीं... अभी तुम मेरी बात पर विश्वास नहीं करोगे। अभी तो इतना ही करो— यह अस्पृश्य स्वर्ण-खंडिकाएँ जो रानी माँ से मिली हैं न, आधी मुझे दे दो। समझो, महाराज बनाने की पेशगी दे रहे हो!'

कश्यप समझ गया— किसी न किसी बहाने मिगार उसकी इस अप्रत्याशित आमदनी का हिस्सा चाहता है; तथाकथित मित्रता का मूल्य! इतनी-सी बात के लिए बेकार की बकवास क्यों सुनता रहे वह! वर्तमान मन:स्थिति में आभूषणों की वह पेटी उसे वैसे भी व्यर्थ लग रही थी। पेटी में से कई हज़ार स्वर्ण-खंडिकाएँ मिगार को दे दीं— 'यह लो अपनी पारिश्रमिक की अग्रिम क़िस्त!' उसने मुस्कुराते हुए कटाक्ष किया।

उस रात कश्यप को बड़ी देर तक नींद नहीं आई। मिगार से हुए संवाद के टुकड़े रह रह कर उसके स्मृति पटल पर लुप-झुप करते रहे...उसे स्वीकार करने से घृणास्पद बात तो कोई हो ही नहीं सकती...क्यों भला? ...तुम्हें जब कुछ ज्ञात ही नहीं... मेरा विश्वास नहीं करोगे जब तक गवाहों को सामने खड़ा न कर दूँ ...तुम्हारे हृदय में भी प्रतिशोध की ज्वाला होनी चाहिए... किस बात का प्रतिशोध?

वह समझ नहीं पाया कि मिगार उससे कहना क्या चाह रहा था इन आधी-अधूरी बातों से। कुछ भी स्पष्ट नहीं था।

अंतत: वह मुझे राजा बना कर ही रहेगा, यह बात वह पिछले कई वर्षों से कहता आ रहा था, पर आज कुछ ऐसा आभास हुआ जैसे उसके मन में कोई ठोस प्रस्ताव हो। किन्तु यह भी संभव है कि मिगार केवल स्वर्णाभूषण के लालच में मनगढ़ंत बातें बना रहा था। सोचते-गुनते मेरा माथा पिराने लगा था; अंतत: मैंने अपने निजी परिचारक चिराथ को पुकारा— चिराथ... चिराथ, मेरा सिर दुख रहा है, आ, दबा दे जरा।'

पट खुले; एक स्त्री आकृति ने झाँक कर कहा— 'कुमार, प्रणाम, आज चिराथ अचानक अस्वस्थ हो गया। कुमार मिगार ने आदेश दिया था कि उसके बदले मैं आपकी सेवा में रहूँ।' मैं चौंक कर उठ बैठा— अरे, यह तो वही युवती है जिसने एक बार मिगार के निवास पर नृत्य किया था। हमदोनों मदिरापान कर रहे थे, वह हमारे पात्र भर रही थी। सहसा मिगार ने कहा— 'कुमार कश्यप को अपना नृत्य नहीं दिखाओगी, सौंदर्या?' उसने लजाकर देखा, बोली, 'आपकी आज्ञा होगी तो क्यों नहीं दिखाऊँगी, कुमार!'

मैं उसे नृत्य करते मंत्रमुग्ध-सा देखता रहा था। मिगार ने कोहनी मार कर मुझे पूछा, 'क्यों, बहुत भा गई सौंदर्या?' मैंने झेंप कर आँखें झुका ली थीं। बहुत दिनों पहले की बात है; सहसा संघा ऊपर के कमरे से उतर आई थी और मिगार से उसका वाक् युद्ध आरंभ हो गया था।

सौंदर्या को अचानक अपने कक्ष में देखकर मेरा मन भाँति-भाँति की आशंकाओं से भर उठा। मैं सोच ही रहा था क्या जवाब दूँ, कि वह बोली, 'मेरे वस्त्रों के अतिरिक्त मेरे पास कोई शस्त्र नहीं है, कुमार। आप चाहें तो इन्हें उतार कर संतुष्ट कर दूँ आपको, ...मैं अवाक्! इससे पहले कि कुछ बोल पाता, सौंदर्या ने सचमुच अपना चोगा एक झटके में नीचे को सरका दिया और मेरी ओर बढ़ आई।

भोर हुई तो लगा जैसे कोई स्वप्न देखा हो किंतु आश्चर्य, सौंदर्या बिस्तर पर अपने कौमार्य के चिन्ह छोड़ गई थी, पर उसका कहीं पता न था। मैंने अग्र-कक्ष का पट खोल कर देखा— चिराथ एक कोने में बैठा ऊँघ रहा था।

दो दिनों तक मिगार से मिलना नहीं हुआ। जब जब पूछा यही पता लगा कि नगर व्यवस्था की पड़ताल को गए हैं। तीसरे दिन वह मुस्कुराता हुआ आया, 'कहो किशु, कैसा रहा? उस दिन तुम इतने उद्विग्न लग रहे थे मैंने सोचा तुम्हें एक सुंदर उपहार भेज दूँ।'

'किंतु उपहार देकर वापस भी ले लिया?'

'नहीं, नहीं वह तुम्हारी ही है— कुलीन है, इसलिए थोड़ा लजाती है। महाराज बन जाओ तो यदि पटरानी नहीं, तो कम से कम छोटी रानी बना लेना उसे। वह कहीं छिपी पड़ी है, कह रही थी कुमार कश्यप स्वयं बुलाएँगे तभी जाऊँगी, नहीं तो जा मरूँगी कहीं। ...किंतु यह समय इन बातों का नहीं। मेरी तैयारी लगभग पूरी हो चुकी है, बस एक दिन का समय और चाहिए मित्र, फिर निर्णय सर्वथा तुम्हारा। जो तुम कहोगे, वही होगा। कल शाम को अरलिया सभागार में गवाहों को सुनने के बाद हम अंतिम निर्णय करेंगे। ... हाँ, सौंदर्या को क्या कहूँ... वापस आए तुम्हारी सेवा में?'

फिर मेरी आँखों में आँखें डाल कर बोला, 'मुझे तुम्हारा प्रत्युत्तर दिखाई दे रहा है।'

और अब दोनों सभागार में बैठे न जाने किस बात की प्रतीक्षा कर रहे हैं। वहाँ जाने से पहले कश्यप का मन पुनः आशंकाओं से घिर उठा था— कहीं मिगार कोई खेल तो नहीं खेल रहा उसके साथ! सो वह भी पूरी तैयारी से आया है : उसके स्वामिभक्त भी अधिक दूर नहीं।

अंततः मिगार कहता है— 'किशु, यह साक्ष्य सुनकर तुम्हें कष्ट तो बहुत होगा किन्तु जो गवाह तुम्हारे सामने आएगा वह कई महीनों तक ढूँढने के बाद मिला है।

जी कड़ा करके ध्यान से सुनना। स्वयं जान जाओगे तुम्हें किस बात का प्रतिशोध लेना है। उसके बाद केवल मैं और तुम निर्णय करेंगे। ...मैं भी अपने लोगों को दूर चले जाने को कह देता हूँ और तुम भी ऐसा ही करो।' कश्यप भौंचक्का हो मिगार को देख रहा था। माथा सन्न हो गया— इसे कैसे पता चला मेरे लोगों का!

इतने में पिछले द्वार से एक हृष्ट-पुष्ट बाहुबली कश्यप के गुप्तचर की बाँह पकड़ कर ले आया था।

'अब सोच क्या रहे हो, कश्यप!' फिर थोड़ा झुक कर मिगार उसके कान में फुसफुसाया, 'मेरा विश्वास करो, तुम्हें कुछ नहीं होगा। यदि तुम्हें मारना होता तो कब का मार चुका होता।'

दोनों ने अपने-अपने आदमियों को चले जाने को कह दिया। उनके जाते ही मिगार ने ऊँचे स्वर में कहा— 'पहले साक्षी को प्रस्तुत किया जाए।'

महानाम
अरलिया परिसर, अनुराधापुर / सन् 478 ई.

इतने वर्षों से महाराज धातुसेना के निजी परिचारक के रूप में मैंने केवल दिनचर्या की घास नहीं काटी! न जाने कितने संकट टालने और गुत्थियाँ सुलझाने में उन्होंने मुझसे विमर्श किया होगा। राजद्रोहियों पर अंकुश लगाने के लिए इस सभागार परिसर का सुझाव भी मैंने ही दिया था।

'क्या ऐसा संभव है?'

'सर्वथा संभव है महाराज। मैं एक वास्तुशिल्पी को जानता हूँ जो ऐसा स्तंभ बना सकता है जिसके एक बिंदु विशेष से भीतर की वार्ता स्पष्ट सुनाई देगी।'

'तो बनवाओ फिर. किन्तु यह बात हमदोनों तक ही रहनी चाहिए,' महाराज ने मुस्कुराते हुए स्वीकृति दे दी थी।

मेरा संरक्षक कैसे जानता कि उस स्तंभ पर टिका हुआ मैं सभागार में हो रही बातचीत स्पष्ट सुन पा रहा था... सहसा मैं चौंक उठा। उसने कहा था मेरा स्वर सभी पहचानते हैं; मैं भी लोगों के कंठ स्वर नहीं भूलता... मिगार... कश्यप। ये इतनी रात गए यहाँ क्या कर रहे हैं! ...फिर देखता हूँ कि अरलिया कुंज के विभिन्न भागों से पंद्रह-बीस आकृतियाँ निकल-निकल कर प्रासाद के मुख्य द्वार की ओर जा रही हैं। अंधकार में देख नहीं पाया था कि वहाँ इतने लोग छिपे थे।

तब तक वह साक्ष्य आरम्भ हो गया था जिसकी दोनों ने अभी-अभी चर्चा की थी, और छूटते ही मेरा माथा सन्न रह गया— इतना बड़ा झूठ! किंतु इस सब का

उद्देश्य? इतना तो स्पष्ट था कि मिगार कुमार कश्यप के मन-मस्तिष्क में महाराज के प्रति घृणा के बीज बो रहा था। किन्तु मुझसे क्या कहलवाना चाहते हैं ये लोग!

जो सब मैंने पहली गवाही में सुना वह कितना झूठ था यह तो मैं ही जानता हूँ!

'अपना नाम बताओ।'

'मेरा नाम दियाथ है स्वामी।'

'कहाँ रहते हो?'

'रुहुन के एक ग्राम अहुंगल्ल में। मुझे यहाँ किसलिए लाया गया, स्वामी ...मैंने कुछ नहीं किया।'

'जो पूछा जाए सच-सच बता दो— तुम्हें छोड़ देंगे। तुम पहले अनुराधापुर में रहते थे?'

चुप्पी।

'बोलो, चुप क्यों हो।'

'जी... बहुत साल हो गए...अट्ठारह-बीस बरस पहले... अब उन बातों का कोई अर्थ नहीं।'

'कहा न, जो पूछें वही बताओ। यहाँ क्या करते थे?'

'पटरानी के संग दहेज़ में आया था रुहुन से, उनका द्वारपाल था।'

'फिर क्या हुआ?' चुप्पी।

'क्या तुम्हारी कोई बेटी थी?'

'जी...जी वह मर गई...'

'क्या? ...कैसे मर गई? नाम बताओ।'

'अधरअमृता, स्वामी।' ...हिचक-हिचक कर रोने की ध्वनियाँ।

'रोना बंद करो...यह बताओ कि वह कैसे मरी।'

'स्वामी मुझसे यह सब न पूछिए...मेरे प्राण चले जाएँगे यदि कुछ बोला...'

'कुछ नहीं होगा...पक्का! तुम्हें सुरक्षित तुम्हारे गाँव पहुँचा देंगे...बस यह बता दो कि ऐसा क्या हुआ था कि चर्चा होते ही रोने लगे हो।'

'स्वामी...मुझे क्षमा कीजिए...मैं न कह सकूँगा...।' फिर से रोने की ध्वनियाँ।

मैं दीवार से कान लगाए आश्चर्यचकित हूँ— द्वारपाल दियाथ वापस जीवित कैसे हो गया! अधरा रानी के मरने के एक वर्ष बाद मेरे सामने मरा था। कितनी चतुराई से किसी और व्यक्ति को सिखा-पढ़ा कर यह झूठी गवाही दिलवाई जा रही है!

'क्या हुआ था तुम्हारी बेटी को?'

ज़ोर-ज़ोर से रोने की ध्वनियाँ— हः हाः हाः आ...म...म... महाराज ने

बलात्कार किया था उसके साथ...एक बार नहीं, सात दिनों तक लगातार! मुझसे उसकी चीत्कार नहीं सुनी गई... देवी पटरानी से भी गुहार लगाई...कुछ नहीं हुआ। उन्होंने ही तो... उल्टे, उनके सिपाहियों ने मुझे जान से मारने की धमकी दी। ...अंततः मैं विक्षिप्त होकर रुहुन-रत में जा छिपा, अब मुझे छोड़ दीजिए, स्वामी...'

'बस करो, ले जाओ इसे,' कुमार कश्यप ज़ोर से चिल्लाते हैं, जैसे और आगे सुनना उनके बस की नहीं।

द्वार खुलता है। एक बूढ़ा आदमी और उसकी बाँह पकड़े एक लंबा-तगड़ा संरक्षक निकलकर अँधेरे में प्रासाद द्वार की ओर चल पड़ते हैं।

'किशु, अपने आपको सँभालो, मैंने तो पहले ही कहा था यह साक्ष्य कष्टदायक होगा ...यह बच्चों की तरह रोना बंद करो,' भीतर मिगार बोल रहा था।

तभी मेरा आरक्षी कहता है— 'चलो, अब हमारी बारी है। जितना पूछूँ उतना ही बोलना। नहीं तो न बेटा बचेगा न तुम।' मन ही मन सोचता हूँ, वह तो होगा ही चाहे मैं कुछ भी बोलूँ।

हमदोनों अन्दर जाकर दीपक वाले कोने में खड़े हो जाते हैं।

'तुम्हारा नाम महानाम है न? महाराज के निजी परिचारक हो।'

' हाँ, मैं वही महानाम हूँ।'

'यह गवाही देने के लिए तुम्हें किसने कहा?'

'तुम्हीं ने तो कहा था कि कुछ प्रश्नों के सीधे-सच्चे उत्तर दे दूँ तो तुम मुझे एक सौ स्वर्ण मुद्राएँ दोगे। लेकिन मैं कोई झूठ नहीं बोलने वाला।'

इतना उसने मुझे पहले ही सिखा-पढ़ा दिया था। ...अब आगे क्या पूछेगा? ...लग रहा था उत्कंठा के मारे साँस रुक जाएगी।

'डेढ़-एक वर्ष पहले कश्यप और मिगार को साथ लेकर महाराज वन में गए थे तो वहाँ किसी वेद्दा स्त्री से भी मिले थे, क्या यह सच है?

'हाँ, मैं भी उनके साथ था।'

'वहाँ से लौटने के बाद महाराज ने पटरानी से उस बारे में क्या कहा था, कुछ याद है?'

'यही कि बड़ी सिद्ध स्त्री है— किसी धन-संपदा का पता बताया महाराज को।'

'और भी कुछ कहा था?'

'कुछ ख़ास तो नहीं ... हाँ, याद आया, कुछ ऐसा बोले कि युवराज के लौटते ही उस पर काम शुरू होगा।'

'देवी पटरानी ने क्या कहा?'

'वे कुछ नहीं बोलीं, सदा की भाँति मंद-स्मित सिर हिला दिया बस।'

'बस, यही पूछना था तुमसे, चलो।'

हमदोनों द्वार से बाहर आ गए— पहले वह, पीछे-पीछे मैं। मैंने चारों ओर दृष्टि दौड़ाई— कहीं कोई न था।

मैंने तड़ित-गति अपनी जूते की नोक उसकी जाँघ में दे मारी। ...उह्ह की-सी एक हल्की ध्वनि के साथ वह तत्क्षण ढेर हो गया। मैंने झटपट पैरों से घसीटते हुए उसे कमल-कुंड में धकेल दिया, और पुन: उस स्तंभ से जा चिपका। मैं सुनना चाहता था कि मिगार और कश्यप आगे क्या करनेवाले हैं।

अदृश्य सूत्रधार
अनुराधापुर / सन् 478 ई.

बहुत देर तक महानाम उस अद्‌भुत खम्भे से कान लगाए मिगार और कश्यप की बातचीत सुनता रहा। कश्यप बिलख रहा था और मिगार उसे सांत्वना दे रहा था।

'मिगार, यह सब करके तुमने मेरा रहा-सहा आत्मसम्मान भी नष्ट कर दिया...साबित कर दिया कि केवल दासी पुत्र ही नहीं, बलात्कार से उत्पन्न संतान भी हूँ। अच्छे मित्र हो तुम!'

'नहीं, नहीं किशु, ऐसा मत कहो— मैंने जो कुछ भी किया, तुम्हारे भले के लिए किया है। देख लिया न तुमने धातुसेना का असली रूप। उसे रास्ते से हटा कर अपना अधिकार छीन लेना तुम्हारा कर्तव्य है। यह तुम जब, जिस भाँति करना चाहो मैं तुम्हारे साथ हूँ। ...मैं जानता था कि यह सब सुनकर तुम्हारी क्या स्थिति होगी, इसीलिए पहले ही थोड़ी मदिरा मँगवा ली थी...अब रोना बंद करो और यह पियो, और सोचो कि क्या करना है, और कब। वैसे इससे सुनहरा अवसर नहीं मिलेगा— मोगल्लान रुहुन-रत में है, और मैंने उसे और कुछ दिन वहीं उलझाए रखने की व्यवस्था भी कर दी है।'

फिर कुछ देर दोनों चुप हो गए। कान स्तंभ से लगाए महानाम खड़ा रहा। कुछ अंतराल के बाद—

'कर क्या सकता हूँ मैं! खंडित आत्मसम्मान की धज्जियाँ समेटते रहना ही संभवत: मेरी नियति है,' कश्यप रुआँसे स्वर में बोला।

'नहीं किशु, तुम जब कहो मैं बुड्ढे को नज़रबंद कर दूँ। देखा नहीं, उसका स्वामिभक्त महानाम तक बिक चुका। बस एक सुदाथ बचता है— वह हमारे साथ मिल जाए तो बहुत अच्छा, अन्यथा उसे रास्ते से हटाना होगा। बाक़ी सब सेनानायक, एक-एक अंगरक्षक मेरे क्रीतदास हैं।'

अपने बिक जाने की बात सुनकर महानाम का ख़ून खौल उठा।

तो यह चाल है इस दुष्ट की! स्वयं को पीछे रखकर कश्यप के नाम पर महाराज को बंदी बनाना चाहता है! पर महानाम को पता है कि महाराज के निजी अंगरक्षकों का नायक सुदाथ बिकाऊ नहीं। वह और उसके साथी अंतिम श्वास तक महाराज की रक्षा करेंगे।

'किंतु मैं सुदाथ को अच्छी तरह जानता हूँ— वह बिकेगा भी नहीं और सहज ही रास्ते से हटेगा भी नहीं।' कश्यप का प्रत्युत्तर सुनकर महानाम की एड़ी से चोटी तक क्रोध की लहर दौड़ गई। कश्यप से उसे ऐसी आशा न थी। वह अब भी सोच रहा था कि कश्यप आपत्ति करेगा।

किन्तु स्वयं पर बहुत गर्व हुआ और अपने बनवाए उस अनोखे स्तंभ पर भी। समय रहते षडयंत्र का पता चल गया। उसने खम्भे को थपथपाया जैसे शाबाशी देता हो, फिर बुदबुदाया— अब और सुनने का समय नहीं, चलता हूँ।

डग भरता हुआ प्रासाद-द्वार की ओर चल पड़ा किंतु तभी उसे वहाँ तैनात नये प्रहरियों का ध्यान आया— नहीं, वहाँ से बाहर निकलने का प्रयास निरापद नहीं। मन ही मन स्वयं को कोस रहा था— समस्त प्रासाद-परिसर पर इस दुष्ट मिगार ने आधिपत्य कर लिया और हमें कानों-कान ख़बर तक न हुई, धिक्कार है!

तभी अचानक मन में प्रश्न उठा— बाहर कहाँ जा रहे हो? सीधे राजखंड में चलकर महाराज को सावधान करो, सुदाथ और अंगरक्षकों को जगाओ, महानाम बाप्पा।

बस, वहीं चूक हो गई!

पुत्र-मोह की कोई औषधि नहीं— अच्छे-अच्छे बुद्धि-विवेकवालों की आँखों पर पट्टी बाँध देता है। ...सोचा, अभी तो ये दोनों मदिरा पीते हुए बहस ही कर रहे हैं कि कब क्या करना है; ये तय करेंगे इतने में तो मैं अनिकेत को छुड़ा लाऊँगा, जैसे भी हो। ...रस्ते में घर से अश्व और खड्ग लेना होगा— बस, गया और आया!

महल के द्वार के बदले राजखंड परिसर की उत्तरी दीवार के नीचे गुप्त सुरंग से बाहर निकल गया। अश्व को सरपट दौड़ाता हुआ जब वह उस उजाड़ दागब पर पहुँचा तो आँखें खुली की खुली रह गईं— पूरा परिसर निर्जन, अंधकार में डूबा हुआ। कहीं कोई नहीं; मन को एकदम धक्का सा लगा। पैरों ने जवाब दे दिया, घुटनों के बल बैठा रोता रहा थोड़ी देर। फिर सहसा ग्लानि से सजग हो उठा— पहले ही समय कम था, उसमें से भी दो पहर गवाँ दिए। वापस उठा और उसी रास्ते भागता हुआ-सा राजखंड पहुँचा, परंतु तब तक बहुत देर हो चुकी थी।

महानाम का अनुमान सटीक का विलोम निकला— मिगार और कश्यप ने मदिरा की मटकी ख़ाली कर तत्काल निर्णय ले लिया था— बहुमूल्य समय का एक क्षण भी न गँवाने का। राजखंड के बिके हुए अंगरक्षकों ने स्वागत में नतशिर भीतर

की ओर इंगित किया— सुदाथ गहरी नींद में सोया पड़ा था। मिगार ने बिना किसी हिचकिचाहट के खड्ग के एक ही वार से उसका सिर अलग कर दिया। रक्त की फुहार-सी छूटी। कश्यप एक डेग पीछे हटा किंतु रक्त की बूँदें उसके अधोवस्त्र पर बेल-बूटे काढ़ चुकी थीं।

अगला द्वार महाराज के शयनकक्ष का था।

महानाम जब राजखंड में पहुँचा, वहाँ सन्नाटा था— अग्र-कक्ष में रखी एक शैय्या पर सुदाथ का मुंड रहित शव और उसके नीचे रक्त के छपके-से में उसका सिर— आँखें अधखुली-सीं।

उल्टे पाँव भागता हुआ वह रनिवास के पटरानी-खंड में पहुँचा तो कोहराम मचा था। सुमनवल्लरी धाड़ें मार-मार कर छाती पीटती हुई रो रही थीं। महानाम को देखते ही एकदम चुप हो गईं; पथराई आँखों से देख कर कहा— 'कहाँ थे तुम? महाराज को किसके भरोसे छोड़ गए थे... ले गए न उन्हें बंदी बनाकर! हे तथागत, अब मैं क्या करूँ... क्या करूँ महानाम।'

'देवि... मुझे क्षमा करें। वह सब बाद में देखेंगे... अभी आप तत्काल मेरे साथ चलेंगी।' जीवन में पहली बार पटरानी का स्पर्श, सो भी कठोरता से बाँह पकड़कर; खींचता हुआ ले चला। ...नीलमणि... जल्दी चलो आगे, पालकी लगवाओ पिछले आँगन में। इन्हें तत्काल महाविहार ले चलना है।'

महाविहार के द्वार पर पटरानी और नीलमणि उतर ही रही थीं कि महानाम दौड़ता हुआ अश्व पर सवार हो, उसे सरपट दौड़ाता हुआ ओझल हो गया। उसने तय कर लिया था कि अब उसे क्या करना है। पुत्र-मोह फिर एक बार उसके मन-प्राण में समा चुका था।

कश्यप
अनुराधापुर / सन् 478 ई.

आत्मग्लानि व आक्रोश के मारे मैं रो पड़ा था; अब संयत होने पर उसका अफ़सोस हो रहा था। कुछ देर चुपचाप शून्य को निहारते हुए मदिरा पीता रहा। मिगार से यह कहना भी भूल गया कि उस वृद्ध से अकेले में मिलना चाहता हूँ। तब तक मिगार का दूसरा आदमी महानाम को ले आया था— महानाम, जिसकी स्वामिभक्ति का उदाहरण देते हैं लोग। उसे बुलवाने के पीछे न जाने मिगार का मंतव्य क्या था!

किंतु मिगार तो बचपन से ही मेरा मुख-भाव पढ़ता आया है, स्वत: बोल उठा— 'महानाम को इसलिए बुलवाया है कि तुम यह जान जाओ धातुसेना को उस सिद्ध बुढ़िया ने गड़े ख़ज़ाने का पता दिया था। वह तुम्हें मामा से लेना होगा; वैसे भी

महानाम को रास्ते से हटाना ज़रूरी है। ...अब बताओ, क्या तुम्हारा मन भी प्रतिशोध की ज्वाला से व्यग्र नहीं?'

मदिरा ने मेरी जिह्वा को कुछ क्षणों के लिए नि:शंक कर दिया था, 'हमदोनों के सिर काट कर तुम स्वयं महाराज क्यों नहीं बन जाते मिगार?' मेरा स्वर हँसी-ठट्ठा जैसा नहीं, कसैला था।

मिगार एक क्षण को चुप रहा, फिर बोला,' हाँ, ऐसा भी संभव था, किंतु मैं वर्षों से तुम्हें वचन देता आया हूँ कि तुम्हें महाराज बनाऊँगा— दुष्कर्मियों में भी आत्मसम्मान तो होता है...और फिर महाराज का ज्येष्ठ औरस-पुत्र होने के नाते तुम अधिक स्वीकार्य होगे...रक्तपात कम होगा।'

'तो मुझे महाराज बनाकर मेरे नाम पर राज करना चाहते हो?' मुझसे न रहा गया।

'तुम राज-पद का आनंद उठाओगे, तो तुम्हारी सत्ता के कठिन और मलिन कार्य किसी न किसी महामात्य, सेनाध्यक्ष को तो करने होंगे न! क्या मैं इस योग्य भी नहीं... मेरी मित्रता को ठुकराना चाहते हो?' मिगार ने संयत स्वर में मात्र तीन नपे-तुले प्रश्नों से मेरा विद्रोही तेवर ठंढा कर दिया।

'नहीं... नहीं, बुरा मत मानो मिगार। तुमने मेरे लिए जो कुछ किया है उसका सम्मान करता हूँ। पर धातुसेना मेरे पिता हैं... उनका अहित! नहीं... नहीं,' मैं सहम कर चुप हो गया।

'इतना सब सुनने के बाद भी! ...चलो, मैं भी तुम्हारी भावना का सम्मान करता हूँ, किंतु यह जान लो कि अब हम पीछे नहीं हट सकते। तुम्हारे लिए मैंने इतने सेनानायकों, अंगरक्षकों, गुप्तचरों को ख़रीदा है कि हमारी मंशा अधिक समय तक गुप्त नहीं रह सकती। हमदोनों मारे जाएँगे।' सहसा मिगार का स्वर रुक्ष हो उठा था और उसी अनुपात में मेरा प्रश्न निरीह— 'तो अब क्या करना चाहते हो?'

'धातुसेना को तुरंत अपदस्थ करके तुम्हारे त्रि-सिंहल नरेश बनने की घोषणा करवाना चाहता हूँ। यही अवसर है— उसका वह दो कौड़ी का युवराज भी यहाँ नहीं है। ...सोच लो, अब नहीं तो कभी नहीं!'

'किंतु उत्तराधिकार की घोषणा तो महामात्य अमात्यों-सभासदों की उपस्थिति में करता है...करेगा कौन?'

निरंतर मेरे मुख पर टिकी उसकी दृष्टि और चुनौती भरी वाणी से मैं अब तक पूर्णतया सम्मोहित जैसा हो चला था; और अधिक मदिरा पी लेने से कुछ दिग्भ्रमित भी।

'सभासदों की ऐसी की तैसी! वह सब मैं देख लूँगा... मेरे साथ चलना है तो बोलो, अन्यथा अब मैं जा रहा हूँ।'

'चलो,' मैं चुपचाप उसके पीछे हो लिया।

राजखंड के अग्र-कक्ष में जिस सरलता से उसने सुदाथ का सिर काट दिया वह

देखकर मैं अवाक् रह गया। एक पग पीछे को हटा किंतु मेरे वस्त्रों पर रक्त के छींटें पड़ चुकी थीं। बचपन में हमदोनों ही के गुरु ने युद्ध के अनुल्लंघनीय नियमों की जो सूची रटाई थी, वह मन में कौंध गई— स्मरण रखना, शत्रु यदि सो रहा हो तो उसका वध वर्जित है; पहले उसको जगा कर आत्मरक्षा का अवसर देना अनिवार्य होता है... पर घटनाक्रम इतनी तेजी से आगे बढ़ा कि प्रतिवाद के लिए समय कहाँ!... तब तक तो मिगार ठोकर मार कर धड़ से महाराज के शयनकक्ष के पट खोल चुका था। द्वार खुलने की ध्वनि से चौंक कर महाराज उठ बैठे थे। मिगार के हाथ में रक्त-रंजित खड्ग पर दृष्टि पड़ते ही चकित हो, बोले— 'कुमार मिगार... कश्यप! क्या कोई आक्रमण हुआ।'

'नहीं, धातुसेना महाराज हमदोनों ही आपको अंतिम बार महाराज संबोधित कर ले जाने आए हैं,' मिगार की कुटिल मुस्कान और उद्दंड स्वर से महाराज के नेत्र विस्फारित हो गए; एक क्षण का समय लगा उन्हें वास्तविक स्थिति समझने में। फिर क्रोध से मुख आरक्त हो उठा, चिल्लाए— 'क्या अनर्गल बक रहे हो, मिगार... सुदाथ... सुदाथ ...प्रहरियो, तुरंत पकड़ो इन्हें।'

कोई प्रत्युत्तर नहीं।

मिगार मंद-स्मित बोला, 'मामू, मेरे खड्ग से न... सुदाथ ही का रक्त टपक रहा है... और प्रहरी तो अब हमारे हो चुके। हाथ आगे बढ़ाइए।'

'क्या! ...हाथ आगे किसलिए? यह सब क्या हो रहा है? ...कश्यप, तुम चुप क्यों खड़े हो पुत्र, क्या तुम भी...'

मैं मिगार से एक पग पीछे पलकें झुकाए खड़ा था; धीरे से बोला— 'मैं आपका नहीं... राक्षस-पुत्र हूँ। ...मिगार जो कह रहा है वह कीजिए महाराज।'

'क्या... क्या कहा तुमने?' वे बुदबुदाए।

'हाथ आगे' मिगार ने अपने चोगे की जेब टटोली— हाथ बाहर आया तो उसमें लोहे की हथकड़ी थी। हथकड़ी पहना कर उनकी बाँह पकड़े पलंग से उतार लिया और जिन वस्त्रों में वे सो रहे थे, उन्हीं में खींचता हुआ ले चला।

एक बार मन तो हुआ कि कहूँ— इन्हें वस्त्र बदलकर पादुका तो पहन लेने देते, पर न जाने क्यों मेरे मुँह से कुछ न निकला।

मिगार

अनुराधापुरा / सन् 478 ई.

मैंने स्वयं को बड़ी कठिनाई से रोका। जब वह बिछावन पर बैठा चिल्ला रहा था, मन हुआ कि सुदाथ के रक्त से रंगे खड्ग से तत्क्षण उसका सिर उतार लूँ, और फिर पीछे

खड़े उसके कायर बेटे का भी। मेरे इतना स्वांग करने पर भी मिमिया रहा था— नहीं ...नहीं, मेरे पिता हैं...उनका अहित, नहीं नहीं।

किंतु अच्छा हुआ कि क्षणिक आवेश में आकर मैंने ऐसा नहीं किया। कश्यप मेरे लिए एक बहुमूल्य मोहरा है। उसका भरपूर उपयोग करके धातुसेना के पूरे वंश को निर्मूल करना है— धैर्य आवश्यक है।

हथकड़ी लगाकर धातुसेना की भुजा पकड़े जब मैं अरलिया सभागार पहुँचा तो मेरी निजी बाहुबली सेना के दस-बारह गण द्वार को घेरे खड़े थे। कश्यप सहमे हुए मेमने की भाँति यंत्रवत मेरे पीछे पीछे चल रहा था।

मैंने अपनी माँ के हत्यारे को सभागार के नीचे भूमिगत कारा में ताला बंद करके जब उसकी कुंजी अपने गले में माला की तरह पहन ली, तो कश्यप अवाक् मुझे देखता खड़ा रहा— उस मूर्ख को संभवत: यह भी ज्ञात न था कि सभागार के नीचे कोई कारागार है।

'किशु, तुम थक गए होगे, अब जाओ, विश्राम करो। शायद सौंदर्या भी तुम्हारी प्रतीक्षा करती होगी। मैंने उसे सन्देश भेज दिया था।'

बहुत अच्छा हुआ कि मैंने मामा को मारा नहीं— अभी तो उससे बहुत कुछ उगलवाना है। ...कश्यप अब तक खड़ा मेरा मुँह देख रहा था— 'जाओ किशु, मुझे समय लगेगा अभी। कल सुबह तुम्हें महाराज घोषित कराने की व्यवस्था करनी है।'

उसका मुँह स्याह पड़ गया, पर है वह आज्ञाकारी। मेरे दोबारा कहते ही मुड़कर चल पड़ा; और उसके पीछे मेरे दो अंगरक्षक भी। मैं सोच रहा था, अच्छा हुआ कश्यप ने कुछ पूछा नहीं। क्योंकि अब जहाँ मैं जा रहा था, वहाँ पहुँच कर व्यर्थ ही रानी माँ... रानी माँ करने लगता।

जब मैं अपने गणों के साथ पटरानी के रनिवास खंड में पहुँचा तो वहाँ ऐसा सन्नाटा छाया था जैसे वर्षों से कोई आया-गया न हो। मेरे लोगों को भी कुछ पता नहीं कि वह और उनकी चेरियाँ कहाँ गईं।

अब भोर होने में दो-तीन पहर ही बचे होंगे। मैंने अपने विश्वस्त सहायक पराक्रम को पास बुलाया।

'हो सकता है हमारी कार्रवाई के बारे में कुछ सूचना बाहर जा चुकी हो। कुछ लोगों को साथ लो और सुनिश्चित करो कि सूर्योदय तक अनुराधापुर में बच्चे-बच्चे को यह समाचार मिल जाए— महाराज ने राज-पद त्याग करके तत्काल वानप्रस्थ लेने का निर्णय लिया है। तुम अपने लोगों और सैनिकों को इस प्रकार लगाना कि प्रासाद में कोई प्रवेश न कर पाए। महामात्य और अमात्य-गण भी नहीं। ...हाँ, यदि वे महाराज के मंडप-दर्शन के लिए एकत्रित होने वाले जन-समूह में आना चाहें तो आने दिया जाए। समझ गए?'

अदृश्य सूत्रधार
अनुराधापुर से रुहुन / सन् 478 ई.

पटरानी को महाविहार पहुँचा कर महानाम अपना अश्व धुआँधार दौड़ाता जब लगभग पाँच योजन चल चुका था, तब सहसा उसे उस शव का ध्यान आया जिसे वह अरलिया परिसर के कमल-कुंड में डाल आया था। मन ही मन माथा पीट लिया। लगाम पर हाथ ढीले पड़ गए। थक चुके अश्व का वेग स्वतः कम हो गया। ...कल प्रातःकाल नहीं तो मध्याह्न होते-होते तक उसकी दुर्गंध फैलने लगेगी। शव का पता लगते ही मिगार जान जाएगा कि महानाम उसकी उँगलियों से फिसल गया। बहुत संभव है वह उसके गंतव्य का भी अनुमान लगा ले और अपने लोगों को पीछा करने को भेज दे। अधिक संख्या व अश्व-परिवर्तन की सुविधा के कारण उनकी गति भी अधिक होगी। रुहुन अभी भी कम से कम और दो दिन का रस्ता है।

महानाम सोच रहा है क्या किया जाए। अचानक गंतव्य तक पहुँच पाना कठिन लगने लगा था, किंतु अब वापस लौट कर भी क्या होगा! आगे ही बढ़ते रहना पड़ेगा।

इस बार प्रकृति और भाग्य दोनों ने महानाम को कुछ अतिरिक्त समय अवश्य दिया— कमल-कुंड पर अरलिया और सेपालिका के वृक्षों की ऐसी घनी छाया है और झड़ते हुए फूलों की सुगंध इतनी अधिक कि दो दिनों तक सब यही समझते रहे कि आस-पास कोई जानवर मर गया है; कमल के सघन वर्तुल पत्तों में छिपा शव भी किसी को दिखाई न दिया। तीसरे दिन जब दुर्गंध तेज़ हो उठी तब जाकर पत्तों के बीच किसी को वह फूला हुआ शव दिखाई पड़ा।

धातुसेना महाराज
अनुराधागुर / सन् 478 ई.

सिर पर न वह रत्नजटित साफ़ा जो मैं आम तौर पहनता हूँ, न पैरों में पादुका; शरीर पर रात्रि-विश्राम के मुड़े-मुचड़े हुए-से वस्त्र; कभी सोचा भी न था कि इस हाल में कभी महल के गलियारे में जाना होगा! निर्जन गलियारा अनचीन्हा-सा लगा। पहरेदार कहाँ चले गए सब के सब! न जाने कब कहाँ की पुरानी स्मृतियाँ लहराती हुई-सी आतीं और जो कुछ हो रहा था उसके साथ गड्ड-मड्ड होती दिखाई दे रही थीं। ...लगभग बीस वर्ष पहले अनुराधापुर विजय वाले दिन अंतिम लंबकर्ण-वंशीय महाराज को भी ऐसे ही तो ले गया था महानाम, एक हाथ में नंगी तलवार लिए!

...अरे! महानाम कहाँ चला गया इस सब के बीच मुझे अकेला छोड़कर? ...उसी ने तो मेरी जान बचाई थी उस दिन— यदि वह समय पर न चिल्लाया होता, महाराज बचिए, तो मर गया था मैं! उसके चेताते ही कितनी चपलता से एक ओर को हो गया और भाला सनसनाता हुआ मेरे बराबर से निकल गया था... कहाँ गया महानाम? मुझे सोता हुआ छोड़कर तो वह कहीं नहीं जाता। सुदाथ से पहले मिगार ने कहीं उसे भी तो ठिकाने नहीं... सहसा मेरी आँख नम हो उठी। ...पर मेरी अपनी काया की वह विद्युल्लता-सी चपलता कहाँ चली गई! ...अरे धातुसेना महाराज, यदि बची भी होती तो क्या कर लेते आप— हाथों में हथकड़ी, समय की मार से शिथिल पड़ी बाँह पर मिगार का बलिष्ठ पंजा, दूसरे हाथ में नंगी तलवार— कर क्या लेते आप, श्रीमन्! प्राण प्यारे हों तो चपलता-वपलता भूल कर चुपचाप चलते रहिए, नहीं तो इस दुष्ट को तत्क्षण सिर उड़ा देने का बहाना मिल जाएगा।

हम रनिवास खंड से थोड़ी दूर पहले मुड़ कर सीढ़ियाँ उतर रहे थे। एक बार जी में आया मिगार से कहूँ कि सुमन से मिलवा दे। ...नहीं नहीं, भूलकर भी उनका नाम न लेना, कहीं उनको भी साथ न ले ले। हो सकता है महानाम वहीं गया हो।

तब तक उद्यान को पार करके हम अरलिया सभागार के सामने आ गए थे। द्वार पर अंगवस्त्र से मुँह ढके हट्टे-कट्टे बाहुबली पहरे पर लगे थे। उनके बीच से मिगार आश्वस्त भाव निकल गया, सब सिर नवाए खड़े रहे।

'मुझे सभागार में क्यों ले जा रहे हो?' मैंने पूछा तो मिगार हँस पड़ा।

'क्यों... भूल गए अपना ख़ुफ़िया तहख़ाना?'

आश्चर्यचकित उसे देखता रहा... इसे इतना कुछ कब मालूम हो गया!

उसने बिना किसी हिचकिचाहट के सिंहासन वाली बड़ी कुर्सी को एक ओर सरका कर नीचे का चौकोर पटरा हटा दिया; नीचे गोल गोल घूमती सीढ़ियाँ उतरती थीं।

'यह रहा आपका अस्थाई निवास। वैसे तो संसार में सभी निवास अस्थाई ही होते हैं किन्तु यह बिलकुल ही अल्पकालिक है... स्मरण है न कुछ ही महीनों पहले आपने किसे ठहराया था यहाँ कुछ दिनों के लिए?' मिगार के स्वर से घृणा टपक रही थी, जैसे उसके खड्ग से सुदाथ का रक्त।

सींखचों वाला द्वार बंद कर चाबी अपने गले में लटकाते हुए पुनः बोला, 'अब आप शांति से रात्रि-विश्राम करें। प्रातःकाल हम आपकी राजसी पोशाक, परम-पूज्य चरणपादुका, राजदंड सब कुछ लेकर आएँगे। आपको राज-दर्शन झरोखे पर ले चलेंगे— वहीं से सार्वजनिक घोषणा करनी है आपको : स्वप्न में तथागत ने प्रेरणा दी स्वेच्छा से राज-पद कश्यप को सौंप कर वन के एकांत में वानप्रस्थ एवं कठोर तप की। स्पष्ट कर देना कि कश्यप को युवराज न बनाना आपकी भूल थी

जिसे अब सुधार रहे हैं। ...ध्यान रहे, मैं आपके पीछे यह लेकर खड़ा रहूँगा।' मिगार के हाथों में एक छोटी नुकीली कटारी निकल आई थी, 'एक भी शब्द मुख से उल्टा निकला तो इसकी एक चुभन मात्र से वानप्रस्थ की कुटिया के बदले सीधे प्रभु चरणों में सिधार जाएँगे आप, और किसी को पता भी न चलेगा। इसमें ऐसा ज़हर लगा है, राजवैद्य भी यही कहेगा कि घोषणा करते-करते हृदय आघात हो गया। समझ गए या फिर से दोहराना होगा?'

मैंने चुपचाप सिर हिला कर हामी भर दी।

इस बातचीत के दौरान कश्यप पलकें झुकाए मौन खड़ा रहा। ...तो यह सब उसकी स्वीकृति से हो रहा है! किंतु एक बार हमारी दृष्टि मिली तो उसके नेत्रों में ऐसा विषाद क्यों था? क्या मेरे प्रति... किंतु क्यों? ...इतना आश्चर्य कैसा धातुसेना, ज्येष्ठ पुत्र को उसके अधिकार से वंचित करने पर ऐसा हो सकता है। बहुत संभव यही हो रहा है।

वे दोनों मुड़कर जाने लगे। मेरा गला सूख रहा था, जलन-सी हो रही थी। मेरा स्वर बड़ा दयनीय सा निकला, 'बहुत ज़ोर की प्यास लगी है... कंठ जल-सा रहा है... थोड़ा पानी मिलेगा?'

मिगार जब बोला तो उसके स्वर में कटाक्ष नहीं, वितृष्णा भी नहीं, विशुद्ध घृणा थी, 'मामे, तेरा तो कंठ ही जल रहा है; मेरी माँ का तो पूरा शरीर जलाकर राख कर दिया था तूने।'

'मिगार' कश्यप ने कहा, जैसे मेरी ओर से दया की भीख माँग रहा हो।

'हाँ हाँ, तुम्हारे तो पिता हैं, चाहे जो कुछ भी किया हो इन्होंने!'

दीवार के कोने में रखे घड़े से एक कठलोई जल कश्यप की ओर बढ़ाते हुए बोला, 'लो, दे दो किंतु एक चुल्लू से अधिक नहीं... इनसे अभी बहुत पूछताछ करनी है हमें। याद है ना?'

कश्यप ने सींखचों के पार से मेरे हाथों में चुल्लू-भर पानी डाला, और फिर तेज़ी से मुड़कर मिगार के पीछे-पीछे निकल गया।

उन दोनों के जाने के बाद मैं सिकुड़ कर दीवाल के एक कोने में बैठ गया— मुझे लगा जैसे सत्ता और आज्ञाकारी अनुचरों के विलुप्त होते ही मेरे शरीर का आकार भी छोटा हो गया है, मांसपेशियाँ ढीली पड़ गई हैं और केश की जड़ों में हज़ारों छोटी-छोटी चीटियाँ चल रही हैं। मन अतीत और वर्तमान के बीच झूल-सा रहा था। ...क्या मैं ही हूँ वह धातुसेना जो पिछले दो दशकों से त्रि-सिंहल नरेश रहा है; अनगिनत शत्रुओं का दमन करनेवाला, अपराधियों के अंग-भंग और मृत्युदंड अनुमोदित करने की क्षमता रखनेवाला? तो फिर यह कौन है— इन सींखचों के पीछे, इस दुर्गंध भरे कारागार के कोने में सिसकता हुआ... बहुत अनर्थ हो गया यह

तो! टूट पड़ना चाहिए था मुझे मिगार पर; उसे क्रुद्ध कर, उकसा कर अपना सिर कटवा लेना चाहिए था। त्रि-सिंहल नरेश की यह दशा तो न हुई होती। ...मित्रवर धातुसेना, यह सब तुम्हारी अपनी करनी का फल है। अधरअमृता से कितना प्रेम था तुम्हें, पटरानी से तनिक भी कम नहीं। सुमनवल्लरी भी जानती थी यह बात; तो फिर उससे उत्पन्न ज्येष्ठ पुत्र का अधिकार उसे क्यों न दिया? अहंकार से चूर होकर अपनी बहन, अपने ही पिता की औरसी को जीवित जलाकर मृत्युदंड के सहभागी क्यों बन गए? अब भुगतो इनका दंड! आह सुमनवल्लरी... यदि तुम्हारा कहा मान लेता तो संभवत: यह दिन नहीं देखना पड़ता।

किंतु कश्यप को क्या हुआ? वह क्यों मिगार के कहने में आ गया? पूछताछ करने की कह रहा था मिगार...क्या कारावास में मुझे यंत्रणा भी देंगे? ...क्यों नहीं देंगे! क्या तुमने कभी अपने विरोधियों को यंत्रणा नहीं दी उनके रहस्य उगलवाने के लिए!

कारागार के घुप्प अँधेरे में रात भर मारकाट चलती रही मेरे मन-मस्तिष्क में। भोर कब हुई इस बात का पता तो मुझे तब चला जब मिगार राजसी पोशाक, मुकुट और पादुका लेकर आया।

'महानाम कहाँ है? मुझे यह सब पहनाएगा कौन?'

'अपने वस्त्र अब स्वयं पहनना सीख लो, मामा, तुरंत पहन लो— अंतिम अवसर ही है। वानप्रस्थ में तो कौशेय ही धारण करोगे,' मिगार को व्यंग्य बाण छोड़ते हुए बहुत आनंद आ रहा था।

थोड़ी देर बाद कश्यप आया। मुझे देखते ही चौंक कर ठिठक गया।

'ये आपके केश...' आगे कुछ न बोला, केवल सम्मोहित-सा मुझे देखता रह गया।

'हाँ, सच में... मैं भी पूछने वाला था कि एक रात में ही सब केश श्वेत कैसे हो गए! चलो, अच्छा ही हुआ... नगर-वासियों को भी संतोष होगा कि उनके महाराज ने वानप्रस्थ का निर्णय सर्वथा उपयुक्त समय पर लिया।' मिगार सहसा ज़ोर से हँस पड़ा।

कश्यप ने उसकी ओर देखा तो उसकी मुख-मुद्रा से ऐसा भान हुआ कि मिगार का निर्मम व्यंग्य उसे अच्छा नहीं लगा।

मैं उठकर चुपचाप औपचारिक वस्त्र आभूषण पहनने लगा।

सुमनवल्लरी
अनुराधापुर / सन् 478 ई.

पिछली रात की घटनाएँ किसी दु:स्वप्न की भाँति मन को उद्वेलित कर रही हैं। महाविहार के भिक्षुणी खंड में दस-बारह भिक्षुणियों से घिरी बैठी हूँ। नीलमणि साथ

बैठी है। कल रात की आपा-धापी से लस्त गर्भवती संघा को साथ वाले कमरे में लिटा दिया गया है।

मेरे मन में ऐसा हाहाकार मचा है कि विश्राम या निद्रा का तो कोई प्रश्न ही नहीं। कहाँ होंगे मेरे प्रिय धातुसेना महाराज— किस हाल में? कहाँ लिए जा रहे थे वे उन्हें उद्यान के पार?

रात बड़ी कठिनाई से कुछ घड़ी को आँख लगी... कल बहुत दिनों बाद संध्याकाल से ही अधरअमृता की पहली-पहली स्मृतियाँ मन में किलोल कर रही थीं। संभवत: इसीलिए आँख लगते ही वह स्वप्न में भी प्रवेश कर गई... रोती रही थी मेरी गोद में सिर रखकर। जब एक सप्ताह तक निरंतर महाराज के कक्ष में रहकर मेरे पास लौटी थी, बिल्कुल वही छवि। ...देवि, मुझे क्षमा कर दें, आपने कहा था जल्द लौट आना महाराज का जी बहला कर, मुझे संध्या स्नान कराना है... और मैं निगोड़ी अब लौटी हूँ, पूरे एक सप्ताह बाद...

'कोई बात नहीं अधरा, नीलमणि थी न यहाँ,' मैं बड़े नेह से उसके केश सहलाते हुए बोली। ...न जाने कैसे उसे देखते ही जान गई थी कि स्वयंसिद्धा ने जो कुछ कहा था वह मूर्त होने लगा था... अधरा की आँखों से अश्रु निरंतर बह रहे थे।

'न... न, तू रो क्यों रही है?'

'मैंने महाराज को बहुत रोका; जो भयावह स्वप्न देखा था वह भी बताया ...पर वे नहीं माने, मेरे स्वप्न को असत्य प्रमाणित करना चाहते थे... देवि, आप मुझे क्षमा कर कर दें...'

'मैंने कहा न, तूने ऐसा कुछ नहीं किया जिसके लिए क्षमा माँगना आवश्यक हो। उल्टे, तू कहे तो मैं तुझसे माफ़ी माँग लूँ कि अकेली छोड़ आई तुझे उनके पास।'

'नहीं... नहीं, कदापि नहीं— सब दोष मेरा है, मुझे अड़े रहना चाहिए था अपनी बात पर। लगता है जैसे आपकी सेवा में आते ही मैंने आपका सबसे बहुमूल्य गहना चुरा लिया हो... देवि, मैं क्या करती।'

'क्या इन सात दिनों में महाराज का प्रेम नहीं मिला तुझे— उसी आभूषण की बात कर रही है न तू? तो समझ ले कि वह आभूषण तुझसे साझा कर लिया है मैंने... चल अब चुप हो जा, नहीं तो वापस वहीं भेज दूँगी।'

अधरा लजा कर मुस्कुरा उठती है— लगता है जैसे कमल से खिल गए हों उसके गालों पर, अपना सिर पलट कर मुख मेरी गोद में छिपा लिया है।

'किंतु वे केवल आपके हैं देवि, मैं तो कुछ भी नहीं...'

मैं उसका मुँह हल्के से बंद कर देती हूँ, 'मैं सब जानती हूँ कि तू क्या है और क्या होने जा रही है... देखना वे तुझसे कितना प्रेम करेंगे जब तेरी गोद में...'

'आपको कैसे पता?' वह अचंभित होकर मेरा मुँह देख रही है।

'मुझे सिद्धि प्राप्त है तेरी बुआ की तरह... तू तो यह बता कि तू प्रसन्न है या नहीं?' अधरा ने अपना मुख पुनः छिपा लिया था पर अपने हृदय में उमड़ता हर्ष नहीं छिपा पाई थी।

कल रात के स्वप्न में वह फिर रो रही थी, 'देवि, मुझे क्षमा करें मैंने बहुत मना किया महाराज को... कई बार कहा मेरे होठों में अमृत नहीं है, सर्प का वास है, पर वह माने ही नहीं— मुझे चूम कर कहा, लो देखो, कहाँ है नाग! ...फिर मैं स्वयं को रोक न सकी... आप मुझे क्षमा कर देंगी ना?'

'नहीं। नहीं करती क्षमा, जा हट यहाँ से।'

मेरी नींद उचट गई और बहुत प्रयास करने पर भी वापस नहीं आई। अन्यमनस्क-सी झरोखे से बाहर देख रही थी। तभी उन्हें देखा... हाय, यह क्या! महाराज मुचड़े हुए शयन वस्त्रों में, सिर-पैर खाली, ...हे तथागत... हाथ में हथकड़ियाँ भी! मिगार एक हाथ में उनकी बाँह, दूसरे में रक्त रंजित खड्ग लिए चला जा रहा था; पीछे-पीछे कुमार कश्यप। एक क्षण को मुझे अपनी आँखों पर जैसे विश्वास ही न हुआ— स्तब्ध खड़ी रही मानो जन्मजात मूक। वह उन्हें लेकर सीढ़ियों से उद्यान में उतर गए। कहाँ ले गए महाराज को...

जब गले से बोल फूटे तो जी-जान से चिल्लाई— अधरा... अधरा ...फिर चेत हुआ अधरा अब कहाँ! नीलमणि... नीलमणि ...और रोने लगी, तभी न जाने कहाँ से महानाम आ गए और हमें यहाँ महाविहार में छोड़ कर चले गए ताबड़तोड़। कुछ कहा भी नहीं कहाँ जा रहे हैं। घोड़े को इतनी ज़ोर की एड़ लगाई जैसे उड़ा ले जाना चाहते हों उसे।

सोच में इस तरह डूबी थी यह भी पता न चला कि एक-एक करके भिक्षुणियाँ चली गईं। बस एक वृद्धा बची थी कोने में। एकांत होते ही सरक कर मेरे पास आ गई; कंधे पर हाथ रख कर बोली, 'धैर्य रखिए देवि, मैं आपके साथ हूँ।' कौन है यह? मुखाकृति जानी पहचानी-सी लगती है। मुड़ा हुआ सिर, शरीर पर गेरुआ वस्त्र, मुख पर समय की उकेरी रेखाएँ किंतु नेत्रों की तीक्ष्णता वैसी की वैसी है। तड़ित-रेख सी स्मृति कौंधी, 'आप...आप स्वयंसिद्धा तो नहीं?'

'हाँ, मैं ही हूँ।

'यहाँ महाविहार में?'

'हाँ, अज्ञातवास के लिए इससे अच्छा और कोई स्थान नहीं मिला— जब आप अंतिम बार आई थीं तब तो धुंध-सी छाई थी दृष्टि पर, किन्तु जिस दिन महाराज आए और उन्हें कल-वेव दिखाने ले गई, लौटते ही सब कुछ स्पष्ट दिखाई दे गया। उन्हें वह सब कैसे बताती! सामने पड़ने के भय से अपना आश्रम छोड़ना पड़ा, किंतु

अब लगता है कि तथागत आपकी सहायता के लिए मुझे यहाँ खींच लाए। ...अपने को सँभालिए देवि, और प्रभु का धन्यवाद कीजिए कि सुख-सौभाग्य के इतने बरस मिल गए। अब प्रभुनाम का ध्यान कीजिए और थोड़ा विश्राम। मैं आपलोगों के लिए नए वस्त्रों का प्रबंध करके शीघ्र ही फिर मिलती हूँ।

अदृश्य सूत्रधार
रुहुन-रत का युद्ध-स्थल / सन् 478 ई.

दो दिन निरंतर घोड़े की सवारी, एकमात्र बेटे की हत्या और बचपन के साथी व स्वामी धातुसेना के अपहरण से क्लांत महानाम को जब दूर से विशाल बरगद के पीछे खड़े हाथी पर अनुराधापुर का ध्वज फहराता हुआ दिखाई दिया, तभी वह और उसका अश्व दोनों ही अकस्मात् गिर पड़े जैसे कोई पुरानी दीवार अपने-आप ढह गई हो। हौदे में बैठे, युद्ध का संचालन कर रहे युवराज मोगल्लान के माथे पर चिंता की रेखाएँ हैं। लगभग एक सप्ताह पहले तक शत्रु की क्षमता समाप्त-प्राय जान पड़ रही थी और लगता था कि किसी भी समय श्वेत ध्वज लहरा कर वे आत्मसमर्पण कर देंगे। किंतु पिछले एक सप्ताह में लगने लगा है मानो उनके प्रतिरोध में किसी ने नए प्राण फूँक दिए हों।

वृक्ष की एक ऊँची शाखा पर बैठा धनुर्धर चारों दिशाओं के विहंगम दृश्य से युवराज को अवगत कर रहा है। सहसा वह बोल उठा, 'स्वामी, उत्तर से एक अकेला अश्वारोही अत्यंत द्रुतगति हमारी ओर आ रहा है। कोई संदेश-वाहक जान पड़ता है। अरे ...अरे वह तो अचानक...अश्व समेत गिर पड़ा है जैसे अचेत हो गया हो।'

तीन-चार सैनिक छानबीन के लिए भेजे गए।

अचेत महानाम को देखते ही युवराज मोगल्लान का मन आशंकाओं से भर उठा। महानाम अर्द्धचेतन अवस्था में बड़बड़ा रहा है...यु...युव... राज कहाँ हैं... आप... अनर्थ हो गया... मुझे मृत्युदंड दे दें... मैं जीवित रहने योग्य नहीं... पुत्र-मोह में पड़...

महानाम फिर अचेत हो गया। कई पहर तक मोगल्लान शिविर में यहाँ से वहाँ टहलता प्रतीक्षा करता रहा।

संध्या होने को थी; कल की तेज वर्षा के बाद ऊँचाई पर होना लाभदायक होने के विपरीत अनुराधापुर के सैनिकों के लिए घातक सिद्ध हो रहा था— कीचड़ भरी ढलान से शत्रु-दल की ओर को फिसल कर वे बड़ी संख्या में हताहत हो रहे थे। उस दिन के लिए युद्ध स्थगित करने के आदेश देकर मोगल्लान वापस लौटा तो महानाम होश में आ गया था। उसने अनुराधापुर की घटनाएँ मोगल्लान को बताईं तो

वह थोड़ी देर को स्तब्ध हो गया।

'हमें बची हुई सेना लेकर तत्काल अनुराधापुर के लिए प्रस्थान करना होगा। पितृ-राजन और रानी माँ के प्राण बचाने होंगे; यहाँ की स्थिति से बाद में निपटेंगे।'

'युवराज, पहले स्थिति का सम्यक् आकलन आवश्यक है,' महानाम अब संयत हो चुका था, 'अपने पास लगभग कितने सैनिक होंगे, लड़ सकने योग्य?'

'लगभग पाँच सौ ...पिछले तीन-चार दिनों में बहुत मारे गए।'

'मात्र इतने सैनिकों से अनुराधापुर विजय संभव नहीं, मुझे लगता है कि इससे दुगुने तो मिगार के निजी बाहुबली हैं वहाँ; नियमित सेना के अधिकतर सेनानायक और सैनिक भी उसके हाथों बिक चुके हैं। वहाँ की स्थिति बहुत ख़राब है। कहीं आवेश में आकर हम यह बची हुई सेना भी न गँवा दें।'

'तो फिर आपका सुझाव क्या है?' मोगल्लान ने पूछा।

'मेरे विचार से यहाँ का युद्ध तत्काल स्थगित कर सेनानायक निमाल को इन्हें कुछ विश्राम के बाद पुनर्गठित करने का निर्देश देना उपयुक्त होगा। हमदोनों सैनिकों की एक छोटी टोली लेकर आगे चलें और गुपचुप राजधानी की स्थिति का आकलन करें, फिर रणनीति तय की जाए। निमाल मुख्य सेना के साथ हम से दो-तीन दिवस की दूरी पर पीछे रहे। मेरा परामर्श तो यही है, फिर जैसा आप निर्णय लें, शिरोधार्य है।'

'बाप्पा, रणनीति का पाठ बचपन से अब तक आप ही से सीखता आया हूँ; आपका सुझाव तर्कसम्मत है। ...मैं और शिलाकाल आपके साथ अग्रिम टोली में चलेंगे। निमाल पीछे रहेगा।' शिलाकाल मोगल्लान का अभिन्न मित्र और ख्यातिनाम योद्धा था।

'जो आज्ञा, युवराज।'

'हम कल उषा-काल प्रस्थान करेंगे; अब आप विश्राम करें बाप्पा,' मोगल्लान ने पिता के वृद्ध साथी का सिर थपथपाते हुए कहा, 'आपसे कोई भूल नहीं हुई...बल्कि आपने तो बड़ा उपकार किया है। आपके स्थान पर यदि मैं भी होता तो वही करता जो आपने किया; आप निश्चिंत होकर विश्राम करें।' कातर भाव से मोगल्लान को देखते हुए महानाम बोला, 'आपने मेरे हृदय का बोझ हल्का कर दिया, युवराज।'

फिर सहसा उसकी वृद्ध आँखें घोर निद्रा में मुँद गईं।

भोर की पहली किरण के साथ अग्रिम टोली के बीस योद्धाओं को महानाम संबोधित कर रहा है। रात भर के विश्राम के बाद अब वह पूर्णतया संयत और एकाग्रचित्त है।

'युवराज के वीर सैनिकों, स्पष्ट कर दूँ कि जिस अग्रिम टोली में हम जा रहे हैं

वह एक प्राणघाती अभियान हो सकता है। यदि आप सब में किन्हीं को प्राणों का भय अधिक हो तो मुख्य सेना में लौट सकते हैं, और यदि साथ चलना हो तो बोलो— महाराज धातुसेना की जय।'

सब ने समवेत स्वर महाराज की जय की।

'साधु... साधु, तुम सब की भी जय हो; दूसरी बात संक्षेप में यह कि संभव है विरोधियों को युवराज के इस टोली में होने की सूचना मिल चुकी हो और वह घात लगाकर अचानक हमला करें। पूरी सावधानी से चलना है फिर भी यदि हम घिर जाते हैं तो तत्काल तितर-बितर होकर मुख्य सेना से आ मिलना है, और दुर्भाग्यवश यदि घायल होकर गिर गए, भाग नहीं सकते, उस स्थिति में अपने प्राण लेने होंगे। कोई जीवित न पकड़ा जाएगा, यह बात मुझ समेत सब पर लागू है, एक युवराज को छोड़ कर। यदि अभी भी किसी को अस्वीकार हो तो हाथ उठाएँ, कोई दंड नहीं दिया जाएगा।'

किसी ने हाथ नहीं उठाया।

'ठीक है, अब प्रस्थान होगा; मैं सबसे आगे रहूँगा। युवराज और कुमार शिलाकाल सबसे पीछे।'

'नहीं, आप स्वयं को इस तरह संकट में नहीं डाल सकते,' मोगल्लान ने प्रतिवाद करना आरंभ ही किया था कि महानाम ने हाथ उठाकर रोक दिया, 'युवराज, आपकी सुरक्षा के लिए यदि मैं अपने प्राण संकट में डालने से हिचकूँगा, तो मुझे इन योद्धाओं को ऐसा करने के लिए कहने का कोई अधिकार नहीं...वैसे भी वृद्ध हो चुका हूँ, मेरे प्राण अब इतने मूल्यवान नहीं। मैं गुरु तो नहीं पर आपको शस्त्र-विद्या अवश्य सिखाई है। यदि मेरे निदेशों का अनुमोदन कर दें तो बड़ी कृपा होगी।' मोगल्लान कुछ न बोला।

'तो अब प्रस्थान की अनुमति है, युवराज?'

'अवश्य बाप्पा।'

कश्यप

अनुराधापुर / सन् 478 ई.

उस रात जब पितृ-राजन को बंदी गृह में बंद कर हम निकलने को थे और उन्होंने पीने का पानी माँगा तो मुझे कितनी दया आई, मैं बता नहीं सकता। और उतना ही क्षोभ भी हुआ जब मिगार ने उन्हें मना कर दिया। यद्यपि पितृ-राजन ने अपनी बहन को इतना क्रूर दंड देकर भारी भूल की थी, फिर भी एक राजा को चुल्लू भर पानी के

लिए मना करना! ...और विडंबना यह कि मना करनेवाला ही कल मुझे महाराज घोषित करने की व्यवस्था में लगा है। उसने कहा— थक गए होगे, जाओ जाकर आराम करो, संभवत: सौंदर्या भी प्रतीक्षा करती होगी। ...किंतु जब मेरे पीछे मिगार के दो बाहुबली भी चल पड़े तो ऐसा लगा जैसे धातुसेना महाराज के साथ मैं भी अरलिया सभागार की कारा में बंद हूँ, जैसे मेरे लिए राज-पद की घोषणा का आश्वासन, सौंदर्या का संभावित गमन, पिता के लिए पेयजल का आचमन, मेरा बाक़ी का जीवन— सब कुछ मिगार के पास गिरवी रखा हो। मिन्नत-समाजत करूँ तो संभव है मिल जाए, जैसे पितृ-राजन के लिए पानी मिला था; और क्या जाने, यदि उसकी कृपा न हो, तो कुछ भी न मिले!

जिस तरह मिगार के बाहुबली छाया की भाँति मेरे पीछे लगे थे, मेरा मन आशंकाओं से भर उठा था। कहीं मिगार वापस लौट कर महाराज को कोई वैकल्पिक व्यवस्था तो नहीं बता रहा! एक बार जी में आई कि लौट कर देखूँ वह कर क्या रहा है, किंतु सच बात यह है कि हिम्मत नहीं पड़ी।

सौंदर्या के प्रतीक्षारत होने की संभावना मुझे अपने निजी खंड की ओर खींचे लिए जा रही थी, किंतु अंतत: वह भी मरीचिका ही निकली। वह वहाँ नहीं थी। मन उद्विग्न हो उठा। कुछ देर पलंग पर पड़ा करवटें बदलता रहा पर नींद नहीं आई। फिर अचानक रानी माँ का स्मरण हो आया। धातुसेना महाराज के लिए एक चुल्लू जल का प्रबंध तो कर दिया था, लेकिन रानी माँ का तो ध्यान तक नहीं आया था अब तक। मन और व्यग्र हो उठा— वे कहाँ रहेंगी जब मिगार मुझे महाराज घोषित करवाएगा। कहीं पितृ-राजन की भाँति रानी माँ को भी तो किसी कारावास में बंद नहीं कर दिया उसने?

अकस्मात् मेरा धैर्य समाप्त हो गया। झाँक कर देखा तो अग्र-कक्ष में मेरा निजी परिचारक और दोनों बाहुबली गहरी निद्रा में पड़े थे; मैं दबे पाँव दूसरे द्वार से गलियारे में आ गया। पादुका उतार ली, एक स्तंभ से दूसरे स्तंभ तक द्रुतगति छिपता-छिपाता रनिवास की ओर बढ़ा।

रानी माँ के बारे में मिगार जो कुछ मेरे मन में बिठाने का प्रयास कर रहा था वह सब घोर असत्य सा लगने लगा। बचपन में उनसे मिले स्नेह की स्मृतियाँ मन में उमड़ती चली आईं। एक बार आमने-सामने उनकी आँखों में देखते हुए पूछना होगा। उस वृद्ध ने कहा था कि वह उनके साथ रुहुन से आया था— रानी माँ को अवश्य सब कुछ ज्ञात होगा।

रानी माँ के खंड में पहुंचा तो सन्न रह गया। पलंग पर बिछावन मुड़ा-मुचड़ा। कहीं कोई नहीं। अन्य कक्षों में भी झाँक-झाँक कर देख लिया, नीलमणि... संघा कोई भी नहीं, जैसे आक्रमणकारियों के भय से कोई उजड़ा हुआ निर्जन नगर हो।

मन में आशंका, भय और क्रोध का विचित्र-सा घोल उबलने लगा, अवश्य उस दुष्ट मिगार ही ने कुछ किया होगा। महानाम के विषय में तो मुझे बहुत बाद में रानी माँ के पत्र से ज्ञात हुआ।

दूसरी ओर से कई लोगों के चलने की पग-ध्वनियाँ आने लगी थीं। मैं झटपट बाहर निकल कर एक अँधेरे कोने में दीवार से चिपक कर खड़ा हो गया।

मिगार रानी माँ के कक्ष में प्रवेश कर चकित-सा खड़ा था।

मैं उल्टे पाँव अपने कक्ष में पहुँचा तो वे तीनों अब तक सो ही रहे थे। मेरा मन इतना उद्वेलित था कि नींद कहाँ! विचित्र आशंकाओं से घिरा, बिस्तर पर पड़ा रहा। मिगार के षडयंत्रों से पार पाना असंभव है— हो सकता है वह राज-दर्शन झरोखे पर एक साथ हमदोनों की पीठ में विष-बुझी छुरी भोंक दे और हमें नीचे खड़े जनसमूह की ओर को धकेलता हुआ चिल्लाए— अनुराधापुर-वासियो, धातुसेना और कश्यप दोनों समाप्त, अब मैं, मिगार स्वयं को त्रि-सिंहल नरेश घोषित करता हूँ... मैं हा...आ... करता एक झटके से उठ बैठा।

दुश्चिंताओं से बचते-बचाते न जाने कब आँख लग गई थी।

'तुम पलंग पर बैठे मूर्खों की भांति शून्य में क्या ताक रहे हो, किशु, चलो जल्दी से राज-वस्त्र पहन कर तैयार हो जाओ, सूर्योदय होने ही को है,' मैंने मुड़ कर देखा तो मिगार खड़ा मुस्कुरा रहा था, 'आज तुम्हारे जीवन का सबसे सुनहरा दिन है।'

किंतु मिगार जैसे घाघ को भी भान नहीं था कि वह दिन कितना अप्रत्याशित सिद्ध होगा!

मोगल्लान
रुहुन से अनुराधापुर / सन् 478 ई.

महानाम की चेतावनी शत प्रतिशत राटीक निकली, गानो उसने वह दृश्य प्रस्थान से पहले ही देख लिया हो। चलने से पहले उसने शिलाकाल को एक कपड़ों भरा थैला पकड़ाते हुए कहा था— इसमें की सामग्री असाधारण आपदा में जीवन रक्षा के लिए आवश्यक हो सकती है; इसे हर स्थिति में सुरक्षित रखना। और हाँ युवराज... शिलाकाल... घात लगाकर आक्रमण बहुधा वहीं होते हैं जहाँ जंगल झाड़ अधिक हो; यदि ऐसा हो तो तत्काल अश्व से कूद कर सर्प की भाँति सरकते हुए झाड़ियों के पीछे जा छिपना है।

कंदलम्मा के घने वन में जहाँ मार्ग सँकरा था, हमारी टोली पर अकस्मात बाणों की वर्षा-सी होने लगी। तीन-चार सैनिक अपने अश्वों समेत गिर पड़े और

बाक़ी जहाँ-तहाँ भाग छूटे। जैसा महानाम ने कहा था, शिलाकाल और मैं घोड़ों से कूदकर झाड़ियों के पीछे सरक गए। अफ़रा-तफ़री शांत पड़ी तो आक्रमणकारी हाथ में मशालें लेकर ढलान से उतरे, शवों को उलट-पुलट कर देखने लगे— फिर उनका नायक बोला,

'मोगल्लान और महानाम इनमें नहीं है, संभवतः भागनेवालों में हो। जल्दी घोड़े लाओ, पीछा करते हैं।'

झाड़ियों के पीछे जब हम तीनों मिले तो महानाम फुसफुसाते हुए बोले, 'लगता है मेरे पाँव में चोट अधिक लग गई है। पैदल चलना कठिन होगा, घोड़े तो अब हैं नहीं... मुझे यहीं छोड़ दो; मैं बता दूँगा अनुराधापुर पहुँच कर कहाँ जाना है।'

'इस निर्जन बीहड़ में आपको अकेला छोड़ कर हम कदापि न जाएँगे; आप बारी-बारी हमारे कंधों का सहारा ले कर चलेंगे,' मैंने कहा।

कुछ सोचने के पश्चात महानाम बोले, 'हाँ, मेरा चलना आवश्यक है, अनुराधापुर में बहुत संकट है और अमात्य तुषार का निवास ढूँढना कठिन होगा... अच्छा, कुमार शिलाकाल, वह थैला कहाँ है?'

थैले में से केश छीलने का उस्तरा और भिक्षुओं के गेरुआ वस्त्र निकले।

भोर का उजाला फैला तो तीन बौद्ध भिक्षु अनुराधापुर को जानेवाले मार्ग पर उत्तर को पैदल जा रहे थे— दो युवा, और एक वृद्ध जो उनमें से एक के कंधे पर टिक कर लँगड़ाता हुआ चल रहा था।

मैंने कुछ कहा तो नहीं, किंतु संदेह का कीड़ा मेरे मस्तिष्क में कुलबुलाने लगा था— इन्हें कैसे मालूम था कि ऐसा कुछ होगा और हमें छद्म वेश धारण करना पड़ेगा! घात लगाकर आक्रमण के बारे में इनका तथाकथित पूर्वाभास भी अक्षरशः सत्य निकला था।

'यह तुषार कौन है जिनके यहाँ जाने की बात आप कह रहे थे, बाप्पा?' मैंने पूछा।

'तुषार! तुषार महाराज धातुसेना के विश्वस्त अमात्यों में से हैं; कल-वेव के पास उनका बहुत बड़ा ठिकाना है, अनुराधापुर में भी एक भव्य भवन है... संभवतः आपको स्मरण हो, एक-डेढ़ साल पहले एक युवती की हत्या हुई थी— वह तुषार की बेटी थी। उसे मिगार के सब काले करतूतों की ख़बर होगी।'

मेरा मन कुछ आश्वस्त हुआ।

'बाप्पा, अब कितना समय लगेगा?'

'मेरे पाँव के कारण हमारी गति बहुत धीमी हो गई है। कम से कम दो दिन लग जाएँगे।'

'तब तक कहीं बहुत देर तो नहीं हो जाएगी?'

'यह तो तथागत ही जानें युवराज, इसीलिए पहले मैंने कहा था कि आपलोग आगे बढ़ जाएँ।'

मेरा मन अशांत हो गया। मन ही मन प्रतिज्ञा की मैंने : पितृ-राजन को यदि कुछ हो गया तो तुझे छोड़ूँगा नहीं कश्यप! चाहे मेरा पूरा जीवन ही क्यों न लग जाए यह प्रतिज्ञा पूरी करने में।

त्रि-सिंहल नरेश धातुसेना
अरलिया कारागार, अनुराधापुर / सन 478 ई.

कल रात जब मिगार और कश्यप मुझे इस काल कोठरी में बंद करके चले गए, कुछ देर फिर घुटनों में सिर दिए मैं सिसकता रहा। मिगार ने पग-पग पर मेरा अपमान किया जैसे महाराज धातुसेना से नहीं किसी मूढ़, गँवार से बात कर रहा हो— समझ गए या फिर से बताना होगा! ...अरे मामे, अपने तथागत को धन्यवाद दे कि तेरा केवल कंठ ही जल रहा है... और कश्यप से एक चुल्लू पानी की भीख माँगने के अतिरिक्त कुछ न बन पड़ा। ...और तुम्हें क्या हुआ कि कल के जनमे लड़कों ने तनिक बाँह क्या मरोड़ी, घुटनों में सिर दिए सिसक रहे हो, धातुसेना!

मेरे अतीत का पराक्रमी धातुसेना मुझे धिक्कारने लगा— अरे ओ कायर, क्या तू भूल चुका कि मिट्टी का माधो नहीं, तू पहला मोरीयवंशी नरेश है। अब तक के आचरण पर तो तुझे उसी चुल्लू भर पानी में डूब मरना चाहिए था... तूने अनुराधापुर पर मात्र बाहुबल से विजय नहीं पाई, पुरवासियों के हृदय जीते हैं। अगर मोगल्लान वापस आ जाए तो उसके एक इशारे पर वे प्रलय की तरह टूट पड़ेंगे मिगार की इस दुर्जन सेना से तुझे मुक्त कराने के लिए!

...मिगार की दुष्टता तो फिर भी समझ में आती है किंतु कश्यप को क्या हुआ! उसे हमने नगर में भिक्षा माँगने के लिए तो नहीं छोड़ दिया; सुमनवल्लरी ने अपने बेटे की तरह पाल-पोस कर बड़ा किया, मैंने सेनाध्यक्ष के पद से सम्मानित किया। वह क्यों इस राक्षस से जा मिला। ...मुझे ऐसे घूर रहा था जैसे मैंने उसके साथ कोई बड़ा अन्याय किया हो।

...कोई आवश्यकता नहीं इनकी धमकियों से भयभीत होकर सिसकने की। क्या करेंगे ये अधिक से अधिक? मार डालेंगे, यही न! ...तो धातुसेना महाराज, इस मर्त्यलोक में जो भी आया है, जाना तो उसे है ही एक न एक दिन, और कर्मों के फल यह भी निर्धारित कर चुके कि कौन कब किस विधि जाएगा; और जाना भी कहाँ है? तथागत के चरणों में ही न? तो फिर भय किस बात का, और वह भी इन

बालकों से! डटा रह— दे चुनौती यमदूतों को! देते रहें जो आदेश-निर्देश देने हों इन्हें, करते रहें जो पूछताछ करनी हो— यंत्रणा भी दें तो सिसकना नहीं, क्रुद्ध होना, प्रतिरोध करना, आहत सिंह की तरह।

भोर हुए जब मिगार और कश्यप वस्त्र और सरंजाम लेकर आये, तब तक मैं स्थितप्रज्ञ हो चुका था।

कश्यप

अनुराधापुर / सन् 478 ई.

औपचारिक वेशभूषा और स्वर्णिम किनारी वाली पादुका पहन कर जब धातुसेना महाराज राज-दर्शन झरोखे पर जाने के लिए तैयार हुए तो दूधिया श्वेत केश में उनकी छवि दिव्य लग रही थी— कल रात के सर्वथा विपरीत, उनका मेरुदंड तना हुआ था और मुख पर पहली जैसी आभा लौट आई थी। उनका रत्नजटित साफ़ा आगे बढ़ाते हुए मिगार बोला, 'लो मामा धारण कर लो इसे अंतिम बार।' धातुसेना ने उसे माथे पर पहन लिया, बोले, 'अब चलें।' मिगार उनकी बाँह की ओर हाथ बढ़ा ही रहा था कि धातुसेना ने सीधे उसकी आँखों में देखते हुए कहा, 'मेरी बाँह पकड़ना आवश्यक नहीं, बच्चे, मैं कहीं भागूँगा नहीं।' उनका स्वर किसी बालक को झिड़कने जैसा था। मिगार एक पल को ठगा-सा देखता रहा, फिर बोला, 'चलिए, पर जो सब कहा था वह ध्यान है न।'

'भली-भाँति।'

हम चल पड़े— राजसी चाल में आगे-आगे धातुसेना, उनसे एक पग पीछे मैं और उसके बाद मिगार और उसके चार बाहुबली।

दिन के प्रकाश में महल परिसर के उद्यान, गलियारों और झरोखों की निर्जनता और भी अधिक अपरिचित, किंचित भयावह-सी लग रही थी। न कोई उद्यानपाल न माली न द्वारों पर बर्छियाँ लिए मूर्तिवत खड़े प्रहरी... बस, दूर प्राचीरों के आस-पास और मुख्य द्वार के निकट मिगार के लोग खड़े थे। गलियारों में आती-जाती दासियाँ-चेरियाँ सब की सब जैसे अंतर्धान हो गई हों। हमारे सामने गलियारा ऐसा दिखाई दे रहा था मानो स्तंभों से बना कोई सुरंग हो।

अनुराधापुर प्रासाद परिसर का राज-दर्शन मंडप वास्तुकला का एक अद्‌भुत नमूना था। जिस वास्तुविद् ने परिसर का निर्माण करवाया था उसने जान-बूझ कर महल का दक्षिणी सिरा नगर-प्रांगण की ओर रखा था; वहाँ पर स्थित एक प्राकृतिक शिलाखंड को उस वास्तुशिल्पी ने एक विशाल हाथी का आकार देकर उसकी पीठ

पर भवन से बाहर को निकलता हुआ मंडप बनाया था; मंडप में बहुमूल्य रत्न-जवाहर जड़े थे तथा ढलवाँ छतरियों पर सुनहरी मीनाकारी थी; मुंडेरों के स्थान पर सिंहों की जीवंत प्रतिमाएँ थीं; प्रवेश-द्वार पीछे महल के दूसरे तल पर था।

इसी मंडप पर से प्रतिदिन त्रि-सिंहल नरेश नगरवासियों को दर्शन व आशीर्वाद देते। नगर-प्रांगण से राज-दर्शन मंडप ऐसा दिखाई देता जैसे महाराज एक विशाल हाथी की पीठ पर दो लड़ते हुए शेरों के पीछे खड़े हों। वास्तुशिल्प ऐसा विलक्षण था कि महाराज उस मंडप पर जो कुछ बोलते उसकी ध्वनि कई गुना बढ़ कर नगर-प्रांगण में दूर तक सुनाई देती मानो प्राचीरों पर ध्वनि विस्तारक यंत्र लगे हों।

उपस्थिति अनिवार्य नहीं थी, फिर भी लोग बड़ी संख्या में आते थे। ...किन्तु उस दिन तो मानो पूरा नगर ही उमड़ आया था; प्रांगण खचाखच भरा था। जन-समूह में कुछ विशेष खुसर-पुसर और व्यग्रता के लक्षण स्पष्ट दिखाई दे रहे थे।

पितृ-राजन के पीछे-पीछे मंडप में प्रवेश कर जब मैं उनके साथ खड़ा हुआ तो असामान्य रूप से खदबदाते उस विशाल जन-समूह को देखकर मैं भी व्यग्र हो उठा, किंतु महाराज ने प्रसन्न-मुद्रा हाथ उठाकर आशीर्वाद दिया— 'सुखी दिग्घायाकु भव', फिर आशीर्वाद-मुद्रा में हाथ उठाए, मुस्कुराते हुए जनसमूह से उभरते जयघोष का चारों ओर घूम-घूम कर अभिनंदन करते रहे। कुछ क्षणों पश्चात अपना राजदंड उठाकर दिखाया मानो जनसमूह को शांत हो जाने का इंगित कर रहे हों। सब एकदम से चुप हो गए। मुझे लगा कि संभवत वे अब अपनी घोषणा आरंभ करेंगे— मैं आतुरता से प्रतीक्षा करता रहा। इतने में वे पुनः बोले, 'सुखी दिग्घायाकु भव!'

पीछे से मिगार खिसियाए स्वर में फुसफुसाया, 'आगे बोलो मामा, तत्काल ...जो सब मैंने बताया था।'

सहसा महाराज मुड़े और मिगार को एक ओर ठेलते हुए कक्ष में चले गए। मैं अवाक्, और मिगार का मुख आरक्त! वह त्यौरियाँ चढ़ाए महाराज को ऐसे देख रहा था जैसे उसे अपनी आखों पर विश्वास न हो रहा हो।

'चलो, वापस ले चलो मुझे... तुमलोगों को मुझसे पूछताछ भी तो करनी है न!' महाराज ने कहा और चल पड़े; उनके पीछे-पीछे हम भी।

कुछ देर को मेरा माथा सुन्न पड़ गया।

सुबह तक मन में संदेह उमड़-घुमड़ रहा था— अंतिम क्षण में मिगार का षड्यंत्र किसी और दिशा में तो नहीं चला जाएगा। किंतु जब ऐसा कुछ न हुआ और मुझे महाराज के साथ राज-दर्शन मंडप पर ले जाकर खड़ा कर दिया, तब मुझे विश्वास-सा हो गया था कि महाराज मुझे उत्तराधिकारी बनाकर वानप्रस्थ लेने की घोषणा कर देंगे। ...सच कहूँ तो जब उन्होंने दूसरी बार राजदंड उठाया और भीड़ में चुप्पी छा गई, तो मैंने मन ही मन स्वयं को बधाई तक दे दी थी— ले कश्यप,

अंततः बन गया तू त्रि-सिंहल नरेश! ...महाराज ने आशीर्वचन दोहराया तब भी यही समझा कि घोषणा अब होगी, किंतु जब वे एकदम से मुड़कर चल पड़े, तो मुझ पर जैसे मनों पानी पड़ गया। दो-क्षण बाद उन्होंने जो कुछ कहा उससे और अधिक स्पष्ट हो गया कि वे अपनी 'भली-भाँति' से मुकर गए थे।

मुझे एक झटका सा लगा— उस एक पल में अकस्मात् उजागर हो गया कि पिछले कुछ दिनों से नहीं, अपितु वर्षों से मैं एक ऐसी घड़ी की प्रतीक्षा कर रहा था जब मेरे पिता मुझे अपना उत्तराधिकारी घोषित करके मेरे माथे पर से दासी पुत्र का कलंक मिटा देंगे। उस पल में आशाओं का वह रेत-महल टूट कर बिखर गया— मैं समझ गया कि वे मुझे अपना उत्तराधिकारी कभी घोषित नहीं करेंगे!

और जले पर नमक यह कि मेरे अपने अंतस का ही एक दूसरा भाग मेरे कानों में फुसफुसा रहा था— वाह, दृढ़प्रतिज्ञ राजा हो तो धातुसेना जैसा हो!

अदृश्य सूत्रधार
अनुराधापुर / सन् 478 ई.

सुबह होने तक पूरे नगर में सनसनी फैल चुकी थी— धातुसेना महाराज राज-पद त्याग कर वानप्रस्थ लेने की घोषणा करने वाले हैं। वन में कठोर तपस्या के लिए चले जाएँगे; महाविहार में भी खुसर-पुसर चल रही थी।

किंतु जब दर्शनी मंडप पर महाराज केवल दर्शन व आशीर्वाद देकर लौट गए तो संशय-ग्रस्त पुर-वासियों में सुरसुरी दोगुनी हो गई— दो दिन हो गए, महल परिसर में किसी को प्रवेश नहीं करने दिया गया। यहाँ तक कि महामात्य को भी बस यह कह कर लौटा दिया कि महाराज व्यस्त हैं, समय मिलते ही बुलवा लेंगे। द्वार पर और नगर में कई स्थानों पर सैनिकों जैसे हट्टे-कट्टे किंतु सादे वस्त्रों में अपरिचित लोग पहरे पर लगे हैं ...राज-प्रासाद परिसर में अवश्य कुछ गंभीर प्रकार की असामान्य स्थिति है। कुमार मिगार ने महाराज और कश्यप दोनों को बंदी बना रखा है... जितने मुँह उतनी बातें।

उस दिन रात के अँधेरे में चोरी-छिपे महामात्य के घर पर नगर के गणमान्य नागरिकों की एक गुप्त बैठक हुई।

अमात्य तुषार ने कहा— अवश्य कोई भारी षड्यंत्र है, उसी दुष्ट मिगार की। उपस्थित लोगों में से कई ऐसे भी थे जिन्हें देवी वारुणी को दिये गए दंड के कारण मिगार से सहानुभूति थी। वे समझते थे कि तुषार बिना किसी प्रमाण के मिगार को अपनी बेटी का हत्यारा मानता है; उनमें से एक बोला— किंतु महाराज ने तो कोई

घोषणा की नहीं, प्रसन्नमुद्रा ही दिखाई दिए; संभव है किसी गुप्त मंत्रणा या सैन्य अभ्यास के लिए महल परिसर को बंद कर रखा हो। तुषार ने बहुत प्रतिवाद किया किंतु असमंजस में पड़े लोगों में कोई सर्वसम्मति नहीं बन पाई। सबने यही कहा अभी एक-दो दिन और देखना चाहिए। युवराज के लौटने पर ही कोई निर्णय ठीक होगा। तुषार कहता ही रह गया— महल में बहुत गड़बड़ है।

वास्तव में अन्दर बहुत गड़बड़ थी हालत।

मिगार धातुसेना को कारागार में वापस ले आया था— क्रोध के मारे उसके मुँह से इतने अपशब्द एक साथ निकलने की होड़ में थे कि उससे बोला नहीं जा रहा था। धातुसेना के हाथों में पुनः हथकड़ी लगाता हुआ, एक झटके में सिर पर से साफ़ा खींच लिया, और तड़... तड़... तड़ उल्टे सीधे हाथों से थप्पड़ मारता हुआ बोला, 'क्यों रे मामे, मैंने जो कहा था वह भूल कैसे गया तू!'

कश्यप पिता पर अकस्मात् हुए शारीरिक प्रहार से हतप्रभ, काँपता हुआ-सा झटक कर एक पग आगे को बढ़ा जैसे मिगार का हाथ पकड़ लेगा, पर तब तक तो जो होना था, सो हो चुका था।

'मिगार, मैं इन्हें शारीरिक यंत्रणा देने के पक्ष में नहीं ...मुझसे देखा नहीं जा रहा।'

मिगार ने मुड़कर आग्नेय नेत्रों से कश्यप को देखा और गुर्राया, 'नहीं देखा जाता तो तू ऊपर सभागार में बैठ, मैं इससे पूछताछ करके आता हूँ... जा, मेरा मुँह क्या देख रहा है। ...अरे किशु, मैं यह सब तेरे लिए ही तो कर रहा हूँ।'

कश्यप सिर झुकाए, ऊपर जाने वाली सीढ़ियों की ओर बढ़ गया।

धातुसेना के गाल प्रहार से आरक्त हो उठे थे, किंतु वे प्रस्तर-प्रतिमा की भाँति निःशब्द खड़े थे, जैसे कुछ हुआ ही न हो। उनकी प्रतिक्रिया अथवा प्रतिक्रिया-विहीन चुप्पी से मिगार और भड़क उठा। वह कश्यप की ओर मुड़कर चिल्लाया, 'किशु... द्वार बंद कर देना... तनिक-सी आहट भी बाहर न जाए।'

'बोलता क्यों नहीं, गूंगा हो गया क्या!' मिगार दाँत पीसता हुआ बोला।

'मुझे जो ठीक लगा वह किया... मैं तुझसे नहीं डरता। तुझे जो करना हो सो कर। बता क्या पूछताछ करनी है।' धातुसेना ने आँखें तरेर कर कहा। सहसा मिगार की आँखें भिंच-सी गईं। वह मुस्कुरा उठा, 'अच्छा तो भय-मुक्त हो गया मेरा मामा, बहुत अच्छा हुआ यह तो। लगता है अपना अंत दिखाई देने लगा तुझे।'

'तो निकाल अपनी वह विष-बुझी छुरी और मार दे। तूने कहा था न कि तेरी बात नहीं मानी तो मेरी पीठ में दे मारेगा वहीं मंडप पर। ...तो किया क्यों नहीं, अब पूरी कर ले अपनी इच्छा।' धातुसेना के मुँह पर भी कुटिल स्मित की रेखा खिंच आई थी।

'नहीं मामा, इतनी सहज, सुखद मृत्यु नहीं दूँगा, अभी तो बहुत रुलाऊँगा।

अच्छा चल, अब सीधे-सीधे बता दे कि उस तांत्रिक बुढ़िया ने गड़ी हुई जो धन-संपदा बताई थी वह कहाँ है।'

'कौन सी गड़ी हुई संपदा? ...अच्छा... अब समझा, तो उस लालच में अब तक जीवित रखा हुआ है मुझे? पर तुझे क्यों बताऊँ? यदि बताना भी होगा तो अपने उत्तराधिकारी को बताऊँगा।'

इससे पहले कि धातुसेना अपनी बात पूरी करते, मिगार ने लपक कर पूरी शक्ति से धकेलते हुए उन्हें दीवार पर टिका दिया और उनके वक्ष को कोहनी से दबाए हुए हथकड़ी बँधे हाथ आगे को खींच लिए। दाँत पीसते हुए बोला, 'अच्छा, उसे ही बताना... अभी भेजता हूँ, किन्तु पहले तेरी अकड़ तो थोड़ी कम कर दूँ।' धातुसेना ने कसमसाते हुए भरपूर प्रयास किया उसकी पकड़ से छूटने का। किंतु मिगार ठहरा भारी बलिष्ठ शरीर वाला युवक; इससे पहले कि वह भली-भाँति समझ भी पाते मिगार क्या करने जा रहा है, उसके हाथ में सरौते जैसा लोहे का यंत्र प्रगट हो गया और उसने उनकी एक तर्जनी का नख खींचकर उखाड़ लिया। प्राणांतिक पीड़ा से धातुसेना छटपटा उठे; न चाहते हुए भी मुँह से स्वत:स्फूर्त चीत्कार निकल पड़ी... आ ईईईई...। तहख़ाना गूँज उठा। पीड़ा से कराहते हुए वे दीवार के सहारे फिसल कर भूमि पर गिर पड़े। उनकी तर्जनी से कस कर रक्त-स्राव हो रहा था।

उस धर-पकड़ और कशमकश से हाँफता हुआ मिगार मुड़ा और धड़धड़ाता हुआ निकल गया। धातुसेना की चीत्कार से चौंक कर द्रुत-गति नीचे आते कश्यप को देखते ही बोला, 'तेरा बाप उस गड़े ख़ज़ाने का पता केवल अपने उत्तराधिकारी को ही बताएगा... जा पूछ ले जाकर...'

किंकर्तव्यविमूढ़ कश्यप फटी-फटी आँखों से धातुसेना को अपनी रक्तरंजित उँगली पकड़े, कराहते देखता रहा, फिर आगे बढ़ कर झुका— भय और क्रोध से भर्राए स्वर में बोला, 'क्या हुआ पितृ-राजन?' ...फिर धातुसेना की उँगली निकट से देखते ही चुप हो गया। थरथराते हाथों से अंगवस्त्र की किनारी फाड़कर पट्टी बाँधने के लिए हाथ बढ़ा ही रहा था कि धातुसेना गरज कर बोले, 'तूने राक्षस पुत्र कहा था न स्वयं को? ठीक कहा था! पट्टी बाँधने आया है कि मेरे घाव पर नमक छिड़कने? दूर हो जा मेरी दृष्टि से चांडाल!' कश्यप के हाथ जहाँ के तहाँ रह गए, मुख आरक्त हो जल उठा, 'क... क... क्यों किया मिगार ने ऐसा...' वह बुदबुदाया। धातुसेना बिफर कर बोले, 'जैसे तू कुछ जानता ही नहीं... ज़मीन में गड़े ख़ज़ाने का पता-ठिकाना चाहिए न तुम्हारे स्वामी को? नहीं बताऊँगा... चला जा यहाँ से... नीच! ...एक बार सोचा था कि ज्येष्ठ पुत्र होने के नाते उत्तराधिकारी तुझे ही बनाऊँ किंतु तू ने आज साबित कर दिया कि तू राज-पद के लिए सर्वथा अयोग्य है! ...अब जा यहाँ से, और तलवे चाट अपने स्वामी के।' धातुसेना के स्वर से विशुद्ध घृणा

टपक रही थी।

क्रोध और ग्लानि से तिलमिलाता हुआ कश्यप जब ऊपर सभागार में पहुँचा तो मिगार निश्चिंत बैठा मदिरा पी रहा था। कश्यप को देखते ही बोला, 'आओ किशु, तुम भी थोड़ा लो।' जैसे कोई विशेष बात न हुई हो।

'मिगार, तुम महाराज को शारीरिक यंत्रणा नहीं दे सकते,' कश्यप आवेशपूर्वक बोला।

'दे सकता हूँ, और दूँगा। अभी तो शुरू किया है— जब तक बुड्ढा बताएगा नहीं तब तक पूछते रहना होगा। ...रात तो सिर हिलाकर हामी भर दी और आज मुकर गया! उत्तराधिकारी बनाया तुम्हें? बोलो... और कुछ नहीं तो युवराज ही घोषित कर देता उस गधे मोगल्लान के बदले। किंतु गधे तुम भी कम नहीं हो, किशु! क्या तुम्हारे माथे में भूसा भरा है, तुम्हें दिखाई नहीं देता कि अब हम पीछे नहीं हट सकते! कान खोल का सुन लो— अगले एक-दो दिनों में या तो तुम महाराज बनोगे या फिर हमदोनों के सिर कंधों से उतर जाएँगे। ...बात समझ में आई तुम्हारे? और हाँ, उस ख़ज़ाने का ठिकाना भी आवश्यक है, नहीं तो बाप की तरह तुम भी कटोरा लेकर घिघियाते रहना संघस्थविर के आगे। ...बैठो, थोड़ी मदिरा पियो, विश्राम करो। मैं अपनी तरह से पूछताछ करूँगा, तुम अपने हिसाब से कर लो।'

पहले धातुसेना की दुत्कार; फिर मिगार के लंबे वक्तव्य में कश्यप के मूर्ख और अयोग्य होने पर वितृष्णा से लेकर ललकार-फटकार-पुचकार सभी के स्वर— दोनों मिलकर उसके हृदय को चक्रवात की भाँति मथ रहे थे... चांडाल, नीच... प्रमाणित कर दिया स्वयं को उत्तराधिकार के लिए सर्वथा अयोग्य! ...तलवे चाट जाकर अपने स्वामी के! ...वैसे गधे तुम स्वयं भी कम नहीं हो... महाराज धातुसेना ने जो कभी न कहा था वह भी कश्यप के मन में घुमड़ रहा था— दासी पुत्र!

उसके लिए उस पल यह निर्णय करना कठिन था कि उन दोनों में से कौन उसे अधिक घृणास्पद लग रहा था— बचपन ही से अपने अँगूठे के नीचे दबा कर रखनेवाला, इस षड्यंत्र का प्रणेता— मिगार; या दासी के बलात्कार से उसे जन्म देनेवाला— धातुसेना?

बहुत देर तक वह मद्यपान करता रहा; फिर बैठा-बैठा ऊँघने लगा। एक बार आँख खुली तो देखा मिगार नहीं है— भूमिगत कारा से चीत्कार की ध्वनियाँ सुनाई दीं। कुछ देर बाद मिगार वापस लौट कर कुर्सी पर ढह-सा गया।

'अब तुम जाओ किशु।'

दिन भर उनके बारी-बारी से पूछताछ का क्रम चलता रहा। धातुसेना कभी कहते उस बुढ़िया ने तो मुझे बस नारियल की रोटी खिलाई थी; और कभी यह कि सचमुच स्वयंसिद्धा ने अनमोल संपदा के दर्शन कराए, पर धन-संपत्ति तो उत्तराधिकारी

को दी जाती है। आ गया वह? और कभी ठेठ वर्तमान में लौट आते— मूर्ख समझते हो मुझे; एक यंत्रणा देता है, दूसरा पुचकारने आता है! अरे मूर्खो, मत भूलो, पूरे बीस बरस त्रि-सिंहल पर राज किया है, बहुत ऊँच-नीच देख रखी है मैंने!

मदिरापान से मत्त और धातुसेना के हठ से चिढ़ कर मिगार हर जड़-चेतन प्राणी तथा वस्तु की माँ-बहन करता हुआ उनके नख उखाड़ता रहा। देर रात तक धातुसेना के दोनों हाथों की तीन-तीन उँगलियों के नख उखड़ चुके थे।

दूसरे दिन दोनों पुनः पूछताछ में लग गए— कभी गर्मी से तो कभी नरमी से। धातुसेना का मुख पीला पड़ गया था; ज्वर भी हो गया था। मिगार को अपने यंत्र का उपयोग स्थगित करना पड़ा।

'किशु, प्रेम से उगलवा लो बात अपने बाप से। अब अगर मुझे फिर जाना पड़ा तो उसके प्राण नहीं बचेंगे।'

किंतु सब प्रयासों के बाद भी धातुसेना ने कुछ नहीं बताया; पिछले दिन की भाँति संध्याकाल मिगार और कश्यप ने साथ बैठकर मदिरापान किया और अपने-अपने कक्ष को चले गए।

उसके अगले दिन तो ऐसा हड़कंप मचा कि पहली बार कश्यप ने मिगार का मुख विवर्ण देखा, यद्यपि दुश्चिंता उसे स्वयं भी कम न थी।

त्रि-सिंहल नरेश कश्यप महाराज
अनुराधापुर / सन् 485 ईस्वी

अंततः बन गया मैं त्रि-सिंहल नरेश!

आज नहीं, सात वर्ष हो गए। जिस रात हमने धातुसेना महाराज को बंदी बनाया, उसके चौथे दिन ही। उससे पहले के मात्र आठ पहरों में एक के बाद एक ताबड़तोड़ इतनी घटनाएँ-दुर्घटनाएँ-दुष्कृतियाँ हुईं कि वह सब कुछ मात्र एक दिन की नहीं, कई जन्मों की स्मृतियाँ लगती हैं। उन्हें न मैं कभी भूल पाऊँगा, न लोग भूलने देंगे मुझे। मुझे ही क्या, आनेवाली पीढ़ियों को भी नहीं। एक ही दिन में मेरे माथे पर तीसरा कलंक भी लग गया; दो तो ऐसे थे जिन्हें मैं साथ लेकर जनमा था, और तीसरा उस दिन; तीनों का एक त्रिशूल-सा है जो मेरे माथे में चुभता रहता है, मेरे अंतस को रात-दिन विषाक्त किए रहता है— कभी निःशब्द दिवास्वप्नों से तो कभी हाहाकार करते दुःस्वप्नों से।

अनुराधापुर-वासियों और महाविहार के लोगों ने कभी प्रत्यक्ष, कभी अप्रत्यक्ष उलाहनों से इन घावों को कुरेदने में कोई कोर-कसर नहीं छोड़ी। इतने वर्षों पश्चात भी उनकी दृष्टि से उपेक्षा का भाव गया नहीं है।

मेरे पास वह सब कुछ है जो किसी भी प्रतापी त्रि-सिंहल नरेश के पास रहा है, पर मन की शांति नहीं है। अपने जघन्य अपराध के कारण दैवी प्रताड़ना का भय, रानी माँ के पत्र से उपजी आत्मग्लानि और अपने किए का पछतावा दिन-रात सताते रहते हैं। प्रतिशोध की प्रतिज्ञा करके जंबूद्वीप भाग गए मोगल्लान के अकस्मात् वापस लौट आने का भय मुझे एक पल को नहीं छोड़ता; और अब तो उस धूर्त षड्यंत्रकारी मिगार का परामर्श भी उपलब्ध नहीं!

वैसे मोगल्लान के प्रतिशोध से बचने का उपाय तो मैंने कर लिया है। आज बहुत प्रसन्न हूँ— एक मास से कम की अवधि में ही सिंहगिरि की गगनचुंबी ऊँचाई पर स्थित मेरे स्वप्न-महल का निर्माण कार्य पूरा हो जाएगा। चार सौ हाथ के खड़े पार्श्वों वाली भीमकाय शिला पर स्थित उस प्रासाद तक किसी शत्रु का पहुँच पाना कठिन ही नहीं, लगभग असंभव है। फिर भी शिला को तीन ओर से प्राचीरों और मगरमच्छों से भरे नहरों से घेर कर सुरक्षित कर लिया है... एक ओर तो पहले ही से प्राकृतिक झील की रोक है।

बहुत शीघ्र हम इस ढीठ राजधानी को तिलांजलि देकर उस अभेद्य दुर्ग का सुरक्षा कवच धारण कर लेंगे। किंतु फिर भी बड़ी देर से इस सोच में पड़ा हूँ कि क्या महाराज बनने से पहले के अंतिम आठ पहर के दुःस्वप्नों और मेरे पाश्चाताप को सिंहगिरि का दुर्ग रोक सकेगा मुझ तक पहुँचने से? ...क्या वे उन कौवों जैसे नहीं जो सब द्वार बंद होने पर भी अरलिया कुंज के वृक्षों पर बेरोक-टोक पहुँच जाया करते थे!

कश्यप

अनुराधापुर / सन् 478 ई.

दूसरे दिन की असफल पूछताछ के बाद मदिरा से मत्त अपने कक्ष में पहुँचा तो पलंग के किनारे पर सौंदर्या को बैठा देखकर चौंक ही नहीं, झुँझला भी उठा, संभवतः इसलिए कि पिछली रात वह नहीं आई थी।

'तुम...आज अकस्मात् कैसे? मिगार ने तो कहा था...' वह झट से उठ खड़ी हुई।

'जी, कुमार मिगार ने कहा था कि आपने स्मरण किया है किंतु मैं सेवा की स्थिति में नहीं थी।' उसने पलकें झुका लीं।

'सेवा की स्थिति...क्या? ...मैं समझा नहीं... अच्छा!' मैं कुछ और कहते-कहते रुक गया। मदिरा कुछ चढ़-सी गई थी— सहसा मैं हँस पड़ा, 'अच्छा आओ, बैठो, मेरा सिर दबा दोगी?'

'जी,' मैं शैय्या पर लेट गया। वह बैठी ही थी कि अचानक मैं बोल उठा, 'नहीं, रहने दो, पहले एक बात बताओ, बताओगी?'

'बताने योग्य होगी तो क्यों नहीं बताऊँगी, स्वामी,' वह इठलाती हुई मुस्कुरा कर बोली।

'उस रात जब तुम मेरा सिर दबा रही थीं, उसके बाद क्या हुआ? मैं कुछ अधिक पिए हुए था, भोर हुई तो तुम जा चुकी थीं।' कुछ देर सौंदर्या अपना निचला होंठ चबाती चुप बैठी रही, फिर बोली, 'मैं आपका सिर दबा रही थी कि अचानक आपने... मुझे अपनी ओर खींच लिया... मैं आगे नहीं बोल सकती,स्वामी। आपको स्वयं स्मरण होगा...'

सहसा मेरी झुँझलाहट पुनः लौट आई।

'बार-बार मुझे स्वामी क्यों कह रही हो? क्या मिगार ने कहा है कहने को?'

सौंदर्या कुछ सशंकित हो मेरी ओर देखती रही, फिर बहुत धीरे से बोली, 'जी, वे कह रहे थे यदि आप महाराज हो गए तो ...तो मुझे अपने चरणों में स्थान...'

मुझे लगा इसमें भी कुछ खेल है।

'अच्छा... यह बताओ, यदि मेरे स्थान पर किसी सैनिक या द्वारपाल ने बहुत पी कर तुम्हें पकड़ लिया होता, तो तुम क्या करतीं— क्या वही जो हुआ?' मैं उसे ध्यान से देख रहा था। वह चिढ़कर बोली, 'सैनिक... द्वारपाल! क्या कह रहे हैं आप— मैं कुलीन वंश की हूँ, कोई दासी थोड़े ही न हूँ! पर आप यह सब क्यों पूछ रहे हैं स्वामी? लगता है आपका मन ठीक नहीं, देखूँ, कहीं ज्वर तो नहीं हो गया...'

मैंने उसका हाथ झटक दिया, 'मैं ठीक हूँ। अभी तुम यहाँ से चली जाओ, जब आवश्यक होगा बुला लूँगा।'

मेरी कठोर मुख-मुद्रा देखकर वह घबराई-सी उठी और कक्ष से निकल गई।

मैं कुछ देर छत को निहारता पड़ा रहा; कब नींद आ गई पता ही नहीं चला।

आँख खुली तो मेरा निजी परिचारक चिराथ मेरे कंधे झिंझोड़ता हुआ कह रहा था, 'स्वामी... स्वामी, कुमार मिगार ने तत्काल आने का संदेश भेजा है। अरलिया परिसर के पास... एक दुर्घटना-सी हो गई है।'

मैं हड़बड़ा कर उठा। जल-घर में जाकर पानी की छींटें मार मुँह पोंछा और चल पड़ा। सूर्योदय हुए लगभग एक पहर होने को था।

उसके बाद उस दिन के घटना-क्रम की स्मृतियाँ एक धुआँधार गतिमान नदी के समान हैं, जो विशाल, स्याह शिला-खंडों को निर्बाध फलाँगती-उफनती बहती चली जा रही है— वेगवती और विकराल। खरपतवार, झाड़-झंखाड़ के साथ वह मुझे भी एक तिनके की भाँति बहाए लिए जा रही है। किसी लोमहर्षक स्वप्न के धुँधले अंशों के समान स्वयं को देख भी रहा हूँ और बहता भी चला जा रहा हूँ।

अपने पिता से उस अंतिम संवाद के अतिरिक्त कुछ भी वास्तव में हुआ नहीं जान पड़ता।

अरलिया कुंज में कमल-कुंड के किनारे घास पर सेपालिका के झड़े हुए श्वेत फूलों की चादर-सी बिछी है। ...एक बेतरह फूला हुआ वीभत्स शव पड़ा हुआ है। ऊपर पेड़ों पर कौवे ज़ोर की काँव-कच कर रहे हैं, मानो लोगों को भगा कर उस पर टूट पड़ना चाहते हों। शव को घेरे बाहुबलियों पर मिगार बरस रहा है— वह मृतक उसका सबसे अधिक विश्वस्त गण था।

'तुम दोनों निकम्मे हो... उसके साथ थे... कैसे मारा गया? महानाम कहाँ गया, बताओ नहीं तो अभी सर कटेंगे तुम्हारे,' मिगार दो सैनिकों पर अपशब्दों की बौछार करता हुआ गरज रहा है। दुर्गंध इतनी भयानक है कि सब लोग नाक-मुँह हाथों से ढके नकिया रहे हैं। ...मिगार के भीषण क्रोध के पात्र रोते हुए प्राणों की भीख माँग रहे थे— स्वामी, इसने कहा अकेले सँभाल लेगा, हमें तो दागब में ही छोड़ आया था... हम निर्दोष हैं, स्वामी हमें क्षमा कर दें, स्वामी...

मुझे पास आते देखकर मिगार उत्तेजित स्वर में कहता है— 'कश्यप, कहाँ थे तुम? ...अनर्थ हो गया... महानाम हमारे हाथों से निकल गया, अवश्य सीधे मोगल्लान को ख़बर करने चल पड़ा होगा।'

मिगार का मुँह उतरा हुआ है; वह इतनी जल्दी-जल्दी बोल रहा है कि मैं कुछ ठीक से समझ नहीं पाता— हुआ क्या है? यह शव किसका है ...कहाँ से आया? मिगार झट मेरा हाथ पकड़ कर कहता है, 'चलो, अब हमारे पास अधिक समय नहीं; जो भी करना है तत्काल करना होगा।' फिर अपने बाहुबलियों से कहता है, 'इन अभागों को नीचे कोठरी में बंद कर दो... बाद में देखेंगे क्या करना है इनका। और इसे ले जाकर गाड़ो किसी क्यारी में...'

'किशु, तत्काल औपचारिक वस्त्राभूषण पहन कर आओ।' मैं निःशब्द उसे देख रहा हूँ। वह चिराथ की ओर देख कर चिल्लाता है, 'अरे ओ मूर्ख, ले जाओ इन्हें, महाराज के वस्त्र पहना कर तत्काल वापस लाओ।' मानो मुझे किसी नाटक में राजा बनकर तुरंत मंच पर उतरना हो। 'तुम दोनों इनके साथ रहो,' वह अपने दो लोगों से कहता है, जैसे मैं भागने को उद्यत होऊँ।

'किशु, तुम्हें महाराज घोषित करने का समय आ गया है... जल्दी करो, अगर मोगल्लान को लेकर महानाम आ गया तो तुम्हारा बना बनाया खेल बिगड़ जाएगा।'

मैं राज-खंड की ओर चला जा रहा हूँ जैसे और कोई विकल्प मेरे समक्ष न हो। ...मैं लौट भी आया हूँ— राज-खंड से चुराए हुए वस्त्राभूषण में लकदक। जो कुछ हो रहा है उससे पृथक भी और उसमें सम्मिलित भी!

मुझे जाते-आते चौथाई पहर भी नहीं हुआ किन्तु सब कुछ बदल चुका है— शव अंतर्धान; दोनों आरोपित बाहुबली भी।

दुर्गंध के कारण कमल-कुंड से थोड़ी दूर पर मिगार अपने लोगों को टोलियों

में बाँट कर उन्हें निर्देश दे रहा है। मुझे देखकर हाथ उठाता है— 'मैं अभी आया, किशु।' संभवत: मुझे जानने नहीं देना चाहता कि उन्हें क्या कह रहा है, पर हम पहले ही इतने पास आ चुके हैं कि कुछ-कुछ सुनाई दे रहा है। वह कोई आपत्ति नहीं करता। मिगार तो फिर मिगार है— उसका आत्मविश्वास अहंकार की परिभाषा है!

वह नायकों के नाम ले-ले कर दायित्व सौंप रहा है— तुम चार लोगों के साथ अरलिया परिसर द्वार पर रहोगे... और तुम, प्रासाद के मुख्य द्वार पर दस लोगों के साथ; हाँ, तुम बीस लोगों को प्राचीरों पर लगाओ चारों दिशा में। ...वह सब अपने-अपने स्थान के लिए चल पड़ते हैं। ...तुम पच्चीस लोगों को लेकर तत्काल कंदलम्मा के लिए रवाना हो जाओ, शिविर से दस विश्वस्त तीरंदाज़ साथ ले लेना। सही जगह चुन कर घात लगाना... बचने न पाएँ। ...और तुम बाक़ी लोगों को लेकर सीधे नगर-प्रांगण चले जाओ, शिविर से पचास अश्वारोही... कोड़ों और डंडों से लैस... मिगार कुछ आगे को झुककर धीमे स्वर में कह रहा है... अपने लोगों को फैला कर रखना... भीड़... तितर-बितर तत्काल, फिर उसके बाद कोई नहीं निकलेगा, नगर पूरी तरह बंद, समझ गए? कोई प्रश्न?

चार लोगों को छोड़कर सभी चले जाते हैं।

अंतिम नायक को नगर-प्रांगण के लिए दिये गए आदेश स्पष्ट सुन नहीं पाया। सोचता हूँ, पूछ लूँ, क्या करने का विचार है। तब तक वह स्वयं मेरी ओर आ जाता है। मुझे आश्वस्त करने की मुद्रा में मुस्कुराते हुए मेरे कंधों को अपनी बाँह से घेरकर कहता है, 'आओ किशु, तुम्हें बता दूँ कुल तैयारी।' वह मुझे सभागार की ओर ले जा रहा है।

'मिगार, क्या हम महाराज को मिलने जा रहे हैं? बताया ही नहीं तुमने कुछ। तुम मिले उनसे आज? क्या कहते हैं?' सभागार के एकांत में मैं एक के बाद एक प्रश्न पूछ रहा हूँ।

'नहीं, उनसे नहीं मिला आज, और अब मिलना भी नहीं है। तुम चाहो तो एक आख़िरी बार मिलकर पूछ लेना क्या कहते हैं। नहीं तो उन्हें कल-वेव ले जाकर ही पूछताछ करनी होगी, किशु। ...अब अभी मुझसे कुछ न पूछो।' मिगार का स्वर अकारण ही तनिक खिंचा हुआ-सा लगता है। मेरा एक ही साथ इतने प्रश्न पूछना संभवत: उसे अच्छा नहीं लगा।

मैं पूरी तरह दिग्भ्रमित हूँ: मुझे कुछ ठीक से समझ में नहीं आ रहा कि वह क्या करने जा रहा है। अनुमान लगाता हूँ तो मात्र एक ही परिणाम हाथ आता है— महाराज बनूँ या न बनूँ, उसके हाथों की कठपुतली अवश्य हूँ और रहूँगा; महल परिसर उसके बाहुबलियों के नियंत्रण में है, नगर उसकी सेना के!

मेरा माथा सहसा कुछ घूम-सा रहा है। मैं संयत होने के प्रयास में पास की

कुर्सी पर बैठ जाता हूँ।

मिगार एक कोने में रखे राजपत्र आदि रखने की संदूक़ से कुछ निकाल रहा है—

मदिरा! ...मद्यपान का समय है यह! थोड़ी देर पहले तो कह रहा था कि अब हमारे पास समय नहीं है, मोगल्लान कभी भी आ सकता है...

वह एक पात्र भरकर मेरी ओर बढ़ाता है।

'नहीं, ...मेरा माथा पहले ही घूम रहा है,' मैं अस्वीकार में हाथ उठाते हुए कहता हूँ।

'अरे किशु, ले भी लो मित्र, मैं तुम्हारी पाचन-शक्ति से भली-भाँति परिचित हूँ, और सिर चकराने की इतनी अचूक औषधि तो होती ही नहीं कोई!' मदिरा का पात्र मेरे हाथ में पकड़ा कर वह पुनः संदूक़ की ओर मुड़ जाता है। इस बार उसके हाथ में वह साफ़ा है जो पिछले राज-दर्शन के बाद उसने महाराज के सिर पर से खींच लिया था। दूसरे हाथ में एक गोलियाई हुई राजपत्र-दंडिका है।

हमलोग लगभग एक घड़ी से मदिरा पी रहे हैं— वास्तव में मैं पहले से बेहतर अनुभव कर रहा हूँ। उत्कंठा-वश फिर पूछता हूँ, 'तुमने तो कहा था अब हमारे पास समय नहीं है और हम यहाँ बैठे आराम से मदिरा पी रहे हैं! क्या करने की ठानी है, किस बात के लिए समय नहीं है?' लगा कि मैंने कम समय में बहुत पी ली है।

'मैंने अपने लोग लगा दिए हैं मोगल्लान को रोकने के लिए। किन्तु जो भी करना है, आज ही करना होगा; चलो, अब समय होने को है— आज राज-दर्शन तुम्हें ही देना है। कोई प्रतिक्रिया हुई तो उसका प्रबंध मैंने कर रखा है, उसमें किसी प्रकार का हस्तक्षेप करने की मूर्खता न कर बैठना, किशु। जैसे ही मैं कहूँ, मुड़ कर वापस चल पड़ना, बाक़ी सब कुछ मेरे लोग सँभाल लेंगे।'

कभी-कभी मुझे भी बड़ा क्रोध आता है, इस मिग्गू के बच्चे पर! जी में तो आया कि एक बार कह दूँ— वास्तव में मूर्ख तो तू है, अगर जो कह रहा है वह सब कर भी दे तो। गधा तू भी कम नहीं; यदि न होता तो हमदोनों पिता-पुत्र को अभी ठिकाने लगाकर राजमुकुट स्वयं न पहन लेता। हम क्या बिगाड़ लेते तेरा!

पर मुझमें इतना साहस कहाँ कि मिगार को कहूँ यह सब? चुपचाप देखता रहा कि अब वह क्या करता है।

अंततः वह फिर बोला, 'चलो, समय हो गया है। स्तंभों के सुरंग वाले गलियारे से हम महल के दक्षिणी सिरे की ओर चल पड़ते हैं। ...क्या मिगार वास्तव में मुझे दर्शनी मंडप पर ले जा रहा है! पिछले दो दिनों से पितृ-राजन नहीं जा पाए वहाँ— मिगार का एक विश्वस्त उसके कान में कह गया था, एकत्रित लोग बहुत व्यग्र थे परन्तु आधे पहर प्रतीक्षा करने के बाद बिखर गए। ...आज न जाने क्या स्थिति होगी!

हम अंतिम कक्ष के द्वार तक पहुँच गए हैं, मिगार के अंगरक्षक वहीं रुक जाते हैं। वह मेरा हाथ छोड़ देता है। प्रांगण में पुर-वासी ठठ के ठठ भरे हैं। मुख पर के भाव इतनी दूरी से साफ़ दिखाई नहीं देते पर लोगों की परस्पर वार्ता से ऐसा भान हो रहा है कि हर व्यक्ति कुछ न कुछ बोल रहा है। भीड़ मानो खदबदा रही है। एक पल को मेरी काल-परिस्थिति की सुध-बुध खो-सी जाती है— मैं यहाँ महाराज के छद्म वेश में क्या कर रहा हूँ!

...हम द्वार को पार कर चुके हैं। मिगार अंतिम चेतावनी फुसफुसा रहा है— 'कुछ बोलना मत; जब मैं राज-संदेश पढ़ लूँ, तो मुस्कुराते हुए हाथ उठाकर चारों ओर घूम जाना... आशीर्वाद मुद्रा में। बस उसके बाद तत्काल प्रस्थान।'

हमदोनों को मंडप पर देखते ही सहसा भीड़ में सन्नाटा छा जाता है। मिगार ने रजत पेटिका सिंह की पीठ पर रख दी है। गंभीर स्वर में उद्घोषणा कर रहा है— 'अनुराधापुर वासियो, मेरे हाथ में त्रि-सिंहल नरेश धातुसेना महाराज का लिखित संदेश है। महाराज ने मुझे स्वयं आदेश दिया है कि मैं इसे पढ़कर आपको सुनाऊँ और उनके आदेशों की अक्षरशः अनुपालना सुनिश्चित करूँ।' वह राजपत्र-दंडिका उठाकर दिखाता है जैसे कोई जादू का करतब करने वाला हो।

'नगरवासियो, मुझे ज्ञात नहीं कि इसमें क्या लिखा है।' ...झूठ ...झूठ बोल रहा है, अभी कुछ समय पहले इसे पेटी में से निकालकर पढ़ते हुए मैंने स्वयं देखा था ..किंतु राज्यादेश कब लिखवा लिया इसने, धातुसेना महाराज से! क्या कल रात मेरे जाने के बाद और यातना दी उन्हें? ...हे तथागत! मैं कभी व्यग्र व निःशब्द जनसमूह को देखता हूँ, कभी मिगार को— उसने राजपत्र खोल कर पढ़ना शुरू कर दिया है :

'मैं त्रि-सिंहल नरेश धातुसेना आपको इस राज-पद से अंतिम बार आशीर्वाद...'

सहसा वह चुप हो गया है; अविश्वास का भाव उसके मुख पर सर्वथा विश्वसनीय जान पड़ता है। मिगार को इतना सधा हुआ अभिनय करते पहली बार देखा! वह भर्राए हुए गले से आगे पढ़ने लगा है:

'...अंतिम बार आशीर्वाद देता हूँ— सुखी दिग्घायाकु भव। लगभग अट्ठारह वर्षों तक आपकी सेवा-सुरक्षा में लगा रहा, किंतु इसके लिए मुझे बार बार तथागत के मूल-मंत्र अहिंसा धर्म का उल्लंघन करना पड़ा, युद्ध करने पड़े। अब आगे यह सब करते रहने में असमर्थ हूँ। अतः राज-पद स्वेच्छा से त्याग कर आज मध्यान्ह में ही वन-खंड में वानप्रस्थ के लिए प्रस्थान करूँगा। राज-पद त्यागते हुए मुझे अनुभव हुआ कि अपने जयेष्ठ पुत्र कश्यप को उसके अधिकार से वंचित करना अन्यायपूर्ण था। अतः मैं उप-सेनाध्यक्ष कुमार मिगार को निदेश देता हूँ कि वह आप सबके समक्ष कश्यप को मेरा राजमुकुट पहनाएँ। तत्पश्चात तत्काल प्रभाव से कश्यप आपके नये महाराज होंगे। युद्ध से लौटकर कुमार मोगल्लान सेनाध्यक्ष का कार्यभार सँभालेंगे।

अपने नए महाराज का जयघोष करने के पश्चात आप समस्त पुर-वासी अपने-अपने निवास को जाएँ। मैं किसी को भी मुझसे मिलने अथवा वानप्रस्थ लेने से रोकने का अनुनय करने से वर्जित करता हूँ, और सर्वथा शांत रहने का अनुरोध करता हूं। सुखी दिग्घायाकु भव। इति।

—मुद्रा—धातुसेना

अंतिम पंक्तियों तक पहुँचते-पहुँचते जन-समूह में अविश्वास और रोष के लक्षण साफ़ दिखाई देने लगे हैं। कुछ लोग हाथ और सिर हिला-हिला कर विरोध और असंतोष प्रकट कर रहे हैं; कहीं से झूठ-झूठ की ध्वनियाँ उभरने लगी हैं। एक व्यक्ति चिल्लाता है, महाराज धातुसेना की जय— उसके साथ जयघोष का नाद उठता है, लगता है पूरा जनसमूह जयघोष को दोहरा रहा है। एक बलिष्ठ युवक हाथ हिलाता हुआ चिल्ला रहा है— धातुसेना महाराज क्यों नहीं आए घोषणा करने! बहुत से लोग उसके साथ मिलकर चिल्लाने लगे हैं— महाराज स्वयं घोषणा करें...स्वयं करें। भीड़ में भयंकर आक्रोश फैलता जा रहा है।

मिगार ज़ोर से चिल्लाता है— 'शांत हो जाएँ... महाराज के ही निर्देशों की अनुपालना हो रही है'— वह रजत-पेटिका खोलकर महाराज का मुकुट ऊपर उठाकर लोगों को दिखाता है और मुझे पहना देता है।

मैं हक्का-बक्का उसे देख रहा हूँ— इसने तो जो कहा था वास्तव में कर दिखाया!

किन्तु उधर जन-समूह का धैर्य टूट चला है— कुछ लोग ज़ोर-ज़ोर से चिल्ला रहे हैं ...हमारे महाराज को लाओ ..धातुसेना महाराज की जय...

मिगार मेरा हाथ दबाते हुए कहता है— 'कश्यप, मुस्कुराओ ... हाँ, हाथ हिला-हिला कर ...हो गया अब, चलो।'

मैं स्तंभित खड़ा हूँ... नगर-प्रांगण के दोनों ओर से तीस-चालीस अश्वारोही जन-समूह में घोड़े दौड़ाते घुस आए हैं; इतनी तेज़ी से मानो उन्हें लोगों के आहत होने की कोई चिंता न हो। प्रतिवाद करते बहुत से लोग सहसा घुलट जाते हैं जैसे भीड़ में से ही किसी ने उन्हें आहत कर दिया हो। मुझे अन्दर ले जाने के प्रयास में मिगार मेरा हाथ पकड़ कर खींच रहा है। ...मैं देखना चाहता हूँ क्या हो रहा है... हे तथागत!...जिस युवक ने सबसे पहले चिल्ला कर बखेड़ा खड़ा किया था उसका सिर किसी ने खड्ग से काट दिया है... अश्वारोही निर्ममता से कोड़े व धातु-मंडित डंडे बरसा रहे हैं... भयानक आपा-धापी मच गई है... भीड़ लगभग तितर-बितर हो चुकी, पर बहुत से लोग गिर पड़े हैं, घोड़ों की टापों और भागते हुए पैरों के नीचे कुचले जा रहे हैं। पत्थर-मढ़े प्रांगण के कई हिस्से रक्तरंजित हो गए हैं।

अंततः मिगार मुझे बलात खींच कर द्वार से भीतर धकेल देता है। यदि मेरे परिचारक और मिगार के लोगों ने मुझे सँभाल न लिया होता तो मेरे माथे पर अभी-अभी रखा गया मुकुट गिर गया होता। कोई झटक कर द्वार के पट बंद कर देता है। भयभीत भागते पुर-वासियों का आर्तनाद मद्धम पड़ जाता है।

मिगार मेरा हाथ पकड़े हुए अरलिया परिसर की ओर ले जा रहा है। मैं उसे घोर वितृष्णा देख रहा हूँ और वह पलक झपके बिना मेरी ओर आग्नेय दृष्टि से। मैं सोच रहा हूँ— मेरे त्रि-सिंहल नरेश घोषित होते ही इस दुष्ट ने मेरी प्रजा पर जो अत्याचार किया है, उसका प्रायश्चित न जाने कितने वर्षों तक मुझे करते रहना होगा।

अब मुझे उस विचार पर हँसी आती है— भविष्य के विषय में मानव-दृष्टि कितनी सीमित होती है यह जानता ही कहाँ था उस समय; और न यह ज्ञात था कि आगे और क्या-क्या कांड होनेवाले हैं— अगले कुछ ही पहरों में!

मिगार

अनुराधापुर / सन् 478 ई.

कश्यप की लंबे पोरों-वाली स्त्रैण उँगलियाँ मेरी पकड़ से छूटने के लिए कुलबुला रही हैं किंतु मैं उन्हें नहीं छोड़ता।

उसे अरलिया परिसर को ले जाते हुए मन ही मन सोच रहा हूँ अंततः इसे मैंने राजा बना ही दिया, यद्यपि है तो यह राजत्व के सर्वथा अयोग्य। युवराज न बनाए जाने के बाद अपने बल-बूते पर इसका राजा बनना असंभव था... मुझे याद है जब हम पंद्रह-सोलह बरस के थे, मैं खड्ग-विद्या और काम-कला में सिद्धि प्राप्त करने में जुटा रहता था; और यह अभागा उस समय भी कभी राज चित्रकार से चित्रकारी सीखने लगता तो कभी वास्तुकार के पास जा बैठता। परिणाम सामने है— कह रहा था, तुम हमदोनों की हत्या करके स्वयं महाराज क्यों नहीं बन जाते? अब इस मूर्ख को कोई क्या समझाए कि स्वयं धातुसेना से सीधे प्रतिशोध लेकर मैं जनसाधारण की सहानुभूति खोना नहीं चाहता अभी। उसे आगे के लिए बचा कर रखना चाहता हूँ। अभी जो भी करूँगा, इसी के माध्यम से होगा; अब यह मेरी मुट्ठी में है, मुकुट जो पहना दिया है इसे।

धातुसेना को यंत्रणा देना इसे खल रहा था— पिता हैं... मुझसे नहीं देखा जाता! नाटक कर रहा था स्साला लोभी, नहीं तो दो-चार बार मिमिया कर चुप थोड़े ही हो जाता।

किंतु अब आगे क्या करूँ यह मेरी समझ में नहीं आ रहा। मेरे राक्षस मामा का अंत इसके सर कैसे मढ़ा जाय इसकी कोई ठोस युक्ति सूझी नहीं अब तक। चलो, कोई

बात नहीं। पहले एक बार इसे भेज दूँ इसके बाप के पास। फिर देखा जाएगा क्या करना है।

हम अरलिया सभागार में आ गए हैं।

'महाराज,' मेरे संबोधन से वह चौंक कर मेरी ओर देखता है।

'इस तरह क्या देख रहे हो! पुराने महाराज की अनुपालना हो चुकी, अब तो तुम ही हो महाराज, जाओ, धातुसेना से एक बार और पूछ लो। प्रेमपूर्वक उस ख़ज़ाने का पता बता दे तो ठीक है, नहीं तो अस्थिभंजक संयंत्र की व्यवस्था कर ली है मैंने। एक बार उस पर लिटाया नहीं कि देखना कैसे टुप-टुप उगलता है सच!'

अस्थिभंजक का नाम सुनते ही कश्यप के गौर-वर्ण सुंदर मुख से रंग उड़ गया है।

'नहीं, नहीं मिगार, कोई न कोई रस्ता अवश्य निकलेगा।'

'किंतु अब अधिक विलंब हुआ तो कल कुछ भी हो सकता है। मोगल्लान यदि अनुराधापुर पहुँच गया तो वे सब लोग जो नगर-प्रांगण में धातुसेना का जयघोष कर रहे थे, उसके साथ मिलकर केवल तुम्हारा मुकुट ही नहीं, तुम्हारा सिर भी उतार लेंगे। जाओ, जल्दी आना।'

मोगल्लान के हाथों मुकुट छिन जाने का भय कश्यप की आँखों में उभरते देखकर जी हुआ कि उसे गले से लगा लूँ। वह मुड़कर कारागार की सीढ़ियों की ओर चल पड़ा।

कश्यप की अपने बाप से उस अंतिम भेंट में दोनों के बीच क्या बात-चीत हुई यह तो मुझे पता नहीं किंतु उसके वापस लौटते ही मेरे प्रतिशोध की परिणति का मार्ग अपने आप ही खुल गया।

कश्यप महाराज
अनुराधापुर / सन् 478 ई.

स्वयं मुकुट पहने हुए होने पर भी उन्हें देखकर महाराज और पितृ-राजन जैसे संबोधन ही मन में आए, मानो उनके सामने महाराज का नाटक खेलने आया हूँ। वह दीवार से पीठ टिकाए, घुटनों पर हाथ लटकाए बैठे छत को निहार रहे थे; आँखें तरल, धुँधलाई हुई-सीं। दोनों हाथों की उँगलियों पर बँधी पट्टियों पर रक्त के सूखते धब्बे थे। मेरे आने की आहट सुनकर दूर ही से बोले— 'तुम... तुम आ गए मोगल्लान मेरे पुत्र, यह मुकुट तो बहुत शोभ रहा है तुम पर।'

मेरा मन क्षुब्ध हो उठा, पर मैं निकट आ चुका था।

'जी, मैं कश्यप।'

'अरे कश्यप, आओ... आओ पुत्र, अब इन बूढ़ी आँखों को दोनों बेटों का अंतर भी दिखाई नहीं देता! आओ, कुछ देर बैठोगे मेरे पास?'

मेरे मन की खटास एकदम से कम हो गई। मैं उनके पूरी तरह बदले हुए स्वर और व्यवहार से चकित उन्हें देख रहा था। आज न कोई कटाक्ष न दुत्कार!

मैं उनके पास भूमि पर पालथी मारकर बैठ गया।

'कल रात तुम्हारे जाने के बाद मिगार फिर आया; मेरे बचे हुए दो नख उखाड़ लिए और साथ ही मेरे हस्ताक्षर-मुद्रा वाली अँगूठी भी छीन ले गया। न जाने क्या करना चाहता है मेरे नाम पर... तुम देख लेना।' वे रुक-रुक कर ऐसे तटस्थ भाव से बोल रहे थे जैसे वह सब किसी और के साथ हुआ हो। मैं स्तब्ध उन्हें देख रहा था।

'बहुत कष्ट में होने पर भी आँख लग गई... बहुत दिनों के बाद स्वप्न में तुम्हारी माँ दिखाई दी' उनकी तरल आँखें एक बार को उठीं और फिर झुक गईं, 'अधरा कुछ बोली नहीं ...देर तक केवल चुपचाप देखती रही... फिर सुमनवल्लरी आ गईं, कहने लगीं, 'बहुत अन्याय किया तुमने।' और कुछ नहीं कहा। उनसे पहले तुम्हारी माँ का मौन भी संभवतः यही इंगित कर...'

वह चुप हो गए। मेरा हृदय कुछ द्रवित-सा हो गया। पता नहीं था कि वह पत्थर होने से ठीक पहले की दशा थी।

'पता नहीं, हो सकता है वे दोनों यह कहना चाहती हों कि स्वयंसिद्धा की दिखाई हुई संपदा एक बार तुम्हें दिखा तो दूँ... मैंने रात ही मन बना लिया था— मुझे कल-वेव ले चलो तो दिखा दूँगा।'

'अवश्य, पितृ-राजन... किंतु...'

'किंतु-परंतु न करो, आज ही ले चलो। क्या पता फिर मेरा मन बदल न जाए कहीं...'

'हाँ, आज ही ले चलूँगा लेकिन मैं आपसे कुछ पूछना चाहता हूँ— आप सच-सच बताएँगे?' वे चुपचाप मुझे देख रहे थे।

'क्या मेरी माँ नीच कुल की दासी थी? इसीलिए मुझे मेरा दाय नहीं मिला?'

महाराज कुछ चौंक-से गए।

'इतनी पुरानी बातें... अब क्यों... मैं तुम्हारी माँ से बहुत प्रेम करता...'

मैंने ऊँचे स्वर उनकी बात काटते हुए कहा, 'यह मेरे प्रश्न का उत्तर नहीं।'

वह कुछ देर चुप बैठे घुटने पर रखे अपने हाथों को देखते रहे।

'आपको बताना होगा...'

'अधरा को पटरानी लाई तो अपनी परिचारिका के रूप में ही थीं किंतु...'

सहसा मेरा जी एकदम निर्मम, कठोर हो उठा।

'किंतु आपने पहले दिन ही उसका बलात्कार किया और सात दिनों तक निरंतर करते रहे... करते रहे कि नहीं? बताइए, बताना होगा,' मैं और ऊँचे स्वर में बोला मानो किसी आरोपी से पूछताछ चल रही हो।

'यह सब किसने कह दिया तुम्हें... सरल नहीं है, न बताना न सुनना...'

मैंने फिर बात काटते हुए कहा, 'विश्वस्त सूत्रों ने ...सरल हो या कठिन, बताइए— क्या मैं उसी बलात्कार की संतान हूँ?' मैं क्रोध से काँप रहा था।

'देखो पुत्र, यदि तुम्हें मोगल्लान के युवराज बनाए जाने का रोष है, तो स्पष्ट बता दूँ कि संघस्थविर, महामात्य, अमात्य-गण, सामान्य जन सब में कुलीन संतान अधिक स्वीकार्य होते आए हैं... और फिर मिगार की मित्रता से तुमने स्वयं अपने पैर पर कुल्हाड़ी मार ली। किंतु यह सर्वथा असत्य है कि तुम मात्र वासना की संतान हो— यह धारणा भी संभवत: मिगार ने ही तुम्हारे मन में बिठाई है। सुमनवल्लरी तक को मालूम था कि अधरा से मैं कितना प्रेम करता था।'

मेरे हृदय पर रखा पत्थर ही अब मेरा हृदय बन चुका था— 'धातुसेना, अपने घटिया भाषण अपने पास रखो, केवल यह बताओ कि बलात्कार...

'बार-बार इस शब्द का प्रयोग करके अपनी स्वर्गीय माता का अपमान न करो, कश्यप! तुम्हें इतने आक्रोश में देखकर इतना ही कहूँगा कि कोई राजा जब किसी परिचारिका से या कोई सिद्ध गुरु अपनी शिष्या से संभोग करता है तो उसमें थोड़ा हो अथवा अधिक, बलात्कार का कुछ न कुछ कुछ तत्व होता अवश्य है; उनका राजत्व, उनका प्रभामंडल उस स्त्री तक को भ्रमित कर देता है, उसे लगता है कि वह शुद्ध स्वेच्छा से समर्पण कर रही है...,

'अपनी बकवास बंद करो, उठो, अभी इसी समय कल-वेव चलना है।'

मेरी एड़ी से चोटी तक क्रोध की प्रचंड लहर व्याप उठी थी। सोच रहा था मिगार ठीक कहता है— मैं एक नितांत कामी और क्रूर पिता का दासी के बलात्कार से उत्पन्न पुत्र हूँ।

सुमनवल्लरी
अनुराधापुर महाविहार / सन् 478 ई.

गर्भवती संघा की गंभीर अस्वस्थता के कारण मन पहले ही से खिन्न था; अब जो कुछ स्वयंसिद्धा ने बताया है उससे मेरा क्लेश प्राणांतिक हो उठा है। किन्तु उसे जो दिखाई देगा वही तो बताएगी। इसके अतिरिक्त और कोई विकल्प नहीं— महाविहार के सातवें तल की छत पर से प्रियतम के दर्शन से अधिक अब मुझे कुछ नहीं मिल सकता।

यहाँ महाविहार में महाराज से अलग हो जाने के अतिरिक्त कोई कष्ट नहीं। संघस्थविर की बहुत कृपा है हम सब पर— कभी कोई संकट नहीं आने दिया। पर स्वयंसिद्धा कहती है कि स्थान परिवर्तन का समय निकट आ गया है। समस्त प्रिय-

जनों से दूर, बहुत लंबी अवधि के लिए।

स्वयंसिद्धा और नीलमणि मेरे साथ हैं। संघा इतनी सीढ़ियाँ नहीं चढ़ सकती— पिता के दर्शन उसके भाग्य में नहीं।

ठीक मध्याह्न के पहर प्रासाद परिसर का द्वार खुलता है और दो रथ निकलते हैं— पहले में मेरे महाराज हैं; उनका पुराना सारथी रथ चला रहा है। महाराज का शरीर गेरुए चादर से ढका है, माथे पर मुकुट नहीं ...केश रुई के फाहों जैसे श्वेत... हे तथागत! दो ही दिनों में मेरे स्वामी की क्या गत बना दी इन पापियों ने। मेरे नयनों में तो उनका वही सुदर्शन स्वरूप रहने दो, प्रभू, जब वे मुझे ब्याह कर रुहुन से अनुराधापुर लाए थे। यह तो उनकी परछाईं है जिसे जाते देख रही हूँ।

कलेजे में हूक उठी और स्थितप्रज्ञ रहने के सब प्रयासों को तोड़ती हुई अश्रु-धार बनकर मेरे गालों पर से होती हुई मेरा वक्षस्थल भिगो रही है।

दूसरे रथ पर कश्यप है; त्रि-सिंहल नरेश, अनुराधापुर का नया स्वामी। उसने मेरे महाराज का मुकुट पहन रखा है; जैसा मैं चाहती थी, कि मेरे स्वामी के बाद वह उसके सिर पर हो, किंतु वह तो उनके जीते जी हो गया।

दूसरा रथ मिगार चला रहा है— और संभवतः नए महाराज को भी!

आज प्रात:काल मिगार ने जो घोषणा की और नगर प्रांगण में जो अत्याचार करवाए उसका विवरण नगर में तो जंगल की आग के समान फैल ही चुका था, महाविहार में भी सब ओर उसी की चर्चा है। किसी को घर से बाहर निकलने की अनुमति नहीं। उन दो रथों के अतिरिक्त नगर का मुख्य पथ सुनसान है, गलियों की तो बात ही क्या।

कुछ ही पल में दोनों वाहन दृष्टि से ओझल हो गए। सीढ़ियाँ उतरकर अपने कक्ष में औंधे मुँह लेटी फफक रही हूँ— किसी में ढाढ़स बँधाने का हियाव नहीं। महाराज को कल-वेव झील घुमा लाने के बाद सिद्धा की दिव्य-दृष्टि में जो दृश्य कौंधे थे उनका सार वह मुझे बता चुकी है। उसने जितना बताया वही पर्याप्त था मेरे हृदय को चीर देने को!

मोगल्लान
अंततः अनुराधापुर / सन् 478 ई.

महानाम ने ठीक कहा था— उसके पैर की चोट ने हमारी गति इतनी धीमी कर दी कि भिक्षुओं का वेश धरे तीसरे दिन जब हम अनुराधापुर पहुँचे तो सूर्यास्त में एक पहर ही बचा था। नगर सीमा में प्रवेश करते ही हम समझ गए कि राजधानी किसी त्रासद घटना से सुन्न पड़ी है। जिस पहर बाज़ारों में चहल-पहल चरम सीमा पर

होती है उसमें दुकानें बंद, मार्ग-वीथियाँ सब निर्जन, घर के द्वार क्या खिड़कियों तक के पट बंद। कहीं कोई नहीं, जैसे पुर-वासी अचानक नगर छोड़कर भाग गए हों। मैंने महानाम की ओर देखा; उनके मुख पर घोर हताशा का भाव पसरा हुआ था, अस्फुट स्वर बोले, 'युवराज, लगता है हमें बहुत देर हो गई...'

अगले चौराहे पर पहुँचते ही रही-सही आशाएँ भी ढह गईं— औपचारिक वेश-भूषा में नगर उद्घोषक गले में लटका ढोल पीट-पीटकर घरों में बंद पुर-वासियों को सूचना व चेतावनी मुनादी कर रहा था। उसके एक ओर सैन्य परिधान में दंड लेकर अंगरक्षक खड़ा था और दूसरी ओर सादे वस्त्रों में एक लंबा-तगड़ा बड़ी-बड़ी मूँछोंवाला युवक जिसके कटिबंध से खड्ग लटका हुआ था। उद्घोषक एक ही उक्ति को बारम्बार दोहरा रहा था— पूर्व त्रि-सिंहल नरेश धातुसेना महाराज स्वेच्छा से वानप्रस्थ लेकर वन के लिए प्रस्थान कर चुके। नवीन त्रि-सिंहल नरेश कश्यप महाराज की जय हो। पूर्व युवराज मोगल्लान को सेनाध्यक्ष नियुक्त किया गया है। नगर में आपात स्थिति घोषित कर दी गई है। अगले आदेशों तक पुर-वासियों का अपने घरों से निकलना वर्जित है। उल्लंघन करने वाले कठोर दंड के भागी होंगे... पूर्व त्रि-सिंहल नरेश धातुसेना महाराज स्वेच्छा से...

हम तीन भिक्षुओं को देखते ही वे तीनों स्तब्ध रह गए। वह मूँछोंवाला खड्ग-धारी युवक लंबे डग भरता हुआ हमारे समक्ष आ खड़ा हुआ। भिक्षुओं को संबोधित करने से पहले सिर नवाने की परंपरा के सूक्ष्मतम निर्वहन के बाद हमें घूरता हुआ कड़े स्वर में बोला, 'आपलोगों को ज्ञात नहीं... प्रात:काल से ही बाहर न निकलने के आदेश हैं?'

महानाम आशीष मुद्रा में हथेली आगे करके बोले, 'सुखी दिग्घायाकु भव, वत्स... हम तो पिछले तीन दिनों से कंदलम्मा विहार की लेखा परीक्षा में लगे थे। वहाँ से लौट ही रहे हैं... अभी अभी यह उद्घोषणा सुनी।' उनके मुख पर विवशता का भाव था, 'हमें सूचना होती तो वहीं रुक जाते दो दिवस और, चिन्ता न करें, अब हम सीधे महाविहार में चले जाएँगे, राजाज्ञा का पालन करेंगे।'

महानाम का अनुनय अनमने भाव से सुनता, वह बाहुबली बारी-बारी हम तीनों को संदिग्ध दृष्टि से देखता रहा, जैसे निश्चय न कर पा रहा हो कि आगे क्या करना चाहिए।

'आपका नाम?'

'महास्थविर आदित्येंद्र,' बिना किसी हिचकिचाहट के महानाम झूठ बोले।

'और इन दोनों का?'

'मेरे सहायक हैं— अनिकेत और निसान्दू... वृद्ध हो गया हूँ, इतनी दूर अकेले जाना संभव नहीं था। देखिए न, इनके होने पर भी पाँव में मोच आ गई,

किसी तरह इनके कंधों के सहारे चल कर आया हूँ। ...किंतु अब तो महाविहार ये रहा... आपके पीछे। आपके देखते ही देखते भीतर चले जाएँगे, यदि आपकी अनुमति हो।'

महानाम ने मुझे बेझिझक अनिकेत बना दिया था।

'अच्छा जाइए, मैं देखता रहूँगा,' फिर जैसे कोई बात भूलते-भूलते अचानक से याद आ गयी हो, बोला, 'किंतु पहले आप दोनों अपनी दाईं बाँह पर से वस्त्र हटाकर दिखाएँ।'

'अनिकेत... निसान्दू... राज-कर्मी को संतुष्ट कराइए।' महानाम ने कहा। हमदोनों ने अपनी बाँहों पर लटकते अंगवस्त्र को समेट लिया।

'अच्छा जाइए,' उसने कहा।

महाविहार के महामेघवन उद्यान का मुख्य द्वार वहाँ से बहुत दूर न था। वह मूँछोंवाला खड्ग-धारी गुप्तचर हमें द्वार में प्रवेश करने तक देखता रहा।

महाविहार के उत्तरी द्वार के पास बाँस और नारियल के वृक्षों का एक निर्जन कुंज है— उसमें पहुँचकर ही प्राणों में प्राण आए।

'बाप्पा, आपने बचा लिया, नहीं तो आज मारा जाता।'

पिछली रात महानाम ने आक के दूध में गेरुआ रंग मिलाकर मेरी दायीं बाँह पर का वह राज-चिह्न ढँक दिया था जो मेरे युवराज घोषित होने के बाद मेरी बाँह पर गोदा गया था।

'युवराज, मैं तो जीवित ही आपको सुरक्षित रखने के लिए हूँ; अन्यथा अब मेरे लिए जीवन का कोई मोल नहीं रह गया। मेरे अनिकेत अब आप ही हैं!' महानाम की आँखें भर आई थीं। थोड़ा संयत होने पर बोले, 'सेनाध्यक्ष बनाने के बहाने आपको ढूँढा जा रहा है, बहुत सावधान रहना होगा।'

अँधेरा होते ही उत्तरी द्वार से निकलकर हम अमात्य तुषार के घर के लिए निकल पड़े— साँस रोके लुकते-छिपते कि राह में फिर कोई सैनिक या गुप्तचर न टकरा जाए।

मिगार

अनुराधापुर / सन् 478 ई.

आधी घड़ी भी न बीती होगी कि कश्यप आवेश में सीढ़ियाँ फलाँगता हुआ ऊपर आया। उसे देखते ही लगा जैसे उसके भीतर कुछ मौलिक परिवर्तन आ गया हो। बोला भी कुछ वैसे ही— बेलाग-लपेट, कटिबद्ध, 'मिगार... रथ मँगवाओ और अपने लोगों को बुला लो— वे कल-वेव जाने के लिए मान गए हैं। दो-चार मज़दूर

भी लेते चलें... जो उनके लिए एक छोटी-सी कुटी बना दें जहाँ वे कहें।

'तो क्या ख़ज़ाने का पता बता देंगे? कहा ऐसा?' मैंने चकित हो पूछा तो वह परिवर्तन पुनः उसके स्वर में मुखर हुआ, 'देखो, आधा दिन ही बचा है, जल्दी करो अन्यथा कहीं उनका मन बदल गया तो तुम्हें बेकार ही यंत्रणा देनी होगी।'

मैं मन ही मन चौंका— मुकुट पहनाते ही कहीं सचमुच का महाराज तो नहीं बन गया!

'कल-वेव पर बाँध का काम चल रहा है, श्रमिक तो वहीं मिल जाएँगे। यहाँ के लोग जितने कम साथ ले जाएँ उतना अच्छा, महाराज।'

'जैसा तुम ठीक समझो।' ...हाँ, यह हुई ना बात!

मैंने केवल दो रथ और अपने दो विश्वस्त सैनिक ही साथ लिये।

प्रतिशोध की एक युक्ति अभी कुछ ही देर पहले सूझी तो है। देखूँ कारगर हो जाए तब बात है।

रथ पर कश्यप से मैंने फिर पूछा। उसने अनमने रूखे-से स्वर में कहा, 'मान गए हैं सब कुछ बताने को। अगर नहीं बताते तो तुम देख लेना कि सच कैसे उगलवाना है। लेकिन जो भी करना है, सो आज ही; किसी तरह कुटी बनवा कर उन्हें छोड़ आएँ, बस्स।'

जैसे तिक्त स्वर में कश्यप ने यह बात कही, मैं समझ गया कि मेरा काम बन गया।

कश्यप महाराज
कल-वेव की ओर / सन् 478 ई.

मेरा जी नहीं कर रहा बात करने का, और यह गधा मिगार है कि चुप ही नहीं होता। बार-बार एक ही बात— कैसे मान गए, क्या कहा?...आश्चर्य है, कल तो अस्थिभंजक का उल्लेख करने पर भी अड़े रहे इत्यादि।

और इधर मेरे सिर में धातुसेना महाराज से हुई वार्ता के अंश ऐसे बजे चले जा रहे हैं जैसे हथौड़े चल रहे हों!

मात्र आधी घड़ी की बातचीत में मेरे अंदेशों को झुठलाते हुए भी उनका सच स्वीकार करके तुमने भी मेरे आत्म-सम्मान की धज्जियाँ उड़ा दीं, मेरे बाप धातुसेना महाराज! ...अधरा को लाई तो परिचारिका बनाकर थीं... कोई राजा जब दासी से संभोग करता है... तुम वासना की संतान नहीं हो, पुत्र! लगता था मेरा सिर फट जाएगा या विक्षिप्त हो जाऊँगा।

सारथी धर्मपाद
कल-वेव के रस्ते में / सन् 478 ई.

आज महाराज को जब ये दोनों राक्षस-कुमार रथ में बिठाने लाए, तो मन हुआ कि धाड़ें मार कर रो पड़ूँ। सत्ताईस बरसों तक जिस प्रतापी स्वामी की सेवा की, जिसे रथ पर लेकर दातिया और पिथिया जैसे ख़ूँख़ार तमिल घुसपैठियों को खदेड़ मारा, उसकी ऐसी दशा! और सो भी अपने औरस पुत्र के हाथों!

चार ही दिवस में केश निर्जल मेघों जैसे श्वेत, हाथों पर ख़ून-सनी पट्टियाँ, स्वस्थ सबल होते हुए भी मुकुट किसी और के माथे पर। ...आह! इसीलिए कहते आए हैं न गुनीजन— हे तथागत, उतना ही दीजिए कि परिवार पल जाए और अभ्यागत की सेवा हो जाए; उससे अधिक सत्ता-संपत्ति तो ऐसे ही दिन दिखाएगी, और क्या होगा।

प्राण प्यारे हैं सो भय के मारे सब दिन के समान स्वामी के चरण छूने भी न झुका— इन्होंने स्वामी की ऐसी गत बना डाली, क्या जाने कहीं इनके चरण छुए तो दुष्ट मेरा ही सिर न काट डालें। किन्तु धन्य-भाग जो अकेले बिठाया मेरे रथ पर— कुछ दुख-सुख तो बाँट सकेंगे हमलोग। किंतु महाराज तो कुछ बोले ही नहीं आज। प्रतिदिन हँसते हुए पूछते थे— कैसा है रे मेरा सारथी श्री कृष्ण? सो आज वह भी नहीं।

थोड़ी देर बाद मैंने ही बात छेड़ी, 'स्वामी, सब दिन तो बताते थे कहाँ जाना है, सो भी न कहा आज!' कहने लगे— अबे कहाँ के स्वामी हम और कहाँ का तू सारथी! अब तो हम फिर से लंगोटिए मित्र हो गए। मैं कुछ न बोला; लगा संत्रास झेलते महाराज को मति-विकार तो नहीं हो गया कहीं! कैसी बालक समान बातें करने लगे। मेरा मन विचलित हो उठा।

'यह आप क्या कह रहे हैं महाराज, मैं तो आपके चरण-रज के बराबर भी नहीं। मेरे लिए तो आप ही महाराज हैं अब भी।' कहने लगे— अब कहाँ का महाराज, कल रात मिगार मेरी हस्ताक्षर-मुद्रिका छीन ले गया... जाने क्या-क्या लिख लिया हो मेरे नाम से! ये बालक समझते हैं कि मैं मूर्ख हूँ।

मुझसे रहा न गया— उस दिन प्रात:काल दर्शनी मंडप से जो घोषणा हुई थी और फिर नगर प्रांगण की मारकाट, सब कुछ बता दिया उन्हें।

'मैं समझ गया था मिगार ऐसा ही कुछ करेगा। मैं क्या जानता नहीं, वानप्रस्थ पर्णकुटी में एकाकी तप-योग... सब मरीचिका है। यदि हो सकता तो बहुत अच्छा होता पर अपने कर्मों का फल तो भोगना ही होगा... अच्छा धम्पा, सुन, यदि ये कहें तो चुपचाप इनका कहा मान कर लौट जाना वापस; कोई मूर्खता न करने लगना।...

आह! महानाम न जाने कहाँ चला गया! चल, इन अंतिम पहरों उसको भी तेरे स्वरूप में ही देख लेता हूँ।'

'ऐसा न कहें महाराज, आपके लिए तो मैं अपने प्राण भी निछावर कर सकता हूँ।'

'नहीं, मुझे तेरे प्राण नहीं चाहिएँ... और कहाँ जाना है यह तो तुम्हें पहले ही बता दिया होगा नये स्वामियों ने। कल-वेव हम कई बार जा चुके हैं।'

आधा रस्ता ही पार हुआ था कि मूसलाधार बरसात होने लगी, जैसे आकाश फट पड़ा हो। थोड़ी दूर आगे एक बरसाती नाला चढ़ आया था। रथ रुक गए। सहसा महाराज बोले, 'बहुत भूख लग आई है, तुम्हारे पास कुछ खाने को है धम्पे?'

'महाराज, मुझ गरीब के पास क्या होगा, नारियल के दूध में पके थोड़े-से चावल रख लिए थे साथ, किंतु वह आपके योग्य नहीं है।'

'अब मेरे लिए कुछ भी योग्य अथवा अयोग्य नहीं, खिलाओगे तो खा लूँगा।'

मैंने अपनी झोली में से भात का बर्तन निकाल कर आगे बढ़ा दिया।

'मैं स्वयं तो खा नहीं सकता— देखी नहीं मेरे हाथों की दशा...तुम खिला दो।' महाराज ने उँगलियों पर से पट्टियाँ सरकाईं तो कलेजा मुँह को आ गया।

मैं उन्हें खिलाने लगा। मेरी आँखों से आँसू बह निकले, बड़ी कठिनाई से उन्हें बर्तन में गिरने से बचाता रहा।

'बहुत स्वादिष्ट है तुम्हारा भोजन...अब आगे जैसा मैंने कहा वैसे ही करना।'

मेघ जैसे अचानक बरसने लगे थे वैसे ही थम भी गए। नदी में जल-स्तर कम होते ही हम पुनः चल पड़े।

एक पहर दिन रहते हम उस स्थान पर पहुँच गए जहाँ महाराज दो बरस पहले वेद्दा स्वयंसिद्धा से मिलने आए थे। लगा जैसे वह किसी पूर्व-जन्म की बात हो।

दोनों रथ रुक गए थे। मिगार और नए महाराज हम तक आए, 'उतरिए, यहाँ से पैदल जाना होगा। धर्मपाद तुम रथ लेकर वापस चले जाओ, हमलोग इनके लिए पर्णकुटी की व्यवस्था करके स्वयं आ जाएँगे।' अंगरक्षकों को रथ के पास ही रहने का निदेश देकर, दोनों कुमार महाराज को लेकर पहाड़ी की ओर चलने को हुए, तो मैंने सोचा— अब कटे तो कट जाए सिर! झुककर धातुसेना महाराज के चरण छू लिए।

चूनम-शिल्पी लाहिरू
कल-वेव बाँध / सन् 478 ई.

मैं चूनम कला का कारीगर हूँ— चूने के बुरादे, अंडे, ताज़ा मधु और कुछ गुप्त सामाग्री के घोल से किसी भी दीवार की सतह को इस हद तक चमका सकता हूँ कि लोग दर्पण की भाँति उसमें अपना मुँह देख लें; किंतु इन दिनों किसी बड़े विहार या

राजसी भवन के काम नहीं मिल रहे हैं। अनुराधापुर से भी ख़ाली हाथ वापस आना पड़ा। यह तो अच्छा हुआ कि महाराज धातुसेना ने मेरे गाँव के पास ही कल-वेव बाँध का काम प्रारम्भ करवा दिया था। कम से कम साधारण ईंटों की जोड़ाई का काम तो मिल गया।

मेरा गाँव कल-वेव से एक योजन की दूरी पर जलवेल्ल में है। कई पीढ़ियों से हम वहाँ के जमींदार स्वामी तुषार के परिवार की सेवा करते आए हैं; उनकी विशाल पुश्तैनी हवेली के पीछे दो कोठरियों में हमारा परिवार रहता आया है। पहले मेरी पत्नी उनकी हवेली की रसोई में काम करती थी और मैं कभी अनुराधापुर, कभी जलवेल्ल जहाँ भी चूनम का काम मिलता; आता जाता रहता था। पिछले साल अचानक पत्नी चल बसी। अब चौदह बरस का बेटा दीपांकर और मैं, बस इतना ही परिवार रह गया है। एक-डेढ़ बरस से धातुसेना महाराज की कृपा से बाँध पर ही काम करता रहा हूँ। अब दीपांकर भी मेरा हाथ बटाता है; वैसे अब तो काम थोड़ा ही बचा रह गया है; एक निरीक्षक आता था, वह भी अब नहीं आता। दो कारीगर और हैं लेकिन आज नहीं आए। हमदोनों बाप बेटे ही आज यहाँ काम पर हैं।

बाँध पर कभी-कभी देर हो जाती है तो रात हम सिद्धा माता के आश्रम में बिता लेते हैं— वहाँ कोई भूत-प्रेत नहीं आते।

इन दो वर्षों में धातुसेना महाराज कई बार बाँध पर निरीक्षण करने आए; महानाम बाप्पा और कुछ सैनिक साथ में होते हैं। आह, कैसा देवता समान दिव्य रूप है महाराज का, किंतु अहंकार लेश-मात्र नहीं; मेरे कंधे पर हाथ रखकर हाल-चाल पूछते हैं, मेरा और दीपांकर दोनों के नाम तक उन्हें स्मरण हैं।

दूर से ही पहचान गया— पर देखते ही हृदय धक् से रह गया... अरे ये कैसे लग रहे हैं आज— वस्त्र मुड़े-मुचड़े और... केश, सब के सब अचानक श्वेत... न माथे पर मुकुट, न पीछे महानाम बाप्पा, न कोई सैनिक! बाँध से पहले थोड़ी चढ़ाई-सी है— धीरे-धीरे कुछ और निकट आए तो... हे तथागत, यह क्या! हाथों पर रक्त में सनी पट्टियाँ बँधी हैं। साथ में राजसी वस्त्राभूषण में दो खड्ग-धारी युवक... आश्चर्य, इनमें से एक ने बिल्कुल वैसा ही मुकुट पहन रखा है जैसा धातुसेना महाराज पहने रहते थे। देखने में भी कुछ-कुछ उनके ही जैसा लगता है, किंतु बहुत उद्विग्न दिखाई देता है। दूसरा युवक भारी बलिष्ठ शरीर वाला, भीमकाय— उसने महाराज की बाँह क्यों पकड़ रखी है!

तब तक उनलोगों ने भी मुझे देख लिया था।

मैं थरथर काँपने लगा। मन में किसी अबूझ आपदा की आशंका घुमड़ने लगी। मुड़ कर देखा, दीपांकर थोड़ी दूर पर वृक्षों की छाया में विश्राम कर रहा था। मैंने चुपचाप उसे झाड़ियों के पीछे छिप जाने का संकेत किया।

मेरे प्रणाम करते ही महाराज बोले— 'कैसे हो लाहिरू? ...अरे, इतने घबराए हुए क्यों हो... यह तुम्हारे नए महाराज हैं कश्यप महाराज और ये उप-सेनाध्यक्ष कुमार मिगार हैं... प्रणाम करो इन्हें।' मैं अवाक्, किंतु झट से झुककर दोनों के चरण स्पर्श किए।

कुमार मिगार ने मुझे घूरते हुए कहा— 'लगता है तुम धातुसेना महाराज को भली-भाँति जानते हो... इन्होंने संन्यास ले लिया है, यही रहेंगे कल-वेव के वनों में कहीं... तपस्या करेंगे। इनके लिए एक पर्णकुटी बना देना।' मिगार के स्वर से कटाक्ष और अहंकार टपक रहा था। नये महाराज इस सबसे अलग-थलग थोड़ी दूर पर एक शिलाखंड पर बैठे कल-वेव झील को निहारने लगे थे। मैं धातुसेना महाराज और दोनों कुमारों की बातचीत और हाव-भाव से दिगभ्रमित और भयभीत हो उठा था— पूर्व महाराज, नए महाराज, सन्यास, पर्णकुटी, हाथों पर खून सनी पट्टी, बाल सब श्वेत— इकट्ठे इतना सब कुछ मुझसे सँभल नहीं रहा था।

'अब आज तो संभवत: सिद्धा के आश्रम में ही रात बितानी होगी। तुम वहाँ रात रुकते आए हो कभी कभी, नहीं? ...कल बना देना मेरे लिए पर्णकुटी। अभी तो ये जो आज्ञा दें उसका पालन करो,' धातुसेना महाराज ने कहा।

'जो आज्ञा, स्वामी।'

तभी स्वामी मिगार बोल उठे, 'हाँ, तुम्हारी आवश्यकता पड़ सकती है, पर पहले मुझे महाराज से कुछ निजी बातें करनी है। तुम कहीं विश्राम कर लो थोड़ी देर।'

मैं अपनी स्थिति पर मन ही मन गुन-धुन करता थोड़ी दूर जाकर ईंटों की एक थप्पी पर बैठ गया— जाने यह सब क्या हो रहा है! कहीं ये दोनों महाराज को जबरदस्ती तो नहीं उठा लाए... एक मन तो हुआ कि भागकर बच्चे का हाथ पकड़ूँ और दौड़ता निकल जाऊँ हवेली की ओर, किंतु जिस तरह वे लंबे-तगड़े स्वामी बार-बार मेरी ओर देख रहे थे, भागने की हिम्मत नहीं हुई। भीतर से कोई कह रहा था— बेटा लाहिरू, अगर भागे, और इस आदमी ने पकड़ लिया तो प्राण नहीं बचेंगे, न तुम्हारे न दीपांकर के!

अदृश्य सूत्रधार
अनुराधापुर / सन् 478 ई.

कश्यप और शिलाकाल को लेकर महानाम जब अमात्य तुषार के अनुराधापुर निवास पर पहुँचे, तो चारों ओर ऐसा अंधकार और सन्नाटा था जैसे मध्य-रात्रि का समय हो, जबकि सूर्यास्त के बाद दो पहर ही बीते थे।

लोहे के चौकोर टुकड़ों से जड़ा काठ के मोटे पल्लों वाला मुख्य द्वार भीतर से

धातु के कुंडों के अतिरिक्त लोहे के काँटों पर कसकर बिठाए गए बल्लियों की रोक से बंद था; बाहर बड़ा-सा ताला, जैसे अंदर कोई न हो। महानाम ने रुक-रुक कर खटखट खट खटखट खट की श्रृंखला में द्वार खटखटाया— लकड़ी की एक पट्टी सरकी, छोटा-सा छेद खुला। कोई फुसफुसाया 'महानाम'; वे बोले, 'नहीं बाप्पा!' बड़े द्वार के पल्ले में कटा एक-जनिया पट खुला और तीनों अंदर आ गए— एक बड़ा प्रांगण जिसमें भूमि-तल पर चारों ओर घुड़साल और रथों के लिए स्थान था और ऊपर के तल पर आवासीय कक्ष थे। छत की मुँडेरें चार हाथ ऊँची और उन पर धारदार बर्छियाँ जड़ी हुई थीं, मानो वह किसी धनाढ्य भूस्वामी का आवासीय परिसर नहीं कोई कारागार हो। भवन के चारों ओर उद्यान के नाम पर कँटीली झाड़ियों से भरी ख़ाली ज़मीन थी और उसके बाद परिसर का ऊँचा परकोटा।

तुषार ने बाप्पा के चरण स्पर्श किए; युवराज के समक्ष झुकने लगा तो मोगल्लान ने रोक कर गले लगा लिया— तुषार युवराज से दुगुनी आयु का था। बेटी के बलात्कार व हत्या की छानबीन के सिलसिले में बाप्पा ने तुषार की भरसक सहायता की थी। तुषार वह बात कभी न भूला और उन्हें परिवार के सदस्य जैसा आदर-सम्मान देता आया था। वह कल-वेव के निकट जलवेल्ल के एक प्राचीन सामंत परिवार का उत्तराधिकारी था; उसे अपने सूत्रों से पता चल चुका था कि मिगार ही उसकी बेटी का हत्यारा था; देवी वारुणी के प्रभाव से प्रकरण को दबा दिया गया था। तब से वह प्रतिशोध की आग में जल रहा था और मिगार पर कड़ी नजर रखता था।

तुषार जितना कुलीन और शालीन था, उतना ही स्पष्टवादी भी। छूटते ही बोला, 'आप सबका बहुत स्वागत है किंतु बाप्पा... युवराज, आप सबको पहुँचने में बहुत देर हो गई... आज सवेरे मिगार ने कश्यप को नया त्रि-सिंहल नरेश घोषित कर दिया।'

'क्या?' मोगल्लान ने चौंक कर कहा।

'जी... कहने को तो धातुसेना महाराज ने स्वेच्छा से पद त्याग कर कश्यप को अपना उत्तराधिकारी घोषित किया है और स्वयं वानप्रस्थ में एकाकी तप का निर्णय लिया है, किन्तु है यह सब मिगार का षड्यंत्र। सच पूछिए तो स्थिति इतनी भयावह है कि अब तक तो मुझे जलवेल्ल जाकर छिप जाना चाहिए था; किंतु मुझे लगा कि संभवत: आप लोग आएँ इसलिए एक रात और रुक गया। अनुराधापुर में इस समय रहना हमलोगों के लिए प्राणघाती हो सकता है।'

'अमात्य, आपका भवन तो बहुत सुरक्षित जान पड़ता है,' मोगल्लान ने कहा

'युवराज, आप नहीं जानते अनुराधापुर की स्थिति कितनी गंभीर है। मिगार के कम से कम एक सहस्र बाहुबली और गुप्तचर नगर में जहाँ-तहाँ फैले हुए हैं; ऐसे लोगों को ढूँढ रहे हैं जिनसे प्रतिरोध की आशंका है— विशेषकर आपको। यह तो

तथागत की कृपा है कि आप यहाँ तक सुरक्षित पहुँच गए। मेरा परामर्श मानें तो हमें तत्काल जलवेल्ल चले जाना चाहिए। वहीं आगे की रणनीति बनाई जाए। वैसे तो नगर की सीमा से बाहर निकलने में भी कम संकट नहीं।'

मोगल्लान का मुँह उतर गया था।

'मैं तो सोच रहा था कि... कि शिविर में जाकर पता लगाऊँ ...संभवत: कुछ स्वामिभक्त सेनानायक व सैनिक बचे हों तो...'

युवराज की बात तुषार ने बीच में ही काट दी, 'नहीं... नहीं, ऐसा कदापि न कीजिएगा श्रीमन्... वहाँ जाना मृत्यु को आमंत्रित करने जैसा होगा : अधिकतर सेनानायक व सैनिक कब के बिक चुके और जिन पर मिगार को तनिक भी संदेह था उसके बाहुबलियों ने उन्हें नि:शस्त्र करके मुफ्त की मदिरा से बुत कर रखा है। वहाँ से अभी किसी प्रकार के सहयोग की अपेक्षा निरर्थक है।'

'युवराज, अमात्य तुषार ठीक कहते हैं,' बाप्पा गंभीर स्वर में बोले, 'मुझे भी लगता है कि जलवेल्ल के लिए तत्काल प्रस्थान करना ही श्रेयस्कर होगा। जीवित रहेंगे तभी तो आगे संघर्ष करेंगे।'

मोगल्लान का मुख निराशा से निस्तेज हो गया, 'जैसा आपलोग ठीक समझें, किंतु पितृ-राजन व रानी माँ कहाँ हैं यह तत्काल पता लगाना आवश्यक है'

'मैं अपने कुछ लोगों को यहाँ छोड़ दूँगा। वे पता लगाने का प्रयास करते रहेंगे, और जैसे ही कुछ जानकारी मिलेगी, एक अश्वारोही जलवेल्ल के लिए रवाना कर देंगे,' तुषार बोला, और बाहर जाकर प्रस्थान की व्यवस्थाओं में लग गया।

यह एक दैवी संयोग ही था कि हम सभी लोग तत्काल प्रस्थान के प्रस्ताव पर एक-मत हो गए थे।

मोगल्लान

जलवेल्ल / सन् 478 ई.

अमात्य तुषार की हवेली एक छोटा-मोटा दुर्ग ही था; जलवेल्ल की आबादी से बाहर साल के ऊँचे-ऊँचे वृक्षों के घने जंगल के बीच जलवेल्ल झील के किनारे, दो-दो हाथ मोटी दीवार वाले उस विशाल भवन के चारों कोनों पर बुर्ज थे, जिन पर से दूर-दूर तक की आवा-जाही पर नज़र रखी जा सकती थी।

जब हम वहाँ पहुँचे तो आधी रात हो चुकी थी। सामने के चौकोर प्रांगण में प्रवेश करते ही मुख्य भवन से किसी के ज़ोर-ज़ोर से रोने की आवाज़ सुनाई दी। अमात्य तुषार ने द्वारपाल की ओर देखा।

'दीपांकर है, स्वामी, कुछ ही समय पहले बुरी तरह बदहवास दौड़ता हुआ

आया और गिरकर अचेत हो गया... प्रबंधक और बाक़ी सब लोग उसे देख रहे हैं। होश में आया तब से तात्ता... मेरे तात्ता करता हुआ रो रहा है, और कुछ बोलता ही नहीं।'

'लाहिरू कहाँ चला गया?' हम सब तेज़ी से डग भरते हुए अंदर घुसे, भूमि पर बैठे तीन-चार लोग एक चौदह-पन्द्रह साल के तरुण को चुप कराने के प्रयास में लगे थे। रो-रो कर उसका मुँह आँसुओं और राल से भीग गया था— वह अब भी तात्ता... तात्ता चिल्लाता रो रहा था।

'क्या हुआ लाहिरू को, दीपांकर?'

तुषार की आवाज़ सुनते ही दीपांकर उछलकर उसके चरणों पर आ गिरा 'स्वामी...हः हः हः...'

'रोना बंद करके कुछ बताओगे, तभी तो मदद कर सकेंगे न।'

बहुत पुचकारने पर दीपांकर चुप हुआ... और तब उसने जो बात बताई वह सुनकर एक क्षण को हमलोग हक्के-बक्के रह गए। ...फिर ज़ोर की अफ़रा तफ़री मच गई! उस रात की घटनाएँ मैं ही क्यों, वहाँ उपस्थित लोगों में से कोई भी आजीवन नहीं भूल पाएगा— जब जब याद आएँगी हमारे रोंगटे खड़ी कर जाएँगी।

दीपांकर की बात सुनते ही हम सब उठकर भागे। तुषार की हवेली के सब कर्मचारी हाथों में मशालें, गैंतियाँ, कुल्हाड़ी लेकर हमारे साथ थे। हम ऐसे भाग रहे थे मानो कोई मानुषखोर हमारा पीछा कर रहा हो।

दो पहर के बाद जब हम लौटे तो सूर्योदय हो चुका था। हमारे हृदय क्लेश और हताशा से फटे जा रहे थे; फिर भी मैंने तुषार से कहा, 'अमात्य, इस बच्चे की गवाही लिख लीजिए और सुननेवालों के हस्ताक्षर करा लीजिए... आनेवाली पीढ़ियों के लिए उन दोनों के लोभ और पाप का कोई अभिलेख तो रहना चाहिए।'

दीपांकर का साक्ष्य अर्थात्
कल-वेव पर पिशाच-लीला

''मैं दीपांकर वल्द लाहिरू शपथपूर्वक बयान देता हूँ—

मैं अपने तात्ता की प्रत्येक आज्ञा का अक्षरशः पालन करता आया हूँ— जब उन्होंने इशारा किया तब मैं जहाँ था, वहीं झाड़ियों के पीछे छिपकर बैठ गया। दस हाथ की दूरी पर धातुसेना महाराज के साथ वे लंबे-तगड़े खड्गधारी कुमार थे जिन्हें सब मिगार कह कर पुकार रहे थे। थोड़ी दूर पर महाराज धातुसेना वाला मुकुट पहने दूसरे स्वामी पत्थर पर बैठे थे। उन्हें वे दोनों कश्यप बुला रहे थे। वे उदास बैठे कल-वेव तालाब को देखे जा रहे थे।

मैं धातुसेना महाराज को भली-भाँति पहचानता था... जब भी आते तो मेरे सिर पर हाथ फेर कर आशीष देते थे। ये बाप्पा भी उनके साथ होते थे (महानाम की ओर इशारा करता है)। उन दूसरे स्वामियों को पहली बार ही देखा था।

मिगार नामी स्वामी ने तात्ता को कहा यहीं रहना, पहले मुझे महाराज से कुछ बात करनी है। तात्ता कुछ दूरी पर ईंटों की एक थप्पी पर बैठ गए। उनके जाते ही स्वामी मिगार ने कड़क कर महाराज से कहा, 'दिन ढलने को आया, जल्दी बता कहाँ गड़ी है वह संपदा जो सिद्धा ने दिखाई थी।'

धातुसेना महाराज ने कल-वेव की ओर देखते हुए कहा, 'ये तो रहा तुम्हारे सामने! बहुत देर से लाए... सूर्योदय के समय आते तब देखते इसकी अलौकिक छटा... जैसे कोई सुनहरी चादर बिछी हो।'

मुझे कुछ ठीक से समझ में नहीं आया कि वे क्या कह रहे हैं।

स्वामी मिगार उन्हें अविश्वास और क्रोध से देखते हुए बोले, 'बकवास मत कर, जल्दी बता वह ख़ज़ाना कहाँ गड़ा है, नहीं तो अच्छा न होगा।'

'मैं बिल्कुल सच बोल रहा हूँ— यही है वह संपदा जो सिद्धा ने दिखाई थी। बाँध और नहरें बन जाएँ तब देखना... आसपास की भूमि सोना उगलने लगेगी।'

'तो नहीं बताओगे,' स्वामी मिगार ने दाँत पीसते हुए धातुसेना महाराज की बाँह पकड़ कर उन्हें इतनी ज़ोर से झिंझोड़ा कि वे कराह उठे। मेरी आँखों में भी आँसू आ गए— धातुसेना महाराज मुझे बहुत मानते थे।

'मैं सच कहता हूँ, इसके अलावा और कुछ नहीं जानता।'

'पर मैं जानता हूँ— तू सब कुछ अपने प्यारे मोगल्लान के लिए छिपाए रखना चाहता है। अब भी बता दे नहीं तो विवश होकर पुनः यंत्रणा देनी होगी।' धातुसेना महाराज असहाय भाव से उन्हें देखते रहे। स्वामी मिगार क्रोध से काँपते हुए बोले, 'अभी देखता हूँ कैसे नहीं बताता... कश्यप यहाँ आओ...

वह दूसरे स्वामी जब पास आए तो मिगार ने कहा, 'कुछ नहीं बताता है। मुझे तो पहले ही आश्चर्य हुआ था... यह सब कुछ उस गधे मोगल्लान के लिए ही छिपा रखना चाहता है। देखा नहीं, उस दिन भी कैसे मुकर गया। ...मैं अभी इसे बाँध की दीवार में चुनवाना शुरू करता हूँ, ईंटों के घुटने तक आते-आते सब कुछ उगल देगा डर के मारे।'

'क्या कहते हैं? मुझे तो कहा था कल-वेव ले चलो तो दिखा दूँगा जो सिद्धा ने बताया था,' मुकुट वाले स्वामी अनमने भाव से बोले।

'कहता है बहुत देर से लाए, सूर्योदय के समय सोने की चादर जैसा दिखता है पानी।' मिगार ज़ोर से हँसे पर उनका मुँह क्रोध से लाल था।

महाराज को दीवार में चुनवाने की बात सुनकर मैं भय से काँपने लगा। ...मन

हुआ कि दौड़कर तात्ता के पास चला जाऊँ, पर हिम्मत नहीं हुई।

'मुझे तो नहीं लगता कि बिना भय के यह हमारी बात सुनेंगे, किंतु त्रि-सिंहल नरेश अब आप हैं, बताइए क्या करना है... इन्हें या तो वापस ले जाकर अस्थिभंजक पर डालें, या फिर दीवार में चुनवाना शुरू करें— दोनों ही स्थितियों में आधे रस्ते ही तोते की भाँति बोलना शुरू कर देंगे,' स्वामी मिगार के मुख पर भयानक विद्रूप था। धातुसेना महाराज घबराए-से दोनों के मुँह बारी-बारी से देख रहे थे, गिड़गिड़ाते हुए से बोले— 'महाराज तो तुम घोषित हो ही चुके हो, कश्यप। मोगल्लान के लिए क्यों छिपाऊँगा कुछ... तुमलोगों ने कहा था न, पर्णकुटी बनवा दोगे; मैं वन में रहने के लिए तैयार हूँ...बड़ा अच्छा होगा, रोज़ कल-वेव पर सूर्योदय होते देख सकूँगा। मैं तुमलोगों के बीच बिल्कुल नहीं पड़ूँगा— मोगल्लान वापस आए तो तुम दोनों आपस में निपट लेना... मिगार, तुम क्यों भड़का रहे हो महाराज को, मुझे दीवार में जीवित चुनावाने के लिए!'

'देख रहे हो न इनके बोल, कश्यप, तुम्हारे महाराज होने का समर्थन करने के बदले कह रहे हैं— मोगल्लान आए तो आपस में निपट लेना... वाह मामा वाह! ...हाँ, कश्यप महाराज, क्या करूँ आगे?'

'हाँ, इनके मन से मोगल्लान का मोह कम नहीं हुआ। ...किन्तु सिद्धा ने ख़ज़ाना जब यहाँ दिखाया था तो इन्हें वापस ले जाने में क्या तुक है! तुम जैसा ठीक समझो, करो। मेरे सर में दर्द हो रहा है, मैं थोड़ी देर उधर बैठता हूँ।' स्वामी कश्यप फिर उस पत्थर पर जा बैठे।

स्वामी मिगार ने जैसे ही सुना 'तुम जैसा ठीक समझो करो' उनकी आँखें चमक उठीं जैसे गड़ा हुआ ख़ज़ाना उन्हें मिल चुका हो। उन्होंने तत्काल अपने कंधे पर लटके एक थैले से चार बड़ी कीलें और रस्सी निकाली, मानो पहले से तैयारी करके आए हों। तात्ता को इशारे से पास बुलाया। तात्ता डर के मारे थरथर काँप रहे थे हालाँकि तब तक दीवार में चुनवाने वाली बात का उन्हें पता भी न था।

बाँध की मज़बूती के लिए तीन-चार हाथों की दूरी पर दीवार से बाहर को निकलते हुए खंभे बने हुए थे।

'हाँ, क्या नाम बताया था अपना?'

'जी, लाहिरू।'

'हाँ लाहिरू, ...हथौड़ा दे ज़रा।' मिगार स्वामी ने एक बार महाराज को ध्यान से देखा और एक खाँचे में चार कीलें ठोक दीं— दो ऊपर और दो नीचे।

'मिगार... कश्यप, तुम दोनों पागल तो नहीं हो गए?' धातुसेना महाराज बेतरह घबरा कर चिल्लाए— वे समझ गए थे कि मिगार स्वामी के मन में क्या है। किंतु स्वामी कश्यप दूसरी ओर मुँह किए अपनी कनपटियाँ उँगलियों से दबाते रहे।

मिगार स्वामी ने महाराज की बात पर कोई ध्यान न दिया, उनके हाथ-पैर ज़बरदस्ती कीलों से बाँध दिए— ऐसा लग रहा था जैसे महाराज बिना पल्लों की अलमारी में बँधे खड़े हों। जुगुप्सा और डर के मारे मेरी घिग्घी बँध गई, लगा, मुँह से चीख़ निकल जाएगी।

'नीचे से दीवार उठाना शुरू कर, लाहिरू।'

आदेश सुनते ही तात्ता दंडवत लेट गए, मिगार स्वामी के पैरों पर सर रख दिया, 'स्वामी, मुझसे यह मत करवाइए...मैं जीते जी मर जाऊँगा,' तात्ता हाहाकार करते हुए रोने लगे।

'अरे.. अरे, क्या करता है, उठ,' उन्होंने तात्ता को एक झटके में खींच कर उठा लिया, 'तू क्यों डरता है, इन्हें केवल धमका रहे हैं... सचमुच दीवार में थोड़ी न चुनवा देंगे। चल, काम शुरू कर।'

'स्वामी...माई-बाप...मुझसे...

'अब एक बार भी मना किया तो तेरे प्यारे धातुसेना महाराज का सिर उड़ा दूँगा, इसी क्षण,' उन्होंने सहसा अपना खड्ग निकाल कर महाराज के कंठ पर रख दिया।

मेरे तात्ता ने दीवार जोड़नी शुरू कर दी। जगह ही कितनी सी थी, और फिर पीछे से स्वामी मिगार तलवार की नोक से उनकी पीठ गोदते हुए कह रहे थे— जल्दी जल्दी हाथ चला।

थोड़ी ही देर में दीवार कमर तक उठ आयी। कश्यप स्वामी की ओर देखते हुए महाराज धातुसेना व्यग्र होकर चिल्लाए, 'कश्यप मेरे पुत्र, विश्वास कर, इस कल-वेव के अलावा सिद्धा ने मुझे कुछ नहीं दिखाया था... मिगार तुझे बरगला कर अपनी माँ का बदला ले रहा है, लेकिन तू मुझसे किस बात का बदला ले रहा है? बात सुन, मैं तो..., कश्यप स्वामी फिर भी सिर हाथों में लिए दूसरी ओर को ही देखते रहे, जैसे कुछ न सुना हो।

मिगार स्वामी धीरे से हँसे और अपना मुँह महाराज के मुख के बहुत निकट ले जाकर फुसफुसाए 'वह भी अपनी माँ का बदला ले रहा है मामे!'

बीच-बीच में मिगार स्वामी महाराज से पूछते रहे, 'रुकवाऊँ दीवार? अब बताएगा?' लेकिन दूसरी तरफ़ तात्ता की पीठ भी गोद-गोद कर लहूलुहान कर दी।

जब ईंटों की केवल एक ही पंक्ति लगनी बच रही, महाराज धातुसेना ज़ोर से चिल्लाए,

'कश्यप, तुझसे बिल्कुल सच कहा था, हमदोनों एक दूसरे को बहुत प्रेम...'

'मामा, बकवास बंद कर, वह ख़ज़ाना कहाँ है यह बताना हो तो ठीक, नहीं तो चुप रह।' मिगार स्वामी की गर्जना में महाराज की पुकार दब गई।

'स्वामी, अब और नहीं होगा मुझसे...,' तात्ता बोले।

मिगार स्वामी ने खड्ग की नोक से तात्ता की पीठ पर गहरी रेखा खींच दी।

'होगा कैसे नहीं? तू क्यों जान देने पर तुला है... और नहीं, तुझे मरने की लगी है तो बाक़ी का काम अब मैं स्वयं कर लूँगा।' फिर कश्यप स्वामी की ओर मुड़कर चिल्लाए, 'कश्यप महाराज, यह तो कुछ नहीं बता रहा... ईंटों की एक ही पंक्ति रहती है। यह भी लगवा दें या निकालें इन्हें... जैसा आप कहें। ...कह रहे थे मोगल्लान आएगा।'

मिगार स्वामी की आख़िरी बात बिल्कुल झूठ थी, ऐसा धातुसेना महाराज ने नहीं कहा था।

मोगल्लान का नाम सुनते ही कश्यप स्वामी बोले, 'लगा दो ... लगा दो, वह आख़िरी पंक्ति भी लगा ही दो। इन्हें कल-वेव पर सूर्योदय देखना बहुत अच्छा लगता है न, यहाँ खड़े खड़े देखते रहेंगे।'

अकस्मात् मिगार स्वामी ने उनके पैरों के पास उकड़ू बैठ कर विनती करते तात्ता के मुँह पर इतने ज़ोर की लात मारी कि मुझे लगा जैसे वह मेरे मुँह पर लगी हो। मैं अचेत हो गया।

जब होश आया तो देखा चारों तरफ घना अँधेरा था। ऐसा लगा जैसे आस-पास कोई नहीं है। मैं सरकता हुआ उस पलस्तर-बंद खाँचे तक गया— डरते-डरते छूकर देखा तो मसाला पत्थर जैसा कठोर पड़ चुका था। तब तक मेरी दृष्टि अंधकार की अभ्यस्त हो गई थी। तात्ता कहीं दिखाई न दिए और न वे दोनों स्वामी। कितना समय बीत गया होगा, कुछ पता नहीं चल रहा था। क्या धातुसेना महाराज को उन्होंने दीवार में जीवित ही चुन दिया था... सहसा मैं बहुत डर गया और बेतहाशा हवेली की ओर दौड़ने लगा।''

महानाम

कल-वेव पर दाह संस्कार / सन् 478 ई.

एक पहर बाद हम दस-बारह जनों की टोली वहाँ पहुँची तब तक बहुत देर हो चुकी थी। धातुसेना महाराज का शरीर खाँचे के ऊपरी भाग को तोड़कर निकाला गया तो उसकी दशा देखकर हृदय छलनी हो गया— हम सब फूट-फूटकर रो पड़े। मोगल्लान का रोना मुझसे देखा न जा रहा था, मैंने बड़ी कठिनाई से उन्हें सँभाला। महाराज की आरक्त खुली आँखें मैंने हथेली से बंद कर दीं— हे तथागत, मेरे बचपन के मित्र, मेरे स्वामी को अपने चरणों में स्थान दीजिएगा।

विलाप करते हुए मोगल्लान को बाँहों में लेकर किसी तरह ढाढ़स बँधाया— पूर्व जन्म का श्राप होगा, महाराज, धीरज धरिए। अपना कर्म कीजिए'

थोड़ा ढूँढने पर ही कल-वेव के किनारे लाहिरू का शव भी मिल गया। दीपांकर चीख़ मारकर उससे ऐसा चिपटा की लोगों ने बड़ी कठिनाई से अलग किया। वह फिर अचेत हो गया।

वन में कुछ दूर आगे जाकर दोनों की चिता तैयार हुई। दाह-संस्कार ख़त्म होते-होते तक सूर्य की पहली किरणों से कल-वेव की सतह वास्तव में रक्ताभ स्वर्णिम हो उठी थी। मोगल्लान ने महाराज की चिता के एक कोने से राख उठाकर अपने माथे पर मल लिया। वे संयत हो चुके थे किन्तु उनके मुख पर विषाद की ऐसी छाया थी जिसे मैं कभी भूल न पाया। वह कुछ बुदबुदा रहे थे जैसे किसी मंत्र का जाप कर रहे हों।

वापस लौटने से पहले तुषार के लोगों की मदद से हमने खाँचे को इस तरह भरवा दिया कि किसी को यह पता न चले कि हम वहाँ आए थे। सूर्योदय के एक पहर बाद हम अमात्य तुषार की हवेली पर लौट आए।

'मोगल्लान महाराज, अब आपको बहुत सोच समझकर और हृदय को कड़ा करके निर्णय लेने होंगे। अभी यहाँ जो स्थिति है उसमें जलवेल्ल में भी अधिक दिनों तक आपका सुरक्षित रहना कठिन है,' तुषार ने कहा।

मोगल्लान ने मेरी ओर देखा।

'महाराज, मेरा मत भी यही है। ...इस समय आपका सिंहल द्वीप में रहना निरापद नहीं; जंबूद्वीप जाकर पल्लव महाराज से सेना माँगने के अतिरिक्त और कोई विकल्प नहीं दिखाई देता। मैं समझता हूँ हमें तत्काल जम्बूकोला के लिए रवाना हो जाना चाहिए।'

'मेरे एक निकट संबंधी का जंबूद्वीप से व्यापारिक संबंध है; उसके समुद्री यान पल्लव देश आते-जाते रहते हैं। उनमें से किसी पर महाराज को छद्म वेश में वहाँ पहुँचाया जा सकता है,' तुषार ने कहा। अंततः वही निर्णय हुआ।

'मैं और शिलाकाल कुछ दिनों तक नागद्वीप महाविहार में अज्ञातवास करेंगे और आपसे उसी व्यापारी के यानों के माध्यम से संपर्क में रहकर यहाँ की सूचनाएँ व यथासंभव वित्तीय सहायता भेजने का प्रबंध करेंगे। तुषार अनुराधापुर और जलवेल्ल के बीच आता जाता रहेगा और गुप्त सूचनाएँ एकत्रित करने में सहायता करेगा।'

मोगल्लान मेरी बातें सुनते हुआ सिर हिलाते रहे, फिर बोले, 'बाप्पा, आपका परामर्श मेरे लिए अब पिता के आदेश समान है, किंतु आप तीनों को एक वचन देना होगा— मैं जानता हूँ कि अब मिगार कश्यप पर निशाना साधेगा... मुझे वचन दें कि कश्यप को मेरे लिए बचा कर रखेंगे, उससे बदला मैं लूँगा। ...शिलाकाल, तुम बाप्पा की भरसक मदद करना... मैं बहुत जल्द वापस आऊँगा... और हाँ, तुषार, आपसे भी कुछ माँगना है— दीपांकर और मैं दोनों ने एक ही दिन अपने अपने पिता

को खोया— अब यहाँ उसका कोई नहीं। मैं उसे साथ ले जाऊँ तो आपको कोई आपत्ति तो नहीं?'

'महाराज, मुझे लज्जित न करें, धातुसेना महाराज के बाद हमारे त्रि-सिंहल नरेश आप ही तो हैं, चाहे कहीं भी रहें। दीपांकर को अवश्य अपने साथ ले जाएँ और हमारे वचन भी। महानाम और शिलाकाल ने भी सहमति में सिर नवाए।

हमने संध्या की प्रतीक्षा भी नहीं की— निर्णय होने के तत्काल बाद जम्बूकोला के लिए रवाना हो गए। संयोगवश उसी रात एक यान कौरीकुट्टवन के पत्तन से कांचीपुरम के लिए रवाना हो रहा था। हम तीनों अश्रुपूरित नेत्रों से यान को देखते रहे जब तक वह दृष्टि से ओझल नहीं हो गया।

समुद्र तट पर भीड़ में हम तीनों की लंबी चौड़ी काया को बहुत से लोग मुड़-मुड़ कर देख रहे थे, किंतु जल्द ही हमलोग रात के अँधेरे में ग़ायब हो गए।

धातुसेना महाराज की चिता पर प्रतिज्ञा केवल मोगल्लान ने नहीं की थी, हम तीनों ने भी कुछ प्रण किए थे। मोगल्लान को अपनी प्रतिज्ञा पूरी करने में अट्ठारह वर्ष लग गए, किंतु हम तो उसी रात से उस दिशा में चल पड़े थे।

त्रि-सिंहल नरेश कश्यप महाराज
अनुराधापुर / सन् 478 ई.

मेरे महाराज घोषित किए जाने का वह दिन एक अंतहीन दुःस्वप्न था।

कल-वेव बाँध पर का वह दृश्य उसी का एक हिस्सा है, जिसे मैं कभी नहीं भुला सका। कभी-कभी लगता है कि वह सब कुछ जो मैंने कहा-किया, वह मैं नहीं कोई और था; कभी लगता है उससे बड़ा सत्य मेरे जीवन में घटा ही नहीं...

धातुसेना महाराज के दीवार में चुनवा दिए जाने में सहमति... क्या मैं ने ही दी थी! लेकिन वह तो हो चुका था।

मिगार ने उस बिलखते हुए चूनम-कारीगर को सांत्वना देते हुए जो कहा था, वह भी मैंने ही सुना था?

'तू क्यों रोता है, चल, हाथ-मुँह धो ले। तुझे हमारे साथ चलना है।' वन-खंड पर साँझ उतर आई थी। लाहिरू को कल-वेव के किनारे तक ले जाने की कोई ख़ास ज़रूरत नहीं थी— वहाँ और कोई तो था नहीं। और फिर वह तो स्वयं ही रो-रो कर अपनी भागीदारी का दंड माँग रहा था— 'स्वामी, महापाप हो गया मुझसे, अब जीने का कोई अधिकार नहीं मुझे...हाथ-मुँह क्या धोना, मेरा सिर काट दीजिए यहीं पर...।'

किंतु जिजीविषा की एक किरण तो थी बची। भले ही जबरदस्ती ले जाया

गया हो, पर वह मान गया। ...घुटनों के बल बैठा अपने मुँह पर पानी की छींटे मार रहा था, जब सहसा मिगार ने पीछे से उसकी गर्दन काट दी... उसका धड़ थोड़ी देर छटपटाया, फिर पानी में समा गया।

मुझे लगा कि अब ऊपर आकर मिगार मुझे भी मार डालेगा; यद्यपि मेरे पास भी खड्ग था, शस्त्र विद्या भी आती है, किंतु एक बार भी हाथ तलवार की मूठ की ओर नहीं गया। मैं मूक पत्थर पर बैठा रहा। फिर ज़ोर-ज़ोर से रोने लगा। मिगार अपना खड्ग धोकर ऊपर आया, बड़े स्नेह से मेरा सिर थपथपाता हुआ बोला, 'अरे किशु, तू क्यों रोता है ...यह तो आवश्यक था।'

'हमने जो भी कहा, इसने कर दिया फिर क्यों...'

'अरे, तुझे कुछ समझ में नहीं आता— एकमात्र प्रत्यक्षदर्शी साक्षी था वह कारीगर। अब तुझे कोई पितृहंता नहीं कह सकता। तू सबसे यही कहना— महाराज की इच्छानुसार उन्हें वन में तप के लिए छोड़ आए हैं; चल उठ अब।'

पितृहंता! तो क्या लोग पितृहंता भी कहेंगे मुझे? यह तो ठीक से सोचा भी नहीं था!

मेरा मन एकदम से अनाश्वस्त हो उठा।

अनुराधापुर लौटते-लौटते रात का तीसरा पहर हो चला था। मिगार अपने भवन में रथ से उतर गया बोला— 'अब जा विश्राम कर। दो-तीन दिन हम केवल आराम करेंगे; कल सवेरे दर्शनी मंडप भी न जाना; एक-दो दिनों के बाद भी जाएगा तो चलेगा। चिन्ता मत कर, सब ठीक हो जाएगा।'

मैं जब अपने कक्ष में लौटकर बिस्तर पर लेटा तो जागती आँखों के दुःस्वप्न मेरी नींद में उतर आए। ...हवा में उड़ता हुआ खड्ग कभी सुदाथ का सिर काटता दिखाई देता, तो कभी लाहिरू का और कभी मेरा। चलानेवाला कोई नहीं!

उसके दो दिनों बाद उड़ती हुई तलवार वास्तव में बिना किसी के चलाए चलने लगी, और कई सप्ताह ऐसे चलती रही कि मुझ पर मिगार का शिकंजा ढीला पड़ गया।

मिगार
अनुराधापुर / सन् 478 ई.

दासी पुत्र शासन के चौथे दिन आज सुबह कश्यप जब दर्शनी मंडप पर गया तो पीछे द्वार पर खड़ा मैं भी देख रहा था। प्रांगण खचाखच भरा था। अभी हाथ उठाकर आशीर्वचन का पहला शब्द उसने उच्चारित भी न किया था कि पीछे से कई लोग समवेत स्वर में चिल्ला उठे— पितृहंता... पितृहंता, धातुसेना महाराज कहाँ हैं? उन्हें लाओ... और

भी स्वर जुड़ गए... पितृहंता... पितृहंता! भीड़ की प्रतिक्रिया से केवल कश्यप ही नहीं, मैं भी बेतरह चौंक उठा। पुर-वासियों को कैसे पता चल गया, इतनी जल्दी!

कश्यप ने किसी तरह आशीर्वाद के वे तीन शब्द बोले और कक्ष-द्वार की ओर मुड़ गया। उसका मुख क्रोध से आरक्त था, और जिस तरह उसने मेरी तरफ़ देखा उससे स्पष्ट था कि उसे मेरे लोगों पर संदेह था। कक्ष में आते ही वह फुँफकारता हुआ-सा बोला— 'नगर-वासियों को इतनी जल्दी जानकारी किसने दी?'

'मैं स्वयं भी यही सोच रहा था किशु...पता लगाना होगा।'

वह और क्रुद्ध होकर बोला, 'किशु किशु मत करो, पता लगाना होगा तो लगाओ पता!'

उसकी इस तीखी प्रतिक्रिया से क्षण भर को मैं स्तब्ध रह गया, फिर मुझे भी क्रोध आया,

'तुम भी केवल महाराज मत बनो, स्वयं भी करो कुछ।'

जब तक हम राज-खंड की बैठक तक पहुँचे, हमदोनों ही कुछ संयत हो चुके थे।

'तीन ही दिन पहले की तो बात है, और कोई गवाह नहीं ...यह हुआ कैसे? क्यों चिल्लाए वे पितृहंता... पितृहंता,' उसने पूछा।

'यही तो मैं भी समझ नहीं पाया किंतु चिंता मत करो, मैं अभी पता...'

मेरी बात अभी पूरी भी न हुई थी कि मेरा एक विश्वस्त गुप्तचर बिना अनुमति के ही झटकते हुए घुस आया। उसके मुँह पर हवाइयाँ उड़ रही थीं। झुककर मेरे कान में फुसफुसाने लगा...

'क्या...क्या कहा तुमने? पुर-वासियों की इतनी हिम्मत नहीं हो सकती। यह उनका काम नहीं लगता।' मैं चौंक कर बोला तो कश्यप ने भी विचलित स्वर में पूछा, 'क्या हुआ, मिगार, क्या बात हो गई?'

'नगर-प्रांगण की भीड़ जिन गलियों से होकर गई, कुछ देर बाद वहाँ मेरे अर्ध-सैनिक बल के दो लोगों के क्षत-विक्षत शव मिले हैं... मुझे स्वयं जाकर देखना होगा... मैं आता हूँ।'

मैं तेज़ क़दम उस गुप्तचर के साथ बैठक से निकल आया।

अब मुझे यह संदेह होने लगा था कि कहीं इस सब के पीछे स्वयं कश्यप ही का हाथ तो नहीं! हो सकता है कायर और दुर्बल होने का नाटक कर रहा हो, क्योंकि इसके अलावा तो कल-वेव में कोई था ही नहीं। एक वह चूनम कारीगर था, सो उसको मैं ठिकाने लगा ही आया था। तो फिर यह बवाल मचा कैसे?

कश्यप महाराज
अनुराधापुर / सन् 478 ई.

मिगार के जाने के बाद मैं अपने कक्ष में लौट आया। दिन का समय और राजकाज में व्यस्त होने के बदले बिस्तर पर शून्य को निहारता सोच रहा हूँ— यह तो अच्छा त्रि-सिंहल नरेश बना मैं! न स्वागत न अभिनंदन, न महामात्य-अमात्यों के साथ दरबार में विचार-विमर्श, न नाच-रंग न आखेट-भ्रमण! तो है क्या यह? पिछले सप्ताह की घटनाओं की स्मृतियाँ उत्तरोत्तर मेरे मन को ग्लानि और आशंकाओं से भरती जा रही हैं... नगर-वासियों में हर्षोल्लास के स्थान पर धिक्कार; जयघोष के बदले पितृहंता... पितृहंता के नारे। फिर मन के एक कोने से वही दूसरा स्वर— लोग तो कहेंगे ही पितृहंता! पिता की हत्या करने वाले पुत्र के लिए यही शब्द प्रयोग होता है भाषा में; तो क्यों नहीं कहेंगे तुम्हें पितृहंता...

किंतु समझ में नहीं आता कि इतनी जल्दी मेरे पाप का भांडा फूट कैसे गया। अवश्य यह किसी नये षड्यंत्र का पुरोवाक् है; और मेरे जानते इस समय अनुराधापुर में सब षडयंत्रों का प्रणेता तो एक मिगार ही है!

मिगार का ध्यान आते ही पिछले दिनों में उसके चुभते हुए व्यंग्य बाण के टुकड़े भी टीसने लगते हैं मन में— गधे तो तुम भी कम नहीं हो, तुम्हें मारना चाहता तो कभी का मार चुका होता... हाँ, ऐसा भी हो सकता था...

तो क्या कोई अवसर मिले तो मिगार मार डालेगा मुझे? ...हाँ, क्यों नहीं... त्रि-सिंहल में ऐसे एक नहीं कई-एक महाराज हुए हैं जिन्होंने मात्र कुछ सप्ताह या कुछ महीने ही राज किया, फिर मार डाले गए... तुम क्यों नहीं हो सकते हो उनके जैसे।

सोचता हूँ मुझे हमेशा सावधान रहना होगा। सोते समय तलवार बिस्तर के पास तख़्त पर, कटार तकिये के नीचे। ...किंतु यह तो विचित्र स्थिति है— राजधानी का कोई गणमान्य व्यक्ति मुझे मिलने नहीं आ सकता। मिगार के लोग द्वार पर ही रोक देंगे। निजी परिचारक के अतिरिक्त मेरा कोई अंगरक्षक नहीं। जो हैं सब मिगार की निजी सेना के गुप्तचर हैं। ...मुझे रात को अपना कक्ष बंद करके सोना चाहिए। धातुसेना महाराज के द्वार की तरह ठोकर मारते ही न खुल जाए। अर्थात् कारागार के अंदर भी कारागार! ...कभी पिता की घबराई हुई पुकार के टुकड़े याद आते हैं... तुम क्यों चुप खड़े हो पुत्र क्या तुम भी... पर तुम किस बात का बदला ले रहे हो मुझसे... हमदोनों एक दूसरे से बहुत प्रेम करते थे...

मुझे उनके लिए कुछ ठोस करना चाहिए था। आह! बहुत छल किया है मैंने अपने साथ— माँ के बलात्कार और गड़े ख़ज़ाने की पूछताछ तो शायद केवल बहाने थे— सच तो यह है कि अपनी महत्वाकांक्षा के लिए पिता की हत्या का सहभागी

बन गया मैं। सो भी इतने भयावह ढंग से! ...कुछ तो कर ही सकता था।

मैं निकम्मा हूँ तभी तो मिगार ने कहा— तुम भी केवल महाराज मत बनो, स्वयं भी करो कुछ...

हाँ, मुझे भी कुछ करना चाहिए। न किया, तो मेरा पत्ता कभी भी साफ़ हो सकता है।

ख़ाली दिमाग़ शैतान का डेरा! न जाने और क्या-क्या विचार आते मन में किंतु तभी सौंदर्या आ गई— दरवाज़ा थोड़ा-सा अलगा कर झाँकते हुए पूछा, 'महाराज, मैं अंदर आ सकती हूँ?'

अदृश्य सूत्रधार
अनुराधापुर / सन् 478— 479 ई.

अगले तीन महीनों में अनुराधापुर के परिदृश्य में बहुत से परिवर्तन आ गए और आगे के छः महीनों में उससे भी अधिक।

मोगल्लान के समुद्र-यान के ओझल होते ही महानाम, तुषार और शिलाकाल जम्बूकोला के डेरे में लौट आए।

'अमात्य तुषार, अब आपके बदला लेने का समय आ गया है— कोई जाँच-पड़ताल, कोई गवाह, कोई न्यायालय आड़े नहीं आएगा; आप प्रतिशोध के लिए सब कुछ दाँव पर लगाने को हैं तैयार? यदि नहीं, तो मुझे अपने अनिकेत के लिए अकेले ही लड़ना होगा,' महानाम ने कहा।

तुषार और शिलाकाल अनिकेत का नाम सुनकर चौंक उठे, 'अनिकेत! उसे क्या हुआ?'

'मिगार ने उसे मार डाला... इस षड़यंत्र में।'

'बाप्पा, आप आदेश कीजिए, मैं तन-मन-धन से आपके साथ हूँ,' तुषार ने कहा।

'तो फिर मेरा सुझाव है कि गुप्त रूप से हिंसा और विध्वंस करने में निपुण अपने कुछ गुप्तचरों को तत्काल अनुराधापुर के लिए रवाना कीजिए; रातों-रात वहाँ पहुँचकर आपके अन्य सहयोगियों की सहायता से पुर-वासियों के रोष को मुखर करें...नगर प्रांगण में प्रात:दर्शन के दौरान कुछ आकस्मिक आक्रोश प्रदर्शन के बाद तीन-चार दिनों तक मिगार के जितने बाहुबलियों को मार सकें, मार गिराएँ। किंतु बहुत सावधानी से, अकेले में, जब पकड़े जाने की आशंका न हो। सामान्य सैनिकों को नहीं मारना है... संदेश यह देना है कि कश्यप स्वयं ही परिस्थितियों से विवश

है। उसको पिता की हत्या के लिए मिगार ने उकसाया। पहले तीन–चार दिन यह काम आपके लोग करें, अमात्य, इतने में कुमार शिलाकाल रुहुन की सेना में से सौ–दो सौ छापेमार सैनिक ले कर आ जाएँगे। अनुराधापुर से दक्षिण के जंगलों में डेरा डालकर मिगार के बाहुबलियों में आतंक फैलाने के काम को आगे बढ़ाएँगे।'

'पर इस सब का उद्देश्य क्या है, बाप्पा?

'लक्ष्य यह है कि उनका मनोबल क्षीण हो जाए और वे उसे छोड़कर भागने लगें। जब आप संतुष्ट हो जाएँ कि ऐसा हो गया है, तो झूठी अफवाह फैलाएँगे कि दक्षिण से एक बड़ी सेना किसी भी समय अनुराधापुर पर आक्रमण कर सकती है। यदि मिगार चकमे में आकर युद्ध को निकल पड़े तो उसे चारा दे–दे कर रुहुन तक खींच ले जाएँगे और घेर कर मारेंगे। इस कुल रणनीति का मुख्य उद्देश्य मिगार को ख़त्म करके कश्यप को शासन और सेना पर अपनी पकड़ मज़बूत करने का अवसर देना है। एक बार मिगार हमारे जाल में आ जाए, तब मैं और तुषार भी अनुराधापुर आकर आगे की रणनीति तय करेंगे। ...आपदोनों मुझे क्षमा करें, मेरा वक्तव्य कुछ लंबा हो गया और देख रहा हूँ आपदोनों मेरी बात पर कुछ अचम्भित भी हैं। मैं चाहता हूँ आप खुलकर अपनी प्रतिक्रिया बताएँ। निर्णय सर्वसम्मति से होगा तभी सफलता की संभावना बनेगी,' महानाम ने कहा।

तुषार और शिलाकाल दोनों कुछ देर अवाक् उन्हें देखते रहे।

'किंतु बाप्पा, इस सबसे तो उस पितृहंता की चाँदी हो जाएगी...अपनी सत्ता सुगठित करने का मौक़ा मिल जाएगा! क्या... क्या ऐसा करना ठीक होगा?'

शिलाकाल भी महानाम को ऐसे देख रहा था जैसे उनकी बातों पर विश्वास न कर पा रहा हो, बोल उठा, 'मैं भी यही कहना चाह रहा था।'

महानाम मुस्कुराते हुए बोले, 'आपदोनों कहीं यह तो नहीं सोचने लगे कि मैंने दल बदल लिया है— तो फिर साफ़ सुन लीजिए, मैं मोगल्लान का साथ कभी नहीं छोड़ूँगा। किंतु हमने जो वचन उन्हें दिया था वह शायद आपदोनों भूल गए। उनके वापस लौटने तक हमें कश्यप को बचाए रखना है। क्या आप यह समझते हैं कि मोगल्लान महाराज आज गए और अगले हफ्ते पल्लव सेना के साथ लौट आएँगे? ...अरे नौजवानो, मेरी बूढ़ी आँखें जंबूद्वीप और सिंहल के बीच की कूटनीति कई दशकों से देखती आई हैं— वहाँ से सैन्य सहायता हासिल करना बड़ी टेढ़ी खीर है। मोगल्लान महाराज को वापस आते–आते महीनों क्या, वर्षों भी लग सकते हैं। तब तक यदि हमने कुछ न किया तो मिगार कश्यप को नहीं छोड़ने वाला। अरे भाई, उसने धातुसेना महाराज जैसे लोकप्रिय राजा को दीवार में चुनवा दिया तो वह दुर्बल पितृहंता उसके आगे कितने दिन टिकेगा! ...फिर भी आपदोनों को लगता है कि कोई और बेहतर विकल्प है, तो अवश्य बताएँ।'

कुछ देर तक सब सोच में पड़े बैठे रहे। फिर तुषार बोला, 'बाप्पा, आप ठीक कहते हैं, ऐसा ही कुछ करना होगा किंतु फिर भी एक पितृहंता को चैन की साँस लेने...।'

'यह किसने कहा! ...पश्चाताप की अग्नि में तो वह जल ही रहा होगा, समय आने पर उसे और प्रज्ज्वलित करूँगा मैं। किंतु वह सब बाद की बात है। ...आपने क्या सोचा कुमार शिलाकाल?'

'मैं आपकी बात समझ गया। मेरा एक छोटा-सा सुझाव यह है कि हम जितने बाहुबलियों को मारें, उन सब की उँगलियाँ काट ली जाएँ। इससे रहस्यमयता बढ़ेगी और उनमें संत्रास जल्दी फैलेगा।'

'मैं आपके सुझाव से पूरी तरह सहमत हूँ, बल्कि यदि अवसर मिल जाए तो मिगार को भी दबोच लीजिएगा, किंतु वह मुझे जीवित चाहिए— उसकी उँगलियाँ मैं स्वयं काटना चाहता हूँ। ...और हाँ, प्रति सप्ताह एक संदेश-वाहक यहाँ अवश्य भेजिएगा ताकि तुषार और मैं अपनी अनुराधापुर की यात्रा सही समय पर निर्धारित कर सकें।

मंत्रणा समाप्त होते ही तुषार के लोग और शिलाकाल रवाना हो गए।

बाप्पा की रणनीति अप्रत्याशित रूप से सफल रही— कश्यप के पहले राज दर्शन के बाद नगर की दो निर्जन गलियों में मिगार के दो बाहुबलियों के शव मिले, दोनों की दसों उँगलियाँ कटी हुईं! मिगार पड़ताल के लिए स्वयं भागा आया। आपराधिक पृष्ठभूमि के बहुतेरे लोगों की पकड़-धकड़ और पूछताछ के बाद भी कुछ पता न चला कि दोनों हत्याएँ किसने की थीं।

उसके अगले दिन पाँच और बाहुबलियों के शव अलग-अलग जगहों से मिले— सबकी उँगलियाँ कटी हुईं। मिगार एक स्थान का निरीक्षण करके लौटा भी न होता कि किसी और हत्या का समाचार लेकर उसके लोग आ जाते। तीसरे दिन तक उसके बारह निजी सैनिक मारे जा चुके थे और नगर में कानाफूसी जंगल की आग की तरह फैल रही थी— कोई कहता अदृश्य दैवी कोप है, तो कोई प्रेत-लीला!

सुरक्षा व्यवस्था बढ़ा दी गई। नगर के सभी द्वारों, मार्गों और गलियों पर दिन-रात नज़र रखने के लिए विश्वस्त प्रहरी तैनात कर दिए गए। तीन दिन की भाग-दौड़ के बाद दो रातें बीतीं जिनमें कोई दुर्घटना न हुई। मिगार ने चैन की साँस ली। दैवी प्रकोप, प्रेत-लीला आदि की अफ़वाहों का समाचार गुप्तचर दे चुके थे, पर उसे ऐसी बातों पर विश्वास न था। ...वह अक्सर उद्विग्न पड़ा सोचता रहता— इस सबके पीछे किसका हाथ हो सकता है? कश्यप तो लगभग बंदी था, न कहीं गया न किसी को उससे मिलने दिया गया। इतनी हिंसा अनुराधापुर के शांति-प्रिय बौद्ध बहुल नगरवासियों का काम भी नहीं जान पड़ता। ...सहसा उसके मस्तिष्क में कुछ कौंध-सा गया। अवश्य यह सब रुहुन में छिपे बैठे मोगल्लान की हरकत होगी। महानाम

का भी कोई पता नहीं चला। अवश्य वही दोनों मिलकर यह सब करवा रहे होंगे।

बहुत सोच-विचार कर मिगार ने तय किया कि कश्यप का काम हो या मोगल्लान का, वह दोनों दिशा में छानबीन करता रहेगा। किंतु उस रात जो भयावह कांडों का कांड हुआ, उससे वह बेतरह क्रुद्ध और दिग्भ्रमित होकर ग़लत दिशा में चला गया।

निमाल ने रुहुन में बची हुई सेना को पुनर्गठित करने का काम बड़ी सूझ-बूझ से किया था। विपक्षियों से संधि कर ली और पर्याप्त रसद इत्यादि की व्यवस्था कर वह युवराज के संदेश की प्रतीक्षा में था। उनके साथ गए सैनिकों में से जो लौट कर आए वे कुछ स्पष्ट न बता सके थे कि उनका क्या हुआ।

शिलाकाल लौटा तो निमाल ने हुलस कर उसे गले लगा लिया किंतु बाक़ी समाचार सुनकर गहरे विषाद में पड़ गया— निमाल धातुसेना के चहेते सेनानायकों में था। कटु स्वर में बोला, 'तो अब हमें उस पितृहंता की सहायता करनी होगी! यह तो सरासर अन्याय है।'

'जब पहली बार बाप्पा ने कहा तो हमलोगों को भी बहुत बुरा लगा, किन्तु और कुछ न सूझा। मोगल्लान महाराज के लौटने से पहले कश्यप को मार कर मिगार यदि ख़ुद गद्दी पर बैठ गया, तो सब कुछ ख़त्म हो जाएगा।'

निमाल बहुत देर तक सोचता रहा।

'हाँ, यह तो सही है— इस समय हमारा पहला शत्रु मिगार ही है। अच्छा बताओ, मुझे क्या करना है।'

'सबसे पहले तो मुझे तुम्हारे सैनिकों में से छापामारी में निपुण दो-सौ आदमी चाहिएँ। बची हुई सेना को चारों ओर छितरा कर रखो, यदि मिगार हमारे जाल में फँस गया तो उसका शिकार करना है।' शिलाकाल ने बाप्पा की रणनीति उसे बता दी।

दो दिन बाद शिलाकाल ने अनुराधापुर से तीन-चार योजन दक्षिण के जंगलों में शिविर स्थापित कर लिया।

सौंदर्या
अनुराधापुर / सन् 478 ई.

'हाँ ...हाँ देवि, आइए... न जाने कैसी मनोदशा में मैंने आपको अचानक चले जाने को कह दिया उस दिन... आपको कष्ट हुआ होगा मेरे अशिष्ट व्यवहार से।'

जिस तरह से पिछली बार कश्यप ने मुझे चले जाने को कहा था, उसकी तुलना में आज इस स्वागत से मैं आश्चर्य में पड़ गई।

'नहीं, किसी कारणवश आप उद्विग्न रहे होंगे, मैंने आपकी बात को तनिक भी

अन्यथा नहीं लिया, महाराज।'

'अरे छोड़ो भी सौंदर्या! मैं कहाँ का महाराज; देखती नहीं, दिन के समय अकेला बैठा छत को निहार रहा हूँ। महाराज घोषित हुए चार दिन हो गए— न कोई पुष्प-वर्षा न हर्षोल्लास न संगीत न राज दरबार, कोई सेना नहीं अंगरक्षक नहीं गुप्तचर नहीं; एक प्रकार का बंदी हूँ। चलो, तुम तो आ गईं कम से कम। कहो, क्या सेवा करूँ तुम्हारी? पिछली बार जब तुम आई थीं तो कौमार्य भंग का उलाहना दे गईं, प्रकारांतर से।'

मैं कश्यप महाराज के कटाक्ष से कुछ घबरा-सी गई। पलकें झुक गईं; समझ में नहीं आया क्या कहूँ!

प्रयास भी किया तो 'नहीं-नहीं महाराज...' से आगे न बढ़ पाई। कश्यप एकटक मेरी ओर देखते हुए बोले, 'मुझे तुम बहुत सुंदर लगती हो— नाम ही सौंदर्या है। ...उस पहले दिन से ही जब मिगार के निवास पर तुम्हें नृत्य करते देखा था। तुम्हारी मनमोहिनी भंगिमाओं से बिना किसी वाद्य के ही कानों में संगीत झंकृत हो उठा था। फिर उस रात जब तुम मेरा सिर दबाने आईं, तो तुम्हारे शस्त्र और वस्त्र वाले संवाद पर मुग्ध हो गया ...सचमुच यदि तुमने झूठ न बोला होता पिछली बार, तो मैं तुम्हें अपनी रानी बना लेता— मिगार के कहने से नहीं बल्कि इसलिए कि तुम मुझे अच्छी लगती हो। और नाम मात्र को ही सही, महाराज तो बन ही गया हूँ मैं। पर उस अंतिम भेंट में तुमने झूठ...'

'क्षमा करें महाराज आप किस झूठ का उल्लेख...' मैंने कश्यप की बात काटी, तो पलट कर उन्होंने भी मुझे वाक्य पूरा न करने दिया, 'लो, अब तुम भोली बनकर झूठ को सच करना चाहती हो! ...संदेह तो मुझे उसी दिन हो गया था जब किसी गुप्त शीशी से बकरी या शायद बिल्ली का खून मेरी बिस्तर पर चुआ गई थीं। आज प्रातःकाल राजवैद्य आए थे मुझे देखने। वह चादर मैंने अब तक सँभाल कर रखी हुई थी। देखते ही हँस पड़े, बोले, यह तो मानव रक्त नहीं लगता महाराज, आप कहीं... चलो छोड़ो। देखो, तुम्हें मेरा यह सब कहना बहुत अपमानजनक लग रहा हो तो अवश्य अभी जाकर मिगार को इसकी रपट दे दो; वह चाहेगा तो मुझे दंड दे देगा तुम्हें कष्ट पहुँचाने का... अब चाहो तो चली जाओ, और बैठना चाहो कुछ देर मेरे पास, तो उसका भी स्वागत है।'

मैं स्तब्ध नीचे को देखती रही। कहती क्या, बस यही सोचती रही कि कश्यप उतने मूर्ख नहीं जितना मिगार कहता है। उनका उलाहना सुन कर मेरा मुख अवश्य विवर्ण हो गया होगा— उन्होंने बड़े कोमल स्वर में कहा, 'मेरा मंतव्य तुम्हें कष्ट पहुँचाना नहीं था, किंतु यह सब न कह देता तो हमारे बीच आगे भी छल-छद्म के बिना कोई बात नहीं हो पाती। इसलिए मैंने सोचा इस पार या उस पार, क्योंकि

अच्छी तो मुझे अब भी बहुत लगती हो तुम... तुम्हें देखकर हृदय धड़कने लगता है, गुप्तचरी करने आती हो फिर भी।' मैं फिर चौंक उठी पर छिपा गई, मुख आरक्त होने का आभास अवश्य हुआ।

'म... महाराज... आप को संदेह कैसे... नहीं केवल कौतूहल-वश पूछ रही हूँ; यदि आपको अच्छा न लगे तो मैं आज्ञा लूँ,' मैं उठकर खड़ी होने लगी।

'नहीं.. नहीं बैठो। ...बैठो न, सब कुछ बता सकता हूँ तुम्हें तो,' उनके स्वर में कुछ ऐसी कसक थी जो सीधे हृदय को जा लगी।

मैं अवश-सी हो गई— सांत्वना को हाथ बढ़ाए तो उन्होंने उँगलियाँ पकड़ लीं। पलकें उठाईं तो ऐन मेरी आँखों में देखते हुए कहा, 'दो और दो चार करना आता है मुझे, सौंदर्या। तुम मिगार के यहाँ मदिरा परोस रही थीं; उसके कहते ही तत्काल नृत्य भी करने लगीं। कुलीन अवश्य होगी, तुमने कहा है तो अविश्वास क्यों करूँ, किंतु उसके घर में तो परिचारिका ही थीं। ...मैं अपने मित्र को बचपन से ही भली-भाँति जानता हूँ— वह ऐसी स्थिति की किसी कुँवारी को पहले चखे बिना किसी और के पास नहीं भेज सकता। और मैं कितनी भी मदिरा क्यों न पी लूँ, रात की बातें मुझे नहीं भूलतीं। मैं उसी रात समझ गया था कि मिगार ने तुम्हें मुझ पर नज़र रखने के लिए भेजा है। पर मैं कर क्या सकता था! ...अब भी कुछ नहीं कर सकता। हाँ, तुम चाहो तो थोड़े दिनों के लिए तुम्हें महारानी बना सकता हूँ किंतु यह भी जान लो कि रानी के अलावा लोग तुम्हें दासी पुत्र और पितृहंता की पत्नी भी कहेंगे ...और उसके कुछ दिनों बाद कश्यप महाराज की विधवा।'

'ऐसी अशुभ बातें न कीजिए, महाराज,' मैंने उनकी बात काटते हुए कहा। मेरी आँखें भर आई थीं, उनकी हताशा भरी बातों से या यूँ कहूँ कि प्रेम और हताशा दोनों से भरी बातों से। ...सहसा मेरा हृदय मिगार के भय से मुक्त हो गया, और मैं बोल उठी, 'आज आपने जो कुछ और जिस तरह कहा है वह मेरे हृदय को इस प्रकार तरंगित कर रहा है कि मैं भी अपने बारे में आपको सब कुछ बता देना चाहती हूँ, यदि आप सुनना चाहें।'

'मैं सुन रहा हूँ।'

'आपका अनुमान हर बिंदु पर सटीक है, केवल एक को छोड़कर— उस रात नृत्य मैंने आपको दिखाने के लिए किया था, केवल मिगार के कहने से नहीं। मैं चाहती तो मना भी कर सकती थी— उन दिनों मिगार मेरा कहा नहीं टालता था।'

'क्या तुम दोनों का संबंध अब भी वैसा ही है? ...मेरा मन रखने के लिए झूठ मत बोलना।'

'नहीं, अब और झूठ नहीं बोलूँगी। मिगार जैसे लोग आखेट के बाद अन्य लक्ष्यों की ओर बढ़ जाते हैं। और फिर उसने तो मुझे उपहार-स्वरूप आपको दे

दिया। हाँ, एक और झूठ पर से पर्दा हटा दूँ,' मेरी आँखों से आँसू बह निकले थे। कश्यप हल्के से मेरे गाल पोंछते हुए बोले, 'हाँ, सब कुछ बता ही दो अब।'

'मैं आपसे झूठ बोली थी, और मिगार भी— कि मैं कुलीन हूँ। मेरी दादी या परदादी किसी तमिल सेना के साथ आई नृत्यांगना थी। पता नहीं कितने वर्षों पहले की बात है— सौ-दो सौ साल पहले। यहीं रह गई; मेरी माँ भी पिहिति-रत में के एक छोटे राज-परिवार में नर्तकी थी। कुछ धुँधली-सी स्मृतियाँ ही बची हैं उस समय की। मैं छोटी-सी थी तो राजा जी इतने लाड़ से अपनी गोद में बिठाए रहते थे मानो उनकी अपनी बेटी होऊँ; क्या पता रही भी होऊँ। ...फिर एक आक्रमण में सब कुछ बिखर गया। मुझ अनाथ पर तरस खाकर मिगार के पिता मुझे अपने साथ ले आए। उन्हीं के यहाँ पली-बढ़ी... आप कहें तो अब मैं जाऊँ।'

'नहीं, जाओ किन्तु द्वार बंद करके वापस लौट आओ।' मैंने उठकर साँकल लगा दी।

उस दिन पहली बार मैंने जाना कि पुरुष का संसर्ग जबरन रौंदे जाने के बदले अनिवर्चनीय आनंद की अनुभूति भी हो सकता है।

जब मैं चलने लगी तो कश्यप ने पूछा, 'अब मिगार को क्या बताओगी? इस सबके अलावा और तो कुछ मिला नहीं मुझसे... मुझे हर समय भय होता रहता है कि स्वयं महाराज बनने की लालसा में वह न जाने कब मुझे मार डाले। यही कह देना, उसके लिए गुप्तचरी तो करते ही रहना होगा तुम्हें।'

'हाँ महाराज, किंतु अब छल-छद्म का प्रयोग केवल आपकी रक्षा के लिए करूँगी। नाग-नागिन की एक प्रजाति होती है, दोनों सिरों पर मुँह वाली। वही समझ लीजिए मुझे, लेकिन आपको नहीं डँसूंगी।

उस दिन से मैं दोनों ओर की गुप्तचरी करने लगी।

कश्यप महाराज
अनुराधापुर / सन् 478 ई.

सौंदर्या और मैं बैठक में नेरेंची केलिया खेल रहे हैं। परिचारक आकर उद्घोषणा करता है— सेनाध्यक्ष मिगार पधार रहे हैं।

कक्ष में प्रवेश करते ही उसकी त्यौरियाँ चढ़ जाती हैं।

'अरे मिगार! आओ बैठो, उस दिन के बाद तो तुम दिखाई ही न दिए। सब कुशल-मंगल? कुछ पता चला?' मैं कहता हूँ।

मेरे प्रश्नों का उत्तर न दे कर, वह उलाहना के स्वर में कहता है, 'नगर में कोहराम मचा है और तुम दोनों यहाँ बैठे नेरेंची खेल रहे हो!'

'तो बताओ, क्या करूँ। तुमने कहा तो था, कुछ करो, मगर यह नहीं बताया कि करना क्या है। इतने खिसियाए हुए क्यों हो?' मैं कहता हूँ।

मिगार बैठकर मुझे ध्यान से देखता हुआ कहता है, 'पिछले तीन दिनों में मेरे बारह आदमियों की हत्या हो गई है और विचित्र बात यह है कि सभी शवों की दसों उँगलियाँ ग़ायब हैं। ...कोई पकड़ा नहीं जा सका अब तक। नगर में तरह-तरह की अफ़वाहें फैल रही हैं।'

मैं घोर आश्चर्य का अभिनय करता हुआ कहता हूँ, 'अरे... यह तो बड़ा बुरा हुआ। उस दिन तो केवल दो शवों का समाचार आया था... और... और यह उँगलियाँ क्यों... क्या ऐसा तो नहीं...' मिगार अपना सिर ज़ोर से हिला कर मना करने का इशारा करता है— आगे कुछ मत बोलो।

'पिछली कुछ रातों से शांति है लेकिन अब तक कुछ पता नहीं चला कि यह सब कर कौन रहा है... तुम क्या करते रहे इन दिनों? बाहर तो जाना नहीं हुआ होगा...'

'यह साधारण-सी बात तो तुम्हें अपने कारिंदे ही बता देंगे! मुझसे पूछने की क्या ज़रूरत है। तुमको लगता है यह सब मैं करवा रहा हूँ? ...अरे भाई, तुमने महाराज न बनाया, बंदी ही बना लिया। इतने दिन हो गए— न कोई राज्याभिषेक न दरबार की कोई चर्चा, न कोई अभिनंदन-स्वागत! कुछ तो सामान्य होने दो अब। बस खाओ और पड़े रहो। नेरेंची भी न खेलें तो बताओ क्या करें!' मैं इतने ज़ोर से बिफर पड़ा कि मिगार कुछ सकपका कर बोला, 'मैं इस उपद्रव के कारण इतना उलझा रहा कि और किसी बात के लिए समय ही न मिला... थोड़ी शांति हो जाए नगर में, फिर वह सब भी करेंगे। ...चलो, आज शाम को साथ बैठकर पुराने दिनों की तरह पिएँगे...'

लगभग दस दिनों तक हिंसा की कोई और घटना नहीं हुई— मिगार को लगने लगा कि कारण जो भी रहा हो, आपदा अब टल गई है।

तभी एक रात वह बड़ा कांड हुआ जिसने मिगार को हिला कर रख दिया। वह क्रोध के मारे अपना मानसिक संतुलन पूरी तरह नहीं खो बैठा यही आश्चर्य।

अदृश्य सूत्रधार
अनुराधापुर / सन् 479 ई.

जम्बूकोला से प्रस्थान के समय महानाम ने स्वर्ण-खंडिकाओं का एक बटुआ शिलाकाल को देते हुए कहा था— 'कुमार, इस धन का उपयोग अपने अभियान में कीजिएगा। इसमें अनुराधापुर की नगर-प्राचीर के भूमिगत सुरंगों का एक मानचित्र

भी है; आपको मुख्य द्वारों का उपयोग नहीं करना पड़ेगा, और हाँ, आपका वह उँगलियों वाला सुझाव बड़ा अनूठा लगा। उस दिशा में सोचते रहिएगा। तथागत आपकी यात्रा सफल करें।'

राजधानी से दक्षिण के जंगलों में शिविर लगाने के दो-तीन सप्ताह बाद संयोगवश शिलाकाल को पता चला कि उसके एक सैनिक का संबंधी अनुराधापुर के सैन्य-शिविर में भोजनशाला प्रबंधक है। शिलाकाल बटुए का भरपूर उपयोग कर उसे ख़रीदने में सफल हो गया।

उस रात भोजन के ठीक एक पहर बाद नगर सुरक्षा में तैनात सब प्रहरी गहरी नींद सो गए, यद्यपि बाद में दंड के भय से किसी ने यह बात स्वीकार नहीं की। दूसरे दिन सुबह मिगार के बीस बाहुबली एक ही साथ लापता— किंतु इस बार कहीं कोई शव नहीं मिला; नगर के प्रमुख स्थानों पर दो सौ उँगलियाँ सजा कर रखी हुई पाई गईं। स्वयं मिगार के निजी निवास के पाँच प्रहरी गायब थे और पचास कटी हुई उँगलियाँ चाभियों के झब्बे की तरह उसके द्वार पर लटकी थीं!

पूरे नगर में आतंक फैल गया— किसी क्रुद्ध प्रेत के प्रतिशोध का... सब के सब शव ले गया और उँगलियाँ छोड़ गया!

क्रोध के मारे मिगार तो लगभग विक्षिप्त हो गया। उसने एक सौ से अधिक संदिग्ध पुर-वासियों को नगर के मध्य में स्थित बंदी-गृह में इतनी कठोर यंत्रणा दे-दे कर पूछताछ करना आरंभ किया कि उनके आर्तनाद से पूरा अनुराधापुर गूँज उठा। अस्थिभंजक की यंत्रणा से छूट निकलने के लिए जिसको जो सूझा, बोल पड़ा— किसी ने कहा अंधकार में कुछ दिव्य चमचमाते खड्ग उड़ते हुए आए और प्रहरियों की गर्दनें और उँगलियाँ काटते हुए अंधकार में विलुप्त हो गए; किसी ने कहा काले भैंस पर बैठा कोई काला दैत्य था जिसके स्वयं अपने सिर पर भी सींघें थीं; कुछ ने कहा काले अधनंगे बदन और दीयों की तरह जलती हुई आँखों वाले नर पिशाचों का झुंड था। किन्तु कितनी भी यंत्रणा देने पर भी किसी ने स्वयं अपराध में लिप्त होना स्वीकार नहीं किया— यही कहते रहे, हमारे घरों की तलाशी ले लो ...आख़िर इतने शव गए कहाँ! नगर में अफ़रा-तफ़री मच गई, लेकिन प्रेत-लीला, अतृप्त-आत्मा का प्रतिशोध, दैवी कोप इत्यादि के अलावा पूछताछ में और कुछ न निकला।

दंड के भय से स्वयं मिगार के गश्ती प्रहरी भी प्रेत-लीला आदि का समर्थन करते रहे। मिगार ने किसी से कुछ कहा तो नहीं लेकिन इस बार प्रेत-बाधा की आशंका से वह भी काँप उठा था।

बड़ी संख्या में लोगों को यंत्रणा देने को लेकर नगर में इतना रोष फैल गया कि अंततः बात महाविहार प्रमुख तक पहुँच गई; अधिकतर लोगों को छोड़ देना पड़ा।

कश्यप महाराज
अनुराधापुर / सन् 479 ई.

नगर में जो सब हो रहा था सौंदर्या मुझे पहले ही बता चुकी थी। वह स्वयं भी प्रेत-लीला की अफ़वाहों से संत्रस्त थी और मेरा हृदय भी भाँति-भाँति की आशंकाओं से भर उठा था। रात भर दुःस्वप्नों में घिरा रहा। कल-वेव की दीवार से पितृ-राजन की छायाकृति बाहर निकल कर हाथ उठाए मेरी ओर बढ़ आयी— उनकी दसों उँगलियों के अग्रभाग गल-से गए थे... बची हुई ठूंठों से रक्तस्राव हो रहा था, आँखें अंगारों की तरह जल रही थीं। हाथ मेरे कंधों पर रखकर मुझे झिंझोड़ने लगे। कड़वे स्वर में परिचित वाणी— महापाप किया पितृहंता तूने, किंतु ऐसा कि मेरा दाह-संस्कार तक न किया, राक्षस पुत्र! अब तेरी दुष्ट सेना के एक-एक बाहुबली के प्राण और उँगलियाँ मुझे चाहिएँ, और अंत में मिगार की उँगलियों से तुम मेरा तर्पण करना।

कोई वास्तव में मेरे कंधे झिंझोड़ रहा है। चिराथ, मेरा निजी परिचारक— क्या हुआ? महाराज, आप नींद में चिल्ला पड़े.. क्षमा... क्षमा, स्वामी... कोई दुःस्वप्न होगा।

रात के दो पहर अभी बाक़ी हैं, फिर से सोने की चेष्टा करता हूँ। ...चढ़े हुए बरसाती नाले के किनारे रथ रुके खड़े हैं, धातुसेना महाराज सारथी से कह रहे हैं— मुझे भूख लगी है, कुछ खाने को है? ...पर मैं स्वयं नहीं खा सकता। सारथी उन्हें खिला रहा है किंतु बर्तन में नारियल के दूध में पके चावल नहीं भुनी हुई उँगलियाँ हैं ...मैं चौंक कर जाग जाता हूँ। हे तथागत! पूरा शरीर पसीने में भीग गया है। वापस सोने का प्रयास करना छोड़ देता हूँ।

सुबह मिगार आता है; पिछले दो दिनों से निरंतर नगर-वासियों को यंत्रणा दे-दे कर स्वयं पस्त हो गया है। बुझी हुई-सी आँखों के नीचे स्याह अर्धचंद्र पड़ गए हैं।

पिछली बार की तरह वह कोई उलाहना नहीं देता; स्वतः उस बड़ी घटना का विवरण देने लगता है।

'मिगार... यह सब क्या हो रहा है... कहीं सचमुच ही...' बीच ही में रुक कर मैं उसकी ओर देखता हूँ।

'सचमुच क्या?' वह पूछता है

'मिगार हमने अच्छा नहीं किया।'

किंचित भयभीत-सा होने पर भी वह भड़क उठता है, 'तुम्हारी तुम जानो; मेरे कलेजे में तो ठंड पड़ गई। अब आगे जो हो, सो हो।'

'नहीं.. मेरा मतलब था... कम से कम उनका दाह संस्कार तो कर देना चाहिए था... यह सब कहीं अतृप्त आत्मा का प्रतिशोध न हो!'

'क्या बक रहे हो,' मिगार बिगड़ कर कहता है किंतु उसके मुँह पर भय की

छाया स्पष्ट दिखाई दे रही है। आज केवल हमदोनों ही हैं, खुल कर बात हो सकती है। मैं उसे रात के दु:स्वप्नों के बारे में विस्तार से बताता हूँ। वह चुपचाप सुनता रहता है, कुछ नहीं कहता।

'मिगार, मैं सोच रहा था यदि तुम और मैं गुप्त रूप से वहाँ चलें...' बोलते-बोलते मैं फिर रुक गया हूँ।

वह मेरी ओर देख रहा है, 'आगे बोलो।'

'यदि हम उनका शव दीवार से निकालकर दाह-क्रिया कर दें तो शायद ये प्रेत-लीलाएँ शांत हो जाएँ। मैं उसकी प्रतिक्रिया की प्रतीक्षा में हूँ। वह सोच में डूबा चुप बैठा है।

मिगार
अनुराधापुर / सन् 479 ई.

उस बड़ी घटना को तीन सप्ताह हो गए हैं— उसके बाद कुछ नहीं हुआ। किंतु छानबीन और पहले से भी अधिक सुरक्षा के साथ-साथ प्रेत-लीला निवारण हेतु तंत्र-शुद्धि भी चलती रहे तो क्या हानि। पिछले तीन हफ्तों से मैंने एक सिद्ध तांत्रिक को अपने निवास पर निरंतर इस काम पर लगा रखा है। वह कहता है अनुराधापुर पर एक अत्यंत हठी प्रेत की छाया पड़ी हुई है, निराकरण बहुत कठिन है; हो अवश्य जाएगा किंतु समय लगेगा।

यद्यपि किसी के समक्ष स्वीकार नहीं करता किंतु मन ही मन मैं जानता हूँ कि होता है यह सब। जिस प्रकार के दु:स्वप्नों की बात कश्यप बता रहा था, वैसे सपने मुझे भी आया करते थे— माँ राख के ढेर में से उठ कर बार-बार सामने आ खड़ी होती, कहती— उस क्रूर ने मुझे जीवित जला दिया और तू देखता रहा। अब तक कुछ नहीं किया... जबकि मैंने तो कश्यप जैसा कुछ किया भी नहीं था; वह तो स्पष्ट रूप से पितृहंता है! क्या धातुसेना का प्रेत उसे भी मेरे विरुद्ध भी भड़काता होगा, या वह स्वयं ही प्रतिशोध लेने में सक्षम है?

बड़ी-बड़ी देर तक सोचता रहता हूँ— यह कैसे हो सकता है कि मेरे इतने सैनिकों का वध हो जाए और सब के सब शव लुप्त हो जाएँ, कटी हुई उँगलियाँ इधर-उधर सजी हुई मिलें और अपराधियों को पकड़ना तो दूर, अब तक आते-जाते भी न देखा गया हो! तो क्या मामा का प्रेत इतना शक्तिशाली है? ...एक बार को शरीर सिहर उठता है।

तांत्रिक मेरा पुराना विश्वस्त है; जबसे हवन शुरू हुआ है कोई और कांड नहीं हुआ। कश्यप जो कह रहा था, सोचता हूँ उस पर तांत्रिक की राय ले लूँ।

हवन कक्ष में धुआँ भर गया है— तांत्रिक के सामने एक बड़े कड़ाह में रक्त से

लिथड़ा बछड़े का कटा हुआ सिर पड़ा है। एक हाथ में मयूर पंखों की झाड़ू लिए वह उस मुंड को बारम्बार मारता हुआ मंत्र पढ़ रहा है और दूसरे हाथ से अग्निकुंड में हवन सामग्री डालता जा रहा है। मुझे देखते ही वापस चले जाने का इशारा करता है। मैं बाहर निकल आता हूँ।

नीचे आगंतुक कक्ष में मेरा सबसे विश्वस्त गुप्तचर नलिन मेरी प्रतीक्षा कर रहा है, 'स्वामी, नगर में चर्चा ज़ोरों पर है कि दक्षिण के जंगलों में मोगल्लान की सेना ने डेरा डाल रखा है, कभी भी आक्रमण हो सकता है।

'ऐसा करो, दस विश्वस्त सैनिक लेकर तुम स्वयं जाओ, सेना कितनी बड़ी है पता लगा कर आओ, फिर देखेंगे।'

कश्यप महाराज
अनुराधापुर / सन् 479 ई.

अंततः मिगार को उसका अहंकार ले बैठा। किंतु घटनाक्रम इतनी तेज़ी से आगे बढ़ेगा ऐसा मैंने सोचा भी नहीं था।

समय-समय पर सौंदर्या उसकी गतिविधियों के समाचार नेरेंची केलिया खेलने के बहाने आ कर दे जाती है। तीन सप्ताह से निरंतर एक तांत्रिक उसके निवास में झाड़-फूँक कर रहा है। आज नलिन दक्षिण के वनों में दो-ढाई सौ की सैन्य शिविर होने की जानकारी लेकर आया है। ...आजकल प्रतिदिन मिगार की निजी सेना के दो-एक बाहुबली नदारद होने लगे हैं, किन्तु अब न शव मिलते हैं और न उँगलियाँ। संभवतः प्रेत-लीला के भय से अथवा समय पर वेतन आदि न मिलने से स्वयं ही भाग रहे हों। मिगार अत्यंत उद्विग्न-मन रहने लगा है। छोटी-छोटी बातों को लेकर भी उत्तेजित हो उठता है, और अपने ख़ास विश्वस्त लोगों को ही सबसे अधिक खरी-खोटी सुनाता है।

तांत्रिक को बिठाया तो उसने स्वयं ही है, किंतु अपने लोगों के सामने बहुधा उसे कोसता रहता है— यह तंत्र-मंत्र तो मन की सांत्वना के लिए है। वास्तव में तो ये सब तुमलोगों के निकम्मा होने की वजह से हुआ है। ...मूर्खों की जमात इकट्ठी कर रखी है मैंने!

आज तीन महीने हो गए धातुसेना महाराज को गए। राजकाज ठप पड़ा है, व्यवसाय नहीं के बराबर; दो महीने से सैनिकों को वेतन नहीं मिला। शिविर में असंतोष बढ़ता जा रहा है।

चौथे माह के प्रारंभ में सौंदर्या जो समाचार लाई उससे मैं भी चौंक उठा : लगभग तीन मास पहले मिगार का एक गुप्तचर किसी को बताए बिना अचानक

लापता हो गया था। वह वापस लौट आया है। कहता है उसे दक्षिण की ओर से आते तीन बौद्ध भिक्षुओं पर गुप्तचर होने का संदेह हुआ था। उन्होंने स्वयं को महाविहार का लेखा परीक्षक होना बताया था; बाद में महाविहार की सम्बंधित शाखा से पूछताछ करने पर उनकी बात बिलकुल ही मनगढ़ंत निकली। वह गुप्तचर पदोन्नति के लोभ में निजी पूछताछ करता हुआ निकल पड़ा— जम्बूकोला तक हो आया। वहाँ उसे जो जानकारी मिली उसके अनुसार उन तीनों में से एक युवराज मोगल्लान, दूसरा महानाम और तीसरा मोगल्लान का मित्र शिलाकाल था। रास्ते में कहीं एक चौथा व्यक्ति भी उनके साथ हो लिया था। अंततः मोगल्लान को जंबूद्वीप जानेवाले एक समुद्र-यान में रवाना करने के बाद बाक़ी तीनों कहाँ गायब हो गए, यह उसे पता न चल सका।

'आज संध्याकाल नहीं तो कल सवेरे मिगार अवश्य आपके पास आएगा— उसे युद्ध के लिए धन चाहिए। उसने आज वित्त अमात्य को बुलाकर कोषागार खोलने के लिए कहा था। उसने बताया कि कोष दो कुंजियाँ एक साथ लगाए बिना नहीं खुल सकता। एक चाबी उसके पास है, दूसरी जो हमेशा महाराज के पास रहती थी, वह चाहिए। मिगार इतना पिए हुए था, उसने कहा कोष का द्वार तोड़ दो। कोषाध्यक्ष भय से काँपने लगा, बोला, कुमार, कोष की रक्षा यक्ष और नागदेव करते हैं, द्वार तोड़ने पर कुछ भी अपशगुन हो सकता है। आप भली-भाँति सोच लें स्वामी, फिर जैसी आपकी आज्ञा। वैसे भी लोहे का वह ठोस द्वार तोड़ना कोई बच्चों का खेल न था। मिगार चुप हो गया। ...आपके पास है वह दूसरी चाबी? मिगार कह रहा था वह आएगा आपसे लेने,' सौंदर्या ने कहा।

'मेरे पास कहाँ से आएगी वह चाबी! मुझे तो दो कुंजी वाली व्यवस्था की जानकारी भी नहीं थी,' मैंने कहा।

मैं जानता हूँ कि चाबी न मिलने पर मिगार क्या करेगा। सौंदर्या के जाने के बाद उठकर रानी माँ की दी हुई पेटी में से सबसे अधिक बहुमूल्य आभूषण तथा स्वर्ण-खंडिकाओं की पोटली बनाकर वस्त्रों के बीच छिपा देता हूँ।

अदृश्य सूत्रधार
अनुराधापुर / सन् 480 ई.

मिगार ने कक्ष में प्रवेश करते ही कहा, 'मुझे सब कुछ पता चल गया है किशू।' कश्यप चौंक कर उसे देखता है, 'क्या कोई नया समाचार?'

मिगार के मुख पर पुरानी अकड़ की भंगिमा है। मुस्कुराता हुआ कहता है, 'नया ही समझो। प्रेत लीला की सब कहानियाँ मनगढ़ंत निकलीं, सब झूठ! तुम्हें

मालूम है... कैसे पता होगा तुम्हें, वह कायर मोगल्लान स्वयं तो डर के मारे जंबूद्वीप भाग गया और यहाँ शिलाकाल और निमाल जैसे नौसिखिए सेनानायकों को छोड़ गया है रुहुन-रत में ...जो बची-खुची सेना थी न, उसके नेतृत्व के लिए। महानाम को तो भूल ही गए थे हम... वही तीनों मिलकर यह सारा नाटक खेल रहे थे। कांचीपुरम के दरबार में हमारा जो दूत रहता है, उसकी रपट से भी पुष्टि हो गई— पल्लव महाराज के महल-द्वार पर एक व्यक्ति आया था अपने को सिंहल नरेश मोगल्लान बताता हुआ; अकेला, फटे-हाल, एक बालक का हाथ पकड़े। द्वारपालों ने दुत्कार कर भगा दिया, अब वहीं कहीं छिपा होगा। वह क्या समझता है शिलाकाल और वह खूसट महानाम छोटा-मोटा उत्पात मचाकर मुझे भयभीत कर लेंगे! शिलाकाल और निमाल जैसे दोयम श्रेणी के सेनानायकों को तो मैं चींटी की तरह मसल सकता हूँ। मैंने तय कर लिया है...' मिगार इतना उत्तेजित था कि एक ही श्वास में बोले चला जा रहा था।

कश्यप के मन में आक्रोश उबल रहा था— कोषाध्यक्ष को कोष खोलने का आदेश इसका, कांचीपुरम में सिंहल-दूत की रपट सीधे इसके पास, और इस कारागार में बैठकर नेरेंची केलिया खेलते रहने को सिंहल नरेश मैं! किसी तरह स्वयं को संयत कर मिगार के अहंकार को और दहकाने के लिए निरीह स्वर में बोला, 'क्या तय कर लिया है, मिगार? बिना अच्छी तरह सोचे-विचारे मेरे लिए अपने प्राण संकट में न डालना मित्र, मैं विनती करता हूँ तुमसे।'

मिगार मन ही मन सोचता है— तू है ही इसी योग्य। तू विनती करता रह, मैं राज करता रहूँगा। मोगल्लान के इन पालतू कुत्तों को निपटा लूँ, फिर देखूँगा तेरा क्या करना है।

'अरे कश्यप महाराज, आप निश्चिन्त रहें, शिलाकाल और उसकी सेना आपके सेनाध्यक्ष के बाएँ हाथ का खेल हैं,' मिगार औपचारिकता का स्वांग करता हुआ बोला, 'मैंने तय कर लिया है कि पहले मोगल्लान की सेना को नष्ट कर लूँ, फिर आराम से तुम्हारा अभिषेक करवाऊँगा। किंतु उस सबसे पहले सैनिकों का भुगतान करना आवश्यक है— मुख्य कोषागार की दूसरी चाबी चाहिए।'

'दूसरी चाबी? मैं समझा नहीं,' कश्यप बोला।

मिगार ने भी सौंदर्या वाली बात दोहराई।

'मेरे पास तो नहीं है पर यहीं कहीं होगी, चलो ढूँढते हैं,' कश्यप बोला; अचानक उसकी हृदय गति तेज़ हो गई थी।

बहुत ढूँढने पर भी जब चाबी जैसी कोई चीज़ न मिली तो कश्यप ने कहा, 'हो सकता है धातुसेना महाराज उसे अपने साथ रखते हों, तब...'

'तब कुछ नहीं! ...उस चाबी की तलाश में कल-वेव जाकर मैं समय नष्ट नहीं

कर सकता। चलो एक बार फिर कोशिश करते हैं।'

इस बार मिगार की नज़र उस पोटली पर पड़ गई, 'इसमें क्या है?'

'मैं नहीं जानता, यह सब पितृ-राजन के समय का है।'

तब तक मिगार पोटली खोल चुका था— उसकी आँखें चमक उठीं, 'चलो, कुछ तो मिला ...अच्छा किशु, तेरी वह पेटी कहाँ है जो रानी माँ ने दी थी। चल, वह भी ले आ। दोनों को मिलाकर मेरा काम चल जाएगा।'

कश्यप समझ गया आगे और नाटक बेकार है। उसने चुपचाप पेटी लाकर मिगार को थमा दी। उसे खोल कर देखते हुए मिगार मन ही मन सोच रहा था— यह हरामी चतुराई करने लगा मुझसे, लौटकर आते ही इसे इसकी औक़ात बतानी होगी!

एक ही दिन जनमे बचपन के दोनों मित्रों की यह अंतिम भेंट थी।

मन ही मन कश्यप भी मिगार को उकसाने का कोई अवसर छोड़ना नहीं चाहता था, बोला, 'सँभल कर जाना मित्र, पितृ-राजन शिलाकाल की रणनीति की प्रशंसा करते नहीं थकते थे।'

'अरे भाई, कहा न, तू चिंता मत कर। शिलाकाल को पानी पिला-पिला कर न मारूँ तो मेरा नाम मिगार नहीं। अधिक से अधिक एक सप्ताह, किशु, मैं कब गया और कब आया, तुझे पता भी नहीं चलेगा।'

एक सप्ताह बाद जब मिगार ने दक्खिन को प्रस्थान किया तो उसके पास कुल दो-ढाई सौ निजी सैनिक बचे थे, किन्तु नियमित सेना की सब श्रेणियाँ मिला कर उसके साथ एक सहस्त्र लोग रहे होंगे। उसे अपने बल का इतना गर्व था कि उसने अपनी पीठ ठोकी— एक सहस्त्र ये और इनके बराबर एक सहस्त्र अकेला मैं!

उसको इतनी फ़ुर्सत न थी कि देखता— उसकी सेना में बीस गुप्तचर ऐसे भी थे जिन्हें हर हफ्ते अभियान की प्रगति लाते रहने के लिए उन दो भिक्षुओं ने भेजा था जो अभी एक दिन पहले नागद्वीप से अनुराधापुर पहुँचे थे।

तीन महीनों तक छिट-पुट मुठभेड़ें चलती रहीं। छापा-मारी से बाधित, किन्तु स्वयं को विजयी अनुभव करता हुआ, स्थिति का पूरा आकलन किए बिना ही मिगार दक्षिण की ओर आगे बढ़ता गया। दरअसल वह शिलाकाल और निमाल को ढूँढ रहा था और वे उसे चकमा दे कर और सुदूर दक्षिण की ओर खींचे लिए जा रहे थे। अंततः वह महानाम द्वारा बिछाए गए जाल में चारों ओर से घिर गया; उसे अपनी भूल का आभास तब हुआ जब एक ही बड़े मुठभेड़ में उसके सैनिक भारी संख्या में हताहत हो गए। वह वापस अनुराधापुर की ओर भागा लेकिन उधर के सब रास्ते बंद थे— अचानक अनुराधापुर से नियमित सेना का एक बड़ा लश्कर शिलाकाल की सहायता के लिए प्रगट हो गया था।

तभी एक मुठभेड़ में विपक्षियों के धनुर्धर का तीर मिगार की जाँघ को छूता

हुआ निकल गया। वह युद्ध में सक्रिय भाग लेने की स्थिति में न रहा। पहली बार मिगार को अपने प्राणों का भय सताने लगा था। कुछ विश्वस्त अंगरक्षकों के साथ अंतिम बार उसे पश्चिमी समुद्र-तट पर सलावता के यान-पत्तन की ओर भागता हुआ देखा गया, किन्तु उसके पश्चात वह अंतर्धान हो गया।

उसके बाहुबलियों की सेना बिखर चुकी थी और अनुराधापुर के बचे हुए सैनिकों ने शिलाकाल के समक्ष आत्मसमर्पण कर दिया।

कश्यप महाराज
अनुराधापुर / सन् 479 ई.

मिगार जैसे ही सैन्य अभियान पर दक्षिण को रवाना हुआ, ऐसा लगा जैसे अनुराधापुर के आकाश पर घिरी कोई काली छाया अचानक ग़ायब हो गई हो। न जाने कैसे सबको यह आभास हो गया कि नगर पर से आपदा टल गई है— दो दिन में ही नगर एवं राज-प्रासाद अपनी सहज सामान्य दिनचर्या पर वापस लौट आये। सामान्य सैनिक, द्वारपाल और महाराज के पुराने अंगरक्षक पुनः प्रगट हो गए। रथ-सारथी, उद्यान-पाल, महल के गलियारों में दासियों-चेरियों की आवा-जाही सब पहले की तरह। बाजार और व्यवसायिक प्रतिष्ठान खुलने लगे। सड़कों की सामान्य गहमागहमी वापस लौट आई।

पिछले कुछ सप्ताहों से प्रेत-लीला के आतंक से दर्शनी-मंडप का दैनिक कार्यक्रम अनियमित-सा हो गया था। आज कई दिनों के बाद मैं वहाँ गया— पितृ-राजन के समय जैसा समवेत जयघोष तो नहीं हुआ, किंतु कोई अप्रिय घटना भी नहीं हुई।

मेरे हृदय पर से एक भारी बोझ उतर गया; महाराज घोषित होने के चार महीने बाद पहली बार ऐसा लगा की खुली हवा में साँस ले रहा हूँ; पहले-पहल एक-दो दिन ऐसा भी अनुभव हुआ जैसे कोई बच्चा हूँ जिसका अभिभावक अचानक खो गया है!

उन पहले दिनों में ही जान गया कि अब सौंदर्या ही मेरी शक्ति का स्रोत है— मिगार के जाने के बाद पहली रात ही उसने फुसफुसाते हुए कहा, 'महाराज यह अवसर बड़े भाग्य से मिला है, दोनों हाथों से पकड़िए इसे; एक से शासन और दूसरे से सेना। कल ही सैन्य शिविर का निरीक्षण कर सैनिकों को आश्वस्त कीजिए। उनके बकाये का भुगतान कैसे होगा यह बाद में देखिएगा। महामात्य और अमात्यों की सभा भी यथासंभव शीघ्र बुलाइए... और हाँ, कोष की वह दूसरी चाबी ढूँढी जाए क्योंकि बिना अर्थ के तो अनर्थ ही होता है!'

फिर वह अचानक हँस पड़ी, 'मैं तो ऐसे बोले जा रही हूँ जैसे महाराज की दासी नहीं, प्रशिक्षिका हूँ।'

मैंने सौंदर्या को अपने अंक में समेटते हुए उसके कानों में कहा, 'अब आगे से दासी शब्द का प्रयोग वर्जित कर रहा हूँ ...याद है कैसे भगा दिया था तुम्हें उस दिन यह शब्द उच्चारित करते ही।'

उस रात हम बड़ी देर तक बातें करते रहे।

'किन्तु अपने प्रशिक्षण में एक बात तो तुम कहना ही भूल गईं, सौंदर्या,' मैंने कहा।

'क्या भूल गई मैं?'

'यही कि जल्द से जल्द मुझसे विवाह करके मुझे अपनी महिषी घोषित कीजिए।'

सौंदर्या कुछ देर तक अवाक् हो मुझे देखती रही, फिर धीरे से बोली, 'यह मेरा सौभाग्य है, महाराज, किंतु आप मुझसे प्रेम करते रहें, यही मेरे लिए बहुत है। मुझ जैसी अनाथ, कुल-गोत्र-विहीन कलंकित स्त्री से औपचारिक विवाह का विचार त्याग देना ही आपके लिए अच्छा होगा। ख़ास कर मुझे महिषी बनाने का तो लोग जमकर विरोध करेंगे।'

'उनके विरोध की मुझे कोई चिंता नहीं, सौंदर्या, तुम सहमति दोगी या नहीं, इसकी है,' मैंने कहा।

'मैं! मैं क्यों न दूँगी सहमति, महाराज, आपसे प्रेम करती हूँ इसीलिए उचित परामर्श दे रही हूँ।'

'तुम्हें भी मेरे बारे में सब कुछ जान कर ही निर्णय लेना चाहिए ...याद है, हमने तय किया था— हमारे बीच कोई असत्य नहीं होगा। पहली बात तो यह कि मैं वेद्दा परिवार से आई एक दासी की संतान हूँ।'

'यह... यह तो मैं जानती हूँ... मिगार अक्सर इसका उल्लेख करता था, दूसरी बताइए।'

उस रात मैंने सौंदर्या को अपने पिता की हत्या के विषय में सब कुछ बता दिया।

कुछ देर तक वह विस्तारित नेत्रों से मुझे देखती रही, फिर बोली, 'अच्छा, तो वह पितृहंता वाली बात भी सच है!' फिर अचानक मुझसे लिपट गई, 'आपका दोष उतना नहीं होगा... मिगार ही ने अपने प्रतिशोध की आग में आपको भी लपेट लिया, पर आपने मुझे सब कुछ सच बताने योग्य साथी समझा, विश्वास कीजिए, मैं पहले से भी अधिक प्रेम करूँगी आपसे। किंतु विवाह और पटरानी बनाने का विचार छोड़ ही दें तो अच्छा। ...मेरी परीक्षा न लीजिए, कहीं आप यह न समझ बैठें कि

इतना प्रेम उसी लोभ में बघार रही हूँ।'

'नहीं,' मैंने ज़ोर देते हुए कहा, 'मैं लूँगा परीक्षा... कल तुम्हें मेरे साथ चलना होगा।'

'कहाँ?'

'कल-वेव। अब तो मिगार की अनुमति लेने की बाधा भी नहीं है। मुझे पितृ-राजन का दाह-संस्कार करना है। सबको साथ लेकर तो वहाँ जा नहीं सकता; केवल चिराथ, तुम और मैं जाएँगे। ...हो सकता है वह चाबी भी वहाँ मिल जाए।' मैं रुक-रुक कर सोचता हुआ बोल रहा था। चाबी कहना था कि सौंदर्या ने वर्जना के स्वर में कहा, 'नहीं-नहीं महाराज, दाह संस्कार के प्रसंग में उस चाबी की चर्चा न करें अन्यथा आपके दु:स्वप्न कभी आपका पीछा नहीं छोड़ेंगे।'

बाद के वर्षों में मुझे उन शब्दों का स्मरण होते ही लगता जैसे उस क्षण सौंदर्या भविष्यवाणी कर रही थी।

दूसरे दिन कल-वेव का हमारा वह रात्रि अभियान कितना भयावह निकला, मैं बता नहीं सकता। मैं और सौंदर्या मशालें ले कर खड़े थे। पितृ-राजन के अंतिम दिनों में उनके प्रति निर्ममता मेरे मन को मथ रही थी, मेरा शरीर पत्ते की तरह काँप रहा था, निरन्तर बहते आँसुओं से आँखें धुँधली पड़ गई थीं। चिराथ खाँचे के ऊपरी हिस्से पर ठकाठक छेनी मारे जा रहा था लेकिन मुझे वह ध्वनि बिलकुल नहीं सुनाई दे रही थी। मेरे कानों में तो बार-बार अपना वह अंतिम वाक्य बज रहा था... इन्हें कल-वेव पर सूर्योदय होते देखना बड़ा अच्छा लगता है न, सदा के लिए यहाँ खड़े देखते रहेंगे... सदा के लिए खड़े देखते रहेंगे।

आधे पहर बाद ईटों की दो परतें अलग कर गिरीं और हमने मशालें ऊपर करके देखा तो ऐसा धक्का लगा कि मैं ज़मीन पर ढह-सा गया, धाड़ें मार-मार कर रो उठा ...उन दोनों की आँखें भय और विस्मय से फटी की फटी रह गईं।

उस रात फिर वह दु:स्वप्न आता रहा— मेरे कंधे झिंझोड़ते हुए धातुसेना महाराज कह रहे हैं— मुझे दीवार में मिगार ने नहीं चुनवाया, तुम्हारी महत्वाकांक्षा ने जीवित गाड़ दिया यहाँ। आज भी तू कोष की चाबी ढूँढने ही आया है, अभागे! तू क्या करेगा मेरा दाह-संस्कार...दूर हो जा मेरी नज़रों से... राक्षस पुत्र!

मोगल्लान
निर्वासन के प्रथम नौ महीने / सन् 479 ई.

कौरीकुद्ववन-पत्तन से पल्लवों की राजधानी कांचीपुरम की यात्रा का अनुमानित समय मात्र एक सप्ताह का था, पर हमारे यान को उसमें तीन महीने लगे!

कभी-कभी मैं उस विचित्र यात्रा के दृश्यों के टुकड़े स्वप्न में देखकर अब भी चीख़ता हुआ जाग उठता हूँ— संत्रस्त, पसीने में भीगा हुआ।

यात्रा प्रारंभ होने के कुछ ही पहर बाद वायु दिशा सहसा प्रतिकूल हो जाने के कारण मुख्य पाल उतार दिया गया और उत्तर-पश्चिम की ओर जाने के बदले यान उत्तर-पूर्व को बहने लगा। प्रचंड वायु वेग और समुद्र की गहराई लंगर की क्षमता से कहीं अधिक होने से यान अनियंत्रित बहता चला गया।

पाँच दिनों के बाद तट दिखाई दिया तो यान-प्रधान के प्राणों में प्राण आए : यान पर पेयजल का सीमित भंडार लगभग समाप्त हो चुका था। परंतु तट के निकट आते ही प्राण पुनः कंठ में अटक गए। सैकड़ों छोटी-बड़ी किश्तियों में धनुष-बाण-भालों से लैस उस अनजाने द्वीप के आदिम निवासियों ने हमारे यान को घेर लिया था; मात्र गुप्तांग को पत्तों से ढके ये लगभग नंगे लोग किसी अजीब सी भाषा में चिल्ला रहे थे। हमारे छोटे-से व्यवसायिक जहाज़ की प्रतिरक्षण क्षमता नगण्य थी; वैसे भी पेयजल के बिना भाग कर जाते कहाँ— लंगर डाल कर उतर जाने को विवश थे।

उसके बाद के आठ-नौ सप्ताहों तक जो सब तमाशा हुआ उसे तरतीबवार स्मरण करना न तो मेरे लिए संभव है, न करना चाहता हूँ। उस समय हमारे मन में सबसे बड़ा भय यह था कि कहीं यह आदिम समूह नरभक्षी न हो। दूसरी कठिनाई भाषा की थी— कभी अकारण ही बेतरह क्रुद्ध हो जाते तो कभी हो-हो करके हँस पड़ते।

मैं, त्रि-सिंहल का युवराज... युवराज क्या, पितृ-राजन की हत्या के बाद तो वैधानिक दृष्टि से प्रवासी त्रि-सिंहल नरेश, मोगल्लान, एकमात्र अनुचर दीपांकर का हाथ कसकर थामे जहाज़ से थरथर काँपता उतरा। चलते समय जो थोड़ी-बहुत मुद्राएँ बाप्पा व अमात्य तुषार के सौजन्य से मिली थीं, सब यान-प्रधान के संदूक़ में यान पर ही रह गई थीं। वैसे, देखा जाए तो उस आदिम द्वीप पर धन का कोई विशेष प्रयोजन भी न था।

यान-प्रधान— जिसे मेरे कुल-पद-परिस्थिति की जानकारी दे दी गई थी— ने विवशता से मेरी ओर देखा जैसे क्षमा माँग रहा हो, पर वह तो स्वयं ही बंदी था, वह क्या करता!

मेरी सहज प्रकृति में घृणा व ईर्ष्या नहीं के बराबर हैं, किंतु उस दिन कश्यप से घृणा के अतिरिक्त ईर्ष्या का अनुभव भी हुआ— ऐसे जघन्य अपराध के बाद भी वह अनुराधापुर के राजसी वैभव में बैठा है और मैं निर्वासित होकर एक अनाम द्वीप के क़बीले का बंदी हूँ।

उस द्वीप पर व्यतीत हुए समय के स्मृति-चित्रों से शरीर के अंदर आत्मा के अस्तित्व पर विश्वास हो जाता है— देह सुन्न और अंतस में कंपन! अवश्य आत्मा

ही काँपती होगी। विस्मृत कर देने के प्रयासों से विखंडित स्मृति-चित्र स्वप्नों में उतर आते हैं अब तक— चारों ओर घने जंगलों से घिरे टीले पर सिर हिलाता हुआ समूह-प्रमुख जिसके बड़े-बड़े, उलझे हुए बालों में विभिन्न प्रकार के पक्षियों के पंख लगे हैं; अलाव पर सिंकते हुए जीव-जंतुओं की चिरायन गंध; नगाड़े और डुगडुगी की थाप पर अनजान भाषा के समूह-गान व मदिरा से उन्मत्त क़बीले के झूमते-थिरकते अर्धनग्न नर-नारी। ...और प्रतिदिन यान के नाविकों में से एकाध के अंतर्धान हो जाने से व्यग्र हम बचे हुए लोग।

मेरे और दीपांकर के प्राण तो संभवत: क़बीले की उस राजकन्या समान दिखाई देनेवाली स्त्री के कारण ही बच गए : उसने हमें देखते ही उँगली के इशारे से हमदोनों को अलग करवा लिया। मैंने दीपांकर का हाथ नहीं छोड़ा। इशारे से उसने भी सहमति दे दी, और हमें उसके बड़े-से झोंपड़े में पहुँचा दिया गया। पहला काम उसने यह किया कि हमारे गलों में पट्टे बाँध दिए और नींद में भी उसकी डोरी अपनी कलाई में लपेटे रखती। दीपांकर के खर्राटे सुने नहीं कि डोरी खींच कर मुझे पास ले आती और ऐसा व्यवहार करती जैसे वह पुरुष हो और मैं स्त्री। पहली बार अनुभव हुआ कि किसी अनचाहे पुरुष से बँधी हुई स्त्री पर क्या बीतती होगी।

जिस रात यान-प्रधान ने सरदार से यान पर के कुल खाद्य पदार्थ के बदले हमलोगों के प्राणों का सौदा किया, सौभाग्यवश मेरी प्रेमी राजबाला ने मदिरा इतनी अधिक पी ली थी कि हमें उसकी निजी अनुमति नहीं लेनी पड़ी!

तीन महीनों से भी अधिक के बाद अंतत: जब हम कांचीपुरम के पास ओरक्काई तट-पट्टी पर यान से उतरे तो लगा कि एक नया जीवन प्रारंभ हो रहा है।

कांचीपुरम पहुँचे हुए छ: महीने हो गए हैं किंतु लगता है मैं कहीं नहीं पहुँचा। आज बाप्पा का पहला पत्र उसी यान-प्रधान के हाथों मिला है जिसके साथ मैं यहाँ आया था। बाप्पा ने लिखा है :

महाराज, आपको दिए गए वचन के कारण हमें पितृहंता कश्यप की सहायता करनी पड़ी— शिलाकाल और निमाल के नेतृत्व में आपकी रुहुन सेना ने मिगार को खदेड़ दिया है। संभवत: वह सलावता-पत्तन से जंबूद्वीप भाग गया। कश्यप शासन पर अपनी पकड़ सुदृढ़ कर रहा है, और परिस्थिति वश हम सब भी उस पितृहंता की सहायता को बाध्य हैं। महाराज हमें क्षमा करेंगे, और कोई विकल्प न था। राजमाता सुमनवल्लरी कुशलपूर्वक है किंतु अब मैं उन्हें रुहुन-रत में एक अन्य स्थान पर जाने के लिए प्रेरित कर रहा हूँ— वहाँ वे आपकी वापसी तक शिलाकाल व मेरी निगरानी में अधिक सुरक्षित रहेंगी।

एक अशुभ समाचार के लिए क्षमा-प्रार्थी हूँ— राजकुमारी संघा एक बालक को जन्म देकर परलोक सिधार गईं। राजमाता ने उस शिशु का नाम भी महानाम रखा है।

आपके उपयोग के लिए पचास स्वर्ण-खंडिकाएँ यान-प्रधान के साथ भेज कर रहा हूँ।

आशा है आप पल्लव राज विष्णुगोप से संपर्क स्थापित कर सैन्य सहायता शीघ्र प्राप्त करने के प्रयास में लगे होंगे। इति।

मुद्रा महानाम

आह बाप्पा! आपको कैसे ज्ञात हो कि इन नौ महीनों में मैंने क्या-क्या दुख झेले हैं तथापि यहाँ आने के मंतव्य के कहीं निकट भी नहीं पहुँच पाया हूँ।

वेगवती नदी के मुहाने पर चतुरंगपत्तिनम के पत्तन पर पहुँचे तो वहाँ लंगर डाले भीमकाय समुद्र यानों की जमघट देखकर आँखें खुली की खुली रह गईं। हमारा यान इतना छोटा था कि वेगवती नदी में प्रवेश कर सीधे ओरक्कई की तट-पट्टी तक पहुँच गया।

वहाँ हमें उतारते हुए यान-प्रधान महिंदा सिर नवाकर बोला, 'क्षमा कीजिए महाराज आपको इस यात्रा में बहुत कष्ट झेलना पड़ा,' उसकी आँखें सदाशयता से चमक रही हैं। संभवतः निर्वासित सिंहल नरेश की दशा पर करुणा उमड़ आई है उसके मन में।

'क्षमा तो मुझे माँगनी चाहिए प्रधान, इतने दिन साथ रहे किंतु अब तक आपका नाम भी न पूछ पाया।'

'मेरा नाम महिंदा है, महाराज, पुनः सेवा का अवसर दीजिएगा, प्रणाम।' वह झुक कर अनुमति माँगता है तो मैं भावविह्वल हो शुभ यात्रा कह देता हूँ किंतु मुझे देस की याद बेतरह सता रही है।

ओरक्कई से कांचीपुरम मात्र आधे योजन की दूरी पर है। अनुराधापुर के सुसज्जित प्रासाद, महाविहार, दागबों, उद्यानों से अधिक सुंदर तो कुछ हो नहीं सकता, किंतु कांचीपुरम के वृहद आकार प्रस्तर खंडों से निर्मित अद्‌भुत शिल्पकला से सजे भव्य भवनों व देवालयों, तथा नगर के हाट-बाजार में असंख्य नर-नारियों की जमघटें देखकर लगा मानो मेरी इयत्ता कुछ सिकुड़-सी गई हो।

सौभाग्य से यहाँ भाषा की कोई समस्या नहीं। वैसे तो अधिकतर लोग किसी अपरिचित भाषा में बात करते सुनाई देते हैं, किंतु संभ्रांत वर्ग के पर्याप्त लोग प्राकृत अथवा संस्कृत भी समझते, बोलते हैं।

नगर द्वार से थोड़ी दूर पर अश्वों व वाहनों की एक दुकान दिखाई दी। सोचा, पल्लव महाराज के महल द्वार पर पाँव-पैदल पहुँचना शोभा न देगा। पहले का कोई ऐसा अनुभव न था कि यह समझ पाता— सापेक्षता का सिद्धांत निरर्थक और सार्थक पर भी लागू होता है!

यहाँ सिंहल के कहपणों का कोई मोल नहीं। पाँच स्वर्ण खंडिकाओं में एक

अश्व-वाला पहले उपयोग किया हुआ एक रथ ख़रीद हम मार्ग पूछते-पूछते प्रासाद द्वार तक पहुँचे।

पल्लव दरबार में उपस्थित होने के इच्छुक सामान्य-जन की भीड़ लगी है; दो सैनिक लोगों को नियंत्रित रखने व उनसे प्रश्नोत्तर में लगे हैं। पितृ-राजन जैसी ऊँची कद काठी, सुतवाँ नाक, गौर वर्ण, मुचड़े हुए किंतु उच्च-वर्गीय वस्त्र आदि देखकर उनमें से एक मेरी ओर बढ़ आया। मैंने झट उसे कहा— 'मैं सिंहल-द्वीप का महाराज मोगल्लान हूँ; मुझे पल्लव महाराज से तत्काल मिलना है।'

वह सैनिक स्थानीय भाषा में कुछ बोला; संभवत यह कि संस्कृत नहीं आती। मैंने पाली में दोहराया, फिर भी परिणाम वही रहा किंतु वह इतना अवश्य समझ गया था कि मैं स्थानीय नागरिक नहीं हूँ। उसने मुझे दुर्ग द्वार के बराबर प्राचीर में एक छोटे-से कक्ष की ओर साथ आने का इशारा किया। मैंने दीपांकर से कहा— 'तुम रथ में बैठो, मैं अभी आया।'

वहाँ बैठा अधिकारी संस्कृत समझने-बोलने वाला था; मैंने अपनी बात दोहराई तो कुछ पल मुझे सिर से पैर तक देखता रहा, फिर मुस्कुराता हुआ बोला— 'अच्छा! फिर तो मैं मगध सम्राट अशोक हूँ।'

उसका व्यंग्य तीर की भाँति सीधे हृदय पर लगा, मेरे कान जल उठे। मैंने कहा— 'श्रीमन्, मैं सच बोल रहा हूँ; आप पल्लव महाराज के समक्ष पहुँचा दें तो वे पहचान लेंगे।' मैंने असत्य में संभावना की छौंक लगाई; क्या करता, पल्लव महाराज से भेंट के लिए उत्कंठित था।

'यह देखिए, जब मैं युवराज नामित हुआ तब यह राजचिन्ह मेरी बाँह पर गोदा गया था,' मैंने अपना अंगवस्त्र हटाकर दाईं बाँह आगे को कर दी।

अकस्मात् संशय में पड़कर वह गंभीर हो गया, 'फिर भी यहाँ कुछ करना संभव नहीं; यह द्वार मात्र स्थानीय नागरिकों के लिए है।'

'तब मुझे कहाँ जाना होगा?'

'नगर के मध्य में विदेशी आगंतुक केंद्र है, वहाँ जाइए। संभव है वहाँ कुछ हो सके।'

अधिकारी की कोठरी से बाहर निकला तो देखता हूँ कि रथ का कहीं कुछ अता-पता नहीं; सभी दिशाओं में दौड़-दौड़ कर देख आया, कहीं नहीं। मन में तरह-तरह की आशंकाएँ उमड़ने लगीं— अकेले किशोर-वय नवागंतुक को देखकर कोई चोर-उचक्के भगा ले गए ...या वह स्वयं ही तो भाग नहीं गया। एक तो पिता की त्रासद मृत्यु, और फिर उस अनाम द्वीप के हौलनाक अनुभव : दीपांकर लगभग मूक-सा हो गया था पिछले कुछ समय से। ...हार-मारकर फिर उसी अधिकारी के पास पहुँचा। कथा दीर्घ किंतु सार यह कि प्रासाद द्वार के पास वाहन खड़े छोड़ना

वर्जित था, अब मुख्य आरक्षी केंद्र से मिल सकेगा। पहले वहाँ गया दस कहपणों का दंड देकर रथ और बालक को छुड़ाया। ...दीपांकर ठीक था। 'रोए, घबराकर,' मैंने पूछा तो, उसने नहीं में सिर हिलाया। मैंने उसकी पीठ ठोक कर शाबाशी दी।

विदेशी आगंतुक केंद्र पास ही था। वहाँ मेरे जैसे कई अन्य निर्वासित अथवा पलायन कर आए अभ्यर्थियों की पंक्ति लगी थी। एक अत्यंत साधारण से बैठक कक्ष के साथ लगी दो छोटी कोठरियाँ। एक पहर की प्रतीक्षा के बाद अधिकारी से बातचीत हुई। वह मुस्कुराया नहीं, व्यंग्य भी नहीं किया उसने, 'मैं आपकी अभ्यर्थना मुख्यालय को भेज देता हूँ, किंतु इस प्रकार की दावेदारियों और महाराज से निजी भेंट की प्रार्थनाओं की संख्या बहुत अधिक है। आपके पास यदि कोई दस्तावेज़ी प्रमाण होता तो... किंतु मैं अपनी ओर से आपकी बाँह के चिह्न का उल्लेख कर दूँगा। ...हाँ, इस बीच यदि आप चाहें तो अतिथिशाला द्वितीय में एक कोठरी एक कहपण प्रतिदिन में निवास के लिए मिल सकती है। किंतु वहाँ शस्त्र रखना वर्जित है; बाहर एक शस्त्रागार है वहाँ जमा कराना होगा।'

मैंने अतिथिशाला वाली बात स्वीकार कर ली किंतु बाप्पा, आपने जो पादुका दी थी उसका उल्लेख मैंने नहीं किया और न उसे शस्त्रागार में जमा कराया। लगा कि यह गुप्त अस्त्र शायद ही किसी की नज़र में आए।

अतिथिशाला द्वितीय एक चौकोर आँगन के चारों ओर बनी छोटी कोठरियों का सपाट-सा तीन तल्ला भवन है, जहाँ पड़े-पड़े हमदोनों को अब पाँच महीने होने को आए। प्रतिदिन विदेशी आगंतुक कार्यालय का एक लिपिक सूची लेकर आता है, और अधिकतम दो या तीन प्रतीक्षारत अभ्यर्थियों को मंत्रालय के किसी अधिकारी से भेंटवार्ता का समय बता जाता है। इन पाँच महीनों में मैंने तो उसे किसी को स्वयं पल्लव राज से साक्षात्कार का समय देते नहीं सुना। ...रंग-ढंग से तो नहीं लगता कि इस जीवन में मुझे कभी उनके दर्शन होंगे। मेरी हताशा का कोई अंत नहीं...

कभी-कभी आप पर क्रोध आता है, क्षुब्ध हो उठता हूँ— यह कहाँ भेज दिया मुझे बाप्पा ने! ...फिर स्वयं को समझाता हूँ कि आप मेरे हितैषी हैं, जो किया सो मेरे भले के लिए ही किया होगा। इस सब में भी जब समय नहीं कटता तो मैं अपने पास वाली कोठरी के पड़ोसी वास्तु-शिल्पकार आनंद वर्द्धन के पास चला जाता हूँ।

आनंद है तो गांधार देश का किंतु अधिकांश जीवन उसने पाटलिपुत्र और श्रावस्ती में भवन तथा मंदिर निर्माण करते बिताया है। आनंद विलक्षण कलाकार है। मैं पहरों उसे मंदिरों व भवनों के मानचित्र और पत्थर की अनुकृतियाँ व मूर्तियों के नमूने बनाते देखता रहता हूँ। पल्लव महाराज को वास्तु-कला और शिल्प से बहुत लगाव है। निर्माण कार्य निरंतर कराते ही रहते हैं; आनंद कहता है यदि कभी उनकी दृष्टि उसके मान-चित्रों और नमूनों पर पड़ गई तो महाराज उसे अवश्य बुलाएँगे।

मात्र एक ही पत्र में अपनी अब तक की निष्फलता और हताशा का और अधिक विवरण देना मेरे बस का नहीं है, बाप्पा। सोचता हूँ अब आगे से हर सप्ताह में दो-एक पत्र लिखकर रख लूँगा और यान-प्रधान महिंदा जब आएगा, तो पत्रों का पूरा पुलिंदा उसके हाथ आपको भेज दूँगा।

राजमाता के चरणों में कोटिशः प्रणाम। उनसे कहें कि मोगल्लान का साहस यथावत है। वह अपनी प्रतिज्ञा पूरी करने लिए एक न एक दिन अवश्य लौटेगा। इति।

मुद्रा— मौदगल्यायण

पुनश्च : यहाँ के लोग मुझे मेरे नाम के संस्कृत स्वरूप अर्थात् मौदगल्यायण से ही संबोधित करते हैं।

कश्यप महाराज
अनुराधापुर / सन् 480 ई.

कल-वेव के उस दुर्भाग्यपूर्ण अभियान से मुझे ऐसा झटका लगा कि दो दिनों तक बिछावन पर ही पड़ा दिवास्वप्नों और दुःस्वप्नों के बीच झूलता रहा। यदि सौंदर्या निरंतर मेरी सेवा-सुश्रुषा में न लगी रही होती तो निश्चय ही मैं किसी गंभीर मनो-रोग से ग्रस्त हो जाता। उसकी सांत्वना और दृढ़ता से बहुत बल मिला।

'महाराज, इस समय यदि आपके शिथिल पड़ जाने का समाचार फैल गया, तो मिगार जहाँ कहीं भी हो पुनः लौटने को प्रयत्नरत हो जाएगा। वह नहीं, तो कई अन्य दावेदार खड़े हो जाएँगे। अभी तो मिगार के आतंक से मुक्त होकर लोग आपका कृत्य भूले हुए-से हैं,' सौंदर्या बोली।

दूसरे दिन तो वह और कठोर हो गई— 'आपके स्वर्गीय पिता आपको और ज़्यादा धिक्कारेंगे दुःस्वप्नों में ...मुझे भी मार डाला और स्वयं भी शासन सँभाल न पाया! आप अपने मन को कड़ा कर सत्ता सँभालने में तत्काल जुटें, यह प्रजा और त्रि-सिंहल के प्रति आपका दायित्व है।'

तीसरे दिन मैं उठ खड़ा हुआ— मुझे भी लगने लगा था कि यह अवसर यदि हाथ से निकल गया, तो दासी पुत्र पितृहंता को फिर कभी दूसरा अवसर न मिलेगा। दर्शनी मंडप से बहुत देर तक प्रसन्न-मुख प्रजा को आशीष देकर लौटा तो कुछ देर बाद ही सैन्य शिविर के निरीक्षण को चल पड़ा। राजमार्ग पर भी नगरवासियों को रथ पर बैठा, मुस्कुराते हुए हाथ उठा-उठा कर अभिवादन करता रहा। अंगरक्षकों ने मेरे आने की सूचना सेनानायकों को दे दी थी।

उगता हुआ सूर्य सबको दिखाई दे जाता है और बहुधा सब स्वयं ही नतशिर हो जाते हैं। सेना वैसे भी वर्तमान शासक को पहचानने में चूक नहीं करती। सबको

प्रखर वाणी आश्वस्त करके लौटा तो मेरा आत्मविश्वास बढ़ गया था ...मन ही मन स्वयं को समझा रहा था— अपना कर्म कर, कश्यप, प्रारब्ध में फल होगा तो अपने आप मिल जाएगा।

अगले दिन मैंने पूर्व महामात्य को भेंट के लिए आमंत्रित किया। बुद्धदास पितृ-राजन के समय में वर्षों तक इस पद पर रहे थे। औपचारिक अभिवादन के बाद उन्हें स्थान ग्रहण करने को आमंत्रित कर मैंने कहा, 'आप ऐसा समझें कि पिछले कुछ माह का व्यवधान एक दैवी आपदा थी, एक संकट का मेघ जो अनुराधापुर के आकाश पर से अब छँट चुका।' मैंने वह घोषणा-पत्र जो मिगार ने दर्शनी मंडप से पढ़ा था, उनकी ओर बढ़ा दिया। कुछ देर वे उसे देखते रहे, और मैं सोचता रहा, धन्य-भाग कि मिगार ने उसी दिन मदमत्त हो कर उसे मेरे बिछावन पर फेंक दिया था— ले किशु, सँभाल कर रख ले, तेरा काम मैंने कर दिया।

महामात्य ने पत्र लौटाते हुए कहा— 'मुद्रा तो उन्हीं की है, महाराज।' वह मेरी ओर देख रहे थे। उन्हें उगता हुआ सूर्य दिखाई दिया और मुझे उनके नेत्रों में अविश्वास की झलक, किंतु मैंने अपनी निराशा प्रगट न होने दी।

'महामात्य, पितृ-राजन के आदेशों की पालना हम सब को करनी ही होगी, किंतु शासन यथावत चलेगा। मुझे विश्वास है आप मेरे शासनकाल में भी महामात्य पद स्वीकार करेंगे। अन्य अमात्यों का चयन आप के परामर्श से बाद में कर लेंगे। वर्तमान में यथास्थिति बनी रहे तो अच्छा। आप क्या कहते हैं?'

'अवश्य महाराज, जैसी आपकी आज्ञा, यह मेरा सौभाग्य है कि आपके पिता के बाद आपकी सेवा का भी अवसर मिल रहा है।'

'तो कल अमात्य परिषद की सभा रख लें। अन्य कोई परामर्श?'

'जी... मैं...मेरा...'

'हिचकिचाइए मत, महामात्य, हमारे बीच सब कुछ स्पष्ट होना चाहिए।'

'जी, मेरा सुझाव यह है कि यह घोषणा पत्र कल की बैठक में समस्त अमात्यों को भी दिखा दें, और यदि कोई धातुसेना महाराज की वर्तमान स्थिति जानने की इच्छा व्यक्त करे तो आप यह कहें कि उनके अपने ही निर्देशों के अनुसार उनकी गोपनीयता को बनाए रखने के लिए आप वचनबद्ध हैं।'

'और कुछ?'

'जी, कल की बैठक के बाद अनुराधापुर के सात योजनों की परिधि में आनेवाले ग्राम-प्रमुखों की बैठक भी बुला ली जाए।'

अगले दिन अमात्य परिषद की बैठक निर्विघ्न पूरी हुई। समस्त सभासदों को भी संभवत: उदयाचल का सूर्य दिखाई दे चुका था : मुझसे कोई अप्रिय प्रश्न नहीं पूछे गए। सब प्रसन्न और भविष्य के प्रति आश्वस्त दिखाई पड़े। किंतु मेरे ही मन में

कुछ काँटा-सा गड़ता रह गया।

सभासदों को विदा करके महामात्य बुद्धदास लौटे तो एक प्रौढ़ भिक्षु भी उनके साथ था। 'महाराज ये जलवेल्ल के अमात्य तुषार हैं ...आपके पिता के निकट सहयोगियों में थे। अभी कुछ दिनों पहले दीक्षा लेकर संघ की शरण में चले गए। ...आपसे एकांत में कुछ चर्चा करना चाहते हैं।'

अब तक मैंने तुषार को पहचान लिया था। पितृ-राजन के साथ कई बार देखा अवश्य था किंतु औपचारिक परिचय आज पहली बार ही हुआ था। वेशभूषा भी परिवर्तित थी।

'त्रि-सिंहल का सिंहासन महाराज को शुभ हो; महाविहार से संघस्थविर ने भी आपको बधाई भेजी है। आपसे मिलने के इच्छुक हैं किंतु आप तो जानते ही हैं वृद्धावस्था के कारण कहीं आते जाते नहीं। महाराज को जब भी सुविधा हो, महाविहार में स्वागत है।' फिर एक चाँदी की पेटी बढ़ाते हुए बोले, 'संघस्थविर ने भिजवाई है। इसमें क्या है यह मुझे ज्ञात नहीं, संभवत कोई पत्र या प्रसाद आदि हो। कृपया स्वीकार कर कृतार्थ करें। आप को निमित्त बनाकर तथागत त्रि-सिंहल को सुशासन प्रदान करें यही हमारी शुभकामना है। अब अनुमति दें।'

अमात्य परिषद की सफल बैठक; महाविहार के संचालक, संघस्थविर का आशीर्वाद संदेश और उपहार भी, मेरा हृदय उमंग से भर उठा— चलो, संभवतः सँभल जाएगा सब कुछ। अपने उल्लास में सौंदर्या को सम्मिलित कैसे न करता! दोनों ने मिलकर मंजूषा खोली— एक बड़ी-सी चाबी और एक पत्र।

पढ़कर हमदोनों पर मनों पानी पड़ गया जैसे!

मौदगल्यायण
कांचीपुरम / सन् 480- 481 ई.

बाप्पा के नाम पत्रों का पुलिंदा एक वर्ष पूरा होने से कुछ पहले ही अतिथिशाला द्वितीय के लिपिक ने हमें सूचित कर दिया था कि अब कमरा ख़ाली करना होगा। लगभग उसी समय आनंद वर्द्धन को भी एक वर्ष पूरा होने को था।

अब उसने दो कोठरियों का निजी निवास ले लिया है। वह मुझे छोटे भाई समान मानने लगा है। मुझसे दस वर्ष बड़ा है किंतु हम मित्रवत हैं। दीपांकर और मैं भी उसी के साथ रहने लगे हैं। उसे प्रस्तर प्रतिमाएँ बनाते देख-देख कर दीपांकर और मुझे भी इच्छा होने लगी है कि हम उसका हाथ बटाएँ, किंतु यह काम इतना सरल नहीं। बहुत एकाग्र-चित्त होना पड़ता है।

इस बीच कई बार विदेशी आगंतुक केंद्र हो आया हूँ। किसी प्रकार का कोई

प्रत्युत्तर नहीं आया। प्रतीक्षा की उत्कंठा में एक-एक दिन एक-एक वर्ष जैसा लगता है। समय काटना दूभर हो गया है। देखिए, आगे क्या होता है...

वसंत पंचमी, सन् 480 ई.

मैंने कहा था न कि आनंद वर्द्धन विलक्षण कलाकार है; विलक्षण ही नहीं बहु-आयामी प्रतिभा वाला। भवनों के मानचित्र और लघु-मूर्तन के साथ उत्कृष्ट प्रतिमाएँ भी बनाता है। उसने अपनी कुछ मूर्तियाँ एक स्थानीय कला दीर्घा के स्वामी को दिखाई थीं। उसने तत्काल अपनी दीर्घा में प्रदर्शन तथा संभावित बिक्री के लिए रख ली थीं। आज के शुभ दिन संदेश आया है कि उसकी सभी प्रतिमाएँ अच्छे मूल्यों पर बिक गई हैं; और प्रतिमाओं की माँग की है।

ग्रीष्म, सन् 480 ई.

पल्लव महाराज को आनंद वर्द्धन ने जो मानचित्र व प्रस्ताव भेजे थे वे तो अभी तक लंबित ही हैं, किंतु उसकी प्रतिमाओं का काम चल निकला है। कांचीपुरम मंदिरों और धनाढ्य गृह स्वामियों के भवनों, विद्यालयों आदि से भरा पड़ा है; देवी-देवताओं की प्रतिमाओं के अतिरिक्त पूर्वजों की मूर्तियों की बहुत माँग है। आनंद की ख्याति दूर-दूर तक फैल गई है। वह चित्रकार भी उच्च कोटि का है; यदि ग्राहक चाहें तो प्रस्तर प्रतिमाओं को ऐसी दक्षता से रंग देता है कि वे जीवंत हो उठती हैं। माँग इतनी बढ़ गई है कि वह दिन-रात काम करके भी पूरा नहीं कर पाता। कल फिर कह रहा था तुम दोनों भी कुछ सहायता क्यों नहीं करते।

...अब हमने काम सीखना आरंभ तो किया है किंतु अभी मुझसे कुछ बन नहीं पड़ता— मूर्तियाँ बनाते बनाते नाक-कान टूट जाते हैं या मुख-मुद्रा टेढ़ी-मेढ़ी हो जाती है। आनंद कहता है दीपांकर में जन्मजात प्रतिभा है, बहुत आगे बढ़ेगा। ...मौद, तुम धैर्य से काम करना सीखो, हथौड़ी बहुत ज़ोर की मार देते हो...

वर्षांत, सन् 480 ई.

बाप्पा, विदेशी आगंतुक केंद्र से कोई समाचार नहीं मिला अब तक; न मुझे न आनंद को। पल्लव महाराज से कब मिलना होगा, कुछ नहीं कह सकता। अब तो भय यह होने लगा है कि थोड़ी देर को यदि भेंट हो भी गई, तो क्या सैन्य सहायता देने के लिए वे तत्काल हाँ कह देंगे? जब भेंट के लिए ही इतना समय लग रहा है, तो किसी निर्वासित दावेदार को सैन्य सहायता दी जाए, न दी जाए, यह परामर्श देने में तो कूट मुख्यालय संभवत: वर्षों लगा देगा।

मात्र प्रतीक्षा के अतिरिक्त कुछ न करने से ऊब गया था, समय काटने को आता था। पिछले छः महीनों से मैंने शिल्पकला सीखने में स्वयं को झोंक दिया है। जन्मजात प्रतिभा की कमी को निरंतर अभ्यास से पूरा करने का हर संभव प्रयास किया। आपको जानकर ख़ुशी होगी कि अब मेरे गुरु आनंद ने भी मुझे सिद्धहस्त शिल्पकार की पदवी दे दी है, यद्यपि मैं जानता हूँ अभी उनसे बहुत कुछ सीखना है। दीपांकर तो पहले ही पारंगत हो गया था। हम तीनों की कलाकृतियाँ धड़ाधड़ बिकती हैं— सामान्य ग्राहक बहुधा आनंद और हमदोनों की बनाई प्रतिमाओं में भेद भी नहीं कर पाते। ...हमारी सम्मिलित आय अब इतनी बढ़ गई है कि हमने एक अपेक्षाकृत बड़ा भवन किराए पर ले लिया है; उसी में हमारी कार्यशाला भी है।

सबसे अच्छी बात यह है कि काम इतनी तन्मयता से करना होता है कि उस समय न पल्लव महाराज के आमंत्रण की प्रतीक्षा का ध्यान आता है न स्वदेश शीघ्र न लौट पाने की व्यथा का। कभी-कभी तो भय होता है कि सृजन-सुख की इस तल्लीनता में कहीं अपनी प्रतिज्ञा ही न भूल बैठूँ मैं!

वसंत, सन् 481 ई.

बाप्पा, आज मन में भारी क्लेश है!

विदेशी केंद्र के अधिकारी ने बताया कि मेरी अभ्यर्थना अस्वीकार कर दी गई है। कारण यह बताया कि मेरे निवेदन पर पल्लव दरबार में सिंहल प्रतिनिधि की टिप्पणी माँगी गई थी; उसने कहा कि त्रि-सिंहल नरेश कश्यप महाराज हैं। उनकी ओर से पल्लव महाराज को भेंट हेतु उन्होंने उसके अलावा किसी अन्य व्यक्ति को अधिकृत नहीं किया।

अभी मैंने कोई स्पष्टीकरण नहीं दिया है, और दे भी क्या सकता हूँ! मैं स्वयं को चाहे जितना कह लूँ सिंहल-नरेश, बात तो तब बनेगी जब वे मुझे असली हक़दार मानें। किन्तु वे भला इस बाहरी झंझट में क्यों पड़ने लगे। मेरी तो कुछ समझ में नहीं आ रहा है कि अब इस दिशा में आगे क्या कर सकता हूँ। आप कोई सुझाव देना चाहें तो अवश्य दें, किंतु मुझे नहीं लगता कि निकट भविष्य में पल्लवों की सैन्य सहायता के साथ मेरे स्वदेश लौट सकने की कोई संभावना बचती है।

एक शुभ समाचार भी है : कल आनंद आए तो हुलस कर हमदोनों को गले से लगा लिया; कहने लगे, इतना बड़ा काम मिल गया है कि अब पल्लव महाराज बुलाएँ न बुलाएँ कोई अंतर नहीं पड़ता।

जंबूद्वीप में वाराणसी के बाद कांचीपुरम शिक्षा और देवालयों का बहुत बड़ा केंद्र है। सनातन धर्म के अतिरिक्त बौद्ध और जैन धर्मों के ग्रंथ— वेद, पुराण, त्रिपिटक, जैन गाथाएँ, तथा रामायण व महाभारत जैसे महाकाव्यों से लेकर हरिसेन,

कालिदास आदि की कृतियों की हस्तलिखित प्रतियों की माँग हजारों क्या लाखों की संख्या में है। कांचीपुरम में ऐसी प्रतिलिपियों का सबसे बड़ा प्रकाशक है नचिकेतानंद ग्रंथालय। उसके मालिक नचिकेतानंद स्वयं संस्कृत व प्राकृत के विद्वान तो हैं ही, यहाँ के सबसे समृद्ध उद्यमियों में गिने जाते हैं। लोग कहते हैं कि वे उन विरल जनों में से एक हैं जिन पर देवी शारदा और श्रीदेवी लक्ष्मी दोनों का वरद हस्त है। नचिकेतानंद अपने प्रतिष्ठान का एक विशाल नया भवन बनवा रहे हैं; उसके लिए उन्होंने वास्तुकला प्रतियोगिता आयोजित की थी। आनंद का प्रस्ताव सर्वोत्तम रहा और अनुमोदित हो गया है; कार्य भी शीघ्र आरंभ हो जाएगा।

अब हम मूर्तियों के व्यवसाय के अतिरिक्त इस पूरे भवन का निर्माण भी करवाएँगे और उसे प्रतिमाओं से सुसज्जित करेंगे। इसमें लगभग दो ढाई वर्ष लगेंगे और आनंद को हजारों स्वर्ण-मुद्राओं का शुद्ध-लाभ होगा, और बाप्पा, उसकी उदारता देखिए कि उसने हमदोनों को बराबर का भागीदार बनाने का प्रस्ताव किया है। मैं नकार न सका उसका प्रस्ताव— उसने हमारी सहायता की प्रत्याशा में ही इतने बड़े कार्य का दायित्व अपने कंधों पर लिया है।

आज मैं बहुत प्रसन्न हूँ बाप्पा; आप यहाँ होते तो आपके चरण स्पर्श करके आशीर्वाद लेता। ...आप यह न समझ लीजिएगा कि मैं अपनी प्रतिज्ञा भूल गया। पल्लव महाराज से सेना तो मिल नहीं पाई कि लौट सकता। संभव है तीन-चार वर्षों में धन ही इतना अर्जित कर लूँ कि क्रीत-सैनिकों की सेना लेकर आऊँ; किंतु आऊँगा अवश्य।

अभी इतना ही। इस बीच दो-एक बार प्रधान महिंदा आए किंतु भेंट न हो सकी। संदेश आया है कि अभी यहाँ आए हुए हैं; उन्हीं से पत्रों का यह पुलिंदा भेज रहा हूँ। हाँ, एक बात और, अब हमारी आय इतनी हो गई है कि जीवन-यापन हेतु वित्तीय संबल जो आप भेजते रहे हैं, अब आवश्यक नहीं।

राजमाता जहाँ भी हों मेरा प्रणाम और संवाद उन तक भी पहुँचाने की कृपा करें। इति।

मुद्रा— मौदगल्यायण

कश्यप महाराज

अनुराधापुर / सन् 480- 481 ई.

स्थविर तुषार जो रजत मंजूषा दे गए थे वह चाँदी की साधारण पेटी नहीं बल्कि किसी सिद्धहस्त कारीगर की कला का अद्‌भुत नमूना थी। उसके ढक्कन पर अनुराधापुर का राज-चिह्न खुदा हुआ था और बाकी पेटी पर छोटी-छोटी नुकीली बर्छियाँ उकेरी हुई थीं; पेंदे के कोनों पर सिंह के पंजों जैसे गोड़े थे, और बंद करने के लिए नाज़ुक-

सी कुंडी लगी थी।

उस पेटी में से जो पत्र निकला उसे पढ़कर ऐसा लगा जैसे उन सब बर्छियों की नोकें एक ही साथ मेरे हृदय में उतर गईं— सत्य कटु तो होता ही है, पर वह सत्य उस पत्र में इतनी प्रखरता से मुखर हुआ था कि मुझे पश्चाताप और आशंकाओं के आजीवन कारावास का दंड दे गया। इस आघात से सौंदर्या भी मुझे नहीं बचा सकी— वह तो स्वयं ही अपने आँसू नहीं रोक पा रही थी। ...दो-चार पंक्तियाँ ही पढी थीं कि मेरी आँखों से अश्रु-धार बह निकले; सौंदर्या मेरे कंधे पर दोनों हथेलियाँ रखे मेरे साथ-साथ पढ़ रही थी :

त्रि-सिंहल नरेश कश्यप महाराज

यह मेरा परम दुर्भाग्य है कि जिन दो लोगों से मैंने जीवन में सबसे अधिक प्रेम किया वे दोनों ऐसे निकले कि शताब्दियों तक उनकी क्रूरता का उदाहरण दिया जाता रहेगा— एक आपके पिता धातुसेना महाराज, जिन्होंने अपनी बहन को जीवित जला डाला, और दूसरे आप कि अपने पिता को जीवित दीवार में चुनवा दिया।

आप राजपुरुष-गण भी कितने सरलमति होते हैं; समझते हैं किसी पुराने दागब का पुनरुद्धार करवा दिया, कुछ-एक नए बौद्ध-विहारों का निर्माण करवा दिया, कुछ दान-दक्षिणा दे दी, फिर उसके बाद गौतम के मूल मंत्र एवं सिद्धांतों के उल्लंघन की छूट मिल गई; सारे कलंक और असत्य उनसे छिप जाएँगे, लोग आपके अपराध, आपकी क्रूरता भूल जाएँगे। नहीं महाराज, एक क्षण को भी इस भ्रम में न रहिएगा कि अनुराधापुर में किसी एक प्राणी को भी मिगार की उस उद्घोषणा पर विश्वास है जिसमें उसने धातुसेना महाराज के स्वेच्छा से वन में अज्ञातवास के लिए जाने का उल्लेख किया है। उनकी हत्या आपकी उपस्थिति में, आपकी अनुमति से कितने भयावह ढंग से हुई उसका विवरण इस पत्र के साथ संलग्न दीपांकर के शपथपत्र में दर्ज है जो अब आम लोगों तक भी पहुँच चुका है। उस बालक के बयान पर जिन लोगों के हस्ताक्षर हैं उनमें से दो संघ की सेवा में जा चुके, और तीसरा आपको मिगार की काली छाया से मुक्त रखने के लिए अभी हाल तक युद्धरत था।

महानाम मुझे बता चुके हैं कि मिगार ने कितने छल-छद्मों से आपके कान में धातुसेना महाराज के विरुद्ध विष भरा। महानाम जैसे स्वामिभक्त अनुचर सौभाग्य से ही मिलते हैं; वे अपने स्वामी के प्राण तो नहीं बचा सके किंतु मैं जीवित हूँ तो उन्हीं के कारण।

आपको मैंने बचपन से पाला है। अपनी कोख जनमे पुत्र मोगल्लान से

भी अधिक लाड़-प्यार दिया। विमाता होकर भी यही चाहती थी कि ज्येष्ठ पुत्र होने के नाते महाराज आप ही को उत्तराधिकारी घोषित करें, यद्यपि मिगार जैसे दुष्ट की संगत में अपनी छवि को धूमिल करने में आपने कोई कसर नहीं छोड़ी। मैंने यथासंभव प्रयास किया कि धातुसेना महाराज अपनी बहन को इतना कठोर दंड देकर मिगार जैसे सर्प को चोटिल न करें। किंतु मैं न आपको युवराज घोषित करवा पाई न वारुणी को उस हृदय-विदारक दंड से बचा पाई। प्रारब्ध का कोई क्या उपचार करे!

किंतु आपके भविष्य के लिए कुछ बातें आपकी जानकारी में होनी चाहिएँ।

आपको बताना चाहती हूँ कि जिस सुन्दर पेटी में यह पत्र भेज रही हूँ उसमें हम क्या रखा करती थीं कभी— हम अर्थात् मैं और आपकी अपनी माँ अधरअमृता। वह मुझे बड़ी बहन मानती थी और मैं उसे सगी छोटी बहन समान। बहुत प्रेम था हमदोनों में, और अपने विवाह के कंगन और आभूषण इस मंजूषा में हम इकट्ठे रखती थीं। जी महाराज, आप चकित न हों— आपकी माता दासी नहीं थी। समझ लें कि वह कोई वन-देवी थी जिसे मैं स्वयंसिद्धा के आश्रम से स्वयं लेकर आई थी; फिर धातुसेना महाराज से उसका गंधर्व विवाह मैंने करवाया था। धातुसेना महाराज और अधरअमृता का पारस्परिक प्रेम ऐसा था कि यदि वह चाहती तो मुझसे महिषी का पद छीन सकती थी, विशेषकर प्रथम बालक उत्तराधिकारी को जन्म देने के बाद, किंतु उस देवी समान स्त्री ने कभी मुझसे वरीयता लेने का प्रयास नहीं किया। इस मंजूषा से अपनी छोटी बहन के आभूषण तो आपको पहले ही दे दिए थे। जो मेरे थे उन्हें आपने मेरा सुहाग उजाड़ कर निरर्थक कर दिया। मंजूषा बेकार पड़ी थी, सोचा, यह अंतिम संवाद भेजने के काम में ले लूँ।

आपकी माँ की असमय मृत्यु के बाद मैंने ही आप को पाल-पोस कर बड़ा किया है, इसलिए आपके आंतरिक स्वभाव को भली-भाँति जानती हूँ— मिगार के विषाक्त प्रभाव में ही सही, किन्तु आपने जो किया वह महापाप है। यह बात कोई और जाने न जाने आप स्वयं अवश्य अनुभव करते होंगे, ऐसा मुझे विश्वास है। और इस बात का भी कि आप महानाम, तुषार, शिलाकाल जैसे व्यक्तियों को किसी अपराध का दोषी ठहरा कर उनके पीछे नहीं पड़ जाएँगे— उन्होंने तो मोगल्लान के प्राण बचाने के लिए उसे जंबूद्वीप भेजने के बाद आपकी सहायता ही की है, और आगे भी करते रहेंगे।

आप उदयाचल के सूर्य हैं— आपके समक्ष आपको कोई पितृहंता नहीं कहेगा, पीठ पीछे सब वही कहेंगे और वह सत्य भी है। आप का प्रायश्चित

यही है त्रि-सिंहल को अपने सुशासन से शान्ति व समृद्धि दें; असत्य, अन्याय और षड्यंत्र का वर्चस्व न होने दें और अनावश्यक क्रूरता से दूर रहें।

मैं तो यह भी चाहती हूँ कि मोगल्लान जब वापस लौटे तो वह भी कोई क्रूरता या हिंसा न करे। वह लौटेगा अवश्य, क्योंकि प्रतिशोध की प्रतिज्ञा करके गया है। तब क्या होगा, यह आप दोनों के मध्य का विषय है; अब मैं इसमें कुछ नहीं कर सकती। मैं तो अब मात्र तथागत की प्रार्थना में लीन रहना चाहती हूँ।

एक अंतिम बात और— मुझे ढूँढने का प्रयास न कीजिएगा; मैं अनुराधापुर से दूर जा रही हूँ, संघा के बालक और नीलमणि के साथ। दुर्भाग्यवश प्रसव में संघा का देहांत हो गया। उस बालक के लालन-पालन का दायित्व मुझ पर ही है। यदि मुझे खोज निकालने का कोई प्रयास हुआ तो यही समझूँगी कि अपने पिता की भाँति आप मेरी भी हत्या करना चाहते हैं। क्योंकि अब हमारे आमने-सामने मिलने का कोई कारण नहीं। जब माता-पिता के संबंधों के विभ्रम में पड़े थे अथवा गड़ा हुआ ख़ज़ाना ढूँढ रहे थे तब तो मुझसे कुछ पूछने आए नहीं, तो अब मिलकर क्या होगा! यदि आप क्षमा भी माँगें तो वह मैं किस मुँह से दे पाऊँगी?

जो बातें मैंने कही हैं उनकी तनिक सी भी छान-बीन करा लेंगे तो आपको स्वयं स्पष्ट हो जाएगा कि मिगार ने कैसे झूठे साक्ष्यों से आपको दिग्भ्रमित कर दिया। आश्चर्य तो यह कि आप कितनी आसानी से उसकी बातों में आ गए! तथापि शुभमस्तु।

इति

मुद्रा— राजमाता सुमनवल्लरी

रानी माँ के उस पत्र से मेरा हृदय छलनी हो गया। मेरा पूरा अस्तित्व ही मानो दो भागों में विखंडित हो गया— उनमें से एक दिनभर राजकाज में लगा जी-तोड़ परिश्रम करता कि सुशासन के योग्य समझा जाऊँ, और दूसरा, संध्या होते ही पश्चाताप की ज्वाला से ग्रस्त स्वयं को मदिरा में डुबाने लग जाता। अंततः मत्त होकर सौंदर्या के अंक में पड़ रहता, निद्रा में भी दुःस्वप्नों से घिरा।

बहुधा सभासदों की बैठक में भी अकस्मात् ध्यान भटक जाता, शून्य को ताकता हुआ बुदबुदाने लगता— लगा दो... वह भी लगा दो ...सदा के लिए खड़े देखते रहेंगे सूर्योदय... फिर तंद्रा टूटते ही लगता कि कर क्या रहा हूँ यह! कई बार दर्शनी मंडप पर हाथ उठाता हूँ तो मुख पर उल्लास का भाव ही नहीं आता ...सायास मुस्कुराता हूँ। जय-घोष होता है ...कश्यप महाराज की जय हो ...जय हो किंतु

लगता है जैसे वह भी मेरी मुस्कान की भाँति बनावटी है।

पितृ-राजन की हत्या के पश्चाताप से कुछ देर को यदि छूट भी जाता हूँ तो मोगल्लान या मिगार, अथवा उन दोनों के वापस लौटने की आशंकाओं से मन विचलित हो उठता है। कहाँ है मोगल्लान, क्या कर रहा होगा, कब कितनी सेना लेकर आएगा मुझे ढूँढता हुआ? क्या ऐसा भयंकर आक्रमण होगा कि अनुराधापुर की प्राचीर मिट्टी की दीवार की भाँति भहरा कर गिर पड़ेगी, प्रासाद परिसर रौंद दिया जाएगा? अचानक अरलिया परिसर की गुप्त कारा में असहाय धातुसेना महाराज का चित्र खिंचा चला आता है आँखों में ...बहुत प्यास लगी है ...थोड़ा पानी मिलेगा...

मिगार के जाने के बाद तीन-चार सप्ताहों तक गुप्तचर यही समाचार लाते रहे कि वह शत्रुओं पर भारी पड़ रहा है। पहरों बिस्तर पर पड़ा सोचता रहता— यदि वह लौटने का प्रयास करेगा, तब मैं क्या करूँगा? क्या शिविर के सैनिक मेरा कहा मान कर उसका विरोध करेंगे? आठवें सप्ताह का गुप्तचर वैसा ही कुछ समाचार लाया था— मिगार चारों ओर से घिर गया है, बहुत संभव अनुराधापुर लौटने का प्रयास करे। मंत्रणा हुई; महामात्य और प्रतिरक्षण अमात्य एकमत थे, उसे रोकना होगा, महाराज की आज्ञा हो तो कुछ सेना कुमार शिलाकाल की सहायता को दक्षिण भेजी जाए। ...मैं कई पहरों तक ऊहापोह में पड़ा रहा। संध्याकाल सौंदर्या दृढ़तापूर्वक फुसफुसाई— इतना क्या सोचना महाराज? सेना भेजिए तत्काल। मोगल्लान तो जब आएगा तब आएगा, अभी तात्कालिक संकट तो मिगार के वापस लौट आने का है।... तब कहीं वह अतिरिक्त सैन्य बल भेजा मैंने।

तीन माह बाद सूचना आई कि मिगार खदेड़ा जा चुका। प्राण बचाकर संभवत: जंबूद्वीप भाग गया। ...फिर मुझे यह भय सताने लगा कि विजयी शिलाकाल ही न कहीं अनुराधापुर पर चढ़ आए, और कहीं वह दक्षिण से और उसी समय मोगल्लान उत्तर से एक साथ आ गए, तब क्या होगा?

किंतु ऐसा कुछ हुआ नहीं— दक्षिण को भेजी गई सेना वापस लौट आई और शिलाकाल रुहुन में ही कहीं छिप गया। ...कई दिनों तक सोचता भी रहा— क्या शिलाकाल को ढूँढ कर समाप्त कर देना चाहिए। मोगल्लान का समर्थक है। किंतु रानी माँ के पत्र का स्मरण आ गया— आपका प्रायश्चित यही है कि अनुराधापुर को सुशासन दें।

इस बीच महाविहार में संघस्थविर से भेंट कर उनके चरण स्पर्श कर आया हूँ। समय माँगने पर उप-संघस्थविर कौस्तुभ स्वयं आकर कह गए— प्रात:काल का सामूहिक प्रार्थना-सत्र सूर्योदय के दो पहरों के बाद और सायंकाल का मध्याह्न के तीन पहर बाद होता है, मुनि संघस्थविर की निजी उपस्थिति में। आप अपनी सुविधा अनुसार किसी भी दिन आ सकते हैं। मैं कहता हूँ— कल सायंकाल आऊँगा।

दूसरे दिन महाविहार के द्वार पर किसी प्रकार के औपचारिक स्वागत अथवा सजावट के कोई चिह्न नहीं दिखाई देते— केवल उप-संघस्थविर प्रतीक्षा में खड़े हैं। मुझे आने में कुछ विलम्ब हो गया; सामूहिक प्रार्थना समय पर प्रारंभ हो चुकी है; किन्तु कौस्तुभ कहते हैं, 'आपका स्वागत है, राजन्।'

मुख्य प्रार्थना कक्ष विशाल है— द्वार के दोनों ओर गेरुआ वस्त्र में लगभग एक हज़ार भिक्षुगण क़ालीन पर पालथी मारकर बैठे हुए हैं— गेरुआ रंग के समुद्र में सैकड़ों छिले हुए सिर, पंक्तिबद्ध; बीच में चलने को रास्ता है जिसके दूसरे छोर पर संघस्थविर हाथ जोड़े पाठ कर रहे हैं। मुझे देखते ही एक हाथ से पहली पंक्ति की ओर इंगित करते हैं। समवेत पाठ से प्रार्थना कक्ष गुंजायमान है। मैं प्रणाम करता हुआ मंच के नीचे बैठ जाता हूँ।

...मन ही मन कुछ खिन्न हो उठा हूँ। समय पर पहुँचता तो क्या जाने संघस्थविर स्वयं द्वार पर लेने आए होते; संभवतः आकर लौट गए हों ...मुझे ही आने में देर हो गई क्योंकि महाविहार के लिए रवाना हो ही रहा था कि लगा अब लेश-मात्र विलम्ब भी असह्य है, तत्काल प्रासाद प्रबंधक को बुलवाकर अरलिया सभागार के बारे में निर्देश देने लगा। और वह था, कि मेरी बात सुनकर अवाक् मुझे देखे ही जा रहा था। फिर मैंने कठोरता से कहा— समझ में नहीं आया कि मैंने क्या कहा! अब मेरा मुँह क्या देख रहे हो तत्काल कार्रवाई आरंभ करो। ...उस सब में और विलंब हो गया।

...प्रार्थना समाप्त होने वाली है। संघस्थविर खड़े हो गए हैं; एक हाथ में काँसे के पात्र से जल अंजलि में ले-लेकर अभिषेक सिंचन कर रहे हैं। पवित्र जल की एक फुहार-सी मेरे मुकुट पर से होती हुई मस्तक पर टघर आती है। वे मुड़कर चलें उससे पहले बढ़कर उनके चरण स्पर्श करता हूँ— 'सुखी दिग्घायाकु भव'।

आशीर्वाद देकर वे चल पड़ते हैं। मैं कौस्तुभ की ओर तात्कालिकता से फुसफुसाता हूँ— 'मुझे मुनि संघस्थविर से एकांत में बात करनी है।'

'उसके लिए अलग से अनुमति लेनी होगी, महाराज... मैं पूछ कर सूचित करवा दूँगा।' संघस्थविर पिछले द्वार से बाहर जा चुके हैं।

मैं कुछ क्षुब्ध-सा मुड़कर चल पड़ता हूँ; उप-संघस्थविर द्वार तक विदा करने साथ आ रहे हैं। मुझे लगता है जैसे मेरी पीठ में एक सहस्त्र जोड़ी आँखें चुभ रही हैं— मैं मुड़कर देखना तो चाहता हूँ कि भिक्षुगण मुझे जाते हुए देख रहे हैं अथवा नहीं, पर नहीं देखता। चलते हुए अनुभव होता है जैसे पैरों में भारी पत्थर बँधे हों।

प्रासाद परिसर में प्रवेश करते ही देखता हूँ उद्यान के पार अरलिया परिसर पर श्रमिक काम शुरू कर चुके हैं।

एक तो उस राजखंड में रहने ही से मुझे वितृष्णा होने लगी थी। अग्र-कक्ष में

प्रवेश करते हुए अक्सर सुदाथ का कटा हुआ सिर आँखों में कौंध जाता है, जैसे अभी तक वहीं पड़ा हो; फिर वह द्वार जिसे मिगार ने ठोकर मार कर खोला था— शयन कक्ष में प्रवेश करने पर पितृ-राजन के विस्फारित नेत्र स्मृति पटल पर उभर आते हैं... क्या बात है मिगार? क्या कोई आक्रमण हुआ है?

जिस बैठक में संध्याकाल मैं और सौंदर्या बैठते हैं, वहाँ के झरोखे से पश्चिमी उद्यान में अरलिया परिसर दिखाई देता है; कुंज के पीछे से झाँकता सभागार भवन, कमल पुष्पों से भरा हुआ कमल कुंड। वह पूरा परिसर उन तीन दिनों की भयावह स्मृतियों से मेरे मस्तिष्क को मथने लगता था। ...आज सहसा मुझे और घड़ी-भर का विलंब भी सहन न हुआ। ...मैंने उसे पूरी तरह ध्वस्त कर कमल कुंड को भर देने के निर्देश दे दिए हैं; कार्य प्रारंभ हो गया है, आज देर रात तक पूरा हो जाएगा।

दूसरे दिन महाविहार से कोई मेरे सहायक चिराथ को संदेश दे जाता है। सायंकाल निर्धारित समय पर पुनः महाविहार के द्वार पर कौस्तुभ मेरी प्रतीक्षा में खड़े हैं।

'अभी थोड़ा समय है, राजन्, आप चाहें तो महाबोधि वृक्ष के दर्शन कर सकते हैं।'

मैं उनके साथ जाकर महाबोधि वृक्ष की परिक्रमा करता हूँ। पास ही एक सँकरी, पत्थर में कटी वापी है। उसकी ओर इंगित करते हुए कौस्तुभ बताते हैं, 'इसी के जल से तथागत की प्रतिमाओं का स्नान, अभिषेक आदि होता है।'

एक लंबे गलियारे के पार सीढ़ियाँ चढ़कर हम संघस्थविर के निवास-खंड में पहुँचते हैं। वे एक चौकी पर बैठे सामने रखी तखत पर ताल-पत्र की पोथियों का अध्ययन कर रहे हैं। मैं चरण स्पर्श करके नीचे क़ालीन पर बैठ जाता हूँ— 'सुखी दिग्घायाकु भव, राजन्।' मैं उनकी ओर देखता सोच रहा हूँ अपनी बात किस तरह आरंभ करूँ। मैं नहीं चाहता कि उसमें व्यग्रता झलके।

'आप एकांत में कुछ कहना चाहते थे, निस्संकोच कहें।'

'मुनि संघस्थविर, मैं सोच रहा था यदि आपकी अनुमति से मेरा राज्याभिषेक हो जाता...'

'वह तो कल हो चुका, राजन्। कल आप प्रार्थना सभा में पधारे, राजमुकुट आपके मस्तक पर पहले ही से था; मैंने महाबोधि वापी के पवित्र जल से आपका अभिषेक किया था।' उनके स्वर में विस्मय था अथवा व्यंग्य यह मैं नहीं समझ पाया।

'नहीं, मेरे कहने का तात्पर्य था, कोई औपचारिक समारोह... विशेष रूप से राज्याभिषेक के लिए आयोजित, भिक्षुओं और नगर-वासियों के लिए उत्सव भोज इत्यादि समेत।'

'राजन्, बौद्ध परम्परा तो हमेशा से सहज साधारण आचार-व्यवहार, सत्य और अहिंसा से परिभाषित रही है; आपके पिता का अभिषेक भी वैसे ही हुआ था

जैसे कल आपका हुआ। जिस प्रकार का ऐश्वर्य-पूर्ण राज्याभिषेक आपके मन में है, वह सनातन धर्म के अनुयायी करवाते हैं। आप चाहें तो दरबार के ब्राह्मण पुरोहित से परामर्श कर लें; बहुत संभव वे आपके लिए कोई विशेष उत्सव समारोह आयोजित करवा देंगे। ...तथागत आपका कल्याण करें, राजन्।' संघस्थविर की ओर से भेंट-वार्ता समाप्त हो चुकी थी।

कौस्तुभ द्वार पर विदा करते हुए बोले, 'महाविहार से संबंधित या अन्य भी किसी विषय पर परामर्श के लिए महाराज जब चाहें मैं उपस्थित हो जाऊँगा।'

मैं उन्हें धन्यवाद देकर चला आया।

अरलिया सभागार का अस्तित्व समाप्त हो चुका था, किंतु कमल-कुंड व अरलिया के वृक्षों का कुंज यथावत् थे। ...मैं बुदबुदा रहा था... इन्हें यहाँ खड़े देखते रहने दो... कौवों को काँव-काँव करते!

मेरे मस्तिष्क में प्रति क्षण एक विचित्र श्रृंखला-विहीन विषयांतर हो रहा था जिसमें कल-वेव की उक्ति अकस्मात् अरलिया परिसर पर काँव-काँव करते हुए कौवों से आ जुड़ी थी; कमल कुंड से निकाले गए उस शव की याद से शरीर सिहर उठा है; क्या मात्र चार ही महीने हुए हैं या वह पूर्व-जन्म की कोई स्मृति है। ...फिर सहसा सोचने लगा क्या मिगार मेरी जगह होता तो संघस्थविर चौकी पर से निजी कक्ष के द्वार तक भी स्वागत के लिए न आए होते! असंभव। ...वह उनसे मिलने ही न गया होता : उसके बाहुबली उठा ले आए होते उस दो कौड़ी के सन्यासी को। ...नहीं-नहीं दो कौड़ी का सन्यासी मत कहो, कश्यप महाराज, संघ का सर्वोच्च मठाधीश ऐसे ही नहीं बन जाता कोई। योग-वियोग अध्ययन-विवेचन का एक पूरा जीवन लगता है वहाँ तक पहुचने में। अकस्मात् मैं चिल्ला रहा हूँ— 'कहाँ है वह प्रासाद प्रबंधक?'

रथ को राजखंड पहुँच कर द्वार-छत्र के नीचे खड़े हुए काफ़ी समय हो चुका है। सारथी घबराए हुए स्वर में पूछ रहा है, 'कहीं और चलना है, स्वामी?'

'क्या ...नहीं-नहीं चिराथ कहाँ है? तत्काल बुलाओ।' ...अरे...मैं यह कैसे भूल गया— चिराथ तो मेरे रथ पर ही सारथी के साथ बैठा है।

'चिराथ, प्रबंधक को तत्काल उपस्थित करवाओ... अभी।'

हाँफता-काँपता हुआ प्रबंधक सामने खड़ा है।

'वह कमल-कुंड क्यों नहीं पटा? अरलिया के पेड़ क्यों नहीं कटे अब तक?' वह स्तब्ध मेरा मुँह देख रहा है, 'बोलते क्यों नहीं?

उसका भयभीत स्वर फूटता है, 'महाराज, तहख़ाना इतना गहरा था, सारा मलबा उसी में काम आ गया ...आपने कमल-कुंड और पेड़ों के बारे में तो...'

'चुप ...चुप रहो, मैंने साफ़ कहा था पूरा परिसर ध्वस्त करके ख़तम कर

दो... चलो, अब करो, अभी इसी समय। कल सुबह से पहले वह कुंड नहीं होना चाहिए वहाँ, न एक वृक्ष, वरना वृक्ष ही नहीं तुमारा सिर भी साथ कटेगा, समझे?' मैं ज़ोर-ज़ोर से चिल्ला रहा हूँ। ...सहसा मेरा सिर पीड़ा से फटने लगा है। सौंदर्या आ गई है— एकांत का इंगित कर रही है। सब चले गए हैं।

रात भर दु:स्वप्नों से चौंक-चौंक कर उठता हूँ... ज्वर हो गया है। सौंदर्या माथे पर शीतल जल की पट्टियाँ लगा रही है...

...पितृ-राजन पूछ रहे हैं— अरे मूर्ख, वह अद्‌भुत सभागार इतने परिश्रम से बनवाया था... उस वास्तुकार से... मर गया दागब के पुनरुद्धार में वह। सर्पदंश से। अब कौन बना पाएगा वैसा भवन...

सुबह सौंदर्या बताती है, रात को राजवैद्य आए थे। नाड़ी जाँची, कहा, राजकाज की दुश्चिंता से मानसिक दबाव बढ़ गया है; मन बदलें। प्रात:काल भ्रमण के लिए जाया करें। तीन दिन बिस्तर में पड़ा-पड़ा सोचता रहता हूँ— हाँ, कुछ करना तो पड़ेगा, मन बदलना होगा...

...अब थोड़ा स्वस्थ अनुभव कर रहा हूँ। झरोखे से देखता हूँ— अरलिया कुंज, कमल-कुंड सब सपाट हो चुके हैं; नई घास लगाई जा रही है।

एक महीना और बीत गया है। अब मैं पूरा स्वस्थ हो गया हूँ; यद्यपि मेरे माथे में त्वरित विषयांतर अब भी होता है, पर उस पर नियंत्रण कर लेता हूँ। दु:स्वप्नों ने पीछा नहीं छोड़ा है। प्रतिदिन कुछ न कुछ समय पछतावे में बीतता ही है। पितृ-राजन... अफ़सोस आपको मिगार के कोप से बचा नहीं पाया... रानी माँ... मेरी रानी माँ, आप कहाँ खो गईं... हम सब एक वृहद दु:स्वप्नों की कड़ियाँ हैं, किंतु फिर भी इस धुन में लगा हूँ कि मन बदलना है; अपना भी और अपने प्रजा-जन का भी। मैं उन्हें चौंका देना चाहता हूँ; उनकी दृष्टि को चमत्कृत कर देना चाहता हूँ— एक ऐसे इंद्रधनुषी रुपहले उत्सव से जिसे वे कभी न भूल पाएँ। अपनी इस धुन का दास हो गया हूँ। नगर-वासियों को बता देना चाहता हूँ कि उनका नया नरेश कश्यप महाराज अपने पूर्ववर्तियों से बिलकुल अलग है। दासी पुत्र हो, पितृहंता भी हो भले, किन्तु है एक भूतो न भविष्यति प्रकार का राजा, एक ऐसा राजा जो उनके जीवन को बदल देगा, स्वर्णिम बना देगा उसे। ...किंतु यह कौन बोला दासी पुत्र?

अगले दिन अमात्य परिषद की बैठक में एक अमात्य अपने क्षेत्र में सामान्य-जन पर धनाढ्य परिवारों के अत्याचार का विवरण दिए चला जा रहा है। मैं हाथ उठाता हूँ, वह चुप हो जाता है, 'महामात्य इनकी सब कठिनाइयों का निराकरण एक सप्ताह में सुनिश्चित करें, और हाँ, शिक्षा अमात्य कहाँ हैं?' उनमें से एक हाथ उठाकर नाम बताता है; उद्विग्न-सा हो उठा है, अचानक महाराज ने कैसे स्मरण किया!

'आप सुनिश्चित करें कि कल से कोई दास अथवा दासी शब्द का प्रयोग न

करे। ये शब्द समस्त पुस्तकों, शब्दकोशों आदि से हटा दिए जाएँगे। जो भी इनका प्रयोग करेगा दंड का भागी होगा— नगर प्रांगण में सार्वजनिक रूप से दस कोड़े लगेंगे। आदेश बैठक के तुरंत बाद तत्काल प्रभाव से जारी करवाएँ।'

सभासदों के मुँह अविश्वास से खुल गए हैं, जैसे मैंने कोई धर्म-विरोधी अपशकुनी बात कह दी हो। अंततः महामात्य बुद्धदास गला साफ़ करते हुए कहते हैं, 'महाराज, यह तो भाषा के शब्द हैं। जनसाधारण की जिह्वा पर बनते हैं, उपयोग होते हैं। इन पर राज्यादेश निकालना...'

'महामात्य, कुछ शब्द ऐसे होते हैं जिनसे तथागत के सिद्धांतों की अवमानना होती है। उनके उपयोग के विरुद्ध प्रजा का मार्गदर्शन करना राजा का धर्म है। अनुपालना हो।'

'तो फिर भृत्यों के लिए लोग इन शब्दों के बदले क्या प्रयोग करें, राजन्,' महामात्य ने एक अप्रत्यक्ष प्रयास फिर किया।

'दास के लिए सखा और दासी के लिए सखी,' किसी आशु-कवि की तरह मैंने नए शब्द रच लिए।

'किंतु इनका अर्थ तो मित्र होता है!'

'यह पहली बार थोड़े ही होगा कि एक ही शब्द के अनेक अर्थ हों। सभा समाप्त।' मैंने कठोरता से कहा।

मेरे उस निर्णय का नगर-वासियों के निचले, दबे हुए तबक़ों में अत्यंत उत्साह-पूर्ण स्वागत हुआ किंतु उच्चस्तरीय, कुलीन वर्गों के लोग बहुत दिनों तक कुढ़ते-बुदबुदाते रहे।

एक सप्ताह बाद मुझे अचानक ध्यान आया कि संघस्थविर जिसे क्षणिक आवेश में मैंने दो कौड़ी का होना सोचा था, वास्तव में बहुत सधा-मँजा मठाधीश था : उसने प्रार्थना सभा में न केवल मुझे पवित्र जल से अभिषिक्त करके मेरा मन रख लिया था, बल्कि आडंबर-पूर्ण उत्सव समारोह के साथ राज्याभिषेक कराने का रस्ता भी दिखा दिया था— सनातन धर्मी ब्राह्मण पुरोहित की सहायता से।

दक्षिणी जंबूद्वीप के राजवंशों से वैवाहिक संबंध पिछले सात सौ वर्षों से होते आए थे; तथागत के भारतीय मूल के कारण सनातन धर्म व ब्राह्मणों के प्रति कोई कट्टरपंथी दुर्भाव सिंहल द्वीप में नहीं था। अनुराधापुर दरबार में बौद्ध प्रभुत्व के उपरांत भी ब्राह्मण पुरोहित तो था ही।

अगले दिन मैंने महामात्य बुद्धदास और उस ब्राह्मण पुरोहित को बुलवाया 'महामात्य, मैं चाहता हूँ कि अगले माह मेरे औपचारिक राज्याभिषेक समारोह के वृहद आयोजन की रूपरेखा तैयार करके एक सप्ताह में प्रस्तुत करें। अपनी अध्यक्षता में एक समिति गठित कर लें... श्रीमन् ब्राह्मण पुरोहित, आप उस समिति के

उपाध्यक्ष और मुख्य कार्यकर्ता होंगे। समझ गए?'

'जी महाराज,' पुरोहित ने उत्साहपूर्वक कहा किन्तु बुद्ध दास चुप रहे।

'उत्सव समारोह पूरे सप्ताह चलेगा; राज्याभिषेक के दूसरे दिन मैं देवी सौंदर्या से विवाह करूँगा और उन्हें महिषी घोषित किया जाएगा। उस पूरे सप्ताह में नृत्य-संगीत के भव्य कार्यक्रम आयोजित किए जाएँ, नगर को तोरणों और पुष्प मालाओं से सुसज्जित किया जाए, राज्याभिषेक तथा विवाह-उत्सव के उपलक्ष्य में दोनों दिन सभी नगर-वासियों के लिए प्रीतिभोज आयोजित होगा। ध्यान रहे, सखा और सखियों को भी औपचारिक निमंत्रण दिए जाएँगे। ...आपके कोई सुझाव हो तो बताएँ।'

महामात्य और ब्राह्मण पुरोहित दोनों निःशब्द मेरा मुँह देख रहे थे। पहले ब्राह्मण की तंद्रा टूटी, बोला, 'जो आज्ञा महाराज, मुझे सेवा का अवसर देकर बहुत कृतार्थ किया; मुझसे जो भी बन पड़ेगा मैं करने को प्रस्तुत हूँ।'

'किंतु महाराज ...यह भारी राजकीय व्यय...' महामात्य ने बोलना शुरू ही किया था कि मैंने उनकी बात काटते हुए कहा, 'ख़र्च की चिंता न करें, महामात्य—कोष की चाबी मिल गई है ...अन्य किसी बिंदु पर पुनर्विचार संभव नहीं, मैंने मन बना लिया है। आदेशों की अनुपालना हो। विमर्श समाप्त। ...हाँ, महामात्य, संभावित व्यय के आकलन के बाद अगले सप्ताह हम मुख्य कोषागार का निरीक्षण करेंगे।'

मौदगल्यायण
कांचीपुरम / सन् 483 ई.

बाप्पा के नाम पत्रों का पुलिंदा—3

बाप्पा, आशा है मेरे पत्रों के पिछले दो पुलिंदे आपको मिल गए होंगे। आप तो सिंहल राजवंशों के इतिहास-लेखन में इतने व्यस्त हैं कि बहुत-बहुत दिनों तक पत्र ही नहीं लिखते। अधिक अंतराल हो जाने से व्यतिक्रम हो जाता है— पिछले तीन वर्षों का सार यह कि हमलोगों ने इतना बड़ा काम हाथ में ले लिया है जो समाप्त होने में नहीं आ रहा। पहले लगा था कि दो वर्षों में पूरा हो जाएगा, और मैं एक बार पुनः अपने लक्ष्य के संधान में लग जाऊँगा किंतु किसी न किसी कारण ग्रंथालय भवन का काम अभी तक चले ही जा रहा है। सबसे बड़ी कठिनाई है दक्ष शिल्पियों एवं वास्तु-कर्मियों का अभाव। खुदरा प्रतिमाओं का हमारा काम भी बहुत फैल गया है; अच्छा चल रहा है। मितव्ययिता से मैंने काफी धन एकत्रित कर लिया है। एक बार इस बड़े काम का भुगतान मिल जाए तो यदि और कुछ नहीं, तो मैं क्रीत-सैनिकों की सेना गठित करने का प्रयास करूँगा। इस बारे में मैंने कुछ जानकारी की है— यदि एक वर्ष बाद बाज़ार दर से दुगुने पारिश्रमिक का वचन-पत्र दे दिया जाए

तो सैनिक उपलब्ध हो सकते हैं। किंतु पहले यह काम समाप्त हो, इसका भुगतान मिले, तभी उस दिशा में प्रगति संभव होगी...

खुदरा प्रतिमाओं का व्यवसाय हमारे दिन प्रतिदिन के निर्वाह के लिए बनाए रखना आवश्यक है। ग्रंथालय के कार्य के साथ-साथ उस पर लगे लगभग सौ शिल्पियों व श्रमिकों की देख-रेख का कार्यभार इतना अधिक है कि मुझे भी विस्तार से लिखने का समय नहीं मिल पाता है। किंतु इसे बड़बोलापन न मानें तो बताना चाहता हूँ कि अब मैं राजपुत्र कम और शिल्पकार अधिक हो गया हूँ। पिछले महीने कलिंग दरबार का एक प्रतिनिधि अचानक आनंद वर्द्धन के पास आया। कलिंग महाराज ने मेरी बनाई हुई प्रतिमाएँ कहीं देखी होंगी, राज-शिल्पकार का पद देना चाहते थे, किंतु आनंद ने मना कर दिया— जब तक नचिकेतानंद ग्रंथालय का कार्य चल रहा है, मैं अपना कोई सहयोगी नहीं दे सकता। मन तो हुआ कि आनंद से सारी बात बता कर कहूँ, मुझे जाने दो, पल्लव महाराज नहीं तो कलिंग के राजा से ही भेंट हो जाए। शायद... फिर सोचा, भेंट होगी भी तो शिल्पकार के रूप में। क्या शिल्पकार को छूटते ही वे सैनिक सहायता दे देंगे? हँसी आ गई!

...संयोग से नचिकेतानंद को एक उत्तम काष्ठशिल्पी मिल गया है। उसके साथ लगभग पचास सहयोगी हैं। उन्होंने भवन के द्वार और छत का काम हाथ में ले लिया है; अंदर की अलमारियों का भी। इनमें मूल पांडुलिपियाँ रखी जाएँगी जिनके आधार पर लिपिक प्रतियाँ बनाते हैं। ...आनंद की अभिकल्पना के अनुसार काष्ठ के धरण-कड़ियों के ऊपर मोटे पटरे और उस पर मिट्टी के पकाए हुए खपड़ों की ढलवाँ छत बनेगी। नचिकेतानंद ने छत, द्वार और अलमारियों के लिए जो लकड़ी मलयद्वीप से मँगवाई है वह देखने योग्य है— सौ-सौ हाथ लंबे और तीन हाथ परिधि वाले विशाल वृक्षों के तने! चिराई का काम प्रारंभ हो गया है; कहते हैं इस लकड़ी में दीमक नहीं लगती, सैकड़ों वर्षों तक ज्यों का त्यों रहता है।

...भवन के ढाँचे का काम अब पूरा हो गया है। हमलोग प्रस्तर-स्तंभों की नक्क़ाशी और मुख्य द्वार की मूर्तियाँ पूरी करने में लगे हैं। मुख्य द्वार के ऊपर और दोनों किनारे की प्रतिमाएँ यदि आप देख पाते तो देखते ही रह जाते। एक ओर देवी शारदा की प्रतिमा आनंद तराश रहे हैं, दूसरी ओर श्री देवी लक्ष्मी की मूर्ति का दायित्व उन्होंने मुझे दिया है। बाँस के अस्थाई ढाँचे पर खड़ा दीपांकर मुदित मुद्रा में नृत्य-रत गणपति की प्रतिमा बना रहा है। मुख्य द्वार इतना विराट है, लगता है ग्रंथालय का नहीं, कोई दुर्ग द्वार है, हाथी भी अंदर चला जाए इतना विशाल।

कार्य प्रारंभ होने के बाद नचिकेतानंद ने भवन में एक सार्वजनिक पुस्तकालय का प्रावधान और जोड़ लिया। यह कांचीपुरम का सबसे बड़ा पुस्तकालय होगा। इस कारण से भी निर्माण कार्य इतना फैल गया, किंतु लगता है अब कुछ महीनों में संपन्न हो जाएगा।

नचिकेता अभी से प्रयासरत हैं कि भवन का उद्घाटन पल्लव महाराज के हाथों से हो। लगता है अंततः इस अवसर पर कम से कम उनके दर्शन हो जाएँगे।

...निर्माण कार्य संपन्न हो गया— छत पर खपड़े लग रहे हैं; लकड़ी के काम पर रंग-रोगन, प्रतिमाओं की सफ़ाई-धुलाई आदि के कार्य चल रहे हैं। हम सब इतने प्रसन्न हैं कि मैं हृदय का उद्गार शब्दों में व्यक्त नहीं कर सकता। भवन इतना भव्य और सुंदर बना है कि प्रतिदिन सैकड़ों की संख्या में लोग आकर इसके दर्शन कर जाते हैं।

बाप्पा, पल्लव महाराज ने ग्रंथालय भवन की इतनी प्रशंसा सुन ली थी, उन्होंने तत्काल स्वीकृति दे दी। अगली वसंत पंचमी के दिन का मुहूर्त निर्धारित हुआ है। नचिकेतानंद कह रहे थे वे हम तीनों को भी स्वागत-टोली में रखेंगे और महाराज से परिचय कराएँगे।...

...मैं सोच में पड़ा हूँ— क्या मैं इस अवसर का लाभ उठाकर अपना वास्तविक परिचय महाराज को दे दूँ। आप तत्काल अपना परामर्श भेज देते तो मेरे लिए निर्णय करना सहल हो जाता।

कश्यप महाराज

अनुराधापुर / सन् 481- 482 ई.

रानी माँ की मंजूषा से जो चाबी निकली थी उससे मुख्य कोष का भारी-भरकम लौह द्वार किसी तिलिस्म की भाँति खुल गया। वित्त अमात्य अपनी दूसरी चाबी के साथ द्वार पर ही रह गया।

'मेरे साथ आइए, महामात्य बुद्ध दास,' मैंने कहा। महामात्य वहीं खड़े रहे, फिर झिझकते हुए बोले, 'मुख्य कोषागार में केवल महाराज के जाने की परम्परा रही है, राजन्।

'मैं परंपरा को बदल रहा हूँ, आप साथ चलेंगे।'

उस दिन अभिषेक और विवाहोत्सव पर अनुमानित व्यय के जो आँकड़े आए थे, उनके अनुसार एक सहस्र स्वर्ण खंडिकाओं की आवश्यकता थी।

अब, कोष-निरीक्षण के बाद एक पहर से हमदोनों मुख्य सभागार में बैठे व्यय के अनुमानित आँकड़ों में माथा खपा रहे हैं। मद-वार व्यय के कहपण-कहपण का हिसाब सैकड़ों चीटियों के समान सामने पड़ा है। बहुत प्रयास कर लिए— किसी कटौती या संदेह की संभावना नहीं।

कोष में केवल एक सहस्र तीन सौ स्वर्ण खंडिकाएँ और ताम्र-कहपण की कुछ ढेरियाँ ही निकलीं। उत्सव के आयोजन के बाद बचा हुआ धन केवल एक माह के वेतन व अन्य शासन व्यय के लिए पूरा पड़ता, जबकि तीन माह के वेतन पहले ही बाक़ी थे।

हमारी चुप्पी जब असह्य हो गई तो बुद्ध दास झिझकते हुए बोले, 'महाराज, क्षमा करें परन्तु मुझे इसी बात की आशंका थी... इसीलिए उस दिन व्यय की बात कह रहा था। पुनर्विचार कर लेते... उत्सव के आकार पर...'

'कर लिया, महामात्य, उत्सव तो वैसे ही होगा। आगे की फिर देखेंगे, कैसे क्या करना है।' किन्तु सच पूछा जाए तो मुझे कुछ सूझ नहीं रहा था कि करूँ क्या!

'एक बात और है, महाराज, प्राणों की रक्षा पाऊँ तो निवेदन करूँ...'

'अवश्य, परामर्श देना आपका अधिकार है; मानना अथवा न मानना मेरी इच्छा पर निर्भर है।'

'महाराज महिषी के पद के लिए किसी राजवंश की कुलीन महिला...'

'समझ गया आप क्या कहना चाहते हैं, किंतु इस विषय में मेरा निर्णय अटल है— देवी सौंदर्या ही महिषी होंगी।'

'राजन्, लोग इसका विरोध करेंगे, यदि आपके सामने नहीं कर पाए तो प्रकारांतर से, अथवा अप्रत्यक्ष रूप में... मुझे क्षमा करें किन्तु इस समारोह पर इतना अधिक खर्चा एक प्रकार का अपव्यय होगा, श्रीमंत।'

'मैं किसके साथ विवाह करूँ, जीवन व्यतीत करूँ, क्या यह निजी निर्णय भी मैं स्वयं नहीं कर सकता, महामात्य?' मैंने खीज कर पूछा। ऐसा लगा कि बुद्ध दास कुछ और कहना चाहते हैं किंतु बोले कुछ नहीं।

'कहिए... कहिए, मैंने तो पहले ही कहा, परामर्श देना आपका अधिकार है।'

'क्षमा करें महाराज, संभवतः आप को मेरी बात अप्रिय लगे इसलिए चुप था।... राजा किसी एक व्यक्ति के साथ अथवा उसके लिए जीवन व्यतीत नहीं कर सकता, अपना जीवन जितना वह स्वयं अपने लिए या महिषी के लिए जीता है, उतना ही उसे प्रतिदिन अपनी प्रजा के लिए भी जीना पड़ता है; पुरुष उत्तराधिकारी के संधान में ब्याही-अनब्याही स्त्रियों के साथ समागम करना पड़ता है। यही देश-काल की परिपाटी रही है। जितनी मेरी समझ है, राजन्, राजा का निजी कुछ भी नहीं होता, वह पारदर्शी भवन में रहता है। ...बस, और कुछ न कहूँगा।'

'हूँ... अच्छा, अभी मुझे अकेला छोड़ दें '

महामात्य से विमर्श के बाद बहुत देर तक बैठा सोचता रहा, फिर उठकर निजी कक्ष में आया तो देखा कि अरलिया परिसर जहाँ हुआ करता था वहाँ उद्यान के अन्य भागों की भाँति घास उग आई है। किंतु मात्र उस सभागार परिसर के विलुप्त हो जाने से मेरी असह्य स्मृतियों के अचानक प्रगट हो जाने में कोई विशेष अंतर नहीं आया है। उल्टे, उस स्थान की ओर ध्यान पहले से भी अधिक आकृष्ट हो रहा है— वो रही अरलिया परिसर वाली जगह! मैंने और मिगार ने जो कुछ वहाँ किया, उसमें ईंट-पत्थर से बने उस भवन का क्या दोष? उन दुष्कृत्यों की छाप जो मेरे मन-मस्तिष्क,

मेरी स्मृति पर थी वह तो मिटी नहीं उस भवन को ध्वस्त कर देने से!

लगभग वही बात मेरे मन में दबी आशंकाओं पर भी लागू थी : मोगल्लान अपने प्राणों के भय व सेना की तलाश में जम्बूद्वीप चला गया; मिगार को शिलाकाल ने खदेड़ दिया। दोनों अब सिंहल द्वीप में नहीं। तो क्या हुआ? कब वापस आ जाएँगे, इसका भय तो मेरे मन से निकला नहीं। मोगल्लान के समर्थकों ने मिगार के विरुद्ध मेरा पक्ष परिस्थितिवश लिया। पर वे अनुभवी लोग हैं; नगर के द्वारों का उपयोग किए बिना ही न जाने किन-किन गुप्त मार्गों से नगर में प्रवेश करके प्रेत-लीला का नाटक खेला, मिगार के बाहुबलियों को आतंकित करने के लिए। ...वे अनुराधापुर के सब रहस्य जानते हैं। जैसे ही मोगल्लान आएगा, वे उतनी ही सरलता से घुस आएँगे नगर में...राजप्रासाद में। अकस्मात् किसी रात सुदाथ ही की तरह सोए हुए चिराथ की गर्दन काट कर एक ठोकर से मेरे शयनकक्ष का द्वार खोल लेंगे— पितृ-राजन वाले शयन-कक्ष का वही द्वार। ...मैं चौंक कर उठूँगा, पूछूँगा— क्या हुआ शिलाकाल, कोई आक्रमण हुआ है? ...हे तथागत! मुझसे क्या हो गया यह सब— इन्हें खड़े होकर देखते रहने दो... देखते रहने दो सूर्योदय, मैं बुदबुदाता जा रहा था पर सुनाई कुछ और दे रहा था— तुम किस बात का बदला ले रहे हो मुझसे, पुत्र?

सौंदर्या पीछे से बोली, 'किस सोच में डूबे क्या-क्या बुदबुदा रहे हैं, महाराज?'

'हाँ...' मैं चौंक कर वापस वहीं आ गया जहाँ महामात्य को विदा किया था, 'नहीं, कुछ नहीं, महामात्य कहते थे कि अभिषेक पर इतना अधिक ख़र्च न कीजिए ...तुम्हें पटरानी बनाने का विरोध होगा आदि...'

'मैं तो पहले ही से कह रही हूँ, आप माने नहीं, ठीक कहते हैं महामात्य— किसी कुलीन धनाढ्य राजवंश से लाइए महिषी... मैं तो आपकी सेवा में हूँ ही।'

'नहीं सौंदर्या... मुझ जैसे अपराधी को जीवन में कोई विशुद्ध प्रेम करनेवाला मिल जाए तो उसे खो देना भी उतना ही बड़ा अपराध होगा, और प्रजा का मन जीतने के लिए अभूतपूर्व राज्योत्सव का दाँव लगाने से भी पीछे नहीं हटूँगा, कोष ख़ाली होता हो तो हो जाए!'

'क्या... तो फिर आगे शासन कैसे चलेगा?' सौंदर्या ने चौंक कर कहा, 'महाराज, महामात्य ठीक कह रहे थे, यह अपव्यय होगा।'

'होगा सो होगा; देखना, जन-साधारण को बहुत अच्छा लगेगा। नाक-भौं सिंकोड़ेंगे केवल सामंत-गण और संपन्न लोग। अच्छा ही होगा; उनमें से किन पर विश्वास कर सकता हूँ यह पता चल जाएगा।'

'किंतु आगे राज का ख़र्च कैसे चलेगा?'

'देखूँगा सौंदर्या, अभी कुछ नहीं कह सकता किंतु भाग्य में होगा तो कुछ न

कुछ हो रहेगा। अभी मुझे मत रोको।'

एक महीने बाद साबित हो गया कि सौंदर्या और महामात्य बिलकुल ठीक कहते थे। पूरे सप्ताह भर का वह समारोह, नगर-प्रांगण में भव्य राज्याभिषेक और विवाहोत्सव, तोरण द्वार, पुष्प-मालाएँ सब व्यर्थ! अनुराधापुर के वासियों में कहीं कोई हर्षोल्लास देखने में नहीं आया। मात्र सामंत और उच्च मध्यम वर्गों के लोग ही नहीं, जनता-जनार्दन की उपस्थिति भी नगण्य रही और जयघोष इतना मद्धम कि न होता तो भी कोई अंतर न पड़ता। विवाह के पश्चात तोरण-द्वारों से होता हुआ हमारा रथ जब नगर-परिक्रमा के लिए चला, तो मार्गों के किनारे पुर-वासियों की पंक्तियाँ विरल थीं; कुछ लोग जो कौतूहल से खड़े भी थे, उनके मुख पर विरक्ति का भाव था। संगीत और नृत्य के कार्यक्रम फीके रहे; और कुल नगर-वासियों के लिए बनाए गए भोजन, पकवान और मिष्टान्न इतने बच गए कि अंततः फेंकना पड़ा। केवल दो-जून के भोजन से वंचित दरिद्र और भिखारी ही सामूहिक भोज में सम्मिलित जान पड़े।

उस तिरस्कार से मेरा मन टूट गया। किसी गुप्तचर की रपट की आवश्यकता न थी; मेरे स्पष्टवादी महामात्य बुद्ध दास अकेले ही काफ़ी थे मुझे प्रजा की प्रतिक्रिया बताने के लिए— दासी पुत्र कश्यप महाराज केवल पितृहंता ही नहीं, अपितु विलासितापूर्ण अपव्यय से राजकोष का क्षय करनेवाला राजा है। हालाँकि महामात्य के शब्दों का चयन इससे बहुत शालीन था, किन्तु मंतव्य बिलकुल यही।

मेरा मन भी उसी अनुपात में नगर-वासियों के प्रति वितृष्णा से भर गया— नहीं, अनुराधापुर मेरी राजधानी बनी रहने योग्य नगर नहीं; यहाँ मैं सुरक्षित नहीं हूँ। ये कृतघ्न लोग मोगल्लान के आते ही उसके साथ उठ खड़े होंगे मेरे विरुद्ध। कुछ तो करना होगा मुझे! कहीं और चले जाना होगा।

उस उत्सव सप्ताह के फुस्स होते ही मैंने निर्णय तो कर लिया था कि अब राज-पीठ कहीं और स्थानांतरित करूँगा, किंतु वैकल्पिक व्यवस्था के बिना तत्काल हम जाते कहाँ!

एक बार फिर रानी माँ की कृपा से ही मैं अपनी भूल के दुष्परिणाम झेल पाया, और वैकल्पिक व्यवस्था करने का समय भी मिल गया।

मौदगल्यायण

कांचीपुरम / वसंत पंचमी, सन् 483 ई.

वसंत पंचमी से दो दिन पहले ग्रंथालय भवन का कार्य पूरा हो चुका था। कितना सुंदर था आनंद की परिकल्पना का मूर्त रूप!

परिसर के भव्य प्रवेश-द्वार पर तीन स्वर्ण कलश के शीर्ष वाली छतरी; प्रवेश

करने पर प्रशस्त पथ के दोनों ओर विशाल आयताकार उद्यान जिनके बीच वापियों में कमल के फूल खिले थे; और उसके बाद दो समान आकार के चौकोर खंडों वाला भवन; ख़पड़ों से सजी ढलवाँ छतें व दोनों तिकोनों के शीर्ष पर स्वर्ण कलश के कंगूरे। भवन के मुख्य द्वार के ऊपर नृत्यरत गणपति और दोनों ओर शारदा व लक्ष्मी की अद्‌भुत प्रतिमाएँ थीं। उद्घाटन से पहले ही ग्रंथालय भवन कांचीपुरम का एक दर्शनीय स्थल बन चुका था।

नचिकेतानंद के उल्लास का पारावार न था। उन्होंने अपने भवन को कुदृष्टि से बचाए रखने के लिए अपने घर पर विशेष ग्रह-निवारण पूजा करवाई। हमें भी आमंत्रित किया था।

बस एक ही विघ्न पड़ गया था।

उद्घाटन से एक सप्ताह पहले पल्लव महाराज को उदर-व्याधि हो गई; कुछ दिनों कहीं आना-जाना संभव न था। किंतु उन्होंने बड़ी कृपा की: तत्काल अपनी पहली संतान राजकन्या चित्रांगदा को उद्घाटन का दायित्व दे दिया। ...तब कौन जानता था कि यह विघ्नों की श्रृंखला की पहली ही कड़ी थी।

महाराज के न आ सकने के समाचार से मुझे कोई विशेष निराशा न हुई। बाप्पा, आपका प्रत्युत्तर तो इतनी जल्दी क्या आता, किंतु मुझे स्वयं ही ऐसा अनुभव हुआ कि उद्घाटन की भीड़-भाड़ में अप्रत्याशित रूप से अपना परिचय देना ऊटपटांग-सा लगेगा। समारोह के प्रति मेरा उत्साह कुछ मंद पड़ गया है।

नचिकेतानंद ने हमारी सांत्वना के लिए राजकुमारी चित्रांगदा की भरपूर प्रशंसा की: महाराज व युवराज के बाद सबसे अधिक महत्वपूर्ण व्यक्ति हैं, शिक्षा साहित्य और कला में गहरी अभिरुचि रखती हैं, महाराज ने सही प्रतिनिधि चुना इत्यादि।

उस दिन महाराज का प्रतिनिधित्व करने चित्रांगदा अपनी पालकी में नहीं, पल्लव राज के निजी हाथी पर आईं; आगे-पीछे हाथों में बर्छियाँ लिए हुए अश्वारोही अंगरक्षक, हाथी पर चाँदी के हौदे में राजकुमारी चित्रांगदा। मार्ग के किनारे नगरवासियों से खचाखच भरे थे; राजकुमारी हाथ उठा-उठा कर दोनों ओर को मंद स्मित देखती हुई जयघोष स्वीकार कर रही थीं।

भवन के मुख्य द्वार पर गणेश प्रतिमा हाथी की ऊँचाई पर थी। पूर्व निर्धारित कार्यक्रम के अनुसार राजकुमारी को हौदे पर से ही पहले गणेश की आरती करनी थी। उसके बाद भवन का उद्घाटन होना था। हम सब नचिकेतानंद के साथ पंक्ति-बद्ध हो स्वागत प्रणाम के लिए प्रतीक्षा कर रहे थे। द्वार के निकट महावत ने हाथी को बिठाया। नचिकेता की पत्नी ने आगे बढ़कर आरती की थाली राजकुमारी के हाथों में पकड़ा दी; हाथी पुनः खड़ा होते हुए अकस्मात् कुछ ऐसे लड़खड़ाया कि थाली हाथों से छूट कर गिर पड़ी। झन्न की ध्वनि के साथ दीपक, पंच-पात्र सब भूमि पर बिखर

गए, दीपक बुझ गया। एक क्षण को हम सन्न रह गए। कार्यक्रम में कुछ तात्कालिक परिवर्तन हुए; दौड़कर कोई एक चौकी ले आया। हौदे से उतरते हुए राजकुमारी बोलीं, 'क्षमा कीजिएगा, पंडित जी, हाथी के डगमगाने से संतुलन बिगड़ गया।'

'नहीं, नहीं देवि, क्षमा की कोई बात नहीं; अभी आरती की दूसरी थाली आ जाएगी, और अब यहीं से तीनों की आरती कर दें। गणपति सब कुशल करेंगे।'

तब तक आरती की थाली पुनः सज कर आ गई थी। आरती पश्चात प्रतिमाओं को देर तक निहारते रहने के बाद चित्रांगदा बोलीं, 'उत्कृष्ट कोटि का शिल्प है। शारदा और श्रीदेवी की प्रतिमाएँ क्या स्थानीय शिल्पियों ने बनाई हैं?'

'ये रहे दोनों, आपसे परिचय की प्रतीक्षा में।' नचिकेता ने हम तीनों का परिचय कराया— 'यह आनंद वर्धन हैं, हमारे वास्तुकार, देवी शारदा की प्रतिमा इनकी है; ये मौदगल्यायण हैं, श्रीदेवी के शिल्पकार; यह दीपांकर, ऊपर गणेश जी की प्रतिमा के शिल्पी; और ये मेरी पत्नी कलावती हैं। कलावती ने हम सब की तरह चित्रांगदा को प्रणाम किया तो उनकी उँगलियाँ थरथरा रही थीं, जैसे आरती की थाली उन्हीं की ग़लती से गिरी हो।

'शिल्पकार मौदगल्यायण, देवी लक्ष्मी की प्रतिमा बनाने में आपको कितना समय लगा होगा,' राजकुमारी चित्रांगदा ने मुझे एकटक देखते हुए पूछा।

'लगभग छः मास, देवि,' मैंने आँखें झुका लीं, पर वह अब तक मेरी ओर देख रही थीं। 'आपने शिल्प कला का प्रशिक्षण कहाँ से प्राप्त किया?'

'यहीं कांचीपुरम में, देवि, आनंद वर्द्धन मेरे गुरु हैं।' मैंने आनंद को प्रणाम करते हुए उनकी ओर इंगित किया। हमारी ओर देखकर मुस्कुराती हुई चित्रांगदा बोलीं, 'आपदोनों का कौशल अत्यंत प्रशंसनीय है।' हमने पुनः आभार-स्वरूप सिर नवाकर प्रणाम किया।

लगभग एक पहर तक दोनों खंडों का निरीक्षण कर राजकुमारी चित्रांगदा बाहर निकलीं तो उन्होंने भवन स्वामी को बधाई देते हुए कहा, 'पंडित जी, कांचीपुरम को आपने एक अनुपम उपहार दिया है, विशेषकर इस पुस्तकालय के कारण। बहुत साधुवाद। पल्लव शासन को आप जैसे जन-हितैषी व्यवसायी पर गर्व है, आपके प्रतिद्वंदी तो इस सुन्दर भवन से जल उठेंगे। ...अब मुझे अनुमति दीजिए।' पति-पत्नी ने झुककर आभार व्यक्त किया।

हम सबके लिए वह एक स्वर्णिम दिवस था।

कार्यक्रम के समाप्त होने पर नचिकेता जी हम तीनों को एक साथ गले लगाकर बोले, 'यह सब तुम लोगों के अथक परिश्रम और सहयोग से ही संभव हो पाया ...चलो मेरे साथ, देवी कलावती ने तुम सब का भोजन आज वहीं बनाया है।'

उनके घर भोजन करके जब हम उनदोनों को प्रणाम कर निकले तो हम

कल्पना भी नहीं कर सकते थे कि हम उन्हें अंतिम बार देख रहे हैं।

अपशकुनों की श्रृंखला अभी और आगे तक जाएगी।

कश्यप महाराज

अनुराधापुर / वसंत, सन् 483 ई.

'मुझे नहीं लगता कि महाविहार से किसी प्रकार की वित्तीय सहायता की आशा की जा सकती है। पितृ-राजन की बात और थी, अपने प्रारंभिक वर्षों में उन्होंने संघ के लिए बहुत कुछ किया था। लोकहित के भी कार्य करवाए थे। महाविहार के धर्माधिकारी उनका सम्मान करते थे... मैं तो...' मैंने कहा।

'आप एक बार उनसे चर्चा करके देखिए तो सही; और विकल्प भी क्या है! तीन महीनों के वेतन तो पहले ही बाक़ी है,' सौंदर्या बोली। हमारी वित्तीय स्थिति इतनी गंभीर थी कि हम नव-विवाहित दंपती संध्याकाल एकांत में बैठे हैं, और बातचीत ऐसी हो रही है। सहसा चिराथ द्वार खटखटा कर प्रवेश की अनुमति माँगता है, 'महाविहार से कोई आया था, आपके लिए उप-संघस्थविर कौस्तुभ ने यह मंजूषा भेजी है।'

चिराथ के बाहर जाते ही हम उसे कौतूहल से खोलते हैं। पुनः एक चाबी और चिट्ठी— चाबी पहले की अपेक्षा छोटी और पत्र भी अत्यंत संक्षिप्त।

कश्यप महाराज—

जब तक यह पत्र आपको मिलेगा मुझे अनुराधापुर से प्रस्थान किए लगभग एक सप्ताह हो चुका होगा।

आपको राज्याभिषेक और विवाह दोनों की बधाई क्योंकि दुर्भाग्यपूर्ण घटनाओं के उपरांत भी आप मेरे स्वर्गीय पति धातुसेना महाराज और मेरी अनुजा समान सखी अधरअमृता के पुत्र व पुत्रवधू तो हैं ही।

कुल की परंपरा तोड़ कर मन-वांछित कन्या से विधिवत विवाह का निर्णय सराहनीय है। परंपराओं का निर्माण मनुष्य करते हैं, और उनका संधारण और संशोधन भी मनुष्य ही। मेरी जानकारी के अनुसार सौंदर्या आपके लिए अच्छी जीवनसंगिनी प्रमाणित होंगी।

एक और चाबी भेज रही हूँ। पहले वाली तो धातुसेना महाराज भूल से मेरे कक्ष में छोड़ गए थे और मैंने सँभाल कर रख ली थी। यह चाबी मेरी निजी संपत्ति एवं आभूषण कोष की है। आपकी माता का भाग आपको पहले ही दे चुकी हूँ। अतः इनका विधिवत अधिकारी तो मोगल्लान है, किंतु वह कब लौटेगा, मैं उसे अब कभी मिल भी पाऊँगी या नहीं, वर्तमान परिस्थितियों में यह सब जान पाना असंभव है।

आपकी वित्तीय स्थिति गंभीर है। इतने भारी बलिदान से प्राप्त राज्य अर्थाभाव के कारण अ-स्थायित्व के दुष्चक्र में न पड़ जाए, इसलिए आप मेरी निजी संपत्ति अधरअमृता के पुत्र और पुत्रवधू को विवाह का उपहार समझकर स्वीकार कर लीजिए। मेरा अनुमान है यदि आप इसका सम्यक् उपयोग करेंगे तो एक वर्ष आपको कोई कठिनाई न होगी। इस बीच आगे की सोच लीजिएगा।

पिछला पत्र जब लिखा था तब सोचा था कि अब फिर कभी संपर्क न करूँगी, किंतु प्रस्थान से पहले जब यह बात ध्यान में आई तो मुझसे रहा न गया। सौंदर्या कैसी हैं, आप की वित्तीय स्थिति कैसी है, आदि बातें मुझे किससे पता चलीं, इस छान-बीन में समय नष्ट न कीजिएगा। पूर्व महिषी हूँ, राजमाता हूँ, कई लोग औपचारिकता-वश मिलने आते हैं, और आते हैं तो अपने सुख-दुख भी बताते हैं।

महामात्य बुद्ध दास आपके पिता के विश्वस्त मंत्री थे; जब जो भी राजा होगा उसके विश्वासपात्र रहेंगे। तुषार और महा नाम मेरी सुरक्षा के लिए मेरे साथ अनुराधापुर से प्रस्थान कर चुके। अब संभवत आपसे कभी मिलना नहीं होगा।

महिषी सौंदर्या से कहें कि श्रृंगार कक्ष की फ़र्श को हथेली से बुहारेंगी तो इस चाबी का उपयोग संभव हो जाएगा।

इति।

मुद्रा— राजमाता सुमनवल्लरी।

पढ़ते-पढ़ते मेरी आखें भीग उठीं; सौंदर्या तो खुलकर रो पड़ी।

उस पत्र को पढ़कर मन में जो भाव आए उनमें कितनी आत्मग्लानि थी और कितनी कृतज्ञता, यह बता पाना तो संभव नहीं किंतु मन में गहन अवसाद-सा घुमड़ने लगा। मोगल्लान के युवराज बनने के बाद मिगार के कहने में आकर कितनी बार रानी माँ की सदाशयता पर शक किया, गद्दी के लिए उनका सुहाग उजाड़ दिया! अब पछताने से क्या होगा? संसार को लोगों के दुष्कर्म स्मरण रहते हैं, पछतावा तो पापी के मन में ही घुटता रह जाता है, और किसी को क्या दिखाई दे!

फिर भी इतनी उदारता! अच्छा हुआ जो रानी माँ ने स्वयं ही ढूँढने को मना कर दिया— उन्हें अपना मुँह दिखाने योग्य हूँ भी कहाँ!

रानी माँ का निजी धन तात्कालिक संकट से उबरने के लिए पर्याप्त था। महामात्य बुद्ध दास की सहायता से शासन और सेना को सुदृढ़ करने में मैं प्राणपन से लग गया।

स्थिति में कुछ सुधार आते ही मैंने पुनः एक बार अपनी खोई हुई प्रतिष्ठा प्राप्त

करने का प्रयास किया। अभिषेक और विवाहोत्सव की चकाचौंध तो निष्फल हो चुकी थी; सोचा, यदि संघ की कुछ सेवा करूँ तो संभवत: तथागत की कृपा से प्रजा का मन कुछ पिघले।

संघस्थविर एवं कौस्तुभ को राज-प्रासाद में भोजन का निमंत्रण भेजा। तत्काल प्रत्युत्तर आ गया : संघस्थविर महाविहार से बाहर भोजन नहीं करते; महाराज चाहें तो उप-संघस्थविर कौस्तुभ को आमंत्रित कर लें, किन्तु वे भी नवीन बर्तन-बासन में बना केवल शाकाहारी भोजन ही ग्रहण कर सकेंगे। तदनुसार आयोजन हुआ; उप-संघस्थविर कौस्तुभ आए। उन्हें एक चौकी पर बिठाया गया; मैंने भोजन अपने हाथों से परोसा और स्वयं चौकी के नीचे बिछे आसनों पर ब्राह्मण पुरोहित और महामात्य के साथ बैठा।

'स्थविर कौस्तुभ, यदि मुनि संघस्थविर भी पधारते तो हमारी कुटी पवित्र हो जाती,' मैंने कहा।

'राजन् वे कहीं बाहर नहीं जाते; भोजन तो कहीं करते ही नहीं, किंतु संभव है यदि आप स्वयं निमंत्रण देने आए होते तो कौन जाने वे आ भी जाते।'

मन में क्रोध की लहर सी उठी— हाँ, हाँ... मुझ पितृहंता के स्वयं आकर दिए निमंत्रण को ठुकराने में और अधिक आनंद जो आता!

किंतु मैं अपना क्रोध पी गया, विनम्र स्वर में बोला, 'मेरा एक संदेश पहुँचा देंगे उन तक? मैंने सुना है कि इसुरुमुनिया और वेस्सगिरि के विहारों में तत्काल पुनरुद्धार और नवीकरण की आवश्यकता है; यदि संघस्थविर की अनुमति हो, तो वह कार्य मैं राजकोष से करवा दूँ— मुझे बड़ा आध्यात्मिक संतोष होगा।'

'राजन्, संघस्थविर से पूछ कर एक-दो दिन में ही संदेश भिजवा दूँगा,' कौस्तुभ ने कहा।

दो दिन भी न लगे : दूसरे दिन ही टका-सा जवाब आ गया, मात्र तीन रुक्ष वाक्यों में :

त्रि-सिंहल नरेश कश्यप महाराज

महाविहार से तथागत का शुभाशीष।

मुनि संघस्थविर के निर्देशानुसार सूचित करना है कि अनुराधापुर राज्य द्वारा पूर्व में प्रदत्त संसाधन इसुरुमुनिया व वेस्सगिरि चैत्यों में आवश्यक पुनरुद्धार हेतु पर्याप्त हैं। यह कार्य महाविहार स्वयं करा लेगा। अभी श्रीमान से कोई अतिरिक्त सहायता अपेक्षित नहीं।

इति।

मुद्रा— उप-संघस्थविर कौस्तुभ

मैं तिलमिला कर रह गया। ...मुझ अछूत से संघ सहायता क्यों ले भला!

पितृ-राजन हर वर्ष पुनरुद्धार, नवनिर्माण, नवीन प्रतिमाओं के लिए सहस्त्रों मुद्राएँ न्यौछावर करते थे; उस सबका स्वागत होता था, किन्तु मुझे तो संघस्थविर की मुद्रा से जारी व्यक्तिगत प्रत्युत्तर भी अलभ्य है!

उस अपमानजनक मनाही के कुछ सप्ताह बाद ही वह घटना हुई जिसके कारण एक बार फिर मेरा मानसिक संतुलन भयावह रूप से बिगड़ गया: नाग-द्वीप से उत्तर समुद्र में लंगर डाले जहाज़ों का एक विशाल समूह कई दिनों तक दिखाई देता रहा— गुप्तचरों से मुझे समाचार मिला तो अन्य स्रोतों से बैरी नगर-वासियों को कैसे न मिलता। दो दिन बाद भी जहाज़ों का बेड़ा जहाँ का तहाँ था। समाचार मिला कि रात के अँधेरे में छोटी नावें पीने का पानी, भोजन सामग्री आदि लेने चोरी-छिपे तटवर्ती क्षेत्रों में आती-जाती हैं, किंतु जम्बूकोला का सेनानायक कड़े निर्देशों के बाद भी उनमें से किसी को नहीं पकड़ सका।

मेरे मुख्य गुप्तचर ने सूचना दी कि नगर के कई क्षेत्रों में भारी उत्साह से कानाफूसी चल रही है— मोगल्लान आ गए... मोगल्लान आ गए, चलो सब तैयार हो जाओ। ...छापेमारी हुई तो नगर के कई हिस्सों में संदिग्ध राजद्रोही अस्त्र-शस्त्र तैयार करते हुए पकड़े गए। मेरे स्थान पर यदि मिगार होता तो पूछताछ के क्रम में ही वे सदा के लिए ग़ायब हो जाते, मगर बुद्ध दास ने मेरे हाथ रोक लिए— महाराज, लोगों के मन में पहले ही बहुत विरोध पनप रहा है, अनावश्यक सख़्त कार्रवाई से और बढ़ जाएगा... धैर्य रखिए, पहले पता तो चले कि जहाज़ वास्तव में हैं किसके। एक सप्ताह बाद महामात्य का अनुमान सही निकला। यान-समूह मलय-द्वीप की दिशा में बढ़ गया।

लेकिन अपनी ही राजधानी में राजद्रोहियों के विरुद्ध मन में घुमड़ते आक्रोश को दबाए रखने व मोगल्लान के भारी सेना समेत आ धमकने की आशंका से एक बार पुनः मैं दुःस्वप्नों के जंजाल में जकड़ गया। रात-रात भर नींद नहीं आती। आती तो मोगल्लान ख़ून से सना खड्ग हाथ में लिए घुस आता। पितृ-राजन की भाँति मैं अकेला नहीं होता; सौंदर्या मेरे साथ होती, और मैं अवश देखता रह जाता ...मोगल्लान सौंदर्या की बाँह पकड़ कर खींचता हुआ ले जाता। मैं बहुत निहोरे करता— पहले मुझे मार डालो, पर वह अट्टहास करता उसे खींचता हुआ चल देता। मैं सौंदर्या.. सौंदर्या.. पुकारता हुआ जागता, तो वह मुझे पुचकारती हुई शांत करने की कोशिश कर रही होती। मोगल्लान कभी-कभी मिगार का रूप धर लेता; हँसता हुआ कहता— अजब मूर्ख है तू ...यह तो मेरी गुप्तचर थी, इसे तूने सचमुच महिषी बना लिया। ले, मेरा उपहार मैंने वापस ले लिया। सौंदर्या मुस्कुराती हुई उससे लिपट जाती। दिन में कई-कई बार मैं खिड़की से बाहर किसी दीवार को निहारता हुआ बुदबुदाने लगता—

लगा दो... लगा दो आख़िरी ईंटें भी ...इन्हें सूर्योदय की प्रतीक्षा करने दो...

सौंदर्या, बुद्ध दास, चिराथ— सब बहुत चिंतित हो उठे हैं। राज-वैद्य कई दिनों से मेरे कक्ष के बाहर ही बैठे हैं। एक दिन मैंने उन्हें देखा, सौंदर्या के कान में फुसफुसाते हुए बोल रहे थे। कह नहीं सकता वह स्वप्न था कि सच, लेकिन जो कुछ भी था, अनुचित न जान पड़ा जागने पर— यदि इन्हें किसी ऐसे काम पर न लगाया गया जिसमें ये अंदर-बाहर सब कुछ भूल कर लग जाएँ, तो शीघ्र ही विक्षिप्त हो जाने की आशंका है, देवि! कुछ सोचिए, ...आइए इधर मेरे साथ, राजवैद्य सौंदर्या की बाँह पकड़ कर ले जा रहे हैं। ...हर दिन प्रातः इन्हें खुली हवा में सैर कराइए; संध्याकाल मनोरंजन का विशेष प्रबंध कीजिए। महामात्य कुछ सुना आपने? ...आप इन्हें यह औषधि पिलाइए, तब तक मैं देवी महिषी को समझा देता हूँ सब कुछ।

जब औषधि के प्रभाव से गहरी नींद सो कर उठा तो मैंने पक्का निर्णय कर लिया था— अब अनुराधापुर में नहीं रहूँगा।

किंतु उसके बाद भी तीन वर्ष और वहीं रहना पड़ा।

मौदगल्यायण
कांचीपुरम / सन् 483 ई.

बाप्पा... बाप्पा, प्रलय हो गया!

हम तीनों के आँसू नहीं थमे दो दिनों से; आनंद वर्द्धन की स्थिति सबसे दुखद है। दो दिन से कुछ नहीं किया उसने रोने और विलाप करने के अतिरिक्त। दीपांकर पुनः मूक हो गया है, मानो गणेश की प्रतिमा का मूर्तिकार होने के कारण समस्त दोष उसी का हो! हम तीनों में सबसे स्थितप्रज्ञ मैं ही हूँ। किसी तरह अपने आँसू पोछ उन्हें सँभालने-समझाने में लगा हूँ : पूर्व-जन्म के अभिशाप स्वयं विघ्नहर्ता भी नहीं टाल सकते। हमसे भी अधिक हृदय-विदारक स्थिति तो देवी कलावती की है; ज्ञानार्जन और व्यवसाय स्थापित करने में लगे नचिकेतानंद ने अधिक आयु में विवाह किया था, उनका एक ही बालक मात्र सात वर्षों की आयु में अनाथ।

कल उन्हें देख आया था। राजकुमारी चित्रांगदा का औपचारिक शोक-संदेश आया था देवी कलावती के नाम। आज आनंद के नाम भी आया है।

आह! बाप्पा यदि ध्यान से सुनें तो हमारे हृदयों का हाहाकार समुद्र के उस पार सिंहल द्वीप तक आपको सुनाई दे जाएगा, किंतु आप सोच भी नहीं सकते कि तीन वर्षों के अथक परिश्रम और लगन से कोई अलौकिक अभिकल्पना मूर्त हो और मात्र तीन चार पहर बाद उसी दिन नष्ट भी हो जाए तो उसके वास्तुकार और शिल्पियों पर

कैसा क़हर टूटता है, कितना विनाशकारी।

हमारा निवास ग्रंथालय भवन से दूसरी दिशा में दूरी पर है; जब तक हमें सूचना मिली और हम भागते-दौड़ते पहुँचे तब तक सब कुछ समाप्त हो चुका था।

वसंत पंचमी की मध्य रात्रि में आग लगी और लगते ही तड़ित गति से फैली। लकड़ी के बड़े-बड़े द्वार, ताल-पत्र की हस्तलिपियों-भरी सैकड़ों अलमारियाँ, भवन की पूरी छत— सब की सब ज्वलनशील सामग्री; कुछ ही क्षणों में धुआँ और आकाश छूतीं पीत-वर्ण अग्निशिखाएँ दूर तक दिखाई दे गयीं; नगर में जाग हो गई। हजारों नगरवासी एकत्रित किंतु भय-विस्मय से किंकर्तव्यविमूढ़। कुछ युवकों ने पास के कुएँ से जल लाकर आग बुझाने के असफल जतन किए पर इतने ऊँचे भवन की छत तक पहुँच चुकी आग को बुझाना असंभव ही था। और आग भी कैसी, जैसे किसी ने अग्निकुंड में घृत डालकर लगाई हो। बाद में पता चला— वास्तव में घृत का उपयोग हुआ था। राजकुमारी चित्रांगदा के मुख से सत्य वचन ही निकले थे!

हमारे पहुँचने से कुछ देर पहले नचिकेता जी अर्धविक्षिप्त-से दौड़ते हुए आए थे। वर्षों के अध्यवसाय से अर्जित अपना सर्वस्व और अभी-अभी मूर्त हुए स्वप्न-भवन को उस विकराल अग्निकुंड में स्वाहा होते देखकर निश्चय ही वे पूर्णतया विक्षिप्त हो गए होंगे, अन्यथा नगर-वासियों की भीड़ से बाहें छुड़ाकर, मेरे ग्रंथ... मेरी पोथियाँ... चिल्लाते हुए वे उस भीषण दावानल द्वार में प्रवेश न कर जाते। द्वार को पार करते ही उनका शरीर आग के गोले-सा जल उठा। आग बुझने पर केवल उनकी अस्थियाँ मूल ग्रंथों वाले कक्ष में पाई गईं।

कुछ अध-जले काष्ठ-खंडों पर स्पष्ट रूप से घी लगा था। नगर आरक्षी प्रमुख स्वयं छानबीन में लगे हैं।

वह दुर्घटना नहीं, आगजनी थी यह तो सबने मान लिया है। किंतु इस जाँच पड़ताल से हमारा क्या भला होना है! हमारा वर्षों का परिश्रम तो उस अग्निकांड में होम हो चुका। नचिकेतानंद ने आनंद वर्द्धन को समय-समय पर कुछ अग्रिम राशियाँ दी थीं किंतु पारिश्रमिक भुगतान कार्य समाप्ति पर होना था। उसको लेकर मैंने जो सपने देखे थे वह भी बिखर चुके। ...देवी कलावती और उनके अबोध बालक से तो इस विषय का उल्लेख भी अनैतिक होगा, किंतु जो क्लेश हम सबके हृदय को चीर रहा है वह यह कि हमारी सर्वश्रेष्ठ कलाकृति बनते ही नष्ट हो गई। अब वहाँ केवल कालिख लगी पत्थर की दीवारें; आग से चनकी हुई लक्ष्मी, गणेश और शारदा की मूर्तियाँ और खपड़ों के लाल-काले खंडों की ढेरियाँ ही बची हैं!

राजकुमारी चित्रांगदा ने अपने शोक-संदेश में देवी कलावती को लिखा है कि नचिकेतानंद की अकाल मृत्यु से कांचीपुरम ने अपना सबसे प्रतिष्ठित सरस्वती-पुत्र खो दिया है; अपराधियों को शीघ्रातिशीघ्र ढूँढ कर कठोर दंड के आदेश दिए गए हैं।

आनंद को लिखा है कि आप जैसे शिल्पकारों की उत्कृष्ट कलाकृति को नष्ट करनेवालों को दंड अवश्य मिलेगा; आपलोग हिम्मत न हारें, पल्लव राज की ओर से आपलोगों को कार्य देकर सहायता की जाएगी। आप इस संबंध में मुझसे संपर्क कर सकते हैं।

मैं कुछ चकित हूँ और व्यथित भी कि दोनों में से किसी पत्र में संवेदना जैसा कोई भाव नहीं है। आज पंडित जी की द्वादशा पूजा थी; 'नगर के सबसे प्रतिष्ठित सरस्वती-पुत्र' की अंत्येष्टि में पल्लव राज का कोई प्रतिनिधि नहीं आया। क्या अनुराधापुर में भी ऐसा ही होता है, बाप्पा?

जो भी हो, न जाने क्यों मुझे राजकुमारी चित्रांगदा से मिलकर उनकी दया-करुणा से प्राप्त कार्य लेने की इच्छा नहीं हो रही। क्या करूँ बाप्पा, आपका परामर्श इतनी जल्दी तो नहीं मिल सकता। इच्छा तो नहीं है— उनके हाथों उद्घाटन हमारे लिए इतना अशुभ सिद्ध हुआ। किंतु यह लोभ भी है कि उनसे संपर्क हो तो उनके माध्यम से शायद पल्लव महाराज तक पहुँच सकूँ। ऊहापोह में पड़ा हूँ...

निर्णय मेरे हाथों से निकल गया, बाप्पा; आज चित्रांगदा का संदेश-वाहक आया था। कल शाम को बुलाया है हमदोनों को। दीपांकर को तो वे भूल ही गईं जैसे। आनंद का स्वास्थ्य ठीक नहीं; मुझे अकेले ही जाना होगा।

राजकुमारी का महल मुख्य प्रासाद-परिसर में ही है, किंतु इतनी दूर, सर्वथा अलग-थलग कि मुख्य भवन वहाँ से दिखाई भी नहीं देता।

राजकुमारी की आयु लगभग अट्ठाईस-तीस वर्ष होगी; लंबा छरहरा शरीर, गौर वर्ण, सुंदर मुख, किंतु उनका सौंदर्य थोड़ा भयभीत भी करता है। उस दिन उद्घाटन से पहले प्रश्न पूछते हुए वह मुझे तथा हमारी बनाई हुई प्रतिमाओं को ऐसे देख रही थीं, मानो देख नहीं बेध रही हों। पता नहीं बाप्पा, आपको पल्लव राज परिवार के सदस्यों के बारे में कितनी जानकारी है। चित्रांगदा का विवाह सुदूर दक्षिण के एक प्रभावशाली राजवंश के युवराज से लगभग दस वर्ष पूर्व हुआ था। पल्लव महाराज की अपेक्षा थी कि जामाता उस क्षेत्र में पल्लव प्रभुत्व स्थापित करने में सहायक होंगे; जामाता की अपनी महत्वाकांक्षा ठीक उसके विपरीत। फलस्वरूप विवाह टूट गया; चित्रांगदा संघा वाली स्थिति आने से पहले ही अलग होकर कांचीपुरम वापस आ गई। पिछले पाँच-छह वर्षों से कई विभागों की देख-रेख उनके हाथ में है, और महाराज की पहली संतान होने के कारण महल शिव-निवास में रथ-सारथी द्वारपाल-अंगरक्षक दास-दासियों आदि से परिपूर्ण एक स्वायत्त जीवन है उनका। ...आह! नचिकेतानंद ने एक ही सप्ताह पहले यह सब बड़े विस्तार से बताया था— विश्वास ही नहीं होता कि वे अब इस संसार में नहीं हैं।

प्रासाद-द्वार पर मेरे आने की सूचना पहले से है। वहाँ का एक सैनिक मुझे

राजकुमारी के महल के द्वारपाल तक छोड़ जाता है। उसे भी मालूम है; उसके पास एक परिचारिका खड़ी है मेरी प्रतीक्षा में। सीधे अंदर ले जाती है।

मुख्य द्वार प्रस्तर का विशाल गोपुरम है; प्रवेश करते ही एक चौकोर प्रांगण, बीच में कमल कुंड तथा दाईं ओर शिव-पार्वती का एक प्राचीन मंदिर है। गोपुरम व मंदिर का स्थापत्य प्राचीन वास्तुकला का अद्‌भुत नमूना है। गोपुरम के बायीं ओर दो तलों पर कोठरियाँ और सामने एक भव्य-खंड है— राजकुमारी का निजी खंड। देखते ही स्पष्ट हो जाता है कि गोपुरम व मंदिर किसी पुरातन युग के हैं। राजकुमारी चित्रांगदा का दो-महला निवास नवनिर्मित है।

'किसी युग में यह शिव-पार्वती का मंदिर था। अब उस समय के केवल यह देवालय और गोपुरम ही बचे हैं; बाक़ी सब भवन हाल के बने हुए हैं,' परिचारिका मुझे किसी स्मारक-परिसर प्रदर्शक की भाँति बताती जा रही है। फिर अकस्मात् पूछती है, 'आप राजकन्या के लिए क्या लाए हैं?'

'क्या लाए हैं?... मैं कुछ समझा नहीं, देवि,' मैं अचकचा कर कहता हूँ। वह चकित हो मुझे देखती है।

'पहली बार मिल रहे हैं, उन्हें कुछ भेंट नहीं करेंगे?' मैं असमंजस में पड़ा चुप उसकी ओर देखता हूँ। वह कुंड की ओर झुककर कमल के दो अधखिले पुष्प तोड़ लेती है,

'लीजिए, यही दे दीजिएगा,' मैं चुपचाप कलियाँ ले लेता हूँ।

हम महल के भूमि तल में प्रवेश करते हैं— विशाल आगंतुक कक्ष दो-मंज़िली छत वाला है, जिसके दोनों ओर से लकड़ी की घुमावदार सीढ़ियाँ दूसरे तल को जाती हैं; दीवारों पर उत्कृष्ट भित्ति चित्र हैं, और उनके सहारे बैठने के तखत लगे हैं। प्रस्तर के बड़े-बड़े हंडों में नाना प्रकार के सजावटी पौधे हैं।

'शिल्पकार जी, आप यहाँ बैठिए, जैसे ही राजकन्या बुलाएँगी मैं आपको सूचित कर दूँगी।' वह पीछे के द्वार से उद्यान में बाहर निकल जाती है। काफ़ी लंबी प्रतीक्षा के बाद मैं व्याकुल हो जाता हूँ— व्यर्थ ही आया, न जाने कितनी और प्रतीक्षा करनी पड़े... आनंद का स्वास्थ्य ठीक नहीं। अकेले दीपांकर घबराता होगा।

'शिल्पकार जी, आइए, राजकन्या उद्यान में आपकी प्रतीक्षा कर रही हैं।'

'आप पहले अपना नाम तो बताएँ, देवि, बड़ी प्रतीक्षा कराई आपकी स्वामिनी ने!' उसका मुख आरक्त हो उठता है; पहली बार लक्ष्य करता हूँ परिचारिका सुंदर है।

'जी मेरा नाम... भी प्रतीक्षा ही है ...सत्य कह रही हूँ, हँसी नहीं कर रही,' वह मुस्कुराती हुई कहती है तो मैं भी धीरे से हँस पड़ता हूँ। मेरा ऊबा हुआ-सा मन मुदित हो गया है।

'प्रतीक्षा हो या कुछ और, अब अगर फिर मिलना हुआ, तो आपको प्रतीक्षा ही

कहूँगा, चलिए।'

पीछे के द्वार से हम बाहर निकलते हैं। एक विशाल अर्धचंद्राकार उद्यान है: ऊँचे-ऊँचे वृक्षों से घिरा जिनके पीछे निवास का परकोटा है। राजकन्या चित्रांगदा भवन की ओर पीठ किए फूलों की एक क्यारी में झुककर वहाँ से कुछ चुन रही हैं। हमारे पैरों की आहट से वे खड़ी होकर मुड़ती हैं। उनके हाथ में एक लाल पुष्प है।

'आइए शिल्पकार, आपका स्वागत है। आपके गुरु आनंद नहीं आए?' उनकी आँखें मेरे मुख को अपलक बेध रही हैं।

'प्रणाम देवि,' मैं हाथ जोड़ता हूँ तो कमल पुष्प डंडियों से सामने की ओर को झूल जाते हैं। 'जी, वे गंभीर रूप से... अस्वस्थ हैं, नहीं तो... अवश्य आते।' उनकी तीक्ष्ण, अपलक दृष्टि से असहज मैं रुक-रुक कर कहता हूँ।

'यह क्या ले आए?' सहसा वे मुस्कुराती हुई पूछती हैं।

'जी... आपके लिए फूल... उन्होंने कहा पहली बार... मिल रहे हैं तो...' टुकड़ों-टुकड़ों में ही सही, मेरे मुँह से सच निकल ही गया।

'किसने कहा? प्रतीक्षा ने?'

तो वास्तव में उसका नाम प्रतीक्षा ही है। मैं अनजाने ही मुस्कुरा उठता हूँ।

'जी, अब ले आया हूँ तो स्वीकार कर लें, देवि,' मैं कहता हूँ।

'अच्छा, किंतु मैं बिना मोल कुछ ग्रहण नहीं करती। इनके बदले आप यह ले लीजिए।'

मेरे हाथ से कमल-पुष्प लेकर वह लाल फूल बढ़ाती हैं। मैं मन ही मन कुछ चौंक-सा उठता हूँ। यह क्या हो रहा है? मौदगल्यायण, सँभलो!

मैं गंभीर औपचारिक स्वर में कहता हूँ, 'जी धन्यवाद; आज्ञा करें, आपने स्मरण किया था। गुरु आनंद की स्थिति ऐसी है कि उन्हें अकेले दीपांकर के भरोसे छोड़ कर आना उचित न था, किंतु आपके संदेश की अवहेलना भी नहीं कर सकता था।'

राजकुमारी की दृष्टि पुनः मेरे मुख पर स्थिर हो गई है।

'मुझे आपका शिल्प बहुत मनभावन लगा। मैं चाहती हूँ कि मेरे निवास के सामने जो वृत्ताकार उद्यान है वहाँ स्थापित करने के लिए आप मेरी एक खड़ी प्रतिमा बनाएँ, ठीक मेरे आकार की, एक पुराना तैल चित्र है वह दिखा देती हूँ।' वह ताली बजाती है; प्रतीक्षा लगभग दौड़ती हुई-सी आती है— 'मौदगल्यायण जी के लिए अल्पाहार लगाओ, ऊपर उस बैठक में जहाँ मेरा तैल चित्र है।'

मैं बहुत असहज अनुभव कर रहा हूँ बाप्पा, आपने युवावस्था के प्रारंभ में ही ऐसी दीक्षा दे दी की स्त्रियों से संवाद लंबा होते ही ऐसा होने लगता है। कंठ साफ़ करते हुए कहता हूँ, 'क्षमा करें देवि, मैं तो... समझिए नौसिखिया शिल्पकार हूँ, जो थोड़ा बहुत आता है पिछले दो-तीन वर्षों में आनंद वर्द्धन से अनौपचारिक रूप से

सीखा है। आनंद ने गांधार के शिल्पकला गुरुकुल में पूर्णकालिक अध्ययन किया है। पन्द्रह वर्षों से अधिक का अनुभव है उन्हें। यदि अपनी प्रतिमा उनसे बनवाएँ, तो कहीं अच्छी बनेगी। हाँ, उन्हें स्वस्थ होने में कुछ समय अवश्य लगेगा... वैसे आपकी जो भी आज्ञा हो, शिरोधार्य है।'

सहसा चित्रांगदा का मुँह कुछ तन-सा गया, 'अच्छा, तो आप आनंद वर्द्धन से चर्चा करके एक सप्ताह बाद सूचित कर दें। ...क्षमा करें, मुझे अकस्मात् कुछ आवश्यक काम स्मरण हो आया है, मुझे जाना होगा। प्रतीक्षा... प्रतीक्षा... शिल्पकार जी को अल्पाहार कराओ और मेरा वह तैल चित्र दिखा देना।'

मैं कहना चाहता हूँ कि मुझे भी लौटने की जल्दी है, किंतु प्रतीक्षा के साथ कुछ घड़ी बिताने का लोभ संवरण नहीं कर पाता। चुपचाप प्रणाम करता हूँ।

राजकुमारी पहले ही मुड़ कर जा चुकी हैं— कहीं रुष्ट तो नहीं हो गईं!

'अब तो आपको विश्वास हो गया न कि मेरा नाम वास्तव में प्रतीक्षा है,' वह मुस्कुराती हुई कहती है। 'चलिए, अल्पाहार रखा है ऊपर।'

मैं उस के पीछे-पीछे चल पड़ता हूँ— कुछ देर को यह भूल गया हूँ कि मुझे जल्द से जल्द वापस घर लौट कर आनंद की देखरेख में लग जाना चाहिए।

कश्यप महाराज
अनुराधापुर / सन् 483 ई.

राजवैद्य के परामर्श के अनुसार अब हम प्रतिदिन प्रात:काल रथ पर सैर के लिए जाते हैं— कभी किसी दिशा में, तो कभी किसी और। आवश्यक होने पर राजधानी से बाहर रात्रि-विश्राम भी कर लेते हैं।

पहले रथ पर मैं और सौंदर्या, और बाक़ी पर महामात्य, राजवैद्य तथा चिराथ; हमारे आगे पीछे पच्चीस-तीस अश्वारोही अंगरक्षक। आज हम वन में काफ़ी दूर निकल आए हैं। एक मध्यम आकार के जलाशय के पार चारों ओर समतल भूमि में से निकले हुए दो पर्वत दिखाई देते हैं— एक कुछ वृत्ताकार और दूसरा नितांत खड़े पार्श्वों वाला विराट शिलाखंड। नाम पूछता हूँ— पहला पिदुरांगला और दूसरा अक्ष-पर्वत। अक्ष-पर्वत की सीधी खड़ी गगनचुंबी ऊँचाइयाँ मुझे अपनी ओर खींच रही हैं। अभेद्य दुर्ग व महल परिसर के लिए आदर्श स्थान जान पड़ता है— रथों को रुकने का संकेत देता हूँ।

'मुझे अक्ष-पर्वत को पास से देखना है, उसकी परिक्रमा करनी है,' मैं महामात्य से कहता हूँ।

'किंतु महाराज वह तो अश्व पर ही संभव है, जंगल के रस्ते अत्यंत सँकरे हैं,'

वे हिचकिचाते हुए कहते हैं।

'तो फिर दो अश्व मँगवा लीजिए, आप और मैं परिक्रमा करके आएँगे।'

'किंतु राजन् आपका स्वास्थ्य...'

'मुझे कुछ नहीं हुआ। तत्काल व्यवस्था हो।'

परिक्रमा करते हुए मुझे विश्वास हो जाता है कि अक्ष-पर्वत का शिखर ही वह स्थान है जहाँ राज-पीठ स्थानांतरित करना है; इतना सुरक्षित कि कोई शत्रु मुझे छू भी नहीं सकता वहाँ। पर्वत के नीचे वर्षा का जल संग्रह करने के तालाब और उद्यान पहले से ही बने हैं; दूर से भिक्षुओं के मंत्र-पाठ की स्वर लहरियाँ धीमे-धीमे सुनाई दे रही हैं।

'मैं अक्ष-पर्वत के शीर्ष पर महल परिसर का निर्माण कराना चाहता हूँ, पर्वत के तीन ओर जल-बाधा नहरें और दुर्ग प्राचीर होंगे; एक ओर तो प्राकृतिक जलाशय है ही।'

कुछ देर महामात्य चुप रहते हैं, फिर कहते हैं, 'आपके पिता धातुसेना महाराज ने भी एक बार अक्ष-पर्वत पर महल बनवाने का विचार किया था। ये तालाब, उद्यान आदि बने, फिर उन्होंने वह योजना निरस्त कर दी।'

'कारण?'

'इस शिला की खड़ी ऊँचाइयों के कारण निर्माण कार्य तो दूर, इसके शिखर पर चढ़ना भी असंभव जैसा है, महाराज। ख़र्च भी संसाधन से कई-गुना अधिक। फिर उनके ध्यान में यह बात भी आई कि अक्ष-पर्वत कई शताब्दियों से कठिन साधना एवं एकांतवास के इच्छुक तपस्वियों तथा भिक्षुओं का ठिकाना रहा है— उन सबको यहाँ से निर्वासित करना उचित न होगा। इसीलिए उन्होंने वह विचार त्याग दिया,' बुद्ध दास के स्वर से स्पष्ट है कि मुझे भी वैसा ही करना चाहिए।

'मुझे कुछ नहीं सुनना, महामात्य। मुझे तो यह स्थान जच गया है। तपस्वियों के लिए मठ, महाविहार हैं। एकांत क्षेत्रों की भी कोई कमी नहीं, यहीं पास में पिदुरांगला है। रही बात व्यय की, तो आप अनुमान बनवाएँ, हम सब बैठकर विचार करेंगे। कल से ही आरंभ करें और एक सप्ताह में तैयार करके बैठक बुलवा लें।'

'जो आज्ञा, महाराज।'

पूछताछ से ज्ञात हुआ कि पितृ-राजन को अक्ष-पर्वत पर महल बना कर पर्वत-राज की उपाधि प्राप्त करने का सुझाव तत्कालीन ब्राह्मण राज-पुरोहित ने दिया था। मैंने महामात्य को बैठक में ब्राह्मण पुरोहित तथा स्थविर कौस्तुभ को भी आमंत्रित करने के लिए कह दिया है।

महल निर्माण पर व्यय का लेखा-जोखा तैयार हुआ; एक सप्ताह बाद जब बैठक में प्रस्तुत हुआ तो सुनते ही सब सन्न रह गए— तीन वर्षों की अवधि में सत्तर लाख स्वर्ण-मुद्राएँ! किंतु मेरा हठ मानो और अधिक ठोस हो गया।

'एक बार पुनः सोच लें, राजन्। सिर्फ़ व्यय की ही बात नहीं, कम से कम दो-ढाई सौ एकांतवासी योगी-तपस्वी अक्ष-पर्वत की कंदराओं में दीर्घ-काल से रहते आए हैं,' स्थविर कौस्तुभ ने कहा।

'तो उन्हें आप महाविहार में स्थानांतरित कर लें, अक्ष-पर्वत राज्य संपत्ति है और हमें वापस चाहिए।'

'वे सब हमारे संघ से संबंधित नहीं है, एकांतवासी तपस्वी हैं, किसी के कहने से नहीं हटनेवाले।'

'तो फिर हम स्वयं ही उन्हें समझा लेंगे। बस, संघ कोई हस्तक्षेप न करे,' मैंने कड़े स्वर में कहा, फिर थोड़ी नरमी से, 'हाँ, आपलोगों से यह परामर्श अवश्य चाहिए कि निर्माण-व्यय की व्यवस्था कैसे की जाए।' मैंने अपना निर्णय सुना दिया।

'अक्ष-पर्वत पर लगभग पच्चीस-तीस सनातन धर्मी तपस्वी भी हैं, महाराज, पर उन्हें तो मैं समझा दूँगा,' ब्राह्मण पुरोहित ने कहा, फिर आगे सुझाव देने की अनुमति लेकर बोला, 'धनराशि का तोड़ तो यह है महाराज कि यदि रोम नगर की मुद्रा जैसी सुगढ़ स्वर्णमुद्रा बनाने की आधुनिक टकसाल बिठा ली जाए और आप स्वयं को अक्षय पर्वत पर मेघों के मध्य निवास करने वाला कुबेर देव घोषित कर दें, तो सिंहल की वह स्वर्ण-मुद्रा जंबूद्वीप से लेकर मलयद्वीप तक स्वीकार्य हो जाएगी। विदेशी व्यवसाय में अभूतपूर्व वृद्धि होगी और राजस्व भी उसी अनुपात में बढ़ जाएगा,' ब्राह्मण पुरोहित को चाटुकारिता और संघ को नीचा दिखाने की इतनी जल्दी है कि बे-सिर-पैर की हाँके चला जा रहा है।

मैंने कुछ खीझे हुए स्वर में उसे टोका, 'श्रीमन् राजपुरोहित, आप विद्वान हैं, तर्क-हीन परामर्श आपको शोभा नहीं देता— महल निर्माण से पूर्व ही मैं अक्ष-पर्वत का निवासी कुबेर देव कैसे बन जाऊँगा और धन एकत्रित होने से पहले स्वर्ण-मुद्राएँ कहाँ से आ जाएँगी! और कोई सुझाव है आपके पास?' ब्राह्मण पुरोहित चुप हो गया।

'महाराज तपस्वियों की समस्या तो वास्तविक है, किंतु आपने परामर्श माँगा है तो मैं कुछ निवेदन करूँ,' कौस्तुभ ने कहा।

'अवश्य स्थविर, आपका स्वागत है,' मैं कहता हूँ।

'राजन्, आप त्रि-सिंहल के तीन यान-पत्तनों का चयन करें— एक पश्चिमी समुद्र तट पर, दूसरा उत्तरी पर तथा तीसरा पूर्वी पर, और उन्हें कर-मुक्त क्षेत्र घोषित कर दें। वहाँ की कुल ख़रीद-बिक्री केवल अपने विश्वस्त कार्मिकों से ही करवाएँ, मलय देश से जम्बूद्वीप तक के व्यापारियों का एकमात्र माध्यम बनकर। स्थानीय निवासियों से उन सब वस्तुओं का क्रय करवाएँ जो हमारे यहाँ प्रचुर मात्रा में सहज ही उपलब्ध हैं और जिनकी माँग विदेशों में बहुत है, यथा— बहुमूल्य रत्न, मसाले, हाथी-दाँत, मधु, औषध-वनस्पति इत्यादि। दोनों ओर के व्यापारी अच्छे मूल्यों के

कारण इन कर-मुक्त पत्तनों में ही व्यवसाय करना पसंद करेंगे। उनकी दीर्घ समुद्री यात्राओं की दूरी और उनसे जुड़ीं अनिश्चितताएँ भी अपेक्षाकृत कम हो जाएँगी। जल्द ही आपके ये कर-मुक्त क्षेत्र वैदेशिक व्यवसाय पर एकाधिकार स्थापित कर लेंगे और राज्य-कोष की आमदनी में अभूतपूर्व वृद्धि होगी। किन्तु यह योजना सफल तभी हो सकेगी जब शासन यह सुनिश्चित कर सके कि आपके क्रय-विक्रय अधिकारी-गण अपना काम ईमानदारी से करें, राज्य हित के बदले स्वार्थसिद्धि में न लग जाएँ। कम से कम मूल्य पर क्रय और अधिक से अधिक मूल्य पर विक्रय का अंतर राज्य कोष को ही प्राप्त हो। कुछ छल कपट तो अवश्य होगा पर यदि उस पर नियंत्रण रखा जा सके, तो तीन-चार वर्षों में न केवल सिंहल के स्थानीय सामान्य जन समृद्ध हो जाएँगे, बल्कि आपकी परियोजना के लिए भी पर्याप्त वित्तीय संसाधन एकत्रित हो जाएगा।'

हम सब एकाग्रचित्त महावीर कौस्तुभ की बात सुन रहे हैं। ब्राह्मण पुरोहित से रहा नहीं जाता; कसैले स्वर में टिप्पणी करता है, 'कौस्तुभ जी की योजना तो इतनी आकर्षक है जैसे कोई सुनहरा स्वप्न हो।'

मैं चौंक कर कौस्तुभ को देखता हूँ। वे मुस्कुराते हुए मधुर स्वर में कहते हैं, 'राजपुरोहित, आपका कहना सही है। इस स्वप्न समान योजना की सफलता दो बातों पर टिकी है, यदि वे संभव न हुईं तो इसे मात्र स्वप्न ही समझें— एक तो पर्याप्त संख्या में स्वामिभक्त अधिकारियों का प्रबंध, दूसरे, कुछ समय बाद स्थानीय व्यापारियों के विरोध का समाधान। पहली बात तो महामात्य ही बता सकते हैं। दूसरी का तोड़ यह है कि कि लक्ष्य प्राप्त हो जाने पर कर-मुक्त क्षेत्र निजी व्यवसायियों को हस्तांतरित करने होंगे। हाँ, उन पर कुछ व्यवसाय प्रोत्साहन शुल्क लगाया जा सकता है। किंतु तब तक आप की परियोजना पूरी हो चुकी होगी, महाराज।'

मैंने महामात्य की ओर देखा, उन्होंने मेरी ओर, फिर बोले, 'व्यवस्था हो जाएगी, महाराज।'

मैंने स्थविर कौस्तुभ को ठहरने का इशारा किया। एकांत होते ही पूछा, 'आपने किस बौद्ध विहार में इतनी व्यवसायिक बुद्धि सीखी, स्थविर?'

'व्यक्ति की जन्मजात कोशिकाओं का भी भारी योगदान होता है इन बातों में, महाराज। संघ की शरण में तो युवावस्था में गया; मेरा जन्म कैलानिया के एक धनाढ्य परिवार में हुआ था और मैं पारिवारिक व्यवसाय में विदेश व्यापार का कार्य सँभाला करता था।'

अगले सप्ताह मैंने कौस्तुभ की योजना के अनुसार राज्यादेश जारी करके पश्चिमी तट पर महातित्थ, उत्तरी तट पर जम्बूकोला और पूर्वी तट पर वेलागामा को कर मुक्त पत्तन घोषित कर दिया। क्रय-विक्रय अधिकारियों का चयन बुद्ध दास ने

अपनी निजी देख-रेख में पहले ही आरम्भ कर लिया था।

राजकुमारी चित्रांगदा
कांचीपुरम / सन् 483 ई.

जिस दिन उसे पहली बार देखा उसी दिन लगा था, इसे मैंने पहले भी कहीं देखा है, पर कहाँ और कब यह बहुत ध्यान से देखने पर भी याद नहीं आया। आरती की थाली गिर जाने से अफ़रा-तफ़री मच गई; फिर, उद्घाटन कार्यक्रम होने लगा।...किंतु नाम भी कुछ जाना-पहचाना सा लगता रहा... मैं बराबर याद करने में लगी रही...

आज शिल्पकार मौदगल्यायण को उद्यान में देखकर फिर लगा, अवश्य देखा है कहीं। ...भोला-भाला सा सुदर्शन युवक है। प्रतीक्षा के कहने पर ही औपचारिकता का ध्यान आया; बहुत संभव फूल भी प्रतीक्षा ने ही तोड़ कर दिए होंगे। मैंने न जाने क्यों उसे भी बदले में फूल दे दिया!

राज राजेंद्र से विवाह के चार वर्षों के उस नरक ने पुरुषों के प्रति मुझे कठोर कर दिया है; मेरा स्वभाव पूर्णरूपेण बदल गया है। पुरुषों की उपेक्षा करके, उन्हें भयभीत देख कर मुझे बड़ा संतोष होता है, किंतु अचानक आज इस शिल्पकार की घबराहट को कुछ कम करना चाह रही थी; वास्तव में मुझे उसकी बनाई हुई लक्ष्मी की प्रतिमा उसके गुरु की कृति से भी अच्छी लगी थी, और मैं चाहती थी कि मेरी प्रतिमा वही बनाए। सोचा, वह कुछ सुस्थिर हो जाए तो फिर उसे मना लूँगी; इसीलिए प्रतीक्षा को अल्पाहार भी लगाने को कहा था।

किंतु अकस्मात् उसी समय स्मृति में वह चित्र कौंध गया— अरे... यह कहीं वही तो नहीं। बहुत दिनों पहले की बात है, संभव है भ्रम हो रहा हो। मैंने सोचा पहले झट से वह समूह-चित्र देख आऊँ, फिर इससे आगे बात करूँगी। ...अल्पाहार के लिए आमंत्रित करने के बाद अचानक मेरा चल पड़ना कहीं उसे अपमानजनक तो नहीं लगेगा ...किंतु मैं स्वयं को रोक न सकी।

मुख्य प्रासाद में पितृ राजन के खंड से लगे दो विशाल कक्ष हैं जिसमें अन्य राज्यों से उपहार-स्वरूप प्राप्त मूल्यवान कलाकृतियाँ, चित्र आदि प्रदर्शित हैं। मैं सीधे चित्र दीर्घा वाले कक्ष में पहुँच कर वह समूह चित्र ढूँढती हूँ जो कई वर्षों पहले आया था, अन्य बहुत से बहुमूल्य रत्नजटित फूलदान तथा अन्य कलाकृतियों के साथ; पता नहीं वह यहाँ अब टँगा भी है या नहीं? ...हाँ, यह रहा वह समूह चित्र— राजसी वेशभूषा में माता-पिता के दोनों ओर दो नवयुवक, एक किंचित श्याम-वर्ण, दूसरा कुछ कम आयु का किंतु निश्चित रूप से वही है। लक्ष्य करती हूँ कि नीचे नाम भी लिखे हैं उन सब के— कुमार कश्यप, महिषी सुमनवल्लरी, त्रि-सिंहल नरेश

धातुसेना महाराज और कुमार मौदगल्यायण। मैं अवाक् हो कुछ देर तक चित्र को देखती, सोच रही हूँ— तो सिंहल द्वीप का राजकुमार मौदगल्यायण शिल्पकार के छद्म-वेश में यहाँ कांचीपुरम में क्या कर रहा है! ...तभी आँखें इस तरह नीचे को किए कुछ घबराया-सा रहता है। पता करना पड़ेगा...

सोचती हूँ पितृ-राजन को अभी बताऊँ या रहने दूँ; अभी तक वे पूर्ण स्वस्थ नहीं हुए, सब राज-काज मैं ही देख रही हूँ। ...छोटे भाई श्रीमान युवराज जी का स्मरण आते ही वितृष्णा-सी होने लगती है पुरुष-प्रधान व्यवस्था पर। ...मात्र सत्रह वर्ष की आयु में ही मदिरा और केलि की अति से लगभग जीवित शव, फिर भी पुरुषों की बनाई परंपराओं से जकड़े इस तंत्र में युवराज तो वही है; पितृ-राजन की उत्तराधिकारी मैं नहीं हो सकती।

तय किया पितृ-राजन को अभी नहीं बताती; पहले पड़ताल करवा लूँ।

उनके स्वास्थ्य का समाचार लेकर निकली तो राज्य गुप्तचर दैनिक समाचार बाँचने की प्रतीक्षा में बैठा था— आज फिर वह रपट मुझे ही प्रस्तुत करेगा। मुख्य गुप्तचर की दैनिकी में कुछ विशेष नहीं था; समाप्त करके वह उठने लगा तो मैंने उसे सिंहल द्वीप राज-परिवार तथा वहाँ की वर्तमान राजनीतिक स्थिति पर विशेष रपट प्रस्तुत करने का निर्देश दिया।

'और हाँ, वहाँ के राज-परिवार का कोई व्यक्ति यदि छद्म-वेश में हमारी सीमाओं में हो तो उसकी अब तक की एक-एक गतिविधि की सूचना भी चाहिए।'

वह चौंक कर मेरी ओर देखता है, 'जो आज्ञा, देवी राजकन्या।'

'एक सप्ताह में कर लें, और पहले सिर्फ़ मुझे ही प्रस्तुत करें। अभी पितृ-राजन को अनावश्यक चिंता का कारण देना ठीक न होगा।'

शिव निवास पहुँचते ही प्रतीक्षा बताती है शिल्पकार अपने गुरु के स्वास्थ्य को लेकर बहुत चिंतित थे, अल्पाहार लेकर चले गए किंतु वह चित्र उन्हें दिखा दिया था।

मैं अनमने स्वर में अच्छा कह कर सीधे अपने कक्ष में आ गई हूँ; लेटी हुई छत को निहारते हुए सोचती रही— कुछ देर और प्रतीक्षा नहीं कर सकता था। ...किंतु शिल्पकार के वेश में कर क्या रहा है यहाँ!

उस सप्ताह के मध्य में मैंने मुख्य गुप्तचर को पुनः स्मरण कराया। एक सप्ताह बाद वह स्वयं रपट लेकर आया, 'आपका संदेह तो सही था देवि, पर वह कोई स्वांग करता हुआ नहीं आया था; कांचीपुरम में प्रवेश करते ही प्रासाद द्वार पर अपना परिचय दिया था और महाराज से मिलने की अभ्यर्थना की थी। किंतु भाग्य ने उसे शिल्पकार बना दिया। '

परिचारिका प्रतीक्षा

कांचीपुरम / सन् 483 ई.

शिल्पकार को देखते ही मन दोबारा वैसे ही तरंगित हो उठा जैसे उस उद्घाटन समारोह वाले दिन, जब मैं देवी चित्रांगदा के साथ वहाँ गई थी। मुझे नहीं लगा कि उस भीड़-भाड़ में उन्होंने मुझे देखा भी था, किंतु मैं तो उस पूरे कार्यक्रम में केवल उन्हें ही देखती रही थी— लंबी काठी, गौर वर्ण, नाक ऐसी सुतवाँ कि जैसी आर्यों की भी नहीं होती, कंधों तक लहराते घुँघराले केश, दीर्घ बाहु, और मुख पर ऐसा सौम्य भाव जो किसी पुरुष में न देखा था उस दिन तक। दृष्टि बरबस उन्हीं की ओर खिंची चली जाती थी।

आज दूसरी बार उन्हें देखकर हृदय-गति अचानक बढ़ गई; न जाने क्या-क्या बताती रही भवन के विषय में, और फिर जब कुछ न सूझा तो कमल पुष्प तोड़ कर दे दिए; उन्हें औपचारिकता का स्मरण कराना तो केवल एक बहाना था, फूल तो मैं अर्पित कर रही थी उन्हें! ... इससे पहले कभी किसी और को देखकर ऐसा अनुभव नहीं हुआ, पल्लव राज से लेकर उस सुदूर दक्षिण प्रदेश तक जहाँ देवी चित्रांगदा के साथ हमें जाना पड़ा था। वहाँ के पाशविक अनुभवों के स्मरण मात्र से देह सिहर गई, रोंगटे खड़े हो गए।

किंतु शिल्पकार मौदगल्यायण को अल्पाहार के लिए चित्रांगदा के निजी बैठक में ले जाते हुए अंतस में उल्लास ऐसा था कि बरबस मुस्कुरा रही थी।

'देवी चित्रांगदा अपनी प्रतिमा यदि आप ही से बनवाना चाहती हैं, तो उसमें रोड़े क्यों अटका रहे हैं? ऐसा सुनहरा अवसर और कब मिलेगा, अपनी प्रतिभा के प्रदर्शन का?' मैं न जाने क्यों पूछ बैठी उनसे।

'देवि, मुझे क्षमा करें, आपके नाम को हँसी समझ बैठा,' वे गंभीर स्वर में कहते हैं, 'परन्तु आपको कैसे पता कि मैं रोड़े अटका रहा था— आप तो थी नहीं वहाँ!'

'यही तो बात है; देवी चित्रांगदा जब आपके सामने होती हैं, तो उनके अलावा आपको और कुछ दिखाई देता है? अच्छा चलिए... अल्पाहार लीजिए, और सामने दीवार पर उनका वह चित्र है जिसकी प्रस्तर-अनुकृति वे बनवाना चाहती हैं।'

'ऐसा नहीं है, देवि, आपको कुछ भ्रम हो गया; सच तो यह है कि आपकी स्वामिनी की बेधती हुई दृष्टि से इतना भयभीत हो जाता हूँ कि और कुछ सूझता ही नहीं, अपने पैरों को देखने लगता हूँ। ...अब देखिए, इस समय मैं आपकी चंचल आँखें और मुस्कान स्पष्ट देख पा रहा हूँ।' वे भी मेरी ही भाँति परिहास के स्वर में कहते हैं; मैं धीरे से हँस पड़ती हूँ।

'अच्छा! तो फिर बताइए मेरी आँखें और चंचल मुस्कान आदि पहले कब

देखी थीं?'

'पहले! मैंने पहले कब देखा आपको?'

'यही तो मैं भी कह रही थी— देवी चित्रांगदा के अतिरिक्त कुछ दिखाई ही नहीं देता आपको, किंतु उस पूरे उद्घाटन समारोह में तो मुझे आपके अलावा कुछ दिखा ही नहीं।' वह अंतिम वाक्यांश न चाहते हुए भी अकस्मात् मेरे मुँह से निकल गया। मैंने लक्ष्य किया उसके उल्लेख मात्र से उनके मुख पर क्लेश की कालिख-सी पुत गई। मैंने स्वयं को दुत्कारा— कैसे दुखद प्रसंग का स्मरण करा दिया इन्हें! वे स्तब्ध हो उस चित्र को ताक रहे थे, किंतु मैं जान गई कि उन्हें उस अशुभ दिन के दृश्य ही दिखाई दे रहे होंगे, दीवार पर टँगा हुआ चित्र नहीं। उन्होंने हाथ का कौर वापस थाल पर रख दिया।

'देवि, मुझे क्षमा करें, मैं तो आपसे वार्तालाप में भूल ही गया कि आनंद के स्वास्थ्य की स्थिति अत्यंत गंभीर है। मुझे अब जाना चाहिए।'

गोपुरम तक उन्हें छोड़ने आई; वहाँ से बढ़ते ही उन्होंने एक बार मुड़ कर देखा, प्रणाम करते हुए बोले, 'देवी प्रतीक्षा, आपसे मिलकर अपने परिजन स्मरण हो आए, बड़ा अच्छा लगा। अब आगे संभवत: भेंट न हो... देवी चित्रांगदा की मूर्ति तो आनंद बनाएँ तभी अच्छी बनेगी, किंतु आपका सौहार्द्र स्मरण रहेगा।'

मैं उन्हें जाते देखती रही। लगता था मेरा हृदय मेरे कंठ तक आकर अटक गया है। मेरी आँखें आँसुओं से भर उठीं। मैंने मन को समझाया— तेरा क्या लगता है यह अपरिचित शिल्पकार जो तू बावरा हुआ जा रहा है!

मैंने अपने अंगवस्त्र से आँखें पोंछ लीं। तब तक वह मेरी दृष्टि से ओझल हो चुके थे।

कश्यप महाराज
अनुराधापुर / सन् 483-484 ई.

कौस्तुभ के सुझावों के परिणाम इतने सकारात्मक होंगे इसकी किसी ने कल्पना भी न की थी। हाँ, उसने तपस्वियों और साधुओं के बारे में जो कहा था वह भी सच निकला: घोर प्रतिरोध हुआ।

मैंने उन्हें वहाँ से हटाने का दायित्व अपने निजी सहायक चिराथ व ब्राह्मण राजपुरोहित को दिया था। उनमें से अधिकतर, विशेष कर वयोवृद्ध तपस्वी, सहज ही मान गए और उन्हें पास के पिदुरांगल पर्वत पर वैकल्पिक स्थान दे दिया गया, किंतु अपेक्षाकृत कम आयु के लगभग पचास धृष्ट हठ-योगी अपनी कंदराओं के आगे पद्मासन में बैठ गए— नहीं जाते, जो करना हो कर लो, हमें स्पर्श भी किया तो

महापाप के भागी होओगे, जान लो! अक्ष-पर्वत हमारा है, हमारा ही रहेगा— देख लेना। स्वेच्छा से तो हम कदापि नहीं हटेंगे, बलात् भले ही हटा लो।

किंतु मैं भी कम हठी न था। अंततः सैनिकों ने उन्हें बलपूर्वक उठा कर हटा दिया। जाते-जाते भी श्राप देते हुए ही गए— देख लेना... हम वापस आएँगे यहाँ, इन मधुमक्खियों, मकड़ियों, साँप-छिपकलियों और धूल... इन सब के साथ शताब्दियों से यह पर्वत हमारा रहा है... और हमारा ही रहेगा। नहीं रह पाओगे यहाँ अधिक दिन, देखना! हम बहुत जल्द आएँगे वापस...

अब निर्माण कार्य प्रारंभ हो गया है, किंतु दीवार की तरह खड़ी शिला-पार्श्वों पर से ऊपर तक निर्माण सामग्री पहुँचाना अत्यंत श्रम साध्य व खर्चीला है। कार्य की प्रगति बहुत धीमी है, पर मैं अपने अजेय दुर्ग महल का स्वप्न मूर्त करने के हठ पर अडिग हूँ।

कभी-कभी मुझे लगता है कि दक्षिण के अभियान पर जाते हुए मिगार अपने अहंकार का कुछ अंश अवश्य पीछे छोड़ गया था, जो किसी अदृश्य चमत्कार से मुझमें प्रवेश कर गया है; मेरे व्यक्तित्व में, मेरी ख्याति में घनीभूत हो गया है। लोग मुझसे भी आशंकित रहने लगे हैं। अक्ष-पर्वत न छोड़ने पर अड़े तपस्वी योगियों के श्राप की बात ब्राह्मण पुरोहित अथवा चिराथ ने मुझे नहीं बताई; मैंने अनजाने में उन्हें परस्पर बात करते हुए सुन लिया था।

कठिन खड़ी चढ़ाई पर निर्माण सामग्री लेकर चढ़ने में श्रमिकों के प्राण गंभीर संकट में रहते हैं। अक्ष-पर्वत पर वन्य मधुमक्खियों के अनगिनत छत्ते हैं, तनिक भी असावधानी से सहस्त्रों की संख्या में टूट पड़ते हैं। पिछले चार-पाँच महीनों में ऊँचाई से शिलाखंड पर गिरने से लगभग दस-बारह श्रमिकों के प्राण जा चुके हैं, किंतु किसी को मुझसे यह बात बताने की हिम्मत न हुई; वे जानते हैं कि मुझ पर ऐसी बातों का कोई असर नहीं होगा। मृतकों के परिवारों को विशेष क्षतिपूर्ति राशि देकर समझा बुझा देते हैं। राज-दंड के भय से कार्य अनवरत चल रहा है। अब मैंने मृत्यु-दंड की प्रतीक्षा करते हुए बंदियों को भी इस काम पर लगा दिया है।

...शिला-दुर्ग का काम शुरू हुए एक वर्ष हो गया। अब मैंने अक्ष-पर्वत को सिंहगिरि नाम दे दिया है क्योंकि शिला के उत्तरी पार्श्व पर शिखर से पहले जो अंतिम समतल है वहाँ पत्थर को तराश कर एक भीमकाय सिंह बनवा रहा हूँ।

सिंहगिरि के तीन ओर कृत्रिम जल-बाधा नहरों की खुदाई का काम तेज़ी से चल रहा है। उनके पीछे प्राचीर के लिए शिलाखंड तराशने का कार्य हो रहा है। सिंहल के कुशलतम काष्ठ-शिल्पियों का एक दल रस्सों से खींचकर उठाया जा सकने वाला पुल तथा शिला की आधी ऊँचाई तक लकड़ी का गोल-गोल घूमता हुआ ज़ीना बनाने में लगा है। पश्चिमी पार्श्व पर एक विशाल भित्ति-चित्र दीर्घा बनवा रहा हूँ, जिसके लिए प्रस्तर-शिल्पियों का एक दल समतल सतह तराशने में

लगा है; दूसरा, उत्तरी पार्श्व पर सिंह की वह विराट प्रतिमा बनाने में लगा है जिसके आगे के पावों के बीच से होती हुई सीढ़ियाँ शिखर को जाएँगी।

भित्ति-चित्र दीर्घा के समक्ष पाँच हाथ चौड़े पथ के पार द्वीप के प्रवीणतम चूनम कारीगर एक दीवार के निर्माण में लगे हैं। इस दीवार की सतह को चूनम कला की अद्भुत कारीगरी से वे दर्पण की भाँति चमका देंगे, जिसमें भित्ति-चित्र प्रतिबिंबित होंगे।

कर-मुक्त पत्तन परियोजना से दूसरे वर्ष में भी सिंहल द्वीप पर मानो सोना बरस रहा है— अब धन की कोई कमी नहीं रही। स्थविर कौस्तुभ वास्तव में तथागत के दूत ही हैं मेरे लिए!

सप्ताह में प्रायः दो-तीन बार सिंहगिरि के कार्य का निरीक्षण कर आता हूँ। बड़ा गर्व होता है कि समस्त वित्तीय कठिनाइयों तथा विरोध के उपरांत भी ऐसे अभेद्य दुर्ग परिसर का निर्माण करवा रहा हूँ। मोगल्लान तो क्या, उसके आराध्य देव भी वहाँ नहीं पहुँच पाएँगे।

सौंदर्या और मेरे जीवन में पिछले वर्ष हर्षोल्लास की दो नन्हीं जुड़वाँ कलियाँ खिली हैं— दो पुत्रियाँ जिनका नाम बोधि और उप्पलवना रखा है। कभी-कभी सोचता हूँ इनमें से एक पुत्र होता तो मोगल्लान का दावा अगली पीढ़ी तक के लिए समाप्त हो जाता। ...फिर तत्काल ही ध्यान आता है कि उसने कोई न्यायिक वाद तो दायर किया नहीं, प्रतिशोध की प्रतिज्ञा ली है। यदि मैंने अपने पिता की हत्या की, तो वह मुझे मेरे पुत्र समेत भी तो मार सकता है ...मेरे मन से उसके वापस लौटने का भय नहीं जाता! अब तो उसमें प्राणों से प्रिय बेटियों का मोह और जुड़ गया है। मैं न रहा तो सौंदर्या और उन दोनों का क्या होगा!

राज-काज और सिंहगिरि निर्माण के उत्साह में पितृहंता होने का पश्चाताप दब अवश्य गया है किंतु दुःस्वप्नों से मुक्ति नहीं मिली। मनोरोग नियंत्रण में है किंतु जड़ से साफ़ नहीं होता। ...अब धातुसेना महाराज के संवाद कुछ बदल-से गए हैं, कहते हैं— दीवार में चुनवा रहे थे मुझे, तब मैंने कहा था न कि मोगल्लान आएगा। देखा! आ गया न मेरा दाह-कर्म करने। ...सुना है अक्ष-पर्वत पर तू बड़े ज़ोर-शोर से दुर्ग-प्रासाद बनवा रहा है... अरे मूर्ख! वह दुर्ग नहीं, कारा है, जिसमें तू अपने पाप के दंड से छिपकर बैठा रहना चाहता है। किंतु वह आएगा— मोगल्लान अवश्य आएगा... अवश्य आएगा। मेरी चिता की राख माथे पर मल कर प्रतिज्ञा की थी उसने। तूने यह कुकर्म न किया होता तो संभव है वह सुमनवल्लरी के कहने से मान जाता; मेरे बाद तुझे बन जाने देता महाराज। मैं परलोक से लौटकर थोड़े ही रोक लेता। तुझे क्या पता मैं और सुमनवल्लरी कितना प्रेम करते थे अधरा से। ...मुझे तो विश्वास ही नहीं होता कि उसकी कोख से तुझ जैसे पापी का जन्म हुआ। सिंहगिरि तेरे पाप का घड़ा है जिसे तू स्वयं ही भर रहा है...

मैं अपने दुःस्वप्नों से अब भी पसीने में भीगा हुआ जाग-जाग उठता हूँ, और फिर शेष रात्रि स्वयं को यह समझाते बीतती है कि ये दुःस्वप्न मात्र मेरी कल्पना और आशंकाओं की उपज हैं, और कुछ नहीं। स्वयं को और दृढ़ प्रतिज्ञ करने में लग जाता हूँ— सिंहगिरि पर प्रासाद-परिसर तो अवश्य बनवाऊँगा, और ऐसा बनवाऊँगा कि मोगल्लान कितनी भी बड़ी सेना लेकर क्यों न आए, मेरा एक बाल भी बाँका न कर पाएगा!

मेरी आर्थिक नीतियों, या यों कहें कि कौस्तुभ-सूत्र के फलस्वरूप त्रि-सिंहल के सामान्य-जन भी समृद्ध हो गए हैं— ग्रामीण प्रजा पहले की अपेक्षा कहीं अधिक संतुष्ट है, किंतु अनुराधापुर के नागरिकों और महाविहार-समुदाय की आँखों में अब भी मुझे मौन तिरस्कार का भाव दिखाई देता है। अब मैंने उस पर ध्यान देना छोड़ दिया है।

राज्य कोष की समृद्धि के साथ-साथ मैंने अपना सैन्य बल सुदृढ़ कर लिया है। छिट-पुट उपद्रवों को छोड़कर द्वीप युद्ध-मुक्त है। रुहुन में मोगल्लान के समर्थक मिगार को खदेड़ने के बाद चुप बैठ गए हैं; मैं भी उन्हें नहीं छेड़ता।

मेरा पूरा ध्यान सिंहगिरि दुर्ग परियोजना को पूरा करने में लगा हुआ है। अनुराधापुर में न मेरा जी लगता है न यहाँ सुरक्षित अनुभव करता हूँ।

मोगल्लान
कांचीपुरम / सन् 483 ई.

विशेष वाहक द्वारा बाप्पा को पत्र

शिव निवास से लौटने पर घर में प्रवेश करने से पहले ही मुझे सुनाई दे गया कि हमारे जीवन में अपशकुनों की श्रृंखला अभी जारी है। आनंद वर्द्धन की पत्नी विलाप कर रही थी; दीपांकर उन्हें सांत्वना दे रहा था। मैं झटकता हुआ अंदर पहुँचा तो आनंद मूर्च्छित से पलंग पर पड़े थे। दीपांकर वैद्य को बुला लाया था, वे आनंद की नाड़ी देख रहे थे। कुछ देर बाद मेरी ओर देख कर बोले, 'आप थोड़ा बाहर आइए।'

'आनंद के दाएँ अंगों में पक्षाघात हो गया है; इन्हें कई माह तक पूरे विश्राम की आवश्यकता है। यदि भगवत्-कृपा से प्राण बच गए, तो उसके बाद शारीरिक व्यायाम कराने पर संभवतः इनके हाथ-पाँव पुनः काम योग्य हो जाएँ किंतु कई महीनों तक यह बिछावन से नहीं उठ सकेंगे। मानसिक तनाव से भी बचा कर रखना होगा। ...दीपांकर को साथ भेज दीजिए, मैं औषधि भिजवा देता हूँ।'

इतने महान शिल्पकार की ऐसी दशा देखकर मेरी आँखें भर आईं— निकट

भविष्य में कोई कार्य करने में असमर्थ। उनकी नवविवाहिता पत्नी सुकन्या टूट-सी गई थीं। उन्हें और प्रतिमाओं के व्यवसाय को अब दीपांकर और मुझको ही सँभालना होगा। अन्य कोई महती कार्य हाथ में लेने का प्रश्न ही नहीं उठता।

तीसरे दिन यही बात मैं चित्रांगदा को बताने गया था, किंतु उन्होंने मुझे निरुत्तर कर दिया। निरुत्तर ही नहीं, अपनी बात मानने को बाध्य भी।

'अब अस्वस्थता के कारण यदि आनंद मेरी प्रतिमा नहीं बना सकते, तो आपको बनानी चाहिए। इस एक मूर्ति के लिए आपको इतना पारिश्रमिक मिलेगा जितना किसी और व्यवसाय से आप वर्षों तक अर्जित नहीं कर सकेंगे। ...आनंद का उपचार भी आपका दायित्व है, है न? रही आपकी निजी उपस्थिति, तो दीपांकर बड़ा हो चुका है, शिल्पकार भी है। वह सँभाल लेगा। आपके गुरु की सेवा सुश्रुषा के लिए प्रशिक्षित परिचारक की व्यवस्था करवा दूँगी, आप निश्चिंत रहें।'

'देवि चित्रांगदा, आपकी अवज्ञा नहीं करना चाहता। रेखांकन करके ले जाता हूँ, कल से कार्य आरंभ कर दूँगा। कुछ देर आपको बिना हिले-डुले खड़ा रहने का कष्ट करना...'

मैं बोल ही रहा था कि चित्रांगदा कठोर स्वर में टोक कर बोलीं, 'नहीं शिल्पकार, जितनी भी देर खड़े रहना हो, मैं रह लूँगी, किंतु मेरी प्रतिमा मुझे देखते हुए बनाएँगे, रेखा चित्र से नहीं। आपके रहने की व्यवस्था शिव निवास में हो जाएगी।' मैं अवाक् उन्हें देख रहा था।

'किंतु देवि...'

'इसमें किंतु-परंतु कुछ नहीं, यदि मेरी इच्छानुसार यह काम करना आपको स्वीकार्य नहीं, तो मैं इसे अवज्ञा ही मानूँगी, और इसका दुष्प्रभाव आपके प्रतिमा व्यवसाय पर पड़ सकता है। आप सोच लें।'

मैं राजकन्या का इशारा भली-भाँति समझ गया— यदि उनका कहा न माना तो कांचीपुरम में व्यवसाय नहीं चलेगा। मेरा माथा घूम-सा गया— फिर आजीविका, आनंद वर्द्धन की चिकित्सा, मेरा भविष्य— इन सब का क्या होगा?

बाप्पा, मैं स्वीकृति को बाध्य हो गया! 'जो आज्ञा देवि' के अतिरिक्त कुछ कहना संभव न था।

दूसरे दिन से मैं शिव निवास में ही रहने लगा।

उसके बाद के दिनों में जो कुछ हुआ वह इतना अकल्पनीय और भयावह था कि क्या बताऊँ! ...अंतत: मैंने स्वयं अपने प्राण दाँव पर लगाकर किसी तरह प्रतीक्षा के प्राण बचाए। इस बीच जो कुछ हुआ वह इतना निजी है कि मेरे लिए उसका विस्तृत विवरण आपको दे सकना संभव नहीं।

देवी प्रतीक्षा को इस पत्र के साथ यान-प्रधान महिंदा के संरक्षण में सौंप रहा

हूँ कि वे उन्हें आपके पास अहुंगल्ल पहुँचा दें। मेरी आपसे विनती है कि उनका संरक्षण मेरी धरोहर के रूप में करें। जब तक वे राजमाता की सेवा में रहकर मेरी प्रतीक्षा करना चाहें, उनके साथ रह लें। यदि अपने ढंग से अपना भविष्य निर्धारित करना चाहें, उस स्थिति में भी उनकी देखरेख का दायित्व आप ही को देता हूँ।

मैं आनंद वर्द्धन के निवास पर जा रहा हूँ। जो कुछ हुआ है उसके बाद मेरा भविष्य अंधकारमय जान पड़ता है। परिस्थितियाँ ऐसी हैं कि पहली बार यह कहने को विवश हूँ— मैं नहीं जानता कि अपनी प्रतिज्ञा कब पूरी करूँगा, या कभी कर भी सकूँगा या नहीं। पल्लव राज से सैन्य सहायता की अपेक्षा तो अब रही ही नहीं; उल्टे, संभावना यह है कि देवी प्रतीक्षा के अपहरण के आरोप में मुझे आजीवन कारावास अथवा मृत्युदंड दे दिया जाए। प्राणों की रक्षा के लिए मुझे तो तत्काल पल्लव सीमा पार चले जाना चाहिए, किंतु अपने गुरु, गुरु-पत्नी और दीपांकर को असहाय छोड़कर भाग जाऊँ यह कायरता अंत:करण को स्वीकार्य नहीं। अब मेरा जो हो, सो हो।

इति।

मुद्रा— मौदगल्यायण

प्रतीक्षा
अहुंगल्ल / सन् 484 ई.

तेरह दिनों की उस समुद्र-यात्रा में मेरे प्राण कंठ में ही अटके रहे। बार-बार यही सोचती कि प्रेम से अवश होकर जो भूल हुई थी उसके लिए संभावित मृत्युदंड से तो शिल्पकार मौदगल्यायण ने बचा लिया, किंतु एक अपरिचित यान-प्रधान के साथ कहाँ जा रही हूँ मैं। वैसे, प्रधान महिंदा मुझे देवी कहकर संबोधित करते रहे और उनके व्यवहार में किसी अभद्र प्रयोजन के लक्षण नहीं थे, किन्तु मेरा मन अशांत ही रहा। अंततः मैंने उनसे पूछ लिया, 'प्रधान, हम कहाँ जा रहे हैं?'

'सिंहल द्वीप, देवि, महाराज ने आपको दक्षिणी सिंहल में अहुंगल्ल सुरक्षित पहुँचाने को कहा है।'

'महाराज? कौन महाराज, प्रधान, मैं कुछ समझी नहीं।'

'क्यों, क्या आपको ज्ञात नहीं कि मौदगल्यायण त्रि-सिंहल नरेश हैं?' प्रधान किंचित चकित और मैं अवाक्।

जब कैलानिया-पत्तन में यान से उतरकर तीन दिवस की भू-तल यात्रा के बाद मैं राजमाता के अहुंगल्ल स्थित अज्ञातवास आश्रम में पहुँची, तब जाकर मन कुछ शांत हुआ।

देवी सुमनवल्लरी को बाप्पा ने जब वह पत्र पढ़कर सुनाया, तो उन्होंने मुझे अपने गले लगा लिया, मैं हिचक हिचक कर रो पड़ी। मुझे लगा जैसे मैं वापस अपनी स्वर्गवासिनी माँ की गोद में लौट आई हूँ, किंतु उनके मुख पर घोर चिंता का भाव था।

दूसरे दिन जब मैं कुछ व्यवस्थित हुई तो उन्होंने एकांत में मुझसे पूछा, 'प्रतीक्षा, अब मैं जानना चाहती हूँ कि ऐसा क्या हुआ कि मोगल्लान को तुम्हारे लिए प्राण दाँव पर लगाने पड़े? उनका क्या होगा?'

मैं लज्जा से नतशिर हो गई, मेरी आँखों से अश्रु-धार बह निकले, बहुत धीमे स्वर में बोली, 'देवि, उन्हें कुछ नहीं होगा।' मुझे विश्वास था कि मैं सच बोल रही हूँ, 'इस सबके बाद भी चित्रांगदा उन्हें कोई कठोर दंड नहीं देंगी।'

'तुम मेरी बेटी के समान हो, सब कुछ खुलकर बता सकती हो। देखो, यहाँ और कोई भी नहीं है।'

मैं लाज से गड़ी जा रही थी; आशंकित भी थी कि मेरा वृत्तांत सुनकर वे मुझे कहीं और न भेज दें। मैं इस परदेस में उन्हें छोड़कर कहीं और नहीं जाना चाहती। सोचती रही क्या बताऊँ, कितना और किस भाँति।

'क्या तुम्हें मोगल्लान से प्रेम हो गया था, प्रतीक्षा?'

मैं उनके सीधे प्रश्न से चौंक-सी उठी, पर सिर हिलाकर मौन स्वीकृति इंगित की तो एकदम से मेरे कान जल उठे।

'तो इसमें आश्चर्य क्या है! वह है ही ऐसा सुदर्शन और सुशील। किंतु उसे?' मैंने एक झटके से सिर उठाकर उनकी तरफ़ देखा, 'ये मैं क्या जानूँ, किंतु सोचती हूँ कि उन्होंने मेरे प्राण बचाकर यहाँ भेजते हुए यह क्यों लिखा कि चाहूँ तो आपकी सेवा मैं रहकर अपना नाम सार्थक कर सकती हूँ!' राजमाता मुस्कुरा उठीं, 'ये हुई न बात! इसी तरह मुझे सब कुछ खुल कर बता दो।'

'जिस दिन देवी चित्रांगदा ने उन्हें शिव निवास में ही अपनी प्रतिमा बनाने के लिए धमकी देकर मजबूर कर दिया, उसी दिन मैं उनके मन में मौदगल्यायण के प्रति उमड़ता भाव जान गई थी। फिर भी मेरा मन उल्लास से भर उठा कि शिल्पकार जी शिव निवास में रहेंगे, मैं उन्हें देख सकूँगी। देवी चित्रांगदा कई पीढ़ी पुराने संबंध से मेरी ममेरी बहन लगती हैं, किंतु थी तो मैं उनकी परिचारिका— उनसे होड़ क्या लगाती!'

'तो तुम भी राजवंश की कन्या हो?' राजमाता के स्वर में पहले से अधिक ममता छलक उठी थी।

'हाँ देवि, किंतु इतने दूर के संबंध से कि मेरी माँ उनकी मुख्य परिचारिका बनकर चित्रांगदा के साथ उनके ससुराल गई थी। तब मैं दस-ग्यारह बरस की थी।

उनके साथ मैं भी गई, देवि राजमाता।'

'मोगल्लान महाराज मुझे रानी माँ कहकर पुकारते हैं, तुम भी वैसा कर सकती हो।'

'जी रानी माँ। ...मैं देवी चित्रांगदा को बचपन से जानती हूँ; पहले उनका स्वभाव इतना कठोर न था किंतु पति के पाशविक व्यवहार से वे बदल गईं... बहुत दुख झेले उन्होंने। मेरी माँ की अकाल मृत्यु भी उनके पति के हाथों हुई।' मैं फिर सिसक उठी अपनी माँ की याद से। रानी माँ ने पुचकारते हुए पूछा, 'अच्छा! ...वह कैसे?'

'अब आपको कैसे बताऊँ... विवाह के बहुत दिनों बाद तक चित्रांगदा भी लाज के मारे सब कुछ चुपचाप सहती रहीं। फिर युवराज को युद्ध के लिए जाना पड़ा। दो वर्षों के बाद लौटे। उनकी अनुपस्थिति में चित्रांगदा पहले से बहुत बेहतर और स्वस्थ-प्रसन्न रहीं, किंतु उनके लौटते ही फिर से उनका मुख स्याह पड़ गया, आँखें धँस गईं एकदम। मैं छोटी थी; एक दिन मुझे कक्ष से बाहर भेजकर एकांत में माँ उनसे बहुत देर तक बात करती रही। ...उस रात जब युवराज कक्ष के द्वार पर आए, माँ सामने खड़ी हो गई— युवराज काग समान काले, बलिष्ठ और लंबे, किंतु माँ नहीं हटी, विनती के स्वर बोली, 'युवराज आज नहीं, देवी बहुत कष्ट में हैं।' युवराज का मुख क्रोध से भभक उठा, 'हट सामने से, तेरी ये मजाल पल्लवी बुढ़िया!'

माँ थरथर काँप रही थी, पर डटी रही, 'युवराज, प्राणों की भिक्षा ...किंतु स्त्रैण पुरुष, बालक तो बहुतेरे मिल जा...' बात आधी भी न हुई थी कि चित्रांगदा के पति ने इतनी ज़ोर का थप्पड़ मारा कि माँ मूर्च्छित होकर गिर पड़ी; उसके तीन दाँत टूट कर गिर पड़े थे। मुँह से रक्त बह रहा था, मैं चिल्ला कर माँ से चिपट गई। अन्य परिचारिकाओं ने बहुत उद्यम किए किंतु तीसरे दिन वह चल बसी।

उसी दिन देवी चित्रांगदा ने पल्लव महाराज को पत्र लिखकर वापस कांचीपुरम बुलाने का निवेदन भेज दिया। एक सप्ताह बाद महामात्य स्वयं आकर हमलोगों को कांचीपुरम वापस ले आए। उसके बाद चित्रांगदा का स्वभाव पूर्णतया बदल गया, मानो वे कोई और ही हों। ...किंतु मेरा हृदय कहता है कि वे शिल्पकार, मेरा मतलब है ...मोगल्लान महाराज को कोई कठोर दंड नहीं देंगी।'

रानी माँ मेरा माथा सहलाती शून्य को निहारती हुई कुछ बुदबुदा रही थीं, संभवत कोई प्रार्थना रही होगी पुत्र की सुरक्षा के लिए।

'किंतु तुम्हें किस कारण यहाँ मेरी शरण में भेजना पड़ा?'

'महाराज की देखरेख का दायित्व देवी ने मुझे सौंप रखा था। मैं रात को पानी, दूध इत्यादि दे आती थी; उस रात वह मुझसे पूछने लगे— तुम्हारी स्वामिनी इतनी कठोर क्यों हैं? क्या चाहती हैं मुझसे? यह प्रतिमा तो मैं अपने घर पर ही बना

देता... बातों-बातों में समय कुछ अधिक हो गया। पास ही वह कक्ष था जहाँ प्रतिमा बन रही थी; संयोगवश उस रात चित्रांगदा शायद अनिद्रा से ग्रस्त उठकर टहलती हुई उस कक्ष में अर्ध-निर्मित प्रतिमा को निहार रही थीं। उन्होंने मुझे महाराज के कक्ष से निकलते हुए देख लिया; उन्हें संदेह हो गया। इतना क्रुद्ध उन्हें पहले कभी नहीं देखा था, रानी माँ, उनके वे शब्द मैं दोहरा भी नहीं सकती। संक्षेप में सार यह कि कलाई पकड़े मुझे घसीटते हुए मेरी कोठरी में लाकर ताला बंद कर दिया, बोलीं, 'तुम्हें बुआ की बहुत याद आती रहती है न?— मेरी माँ को स्नेह से बुआ कहती थीं— 'कल सवेरे भेज दूँगी बुआ के पास।'

महाराज वह क्रुद्ध बोलचाल सुनकर कक्ष से निकल आए थे। स्तब्ध खड़े देख रहे थे। देवी ने मुड़कर कठोरता से उन्हें कहा, 'आप तत्काल शिव निवास से निकल जाएँ। आपका निर्णय अलग से होगा।'

वे चुपचाप बाहर चले गए।

'न जाने इतनी शक्ति उनके हाथों में कहाँ से आ गई। कुछ देर बाद चुपके से लौटकर मेरे कक्ष की पिछली खिड़की के दो सींखचों को अलगा लिया। आधी रात के बाद का समय, एकदम अँधेरा। मुझे लेकर सीधे ओरक्काई की तट-पट्टी पर लाकर यान प्रधान के संरक्षण में दे, उन्हें तत्काल प्रस्थान करने को कहा। मुझे कुछ आश्चर्य भी हुआ। प्रधान महिंदा ने एक शब्द भी प्रतिवाद में न कहा। मुझसे तो महाराज ने केवल यही कहा— यह तुम्हें सुरक्षित स्थान पर पहुँचा देंगे। मृत्युदंड की धमकी सच्ची थी या झूठी, यह मैं नहीं जानता, किंतु अभी तुम्हारा यहाँ से चले जाना ही ठीक होगा। यदि कर सको तो वहाँ मेरी प्रतीक्षा करना। ...और क्या बताऊँ, रानी माँ? सब कुछ तो बता ही दिया— भाग्य में आपसे मिलना लिखा था, सो यहाँ आ गई हूँ।'

'और कुछ नहीं पूछना है मुझे। यह भी नहीं कि देवी चित्रांगदा का संदेह सत्य था अथवा नहीं। तुम जब तक चाहो मेरी पुत्री की भाँति यहाँ रह सकती हो। यथासंभव प्रसन्न-चित्त रहना, तथागत सब अच्छा ही करेंगे।'

मौदगल्यायण
कांचीपुरम / सन् 483 ई.

प्रतीक्षा को ओरक्काई तट-पट्टी पर यान-प्रधान महिंदा के संरक्षण में सौंपकर जब मैं आनंद वर्द्धन वाले अपने निवास पर पहुँचा तो मुझे अपना भविष्य सचमुच अंधकारमय लग रहा था। मैं जानता था कि मेरी और प्रतीक्षा की आत्मीयता के संदेह और प्रतीक्षा को अपहृत कर लेने, दोनों का दंड मुझे भोगना होगा।

तथापि चित्रांगदा ऐसा दंड देंगी इसकी तो कल्पना भी नहीं कर सकता था उस

समय!

सूर्योदय के एक पहर पश्चात राजकन्या के अंगरक्षकों का एक दल मुझे लेने आ गया। बीस-वर्षीय दीपांकर अब तक वयस्क व दायित्व-भावी पुरुष हो चुका था। अस्वस्थ गुरु एवं गुरु माँ को अशुभ समाचार देना उचित न जान, मैं दीपांकर के कंधों को घेर कर उसके कान में फुसफुसाया— 'दीपू, मुझे लौटने में संभवतः बहुत समय लगे। तुम आनंद और गुरु माँ का ध्यान रखना, ठीक है न?' उसने सिर हिला कर सहमति दी। मैं अंगरक्षकों के साथ चल पड़ा।

'आइए पधारिए, महाराज मौदगल्यायण त्रि-सिंहल नरेश का शिव निवास में स्वागत है,' एकांत होते ही चित्रांगदा ने कहा, 'आप का वास्तविक परिचय मुझे मिल चुका है। प्रतीक्षा को साथ नहीं लाए आप?' मैंने चौंकने का अभिनय किया। जिस तरह चित्रांगदा मुझे निर्निमेष देखा करती थी उससे कुछ आभास मुझे भी हो चुका था।

'आप क्या कह रही हैं, मैं कुछ समझा नहीं। प्रतीक्षा को तो आपने बंद...'

'अब अधिक अभिनय की आवश्यकता नहीं, महाराज, मैं सब कुछ जानती हूँ।'

मैं जानना चाहता था कि उस 'सब कुछ' में क्या-क्या सम्मिलित है।

'मुझे प्रतीक्षा के विषय में कोई जानकारी नहीं; हाँ, मेरा वास्तविक परिचय आपको सही मिला है। सिंहल द्वीप से यहाँ आया तो किसी अन्य कारण से था किंतु परिस्थिति-वश शिल्पकार बन गया।

'अर्द्धसत्य, किंतु वह भी मुझे स्वीकार्य है, यदि आप मेरी बात का अक्षरशः अनुसरण करें। प्रतीक्षा जहाँ कहीं भी हो, उसे एक सुंदर स्वप्न की भाँति भुला देना होगा। हमें अपनी एक नई प्रतीक्षा करनी है।'

'मैं कुछ समझा नहीं, देवि चित्रांगदा।'

'तो स्पष्ट सुन लीजिए— मुझे ज्ञात नहीं कि प्रतीक्षा को आपने कहाँ छिपाया है, किंतु अब आप उससे नहीं मिलेंगे। यदि प्रयास किया तो मुझे मेरे गुप्तचरों से सूचना मिल जाएगी, और विश्वास करें, यदि ऐसा हुआ तो मैं वास्तव में उसे अपनी स्वर्गीय बुआ के पास भेजने का प्रबंध कर दूँगी।'

मेरे मन का बोझ हल्का हो गया।

'और क्या करना होगा मुझे?'

'मुझसे विवाह,' इस बार मैं वास्तव में चौंक उठा।

'किंतु देवि, आप तो विवाहिता हैं।'

'हाँ, अभी तो हूँ किंतु उस दुष्ट को अपनी करनी का फल मिल चुका— असाध्य यौन रोग से ग्रस्त इस पृथ्वी पर कुछ ही दिनों का बोझ है। तभी तो मैंने कहा कि उस प्रतीक्षा को भूल कर हमें एक नई प्रतीक्षा करनी है। हमारे राजकुल में विधवा विवाह प्रतिबंधित नहीं। दुर्भाग्यवश मेरा भाई भी लगभग मेरे पति जैसे रस्ते पर है;

मैं चाहती हूँ कि मेरा पुत्र भविष्य में पल्लव और त्रि-सिंहल दोनों का उत्तराधिकारी बने। ...तब तक आप शिव निवास में मेरा आतिथ्य स्वीकार करें और मेरी अधूरी प्रतिमा पूरी कर दें। अब मेरा मंतव्य स्पष्ट हो गया आपको?'

'किंतु देवि, इन सब बातों में तो वर्षों लग जाएँगे।'

'मौदगल्यायण महाराज, आपके अकस्मात् कांचीपुरम में प्रगट होकर पल्लव महाराज का द्वार खटखटाने के कारण का अनुमान मैं कर चुकी हूँ। आपके स्वार्थ-सिद्धि का एकमात्र निमित्त भी अब मैं ही हो सकती हूँ। इससे अच्छा अवसर आपको नहीं मिलनेवाला, सिंहल द्वीप वापस प्राप्त करने का। छः वर्षों से अपने बल-बूते पर तो आप पितृ-राजन के दर्शन भी प्राप्त नहीं कर पाए!'

चित्रांगदा की स्पष्टवादिता से मैं निरुत्तर हो गया; किंतु फिर भी एक और प्रयास किया, 'देवि, क्या आप अपने प्रति मेरी भावना भी नहीं जानना चाहतीं, मेरे हाँ-ना करने से पहले?'

'भावना आदि रहने दें, महाराज, केवल यह जानना चाहती हूँ कि पुत्र उत्पन्न करने जैसा प्रेम कर सकेंगे या नहीं। विवाह से असहमति की तो चर्चा न ही करें तो अच्छा, अन्यथा प्रतीक्षा को भूलने के बदले उसके अपहरण का प्रकरण चल पड़ेगा!'

मैं चारों ओर से घिर चुका था— वह साम-दाम-दंड-भेद सब जानती थीं।

उस क्षण में मुझे अकस्मात् ऐसा अनुभव हुआ मानो वह अनाम द्वीप वाली राजकन्या फिर से मेरे गले में पट्टा डाल रही हो; अंतर केवल इतना था कि इस बार पट्टा डालने वाली राजकन्या का अभिजात्य, कौटिल्य तथा सौंदर्य उससे कई गुना अधिक था। अलावा सिर झुका कर वह पट्टा गले में बँधवा लेने के मेरे समक्ष और कोई विकल्प नहीं था!

कश्यप महाराज
अनुराधापुर से सिंहगिरिपुर / सन् 485 ई.

अंततः मेरा स्वप्न-महल लगभग पूरा हो गया है। अब केवल जंबूद्वीप के सातवाहन देश से विशेष रूप से आमंत्रित चित्रकारों के काम पूरा करने की प्रतीक्षा है। उसके बाद हम अनुराधापुर के इस ढीठ नगर से विदा हो जाएँगे।

...कुछ माह और बीत गए, अब हम सिंहगिरि प्रासाद में आ गए हैं। शिला से नीचे मेरे विश्वस्त सभासदों और अंगरक्षकों का नगर सिंहगिरिपुर आबाद हो कर गुनगुनाने लगा है।

आह रानी माँ, सिंहगिरिपुर के प्राचीर के अन्दर जो उद्यान-नगर मैंने बसाया है, आप वह देख लेतीं तो अपने कश्यप पर आपको इतना गर्व होता कि पिछली सब

बातें भुलाकर संभवतः उसे क्षमा कर देतीं। किंतु आपने तो मुझे तज ही नहीं दिया, ढूँढने से भी बरज दिया!

पितृहंता तो हूँ किंतु, देखिए— पितृ-राजन के पर्वतराज बनने का स्वप्न भी मैंने पूरा कर दिया। उत्तर को मुँह किए सिंहगिरि प्रासाद परिसर के मुख्य द्वार के विराट सिंह प्रतिमा के एक किनारे पर मेरा और दूसरे पर धातुसेना महाराज के स्वरूप पत्थर पर तराश कर रंगों से ऐसे सजाए गए हैं कि लगता है हमदोनों स्वयं वहाँ अवस्थित हैं। यही आपके अभागे कश्यप का प्रायश्चित है, रानी माँ, और क्या कह सकता हूँ मैं।

उद्यान नगर का मुख्य द्वार सिंहगिरि के पश्चिमी पार्श्व की ओर है। प्राचीर द्वार को पार करते ही शिला तक पहुँचने के लिए ऊपर को चढ़ता हुआ प्रशस्त मार्ग है जिसके बीचों-बीच कृत्रिम जल धारा बहती है। ऊपर से आते जल के दबाव से स्वचालित फ़व्वारे बने हुए हैं। मार्ग के दोनों ओर चार समान आकार के चौकोर जलाशय हैं; इनमें से दो के मध्य में कृत्रिम द्वीप पर पुष्पों से लदे वृक्षों की ओट से शीतकालीन राज-निवास भवन झाँकते से दिखाई देते हैं। चारों ओर विशाल उद्यानों का फैलाव और उनके पार अमराइयों और कुंजों में मेरे विश्वस्त सभासदों तथा नागरिकों के आवासीय भवन हैं।

शिला के ऊपर चढ़ती हुई सीढ़ियाँ विशाल जुड़वा शिला-खंडों से बने प्राकृतिक द्वार से होती हुई दूसरे और तीसरे तल पर आती हैं। वहाँ एक दागब बनवाया है जिसके सामने तथागत की भव्य प्रतिमा लगवाई है। दूसरे तल पर अंगरक्षकों तथा परिचारकों के सामूहिक निवास कक्ष हैं। शिला के सीधे खड़े पार्श्व के निकट लकड़ी की गोल घूमती हुई सीढ़ियाँ, तथा राज-परिवार व विशेष अतिथियों के लिए रस्सों से खींचा जानेवाला भारोत्तोलक यंत्र है।

भूतल से डेढ़ सौ हाथ की ऊँचाई पर हंस-द्वार है जहाँ से सिंहगिरि के पश्चिमी पार्श्व पर दक्षिण से उत्तर को पत्थर तराश कर चार हाथ चौड़ा पथ बनवाया है; उसी के सामने है मेरे इस निर्माण की सबसे सुंदर प्रस्तुति— लगभग दो सौ हाथ लंबी और अस्सी हाथ ऊँची भित्ति-चित्र दीर्घा और पथ के पार चूनम कला से निर्मित श्वेत दर्पण दीवार जिसमें चित्र दीर्घा की पाँच सौ अप्सराओं के चित्र प्रतिबिंबित होते हैं— उन्हें देख कर लगता है मानो अंबर से अप्सराएँ मेरी नई राजधानी पर पुष्प वर्षा कर रही हों।

चित्र-दीर्घा और दर्पण दीवार के बाद लगभग पचास हाथ खड़ी सीढ़ियाँ चढ़ने पर शिलाशीर्ष से पहले का अंतिम समतल स्थल है जहाँ उस विराट सिंह के दोनों अग्र पाद अवस्थित हैं।

विशेष उत्सव तथा नाट्य प्रदर्शन के लिए विशेष रूप से आमंत्रित अतिथियों

के अतिरिक्त इस स्थल से आगे शिला-शीर्ष की ओर जाने की अनुमति किसी को भी नहीं।

सिंहगिरि शिखर के विभिन्न ऊँचाई वाले भूतल पर उद्यानों, जलाशयों और जलधाराओं के बीच दो महल हैं, एक मेरा और दूसरा महिषी सौंदर्या तथा उनकी सखियों का। महिषी का हृदय आप ही के समान उदार है: उनका भवन अनगिनत अप्सरा-समान सखियों से भरा हुआ है। दोनों महल चारों ओर से जलधाराओं से घिरे हैं व दोनों के बीच प्रमाद-वन उद्यान है। इस हरे-भरे उद्यान के वृक्ष और लताओं में सभी ऋतुओं में इतने रंग के पुष्प खिले रहते हैं कि कोई रंग नहीं बचता। प्रमाद वन उद्यान के बीचों-बीच एक वृत्ताकार तरणताल है जहाँ नहाती हुई सौंदर्या की सखियाँ जल-परियों जैसी दिखाई देती हैं। जब कभी सौंदर्या से मैं थकान की बात करता हूँ तो उन्हें इंगित कर हँसी करती हैं— इनसे थोड़ा यौवन उधार ले लीजिए न! वह मेरे जीवन में अपने स्थान के प्रति पूर्णरूपेण आश्वस्त हैं।

राज-निवास परिसर से थोड़ी दूर पर रंगशाला है; एक सिरे पर तिरछे उठे शिलाखंड को तराश कर दर्शकों के बैठने के लिए सीढ़ियाँ बनाई गई हैं और सामने दूसरे सिरे पर रंग-पीठ है। कल ही रंगशाला में रंग-कर्मियों ने सिंहली भाषा का पहला नाटक मंचित किया है।

विशेष अवसरों पर सौंदर्या और मैं भव्य राजसी वेश-भूषा में इस रंग-पीठ पर अपने विशिष्ट अमात्यों, सेनानायकों व अतिथियों को अपने दर्शन देने को अवतरित होते हैं— मैं शास्त्रों में वर्णित कुबेर देव जैसे वस्त्राभूषण पहन कर और सौंदर्या कुबेर-पत्नी के। हमारे विशिष्ट अतिथियों के जयघोष व तालियों का तुमुलनाद सिंहगिरि के नीचे नगर तक सुनाई देता है।

स्थविर कौस्तुभ की मेधा और महामात्य बुद्ध दास के क्रियान्वयन का संपट कुछ ऐसा बैठ गया है कि सिंहल पर सोना बरस रहा है। सामान्य जन इतने समृद्ध और सुखी हो गए हैं कि वे समझते हैं सिंहगिरि के गगनचुंबी स्वर्ण-महलों में जल भरे मेघों के निकट बैठा उनका महाराज वास्तव में धनदेव कुबेर है। ...कभी-कभी मैं स्वयं भी अपने-आप को एक साधारण मानव के बदले देवता मान बैठता हूँ, और यहाँ, सिंहगिरिपुर में, ऐसे राजद्रोहियों को बसने की अनुमति ही नहीं दी मैंने जो मुझे स्मरण करा सकें कि मैं देवता नहीं, मात्र देवता का स्वांग करता हुआ एक अति-साधारण मनुष्य हूँ। बात वास्तव में इतनी सी है कि समय अभी मेरे साथ है और मैं जिस किसी वस्तु को स्पर्श करता हूँ वह स्वर्णिम हो जाता है। यही समय जब प्रतिकूल होता है तो मनुष्य को अपनी छाया से भी भय होने लगता है।

इस प्रकार के विरोधाभासी विचार मेरे मन में समय-समय पर आते रहते हैं, एक-दूसरे से गुत्थमगुत्था होते रहते हैं। अपनी ही दृष्टि में कभी मैं दंभ से छाती

ठोकता कुबेर होता हूँ, कभी मिगार की कृपा पर निर्भर किशु!

कुछ भी हो, कौस्तुभ की वणिक बुद्धि की प्रशंसा तो करनी होगी। ठीक तीन वर्ष के बाद वणिक समाज में घोर असंतोष फैल गया; महामात्य बुद्ध दास ने योजना के प्रारंभ में ही निर्धारित रणनीति के अनुसार बड़ी सूझबूझ से व्यवसाय प्रोत्साहन कर देने की शर्त लगाकर कर-मुक्त पत्तन व्यवसायियों को सौंप दिए।

रनिवास के अंत:पुर के एक विशिष्ट खंड में हमारी दोनों लाडली पुत्रियों के निवास हैं जहाँ बोधि और उप्पलवना धीरे-धीरे बड़ी हो रही हैं— बोधि शांत, सौम्य तथा संघ के आचार-विचार को समर्पित; और उप्पलवना नृत्य व संगीत में प्रवीण चंचल रूपसी।

सिंहगिरि के अभेद्य दुर्ग-प्रासाद में सुरक्षित, ऐश्वर्यपूर्ण अट्टालिका में अनगिन सखियों से घिरा मैं दासी पुत्र पितृहंता त्रि-सिंहल नरेश कश्यप अब अतुल्य धन-संपदा का स्वामी कुबेर हो गया हूँ। अनुराधापुर के प्रासाद में संत्रास भरे वे प्रारंभिक वर्ष अब एक धुँधली स्मृति होते जा रहे हैं।

मौदगल्यायण
कांचीपुरम / सन् 485 ई.

प्रतीक्षा के नाम पत्र

प्रियतमा

यह कैसा प्रारब्ध है! तुम्हारा नाम प्रतीक्षा है और हमदोनों एक दूसरे से मिलने की प्रतीक्षा करने पर विवश हैं। तुम्हारे आत्मीय सान्निध्य के उन क्षणों का स्मरण ही मेरे जीवन का संबल है।

मैं देवी चित्रांगदा का बंदी हो गया हूँ; कहती हैं, मुझसे विवाह करेंगी, किंतु उसमें भी प्रतीक्षा है— उनके पति की मृत्यु की प्रतीक्षा। चित्रांगदा ने साफ़ कहा मुझसे— यदि मैंने उनका प्रस्ताव स्वीकार न किया तो मुझ पर तुम्हारे अपहरण का अभियोग लगाया जाएगा। अब तो मुझे विश्वास हो गया है, प्रतिमा बनवाना तो मात्र एक स्वांग था। प्रारंभ से ही उनका ध्येय यही था। चित्रांगदा अत्यंत महत्वाकांक्षी हैं; स्पष्ट ही कहा, तुमसे पुत्र चाहिए जो पल्लव साम्राज्य तथा त्रि-सिंहल दोनों का उत्तराधिकारी हो सके।

किन्तु तुम प्रतीक्षा के साथ-साथ चिंता मत करना— मेरे हृदय की स्वामिनी केवल तुम हो और तुम ही रहोगी। अपनी प्रतिज्ञा पूरी करने वापस सिंहल अवश्य लौटूँगा, चाहे उसमें कितने ही वर्ष क्यों न लग जाएँ, चाहे उसके लिए मुझे चित्रांगदा से विवाह भी क्यों न करना पड़े, लौटूँगा अवश्य, और मैं भली-भाँति जानता हूँ कि

वे कांचीपुरम छोड़कर कहीं नहीं जाएँगी। यदि हो सके तो मेरी प्रतीक्षा करना, प्रति।

तुम्हें सिंहल से कांचीपुरम की समुद्र-यात्रा का मेरा विवरण याद है? इन दिनों मुझे वैसा ही अनुभव हो रहा है जैसा उस आदिम समूह वाले द्वीप पर हुआ था। अंतर केवल इतना ही है कि भौतिक रूप से गले में पट्टा नहीं पहनाया गया है। चित्रांगदा के अंगरक्षक एक क्षण के लिए भी मुझे अकेला नहीं छोड़ते। यह पत्र यान-प्रधान तक कैसे पहुँचेगा यह भी नहीं जानता; संभवत दीपांकर की सहायता लेनी होगी। अंगरक्षकों की निगरानी में कभी-कभी मुझे आनंद, गुरु माँ और दीपांकर से मिल आने की छूट दे रखी है देवी ने।

राजमाता एवं बाप्पा को मेरा प्रणाम पहुँचाना।

केवल तुम्हारा

मुद्रा— मौदगल्यायण

अदृश्य सूत्रधार
सन् 486— 496 ई.

प्रतीक्षा की उत्कंठा में एक-एक दिन शताब्दियों की भाँति बीतता है; रास-रंग और सुख के दिन चक्रवात के मध्य में नाचते हुए सूखे पत्तों और पँखुड़ियों की तरह हवा में उड़ते चले जाते हैं। किसी भी तरह बीतें, वर्षों को बीतते देर क्या लगती है!

मौदगल्यायण ने पहाड़ जैसे दो वर्ष दक्षिण के चोल विद्रोहियों के दमन में काटे, तथा दो वर्ष और— चित्रांगदा के पति की मृत्यु की प्रतीक्षा करते।

चित्रांगदा की प्रतिमा जब पूरी हो गई तो उसके अनावरण के लिए पल्लव महाराज शिव निवास में आए। उस दिन चित्रांगदा ने मौदगल्यायण का वास्तविक परिचय उन्हें भी दे दिया।

'पितृ-राजन, ये प्रतिमा के शिल्पकार हैं, किंतु वास्तव में ये त्रि-सिंहल के स्व-निर्वासित उत्तराधिकारी युवराज मोगल्लान हैं। पिछले सात वर्षों से आपसे साक्षात्कार की प्रतीक्षा करते करते शिल्पी बन गए।

'क्या! ...तो आप अब तक मुझसे मिले क्यों नहीं, युवराज,' विष्णुगोप ने आश्चर्य से पूछा।

'प्रणाम महाराज, प्रयास तो बहुत किया किंतु सफल न हो सका। आपसे सैन्य सहायता की अपेक्षा लेकर कांचीपुरम तो पहुँच गया, परंतु आपसे मिलना संभव नहीं हुआ।'

महाराज विष्णुगोप मौदगल्यायण के सुदर्शन रूप को निहारते हुए एक क़दम आगे बढ़े और उन्हें अपनी भुजाओं में समेट कर बोले, 'हाँ, गुप्तचरों ने एक बार

बताया था कि धातुसेना महाराज का बड़ा दुखद अंत हुआ, संभवत: अपने ही आत्मज के हाथों। बड़ा दुख हुआ सुनकर।'

'पितृ-राजन, इनकी सहायता करें तो बड़ी कृपा हो; इसमें हमारा भी हित होगा...वह मैं अलग से बताऊँगी। तब तक आपकी अनुमति हो तो इन्हें शिव निवास में शरणागत राज्य-अतिथि के रूप में रहने के लिए आमंत्रित कर लें,' चित्रांगदा ने कहा।

'अवश्य... अवश्य।'

उसी के साथ मौदगल्यायण का शिल्पकार अवतार समाप्त हो गया।

एक सप्ताह बाद विष्णुगोप महाराज ने मौदगल्यायण को औपचारिक वार्ता के लिए आमंत्रित किया; चित्रांगदा भी थी। उन्होंने अपनी पुनर्विवाह की वांछा से महाराज को पहले ही अवगत करा दिया था। महाराज ने अपने सहमति भी दे दी थी किन्तु उनकी अपनी शर्तें भी थीं। उन्होंने अपनी अपेक्षाएँ पहली ही बैठक में मौदगल्यायण के समक्ष रख दीं : दक्षिण सीमा पर चोल विद्रोहियों का दमन; चित्रांगदा के मरणासन्न पति की मृत्यु के उपरांत उससे विवाह एवं पुत्र जन्म की प्रतीक्षा तथा उसके दो वर्ष का होने तक राज्य संचालन में सहयोग; सिंहल अभियान से पहले पारस्परिक शत्रुओं के विरुद्ध सहयोग, पल्लव संप्रभुता तथा कर-मुक्त पत्तन व्यवस्था में समुचित संशोधन के संधि-पत्रों पर हस्ताक्षर के बाद ही सैन्य सहायता देना संभव होगा।

मौदगल्यायण को स्पष्ट दिखाई दे रहा था कि यह सब होने में और कई वर्ष लगेंगे किंतु पल्लव-राज की शर्तें स्वीकार करने के अतिरिक्त कोई विकल्प न था। बहुत देर तक पल्लव महाराज के कक्ष में बिछी क़ालीन की सूक्ष्मताओं का अध्ययन करने के बाद बोला, 'जो आज्ञा, महाराज।'

अगले सप्ताह महाराज ने चोल अभियान का नेतृत्व मौदगल्यायण को देकर तत्काल प्रस्थान के निर्देश जारी कर दिए।

आँसू भरी आँखों से मौदगल्यायण को विदा करती हुई चित्रांगदा मन ही मन सोच रही थी— न जाने चोल विद्रोह-दमन वाली अपेक्षा कहाँ से आ गई! उसे लग रहा था जैसे वह स्वयं अपने ही बुने जाल में फँस गई हो।

दोनों का विवाह होते चार वर्ष लगे। पाँचवें वर्ष प्रथम संतान हुई किंतु पुत्री। उसके बाद दूसरी और तीसरी संतानें भी पुत्रियाँ! मौदगल्यायण हताश हो गया— संभवत: अब वह सिंहल कभी न लौट पाएगा। चित्रांगदा प्रसन्न थी; वह भी यही चाहती थी की मौदगल्यायण उसे छोड़कर न जाए। वह जानती थी कि अनिश्चितताओं से भरे उस अभियान पर बच्चों को लेकर वह उसके साथ नहीं जा सकती।

किंतु मातृत्व ने चित्रांगदा के स्वभाव का वात्सल्य भी लौटा दिया था :

कभी-कभी उसका हृदय अपने पति की स्थिति पर द्रवित हो उठता। वह उसे सांत्वना देती, चिंता न कीजिए, स्वामी, अगले वर्ष पुत्र ही होगा।

सिंहगिरि प्रासाद में सौंदर्या और कश्यप भी पुरुष उत्तराधिकारी की उम्मीद छोड़ चुके थे। बोधि और उप्पलवना दोनों बड़ी हो गई थीं। सीगिरि-शिखर के परिसर से सखियों व अंगरक्षकों के साथ नीचे उतर कर उद्यानों और सरोवरों से पुष्प की डालियाँ भरकर दागब में तथागत की प्रतिमा पर अर्पण कर आतीं। बोधि बढ़ती आयु के साथ और अधिक शांत और मितभाषी; उप्पलवना क्षण-क्षण में मुस्काती-इठलाती, वाचल। बोधि सब की सब पुष्प मालाएँ तथागत के चरणों में अर्पित कर देती, परंतु उप्पलवना कम से कम एक माला पितृ-राजन के लिए अवश्य लेकर आती; लाडली थी पिता की उप्पलवना। उसे देखते ही कश्यप महाराज खिल उठते, अपने दुख-पश्चाताप भूल कर उसे गले लगा लेते और झूमती हुई-सी उप्पलवना पुष्प-हार उनके गले में पहना देती।

बोधि देखने में अत्यंत साधारण थी, विरले ही कभी मुसकाती, और ठीक उसका विलोम, उप्पलवना प्रतिपल झूमती-मुस्कुराती नृत्यरत-सी रहती। अपनी माँ की भाँति आकर्षक उप्पलवना के सौंदर्य और नृत्यकला में प्रवीण होने की ख्याति दूर-दूर तक फैल गई थी।

दोनों अब तेरह की होने को हैं; बोधि माँ को बता चुकी है— वह संघ की सेवा में भिक्षुणी जीवन बिताना चाहती है। उप्पलवना के लिए पिछले एक वर्ष में ही सिंहल द्वीप तथा आसपास के राजवंशों से विवाह के दस प्रस्ताव आ चुके हैं, किंतु कश्यप महाराज को उससे बिछड़ने के विचार से ही ऐसा भय होता है मानो उसके विदा होते ही नयनों की ज्योति जाती रहेगी... अक्सर हाथ झाड़ते हुए-से कहते हैं— अभी उसका वयस हुआ है विवाह योग्य? नहीं हो सकता! उप्पलवना को भी सिंहगिरि का सुरम्य परिसर छोड़ कर कहीं और जाने का जी नहीं करता। कई कुमार आए गए, किंतु कोई जी को भाया भी नहीं अब तक!

कश्यप महाराज त्रि-सिंहल नरेश से कुबेर देव बन चुके हैं। सिंहगिरि के अभेद्य दुर्ग-महल में जा छिपे, किंतु अब भी मन का भय नहीं गया। ...मोगल्लान आएगा कह रहे हैं... मोगल्लान आएगा। क्या करें... लगा दो... लगा दो ईंटें, देखते रहेंगे कल-वेव पर उगता हुआ सूर्य। ...उप्पलवना उनके जीवन से गई तो लगता है उन दुःस्वप्नों का तांडव फिर से शुरू हो जाएगा।

आज कश्यप महाराज की त्यौरियाँ फिर चढ़ी हुई हैं— दुर्ग द्वारपाल संदेश दे गया है, रुहुन के राजकुमार अभय सात दिवस से अन्न-जल त्याग कर दुर्ग-द्वार पर बैठे हैं; कहते हैं जब तक कश्यप महाराज से भेंट न होगी, उपवास नहीं तोड़ेंगे। महामात्य बुद्ध दास कहते हैं— बुला लीजिए, महाराज, कहीं मर गए तो रुहुन में

अकारण अशांति फैल जाएगी। सौंदर्या कानों में कहती है, महामात्य का कहा मानिए, बुला लीजिए; दस प्रस्ताव टाले हैं एक वर्ष में, इस बार भी कोई न कोई काट सोच लेंगे। वैसे तो संभवत: उप्पलवना स्वयं ही अस्वीकार कर देगी।

कुमार अभय बुला लिए गए हैं सिंहद्वार पर; महाराज उन्हें आग्नेय दृष्टि से देख रहे हैं— ऐसा सुदर्शन कुमार पहले कभी नहीं आया!

'कुमार, साहस है कुबेर-कन्या का हाथ माँगने की? ...परीक्षा देनी होगी। तैयार हैं आप?'

'कैसी परीक्षा महाराज? उप्पलवना तो मेरी जन्म-जन्मांतर की संगिनी है, वह स्वयं मुझे वर लेगी। आप देख लीजिएगा, मुझे स्वप्न आया है तभी तो यहाँ आने की हिम्मत की।'

'नहीं, यह सब नहीं चलेगा... पहले आपको घूँघट काढ़ कर नाचती हुई एक सौ स्त्रियों में उप्पलवना को पहचानना होगा। एक ही अवसर मिलेगा। ...उसके बाद भी आपको वरने, न वरने का निर्णय उप्पलवना ही करेगी। यदि आप उसे नहीं पहचान पाए, तो आपको सिंहगिरि से नीचे छलाँग लगानी होगी। यदि बच गए तो रुहुन वापस लौट जाइएगा। स्वीकार है कुमार?' कश्यप महाराज के मुख पर अभी से विजयी मुस्कान खेल रही है।

'अवश्य महाराज। यही तो स्वप्न में भी देखा था, और उसके बाद उप्पलवना ने स्वेच्छा से वरा भी मुझे। उसे भी भान हो गया कि मैं उसके पूर्व-जन्मों का संगी हूँ,' अभय उल्लास-पूर्वक कहता है।

प्रमाद-वन में अद्‌भुत दृश्य है— एक सौ अवगुंठित नर्तकियाँ घूमर खा रही हैं; उन सब में कहीं उप्पलवना भी है, किन्तु अभय को मानो बहुत सोचने-हेरने की आवश्यकता ही न हुई। कश्यप महाराज भवें सिंकोड़े चकित-से देख रहे हैं— बड़े आत्मविश्वास से नर्तकियों के बीच से निकल कर अभय ने उप्पलवना की कलाई पकड़ ली है और उठाकर सबको दिखा रहे हैं, जैसे किसी स्पर्धा में उसे विजेता घोषित कर रहे हों। सामूहिक नृत्य थम गया है; सन्नाटा-सा छा गया है किंतु उप्पलवना को लगता है मानो पूरी सृष्टि सहसा नृत्यरत हो उठी है। उसकी कलाई से तरंगे उठ-उठ कर उसके अंतस में हिलकोरें लेने लगी हैं। दूसरे हाथ से वह अपना घूँघट उठाती है— अरे... यह तो वही है जो पिछले एक वर्ष से हर रात उसके स्वप्नों में आता रहा है, निहोरे करता रहा है— किसी और को न वर लेना, लावण्य, तुम्हारा पुनर्जन्म मेरे लिए ही हुआ है। अबूझ उल्लास से उप्पलवना का मन अनायास झूम उठा है ...ऐसा पहले कभी न हुआ!

कश्यप महाराज का मुख तन गया है। उप्पलवना को अपने पीछे आने का इंगित करते हुए मुड़कर चल पड़ते हैं; दूर कोने में महिषी सौंदर्या खड़ी हैं।

'उप्पलवना... तुम बताओ, क्या कुमार अभय तुम्हें पति के रूप में स्वीकार हैं?'

उप्पलवना की दृष्टि उद्यान के तृणमूल पर टिकी है। वह सिर हिलाती है, 'जी पितृ-राजन, मैं इन्हीं की प्रतीक्षा कर रही थी।'

ठीक उसी घड़ी बवेला-सा मच जाता है...कोई दौड़ता हुआ आ रहा है, कुछ चिल्लाता हुआ... महाराज... महाराज!

वयोवृद्ध महामात्य बुद्ध दास को लोगों ने वर्षों बाद दौड़ते हुए देखा है... उनके पीछे सेनाध्यक्ष पसीने-पसीने! सब अवाक् देख रहे हैं। क्या हुआ होगा जो ऐसे बेतरह भागे आ रहे हैं महाराज के वरिष्ठतम कारिंदे!

'अनर्थ हो गया महाराज!' पास पहुँच कर महामात्य बुदबुदाते हैं। महाराज चौंक कर उन्हें देखते हैं। महामात्य जल्दी-जल्दी महाराज को कुछ बता रहे हैं।

नर्तकियाँ जा चुकी हैं; सहसा प्रमाद-वन सूना हो गया है। अभय अब तक उप्पलवना की कलाई थामे महिषी सौंदर्या को देख रहे हैं, किंकर्तव्यविमूढ़।

'कुमार, आप नीचे जल-महल में विश्राम करें। महाराज अकस्मात् किसी कार्य में व्यस्त हो गए हैं, उनका निर्णय होते ही हम आपको सूचित कर देंगे,' महिषी अभय से कहती हैं। उनका मुँह उतर-सा जाता है, किन्तु वे मुड़ कर चल पड़ते हैं।

महल के बैठक-कक्ष में कश्यप महाराज व महिषी सौंदर्या के समक्ष महामात्य विवरण दे रहे हैं, 'महाराज, जम्बूकोला पत्तन पर पचास सामरिक पोतों में दस हज़ार सैनिकों के साथ कुमार मोगल्लान आ चुके हैं; उनके साथ दो हज़ार अश्वारोही भी हैं। आदेश करें, महाराज...।'

कश्यप के मुख पर चिंता की गहरी रेखाएँ हैं।

मौदगल्यायण व चित्रांगदा की चौथी संतान, अंततः पुत्र, जब दो वर्ष का हुआ तो मोगल्लान अश्रुपूरित नयनों से बोले, 'देवि, अब तो अनुमति दीजिए मुझे अपनी प्रतिज्ञा पूरी करने की।'

विष्णुगोप महाराज दो वर्ष पहले परलोक सिधार चुके थे। युवराज भले ही अक्षम हों, जब तक जीवित हैं पल्लव नरेश वही हैं। किंतु वास्तव में शासन की बागडोर देवी चित्रांगदा के हाथों में है। वे जो कहेंगी, वही होगा।

पति के नेत्रों में अधूरी प्रतिज्ञा का संताप अब और नहीं देखा जाता।

दूसरे दिन चित्रांगदा संधि-पत्र पर पल्लव महाराज के हस्ताक्षर करवा के मौदगल्यायण को दे देती हैं।

मोगल्लान की पहचान वापस मिलने से उसका जी एक ही साथ हल्का भी है और भारी भी। ...वह सोच रहा है— अंततः अट्ठारह वर्षों बाद कांचीपुरम आने का

ध्येय पूरा हुआ, पर मेरे यहाँ से जाने के बाद देवी चित्रांगदा और इन नन्हे बच्चों पर न जाने क्या बीते! आह तथागत, यह कैसी ऊहापोह में डाल दिए मेरे प्राण, प्रभू!

...किन्तु कल-वेव में चिता की राख माथे पर मल कर ली हुई प्रतिज्ञा का स्मरण होते ही जी कड़ा हो गया।

सैनिकों और अश्वों से भरे कितने ही विशाल युद्ध-पोत साथ हैं किंतु सबसे आगे प्रधान महिंदा का वही छोटा-सा व्यवसायिक यान है जिस पर मोगल्लान सिंहल से आए थे। वापस भी उसी पर लौट रहे हैं।

कश्यप महाराज
सिंहगिरि राज निवास / सन् 496 ई.

'युद्ध लम्बी अवधि तक चलेगा। कल सवेरे बोधि और उप्पलवना को लेकर आप अनुराधापुर महाविहार चली जाएँ, महिषी,' कश्यप ने कहा।

'किस दीर्घकालीन युद्ध की बात कर रहे हैं, स्वामी, आने दीजिए न उन्हें, सिंहगिरि पर विजय इतना सरल होता तो इसका निर्माण ही व्यर्थ हुआ। आप यहाँ सिंहगिरि-शिखर से ही युद्ध का संचालन कीजिए। बाहर जो सेना है वह प्रतिघात करेगी।'

'नहीं देवि, मैं अपने अलकमंदा से उतर कर स्वयं उसका सामना करूँगा। यदि नहीं किया, तो अलावा दासी पुत्र और पितृहंता, इतिहास में कायर भी लिखा जाऊँगा, सो मुझे स्वीकार नहीं है। ...अभी कुछ ही समय पहले आपसे प्रेम करते हुए लिया हुआ यह निर्णय अटल है, देवि। इससे मुझे डिगाने का प्रयत्न न करें तो बड़ी कृपा होगी।'

सौंदर्या चुपचाप पति की ओर देख रही हैं। अकस्मात् करवट लेकर लिपट जाती हैं। मन में घोर अपशकुन का भाव उमड़ रहा है।

'तो फिर क्यों न हम तीनों यहीं आपके लौटने की प्रतीक्षा करें?'

'नहीं, महाविहार में आप अधिक सुरक्षित रहेंगी। कल रात स्वप्न में रानी माँ आई थीं, कह रही थीं, कश्यप, तुम दोनों को एक समान प्यार से पाल-पोस कर बड़ा किया था। पुत्र, तुमने अपने अट्ठारह पूरे कर लिए, अब उसके अट्ठारह उसे दे दो। तुम्हारे पिता भी तो अट्ठारह पर ही अटके रह गए थे। मै उनका मंतव्य ठीक से समझ नहीं पाया कि बार-बार अट्ठारह क्यों बोल रही थीं।'

मोगल्लान
जंबूकोला / सन् 496 ई.

आज अट्ठारह वर्षों के बाद सिंहलद्वीप की भूमि पर मैंने अपने पाँव रखे हैं। ऐसा लग रहा जैसे मेरे साथ मात्र दस हज़ार सैनिक ही नहीं हैं, बल्कि स्वयं मुझमें महाभारत के भीम की भाँति दस हज़ार हाथियों का बल समा गया है। मैं हुंकार भरता हुआ दक्षिण की ओर बढ़ रहा हूँ। कश्यप अभी तक सामने तो नहीं आया किंतु इस चिर-प्रतीक्षित युद्ध के लिए उतावला मन अनुपस्थित शत्रु को चुनौतियाँ उछाल रहा है— अरे ओ पितृहंता, कहाँ है तू, आ मेरे सामने आ। सुना है अनुराधापुर छोड़कर अक्ष-पर्वत पर जा छिपा है ...कायर पितृहंता... लोग कहते हैं तेरा वह शिला-दुर्ग अजेय है, किंतु मैं कहता हूँ कि यदि तू पाताल में भी जा छिपा हो तो तुझे ढूँढ निकालूँगा मैं!

मन ही मन मैं अभी से सिंहगिरि दुर्ग को घेरने की योजनाएँ बना रहा हूँ, किंतु यह क्या? ...अभी हम रितिगल्ल भी नहीं पहुँचे कि दूर ही से दिखाई दे जाती है दुष्ट की सेना— वह रहा कश्यप, धूप में चमचमाते स्वर्ण-मंडित हौदे पर। ...बड़ा कुबेर-राज बना बैठा था पर्वत पर। उतार लाई न तेरी मृत्यु पृथ्वी पर तुझे वापस! अपनी वीरता का भी डंका पिटवाना चाहता है संभवतः? तो आ झेल मेरे प्रतिशोध का वज्र।

त्रि-सिंहल नरेश कश्यप
रितिगल्ल / सन् 496 ई.

मोगल्लान की विशाल सेना सामने है। उसके हाथी पर भी त्रि-सिंहल का ध्वज लहरा रहा है, किंतु उसके अतिरिक्त मुझे कुछ भी दिखाई नहीं दे रहा।

...अरे यह क्या! अकस्मात् रानी माँ कहाँ से मेरे सामने आ गई हैं? ...क्या यह दिवा-स्वप्न है? ...अब दे दो उसके अट्ठारह। आज अट्ठारह का अर्थ समझने में कोई कठिनाई नहीं होती। ...उसे क्यों दे दूँ रानी माँ, पिता की हत्या करके यह राज्य उपहार देने के लिए थोड़े ही प्राप्त किया था? इतने वर्षों तक दुःस्वप्नों और पछतावे के दलदल में धँसा प्रायश्चित करता रहा ...मुझे क्यों नहीं मिल सकते और अट्ठारह?

रानी माँ साक्षात खड़ी हैं या मैं विभ्रम में पड़ा ख़ुद ही से बहस कर रहा हूँ, कुछ समझ में नहीं आता। इतनी जीवंत मूर्ति काल्पनिक कैसे हो सकती है! ...नहीं मिल सकते महाराज, क्योंकि आपने धातुसेना महाराज को भी अट्ठारह पर ही सीमित कर दिया था। ...और पिता की हत्या के लिए पछतावा! उसे आप प्रायश्चित मानते हैं तो मान लीजिए, किंतु मेरे साथ जो अन्याय किया उसका प्रायश्चित किया आपने? राजवंशों में विमाताएँ सौत के अबोध बच्चे को अवसर मिलते ही विष दे

देती हैं, उसे पाल-पोस कर बड़ा नहीं करतीं, वैधव्य का निमित्त होने पर भी राजकोष की कुंजी नहीं भिजवातीं! आप किस-किस भाँति मेरे ऋणी हैं, कहीं बिसर तो नहीं गए कुबेर बनने के बाद।

रानी माँ के बोल सीधे-सीधे हृदय पर लग रहे हैं ...मुझे कुछ भी दिखाई नहीं दे रहा सिर्फ़ सुन रहा हूँ। रानी माँ की वाणी अंतर्मन में प्रतिध्वनित हो रही है— आगे बढ़िए, रण में आए हुए वीर को हतोत्साहित करना मेरा मंतव्य नहीं। अब आप युद्ध करें महाराज। ...समय पर यदि मेरे पास आए होते तो मैं उसके हिस्से के अट्ठारह आपको दिला कर आप दोनों के प्राण बचा लेती, किंतु अब बहुत विलंब हो चुका कश्यप महाराज, अब तो युद्ध ही करना होगा...

'महाराज ...महाराज, आगे शैवाल में छिपा भारी दलदल है। घड़ी न लगेगी, हाथी समेत हम धँस जाएँगे कीच में। क्या करें, स्वामी ...क्या आदेश है, महाराज? महावत पूछ रहा है। बाएँ-दाएँ के कई अश्वारोही असावधानी में दलदल की भेंट चढ़ चुके हैं ...अफ़रा-तफ़री फैल गई है। ...क्या है ...क्या... हाँ, लगा दो लगा दो, आख़िरी ईटें भी... तन्द्रा टूटती है, महावत थर-थर काँप रहा है।

'मेरा मुँह क्या देखते हो, क्या हुआ?'

'सामने भारी दलदल है,स्वामी, हाथी डूब जाएगा दो-चार ही क्षणों में...'

'तो, ...हाथी को तुम चला रहे हो कि मैं! अब मेरा मुँह क्या ताकते हो, मोड़ो तत्काल, हम दूसरे रस्ते से जाएँगे...'

वह हतप्रभ होकर मुझे देखे जा रहा है जैसे किसी और निर्देश की प्रतीक्षा हो।

'मैंने कहा वापस चलो, सुना नहीं तुमने!'

महावत अविश्वास से मेरी ओर देखता हुआ हाथी मोड़ कर चल पड़ता है। दोनों ओर के निकटस्थ सेनानायक मुँह खोले मुझे अकबकाए हुए से देख रहे हैं ...कोई इंगित नहीं, कोई निर्देश नहीं। क्या महाराज रणभूमि से पलायन...हे तथागत!

रण में निर्बंध भगदड़ मच गई है— पंक्ति तोड़कर सैनिक चारों दिशाओं में भाग रहे हैं। किंतु मुझे कुछ साफ़ दिखाई नहीं दे रहा, जैसे धुंध लगी हो। कानों में हाहाकार सा सुनाई देता है— मैं हिसाब बैठाने में लगा हूँ पिता के अट्ठारह ...पहले पुत्र के अट्ठारह, तो क्या दूसरे पुत्र के भी उतने ही होना अनिवार्य है? रानी माँ फिर बोल उठती हैं— मैंने आप दोनों से बराबर प्रेम किया था इसीलिए एक समान अवसर दे रही हूँ।

'रण में यह क्या हो रहा है?' मैं पीछे बैठे अंगरक्षकों से पूछता हूँ। कोई प्रत्युत्तर नहीं। 'ये सब इधर-उधर क्यों भागे जा रहे हैं?' मैं जैसे सोये में से अकस्मात् जाग कर उठा हूँ। कोई प्रत्युत्तर नहीं। मुड़ कर देखता हूँ— अरे... यहाँ तो कोई है ही नहीं! कहाँ ससर गए दोनों चुपचाप हाथी के पीछे से। दिवास्वप्न में मेरी

जिरह से भयभीत होकर कर, या पलायन करते हुए स्वामी की पीठ उनसे देखी न गई! हाथी के चारों ओर सौ-पचास घुड़सवार सैनिक ही बचे हैं। कुबेर-राज की बाकी सेना तितर-बितर हो चुकी।

...क्या करूँ रानी माँ? कोई विकल्प नहीं बचा, आप ठीक कहती हैं क्यों न प्रायश्चित ही कर लूँ? सौंदर्या, बोधि और उप्पलवना को महाविहार में भेज दिया है ...वहाँ सुरक्षित तो रहेंगे ना? ...हाँ ...हाँ, मुझे भी तो महानाम वहीं छोड़ आए थे... देखो, ठीक हूँ...

अब अचानक ये पितृ-राजन न जाने कहाँ से अवतरित हो गए मेरे सामने— मैंने कहा था न तू स्वयं अपने पाप का घड़ा भर रहा है सिंहगिरि पर बैठा-बैठा? कहा था न, मोगल्लान आएगा, और सिंहगिरि किसी काम नहीं आएगा, कहा था न? देख वह आ गया और तेरा सिंहगिरि धरा रह गया आकाश पर... देख वह रहा मोगल्लान।

मैं कटिबंध से अपनी रत्न-जटित मूठ वाली कटार निकाल रहा हूँ— मैं कुबेर देव हूँ, पितृ-राजन, मोगल्लान हो या कोई और, कोई मानव मुझे नहीं पकड़ सकता। यह देखिए...

उपसंहार

लायन्स पॉ, सीगिरिया / सन् 2019 ई.

'सुन ली आपने जो कथा सुनने आए थे श्रीमन्?

कश्यप महाराज ने अपनी सेना को तितर-बितर होते देखकर रणभूमि पर ही आत्महत्या कर ली।

मोगल्लान का अनुराधापुर में भव्य स्वागत हुआ। वह त्रि-सिंहल नरेश अभिषिक्त किया गया। संयोग कहें अथवा विधि का विधान, धातुसेना महाराज व कश्यप की भाँति उसने भी अट्ठारह वर्षों तक त्रि-सिंहल पर राज किया।

राजमाता सुमनवल्लरी रुहुन से अनुराधापुर वापस लौट आईं। सिंहल आने के लगभग एक दशक बाद प्रतीक्षा की प्रतीक्षा समाप्त हुई। मोगल्लान महाराज ने उनसे विधिवत विवाह कर उन्हें अपनी महिषी घोषित किया।

सिंहगिरि के नाम से ही मोगल्लान के मन में वितृष्णा होने लगती— उसने राजधानी वापस अनुराधापुर स्थानांतरित कर दी।

सीगिरिया का प्रासाद-परिसर क्षेत्रीय सेनानायक का निवास बन गया, लेकिन चढ़ने-उतरने के झंझट के कारण कुछ दिनों बाद सो भी न रहा।

मेरी कंदराएँ, गुफ़ाएँ और सीधी खड़ी ऊँचाइयाँ पुनः मधुमक्खियों, मकड़ियों, साँप-छिपकलियों, और धूल के साथ कठिन तप के साधकों और तपस्वियों को

वापस मिल गई।

किंतु फिर एक समय ऐसा आया जब वे भी यहाँ न रहे।

उसके बाद एक हज़ार वर्षों तक आप ही जैसे न जाने कितने सैलानी कश्यप महाराज की भित्ति-चित्र दीर्घा, दर्पण दीवार और महलों का भ्रमण करने आते रहे; जो मन में आया दर्पण दीवार पर अंकित कर गए— अपने नाम, पते, कविताएँ और भी न जाने क्या क्या।

नया युग आया तो उनके उकेरे हुए अक्षर-शब्द कौतूहल और अध्ययन का विषय बन गए। 'सीगिरि ग्रैफ़िफ़टी' नामक शोध ग्रंथ के प्रकाशन से यह स्थान विश्व-प्रसिद्ध हो गया और मैं, सिंहगिरि से सीगिरी, फिर कालान्तर में सीगिरि से सीगिरिया, अंतर्राष्ट्रीय ख्याति-प्राप्त पुरा-अवशेष के यूनेस्को विश्व धरोहरों में से एक।'

सिंहगिरि इतना कहकर चुप हो गया, किंतु मानो अंतर्यामी हो, अगले ही पल कह उठा— 'संभव है अब आप यह पूछने लगें कि कुमार अभय ने उससे की गई अपेक्षा पूरी कर दी थी, उप्पलवना ने उसे वर भी लिया था, उन दोनों का क्या हुआ?

घबराइये मत, तथागत देश के हैं, आपको उत्कंठित वापस नहीं भेजूँगा। किन्तु वह कथा बहुत दीर्घ है अत: उसके सार से ही संतोष करना होगा।

तो संक्षेप में यह कि उप्पलवना का ब्याह कुमार अभय से हो गया। समय-क्रम में वे रुहुन उनके राजा-रानी बने और दो संतानों के माता-पिता भी। किंतु कश्यप की अगली पीढ़ी भी अभिशाप-ग्रस्त ही रही— राजा अभय राज-पाट के षड्यंत्र और युद्ध की क्रूरताओं से खिन्न होकर संसार से विमुख हो गए। सब कुछ त्याग कर दूर पर्वतों में स्थित एक गुरुकुल में ज्ञान अर्जित करने की ठानी। कई वर्षों तक गुरु चरणों में अध्ययन-मनन किया। किंतु एकाग्रचित्त न रह पाए। संसार-परिवार में वापस लौटने की उत्कट इच्छा होने लगी; लौटे तो देखा कि सदा हँसती-मुस्कुराती रहनेवाली उप्पलवना उनके विरह में समय से पहले ही मरणासन्न वृद्धा हो चुकी थी। वास्तव में उसका समय आ चुका था; बस, अभय के दर्शन मात्र जितनी साँसें ही बची थीं। उनके लौट कर आते ही उप्पलवना के प्राण-पखेरू उड़ गए; उसके क्रिया-कर्म से निवृत्त होकर अभय ने संन्यास ले लिया। उनके जीवन के शेष वर्ष यहीं मेरी एक कन्दरा में तथागत की आराधना करते बीते।

अभय के पास वाली कन्दरा में जो दैत्याकार, घनश्याम-वर्ण वयोवृद्ध सन्यासी रहता था, वह एक पाँव से बुरी तरह लँगड़ाता हुआ चलता था और किसी के टोकने पर भी कुछ न बोलता।

इति। सीगिरिया पुराण।

सन्दर्भ-ग्रंथावली

1. *Mahavamsa : The Great Chronicle of Ceylon* – Translated into English by Wilhelm Geiger, Ph.D / First Published – 1912 / Re-published by Buddhist Cultural Centre, Sri Lanka – 2003

2. *Culavamsa : Being the More Recent Part of Mahavamsa, Part l & ll* – English Translation by W. Geiger / Published by Government of Ceylon, Information Department (Translator's Note : Culavamsa is pronounced Chuulavansh; and Mahavamsa as Mahaavansh)

3. *Ancient Ceylon – An Account of the Aborigines and a Part of the Early Civilisations* – by H. Parker / Published by Luzac & Co. London – 1909

4. *The Ruined Cities of Ceylon* – by Henry W. Cave, MA, FRGS, Member of the Royal Asiatic Society / Published by Hutchison & Co. London – Third Edition 1904

5. *Heirs to History* by Loranee Senaratne / Printed at The Standard Press, Hong Kong

6. *The Story of Sigiri* by Senarat Paranavitana / Published by Stamford Lake (P) Ltd. Sri Lanka – Third Print 2007

7. *The Cultural Triangle of Sri Lanka* – Published by UNESCO Publishing / CCF

8. Finding Sinhbahu : An analysis of the early history of Sri Lanka documented in ancient Chronicles – by Dr. Ajith Amarasinghe / Published by Vijitha Yapa Publications, Colombo, Sri Lanka – 2019

9. *Sigiri Graffiti* by Senarat Paranavitana – Published for the Government of Ceylon by Geoffrey Cumberlege, Oxford University Press, 1956

10. *Cosmos Indicopleustes / Cosmos the Monk* from Wikipedia, The Free Encyclopedia

11. *'God King'* – A Feature Film by Lester James Peries (Sri Lanka – 1975)